ドストエフスキー

転回と障害

福田勝美

論創社

ドストエフスキー　転回と障害

福田勝美著

自分がとらわれていることを自覚している精神は、それを自分に隠しておきたいと思うであろう。しかし、その精神がいつわりのおそろしさを感じているなら、そうはするまい。しかし、そのため精神はひどく苦しまなければならないだろう。精神は壁に身をぶちあて気絶してしまうだろう。ふたたび目覚め、恐るおそる壁を見わたすが、ある日、また壁に身をぶちあて、ふたたび気を失うであろう。というような繰返しが果てしなく、なんらの希望もなく続けられるであろう。そして、ある日、精神は壁の反対側で目覚めるであろう。

シモーヌ・ヴェイユ「人格と聖なるもの」（田辺保・杉山毅訳）より

ドストエフスキー　転回と障害　目次

Ⅰ　「転向作家」の革命的精神、あるいは霊的な存在

1

四年間のオムスク監獄での服役を終え、セミパラチンスク守備隊の軍務に服していたドストエフスキーは、セヴァストーポリ攻防戦で武勲をたてたエドゥアルド・I・トットレーベン侍従武官長宛てに嘆願書を提出している。セミパラチンスクでの兵役免除と文官勤務、また服役中の身でも作品発表の許可が得られるよう皇帝に働きかけてほしいというのがその主な内容である。一八五六年三月のことだ。その手紙のなかでドストエフスキーは次のように書いている。このとき、彼は三十五歳だった。

> 閣下におかせられましては、小生が一八四九年の事件に連座して逮捕されたことと、それに続く公判、皇帝陛下の確認を、おそらくご承知のことと存じます。（中略）小生はまさしく罪があったので、それはみずから十分に認めております。小生は政府に反して行動せんとする意図（それ以上ではありません）のために起訴されたのでございます。小生の服罪は合法的であり、正当でした。長期にわたる苦しく悩ましい経験がことごとく小生の迷いをさまし、多くの点において思想を一変させてくれました。が、あの当時は、あの当時の小生は盲目で、理論とユートピアを信じておりました。（中略）小生は空想のため、理論のために罰せられたことを承知しております。が、思想、否、信念さえも変わるものでございます。（米川正夫訳、傍点は引用者）

これが転向声明であることは、一読すれば、誰の目にも明らかだろう。しかし、それはどのような「理論とユートピア」からの転向なのか。彼がペトラシェフスキー・サークルの一員としてツァーリ（皇帝）の官憲に逮捕されたのは一八四九年四月である。予審の法廷で彼は次のように陳述していた。

そうです、もし**よりよきものを望む**のが自由主義者であり、不逞思想であるなら、その意味でわたしは不逞思想の持ち主かもしれません。心の底からおのれの市民権を確信し、祖国のために善を望む権利を有するものと感じているものが、すべて不逞思想の持ち主と呼ばれ得るなら、その意味でわたしは不逞思想の持ち主です。[1]（文中のゴチック体は引用者。以下、本文ならびに引用文中のゴチック体はすべて引用者）。

後年になると、ドストエフスキーはペトラシェフスキー事件に連座した人々の信念を「無神論的革命観」と呼び、当時、一度は処刑台に立たされた被告たちの多くは、「その信念を拒否することを破廉恥とみなしたに相違ない」と述べている。[2] とすると、ドストエフスキーは、先の嘆願書を書いた一八五六年の時点で「無神論的革命論」を棄て、そのことを破廉恥とも思わないほどに「多くの点で思想を一変」させてしまったのである。彼はまた、この嘆願書を出した前後にも『一八五四年のヨーロッパ事件に』をはじめとする三篇のファナティックな愛国主義的頌歌を書いている。アレクサンドル二世の戴冠式（一八五六年）に捧げられた詩の一節は、コンスタンチン・モチューリスキーによると、次のようなものである。

わが皇帝は汚れなき祈りを捧げ
冠を浮くべく歩みたもう
幾百万のロシア民衆は声をあげて願う
神よ、われらが君に祝福を与えたまえ、と！

ドストエフスキーはいささかの逡巡も衒いもなく、平然とツァーリに捧げる頌歌を書くほど、実際に「多くの点で思想を一変」させてしまったのだろうか。この問いに対してモチューリスキーはイエスと即答する。彼は『評伝ドストエフスキー』（一九四七年）で次のように語っている。

ドストエフスキーは、徒刑中に自分の「反逆」をまちがいなく断罪し、若いころの革命的熱狂を悔悟している。蜂起によって農民を解放しようとするたたかい、赤旗を手にして広場へ飛びださんばかりの勢い、秘密印刷所——これらすべてが、いまとなっては彼には赦しがたい迷妄だったと思われた。政治面では「新しい信念の形成」は完璧だった。彼が生涯忠実でありつづける新しい世界観は、一八五四年には早くも出来あがっていた。『作家の日記』の作者の教会的、君主制的帝国主義は、一八五四年から五六年にかけて書かれた愛国主義的詩篇にあらかじめ示されている。（松下裕・松下恭子訳）

「教会的、君主制的帝国主義」に染め上げられるドストエフスキーの世界観が「一八五四年には早くも出来あがっていた」とするモチューリスキーの見解は、わたしたちにとってはまったく支持し難いものだ。世界と人間の問題にしても、イエス・キリストによる救済の問題にしても、ドストエフスキーは生涯、懐疑と不信にとらわれて、その世界観は死ぬまで激しく揺れ動いたというのが真実に近いからだ。わたしたちはそのことをなによりも『罪と罰』以降の彼の長編小説のなかに確認することができるだろう。若いころの「無神論的革命観」にしても、ドストエフスキーは死ぬまで検証と内省をやめることがなかったといってよい。モチューリスキーの見解は、たんに『作家の日記』のなかに表現された政治思想を拠り所にイデオロギッシュな裁断を行ったにすぎないようにみえる。なぜか。そのほうがそうであってほしいと望む彼のドストエフスキー像にふさわしいからである。一方、ドストエフスキーの優れた読み手の一人であったヴィクトル・シクロフスキーは、そのドストエフスキー論（一九五七年）のなかで次のように述べている。

流刑地で、ドストエフスキーの心臓は冷たくなってしまった。未来は死滅した。刑期は残っていた。残ったのはただ従順さだけで、そのために彼はじぶんの周囲に革命を遂行する力のある強い意志の持ち主を見ると、いっそう激しい恐怖にかられるのだった。彼は、強い意志の持ち主を見ながら革命は起こらないだろうと考えていた。（水野忠夫訳）

シクロフスキーはここでモチューリスキーの主張と違った陰影をドストエフスキーの転向に与えている。「無神論的革命観」を棄てたとみる点で両者に違いがあるわけではないが、モチューリスキーがシベリア流刑以降のドストエフスキーを強面の帝政イデオローグのように扱ったのに対し、シクロフスキーは苛酷なシベリア体験のトラウマを抱えて「革命」恐怖症を患い、死ぬまで「強者に対する弱者の従順という自発的な宗教」に固執した気弱な転向者のようにみなしている。
ドストエフスキー＝転向作家という大方の観点は、亡命者レフ・シェストフの『ドストエフスキーとニーチェ』（一九〇三年）に早くも打ち出されていたもので、それはロシア人以外の手で書かれたドストエフスキーの評伝ならびに作品解釈にも大きな影響を与えた。たとえば、エドワード・ハレット・カーは、ドストエフスキーのなかに「反動的愛国主義への転向」をみた。わが国でも転向作家たるドストエフスキー像は依然、堅牢であるようにみえる。『ドストエフスキー　長篇作家としての方法と様式』（一九七二年）を著した漆原隆子は次のように述べている。

ドストエフスキーにおける転向は、第一に以前の思想においても大前提として存在しながら、さほど明確に自覚されていなかった宗教性が決定的に強まった点では、西欧的な意味での転向、すなわち放蕩息子の帰郷にたとえられるべきもの、磯田氏のいわゆる回心という性質を持ち、第二に社会科学的な意味での現実変革的傾向、いわば外向的な傾向を完全に失った点では、昭和時代の日本における転向、つまり政治的な意味での転向であるとも言える。しかし、どちらの意味での転向がより事実にあっているかと問うならば、やはり前者であろう。（引用者注：文中の「磯田氏」は『比較転向論序説—ロマン主義の精神形態』の著者・磯田光一を指している）

漆原隆子は、ドストエフスキーの主要作品を「転向者の意識」の産物として読む立場に立っている。たとえば、彼女によれば、『地下室の手記』（一八六四年）は「転向者の意識を徹底的に剔抉した」作品に位置づけられる。また、『悪霊』（一八七三年）という作品は、彼女によれば「転向者の心理を形而上的な次元にまで掘り下げ、そこにあらわれた精神の奇怪、グロテスクの淵から救われようと試みた」という創作動機をもっている。わたしたちはこのような作品への接近と読解から遠く隔たっているとだけひとまず述べておこう。

ロシア内外の評家に「転向作家」としてのドストエフスキー像が説得力をもったのは、シベリアから戻ってきたドストエフスキー自身がそれを裏づけるような言説を『作家の日記』や評論などで繰り返し吐き散らしたからである。たとえば、彼は兄ミハイルとともに創刊した『ヴレーミャ（時代）』誌上に掲載したロシア文学に関する論文（一八六一年）のなかで、帝政ロシアの二大階級、すなわち地主貴族と農民との間には階級的利害は存在しないと強弁している。なぜというに「わが国にはすでに中立地帯があって、そこですべてが渾然と整った一つのものに融合し、すべての階級が平和に、仲よく、同胞のように融け合っている」からである。こうした秩序の核心、ドストエフスキーの言葉では《諸階級の融合》は「自然そのものによって、ロシア人の精神、民衆の理想のなかに植えつけられている」。たとえそれを揺るがすような出来事――たとえば、困窮農民の蜂起や地主殺害など――が起きたとしても「現在においては、神の祝福を受けたもう英明なる皇帝によって根絶されつつある」と現状追認の言葉を絞り出すのである。神の祝福を受けたもう英明なる皇帝！　これを口にするとき、この大作家は荘厳かつ独善的な古代神官のようだ。彼の目には、ツァーリが現実世界の孕む矛盾を均してロシアの大地に調和と平安をもたらす絶対的な支柱として映っている。

しかし、だからといって、シベリアでの刑期を終えたドストエフスキーがそれ以降、こうした帝政護持のタフなイデオローグとしてわたしたちの前に立っているわけではない。熱狂的な強弁をやめないイデオローグの姿は、決して『罪と罰』以降の長編小説を書いた作家の像とぴったり重なることはないからだ。二つの階級利害がごちゃまぜになり、その対立が消去される「中立地帯」というイデオローグの階級調和的な世界感情のなかにわたしたちが読み込むことができるのは、むしろ職業的な文筆業者という「雑階級人」（ラズノチーニェツ）の動揺激しい不安定な社会的意識なのである。実際、『罪と罰』（一八六六年）、『白痴』（一八六八年）、『カラマーゾフの兄弟』（一八八〇年）という一九世紀ロシア文学の傑作を書いた大作家の社会的意識は激しく動揺し、その彼が時評家として振る舞う際は帝政ロシアの時局に迎合するファナティックな交戦論者であったり、偏狭な「正教徒」主義者であったりした。正教がイエス・キリストの真理を保存する唯一の教会だとかんがえていた彼は、近東問題では正教の保護者たるロシアには「回教の蛮行と西欧の異教精神」からスラヴ系諸民族を救済する使命がある、との論陣を張って、ロシア帝国によるコンスタンチノープルの領有を主張した。[3] このとき、彼は内面的には純粋に正教の理念に立っていながら、現実的にはロシア帝国の国家意志――露土戦争では、不凍港の獲得をめざす国家意志――を体現するイデオローグの一人として振る舞っているにすぎない。

だが、この同じ人間が長編作品の作者として人間と世界の問題を取り上げるときには正教徒的な純粋理念はすぐに衡立を失って激しくぐらつき、それに代わってイワン・カラマーゾフの「大審問官」伝説に象徴される反宗教的なイデーさえ呼び込んでくるのだ。この作家がわたしたちの前で揺るぎない信念を抱いて泰然自若たるイデオローグであったことは一度もなかった。もちろん、シクロフスキーが述べるような「革命」恐怖症患者でもなかった。

2

ドストエフスキーがクロード・ロランの『アキスとガラティア』（一六五七年制作）と題する絵画に触発されて描いたユートピアがある。

それは、エーゲ海に浮かぶ島嶼に出現した想像上の楽園である。彼はそれを《黄金時代》と自ら呼んで、『悪霊』のスタヴローギンに語らせた。ただし、その記述を含む「スタヴローギンの告白」は、編集者カトコフが雑誌掲載に同意しなかったため、ドストエフスキーはやむなく次作の『未成年』（一八七五年）の主要人物の一人であるヴェルシーロフに語らせることになった。そればかりではなく、『作家の日記』（一八七七年四月）に発表した『おかしな人間の夢』という短編でも理想郷としての「第二の地球」のイメージとして造型されている。ここでは『未成年』のヴェルシーロフに作者が語らせた一節を引用しよう。

青い穏やかな波、大小の島々や奇岩、花咲き乱れる岸辺、まぼろしのような遠景、招きよせるような沈みゆく夕陽——とても言葉では伝えられないようなすばらしい美しさだ。ここにヨーロッパの人間たちは自分の揺籃の記憶を見出したんだな、そしてそう思うと、私の心も遠い祖先への愛で充たされたような気がした。そこは人類の地上の楽園だった。神が天より舞い降りて、人々と結ばれた……おお、そこには美しい人々ばかり住んでいた！　人々は幸福に清らかにめざめ、そして眠った。草原や茂みは彼らの歌声や明るい喚声で充たされた。ありあまる豊かな力が愛と素朴な喜びについやされた。太陽はその美しい子たちを愛でながら、熱と光をいっぱい注ぎかけた……これは人類のすばらしい夢だ、高遠な憧れだ！　黄金時代——これはかつてあったあらゆる憧憬の中のもっとも非現実的な夢想だ、だが、その実現のために人々はその生涯と力のすべてを捧げ、そのために予言者たちが命を失い、またそれがなければあらゆる民族が生きることを望まず、死ぬことさえできないのだ！　こうしたすべてのことを、私はこの夢の中でまざまざと感じたのだよ、実感として体験したのだよ。私はまだ目のまえに見ているような気がした、文字どおり涙にぬれた私の目に、まだ映っているような気がした。おぼえているが、私は幸福に充たされていた。私には未知の幸福の感触が痛いまでに私の心にしみとおった。それは全人類の愛だった。（『未成年』第三部第七章第二節、工藤精一郎訳）

人類のすばらしい夢、地上の楽園、無垢な美しい人々……。人類の《黄金時代》のイメージにこだわり続けたドストエフスキーという作家は、ツァーリに跪拝するファナティックな民族主義者の相貌とはすでに似ても似つかない何者かである。「すべての階級が平和に、仲よく、同胞のように融け合っている」という世界感情を持つ頑迷な保守反動家の心底にこうしたユートピアへの願望がなぜ着床したのだろうか。短編『おかしな人間の夢』では、ピストル自殺を実行するつもりだった男が夢のなかで自殺を遂げると、地上を離れて宇宙空間をさまよい、同じように多島海の楽園に住む幸福な人々の世界に漂着する。「彼らのあいだには争いもなければ、嫉妬騒ぎもなく、それがどんなものであるかさえも知らなかった」。そこは、貧困も差別も不平等もない惑星、国家間の戦争もなく、支配と隷属の関係もない惑星、殺人も幼児虐待も家庭内暴力もない惑星である。ヴェルシーロフの見る夢と異なるのは、男が自らこの楽園に住む人々を堕落させ、無垢で幸福な状態を毒してしまった、と夢のなかで思い込むところだ。「これはみんな俺がしたことだ、俺一人だけの仕業だ、俺が彼らに淫蕩と、病毒と、虚偽をもたらしたのだ」。夢から醒めた男は、ピストル自殺を思いとどまり、伝道の生活に飛び込む決心をする。「俺は伝道したいのだ、何をだって？　真理だ、なぜなら、俺はそれを見たのだもの、この目でちゃんと見たのだもの、真理の光栄を残りなく見たのだもの！」。夢から醒めた男を伝道への道に駆り立てるものが何なのか、作者は、短編の結末部で明らかにしようとするのだが、それは舌足らずでファナティックな絶叫としてしか表現されない。

夢だって？　夢とはそもそもなんであるか？　わが人生ははたして夢でないのか？　いや、一歩進んでいおう、よしんば、よしんばこれが実現することがなく、地上の楽園などあり得ぬこととしてもよいが（なるほど、それは俺も納得している！）、それにしても、やっぱり伝道を続けるつもりだ。しかしながら、これは実に造作のないことで、一日で、たった一時間で、なにもかもたちまちできあがってしまうかもしれやしない！　まず肝心なのは、おのれみずからのごとく他を愛せよということ、これが一番大切なのだ、これがすべてであって、これ以上まったくなんにもいりゃしない。これさえあれば、いかに実現されるかは即座にわかってしまう。しかも、これは幾億度となく繰り返しお説教された古臭い真理なのだが、どうもうまく生活に融け合わなかったのだ！（米川正夫訳）

この熱に浮かされたような独特のリズムと声の抑揚をもつ絶叫のなかにこそ、死ぬまで心が引き裂かれ、懐疑は際限もなく膨らみ、自ら否定と肯定の論戦に一人二役で挑み続けた作家の真実が脈打っている。繰り返せば、それは『罪と罰』以降の作家がその創作過程でわたしたちに十分すぎるほど明かしている。
わたしたちはその軌跡をこれからたどる。が、その前にここでは予審の法廷でドストエフスキーが陳述した言葉に戻ろう。

そうです、もしよりよきものを望むのが自由主義者であり、不逞思想であるなら、その意味でわたしは不逞思想の持ち主かもしれません。

彼が述べた「よりよきものを望む」精神とは、社会的理想を追い求める精神であり、そのかぎりでわたしたちはこれ以降、それをとりあえず**革命的精神**（Revolutionäre Geist）と呼ぶことにしよう。それはなにも社会主義やコミュニズムの構想に基づいて社会をつくり替えていく営為に局限される党派的精神を指すのではない。よりよきものを希求する精神とは、ここにある世界、現にここにある人間と人間の関係、人間と事物の関係を「よりよきもの」の方向へ変えていこうと意欲する精神、人々が疲れて眠り込んでいる夜にあってもそれを渇望することをやめない精神のことである。したがって、それをたんに**霊的な存在**（Geistige Wesen）と呼んでもよい。日々の生活で幾多の労苦を重ねるわたしたちの意識がどこまでも生活空間にとどまる「現存在」形式の意識だとすれば、革命的精神、すなわち霊的な存在は、その生活空間を越え出ていこうとするのだ。しかし、なぜ越え出ようとするのか。なぜこの霊的な存在は「現存在」形式の意識にとどまっている精神に忍び込んで「よりよきこと」を吹き込むのか。
それは人間の精神には否定作用という働きが駆動しているからである。ヘーゲルは『精神現象学』

の序文のなかで人間精神の否定作用について次のように書いている。

死を避け、荒廃から身を清く保つ生命ではなく、死に耐え、死のなかでおのれを維持する生命こそ精神の生命である。精神は絶対の分裂に身を置くからこそ真理を獲得するのだ。精神は否定的なものに目を背け、肯定のかたまりとなることで力を発揮するのではない。なにかを差し出されたとき、それは無意味でまちがっている、といって、さっさとその前を去り、安んじて別のものに向かう、というのは精神の振舞いではない。精神が力を発揮するのは、まさしく否定的なものを直視し、そのもとに留まるからなのだ。そこに留まるなかから、否定的なものを存在へと逆転させる魔力が生まれるのである。（長谷川宏訳、傍点は引用者）

人間精神はもっぱら否定的なもの（Negativität）を真正面から見据えずに、それから逃げるように去って肯定的なものだけに凝固し、武装するとき、根源的な力を失う。なぜなら、このように否定的なものから一目散に逃げ去る精神は、創造的な乗り越えや反抗、闘争を回避するように定められていて、動物と同じようにあるがままの所与に充足し、それをそのまま受け入れることしかできないからだ。しかし、人間の精神は、否定作用を知らない動物性の次元から夢みるように飛び立ってあるがままの所与に反抗し、闘い、それを乗り越えようとする。『精神現象学』を著す前のヘーゲルは、「神の霊」（der Geist Gottes）を宿すものとしての神の子たるイエスのなかにこの精神の否定作用を見定めていた（『キリスト教の精神とその運命』一七九九年）。「神の霊」は、ヘーゲルにとってもろもろの現実のくびきから身を振り放ち、乗り越え困難な「現実的なるもの」（人間的諸関係）と闘う否定性の精神である。わたしたちはそれを革命的精神、あるいはたんに霊的な存在と呼ぶことにしよう。そのヘーゲルが取り上げ、ドストエフスキーも繰り返し読んだ『ヨハネによる福音書』のなかにイエスの次の言葉がある。

わたしは光として世に来た。わたしの言葉を聞いて、それを守らない者がいても、わたしはその者を裁かない。わたしは世を裁くためではなく、世を救うために来たからである。

（ヨハネ福音書第12章31節、新共同訳、傍点は引用者）

ヘーゲルにとって「神の霊」は祈りや瞑想の深さによって幻想的に現実的諸関係を止揚する代わりに、実践的にそれを揺り動かす活動や決断のなかに見出されるものだった。イエスがそうした活動に身を投じたのは、ただ「神の霊」に突き動かされたからだと青年ヘーゲルは述べている。実際、福音書記者は次のように書いている。「わたしが天から降って来たのは、自分の意志を行うためではなく、わたしをお遣わしになった方の御心を行うためである」（ヨハネ福音書第6章38節）。イエスのなかに宿る「神の霊」、すなわち精神の否定作用の歴史からヘーゲルは人間精神の栄光と悲惨を語り始めるのだが、わたしたちも同じ精神の否定作用という磁場（霊的な存在）からドストエフスキーの栄光と悲惨を語るべきであろう。

ドストエフスキーにあっては、否定作用は「よりよきもの」が義務的な性質を帯びてくるほど苛烈で、「よりよきもの」が実現されないのではないかという恐怖心もまた絶大だった。そのために彼の足場は激しく揺れ動いたが、霊的な存在（革命的精神）の強い促しがあってドストエフスキーに比肩するほどの狂熱的な姿勢を示した作家が彼以外には一人もいなかったのもまた確かである。ドストエフスキーの死後、二〇世紀になってドストエフスキー並みの過剰な熱烈さを示してわたしたちを畏怖させるのは、おそらくシモーヌ・ヴェイユただ一人だろう。

3

ドストエフスキーは最晩年、社会的理想について語ったことがある。社会的理想とは何か。彼はこう答える。「その本質は、できるだけ誤りのない、万人を満足させるような社会的組織の公式を発見せんとする人間の希求である」。さらに続けて「人々は有史以来の六千年間、これを求めてきたが、まだ発見することができないのだ」と付け加えた。(4) ドストエフスキーは、西欧の社会主義思想が約束した理想社会（ユートピア）を「蟻塚」として否定し、彼の語る「万人を満足させるような社会的組織の公式」と厳密に区別した。彼が「蟻塚」（ユートピア）を否定するのは、それが「教会もキリストも抜きに建設され、道徳的基礎を崩壊させる」からである。さらに彼は突然の死によって終刊号となった『作家の日記』一八八一年一月号で「ロシアの社会主義」の将来像について語った。

ロシアの社会主義の究極の目的は、この地球が容れ得るかぎりの範囲内で、地上に実現される全民衆的・全宇宙的教会なのである。常にロシア民衆の中に存在するあくことなき渇望、キリストの名における偉大なる全民衆的・全同胞的結合の渇望をいうのである。（中略）ロシア民衆の社会主義は、共産主義や機械的形式に存するのではない。彼らは、究極においては、キリストの名における輝かしき結合によってのみ救われるものと、かたく信じきっているのである。これがわがロシアの社会主義である！（米川正夫訳、傍点はドストエフスキー）

西欧の社会主義、そしてコミュニズムは、ドストエフスキーの没後、ロシアで「ロシア・マルクス主義」に変成し、「蟻塚」を追い求めて政治権力を握ったボリシェヴィキの覇権が確立すると、ドストエフスキーが憎んだ「蟻塚」の公式は、西欧やロシアだけでなくあらゆる国に襲いかかり、人々を突き動かした。むろん、ドストエフスキーは知る由もないことだったが、ここでは明らかにそれら「蟻塚」の公式とは異なる「ロシアの社会主義」の構想をやや興奮気味に語っているのである。先に引用した転向声明がたんに「社会的理想」を説くイデオロギーや思想からの転向ではなかったのは、従来、多くの評家が転向作家の反動的時評文集とみなしてきたこの『作家の日記』においても明らかである。しかし、わたしたちは『作家の日記』から離れて、再度、ドストエフスキーの創作活動に目を向けよう。

四年の監獄生活と五年の兵役生活を終えて、職業作家として再スタートを切ったドストエフスキーの最初の傑作である『死の家の記録』（一八六二年）の最終章に彼は次のように書きつけた。

わたしは監獄のこの黒ずんだ丸太の柵に腹の中で別れを告げた。あのころ、入獄当初の一年、この木柵はどれほど不愛想にわたしの心を脅かしたことか。きっと、あのころに比べると老朽したにちがいないが、わたしの目にはそれがわからなかった。この木柵の中で、どれほど多くの青春がむなしく葬られたことか、どれほど偉大な力がなすこともなく亡び去ったことか！　ここまで来たら、もう何もかも言ってしまわねばならぬ。確かにここに住む人々は、まれに見る人間ばかりだった。ほんとうに、わがロシアに住むすべての人々の中で、もっとも天分豊かな、もっとも強い人間たちと言いうるかもしれない。ところが、それらの逞しい力がむなしく亡び去ってしまった、異常に、不法に、二度と帰ることなく亡び去ってしまったのである。（工藤精一郎訳）

「死の家」の記録者として設定されているのは、嫉妬に狂って妻を殺した男（アレクサンドル・ペトローヴィチ・ゴリャンチコフ）である。ドストエフスキーがそうしたのは、職業作家として社会復帰したものの、その後も長い間、皇帝直属官房第三課（秘密警察）の監視と検閲の厳しい統制下に置かれていたために、これが元政治犯の不屈の体制批判として読まれることを警戒しなければならなかったからである。(5)しかし、記録者のゴリャンチコフの述懐は政治犯として投獄されたドストエフスキーその人の述懐と同定していっこうに差し支えない。シベリアの監獄に幽閉された元政治犯の苛酷な経験がなければ、『死の家の記録』という作品が生まれることもなかったからだ。したがって、「この木柵の中」とは、政治犯の手足の自由を奪ったツァーリの牢獄である。ツァーリが社会防衛のために名指しで社会から排除し、隔離するための監獄であって、ゴリャンチコフがともに過ごしたアウトロー（刑事犯）の矯正施設でも性格破綻者の救護施設でもない。そこで多くの偉大な力がむなしく亡び去ったと書いたとき、その言葉に「体制全体に対する弾劾の響き」（レオニード・グロスマン）を聴きたくない読者は耳を塞ぐしかない。(6)耳を塞がずにそれを聴くならば、ドストエフスキーの顔に転向者ののっぺりした相貌を認めることはおそらく誰にもできないだろう。彼はロシアのツァーリ専制国家に拝跪して転向したのではなく、ただおのれの霊的な存在、あの革命的精神を転回させたのだ。これが元「政治犯」の胸底から絞り出され、『死の家の記録』の最終章に刻まれた言葉が意味するところのすべてである。極めて多産的で多義的な思考実験を展開したシベリア流刑後の作家の熱源となったのは、転回を強いられてさらに煮えたぎった霊的な存在（革命的精神）だった。問わなければならないのは、おのが霊的な存在をどの方向へ、どのように転回させたか、だ。

ドストエフスキーの霊的な存在の軌跡を探るうえで、小説（フィクション）を除く著作のなかでどうしても外せないのは、一八六二年に初の国外旅行をしたあとに書かれた『冬に記す夏の印象（夏象冬記）』（一八六三年）という作品である。一読すればわかるが、これはタイトルから想像されるような詩的な紀行文ではない。そもそもツァーリの専制権力によってシベリアに九年余も幽閉され、それが解除されたあとも秘密警察の監視下に置かれていた作家が母国を離れてヨーロッパに赴く旅行とは、いったいどんな性質を帯びた旅行と受けとめればよいのだろうか。「旅行がある特定な国から別の特定な国へと、あるいはまたある文化（圏）から別の文化（圏）へと人を導くものであるとしたら、これらの旅行は旅の終焉といえる。人はここから絶対的な人間文化を目指して出発するのだから」（ジャック・デリダ「ソ連のモスクワから帰る」一九九五年、土田知則訳）。はっきりしているのは、ドストエフスキーのヨーロッパ旅行は「旅の終焉」どころの話ではすまなかったということだ。彼が月並みな西欧派の知識人であったとしたら、この二カ月半に及んだ旅行から祖国に戻り、そこに住む人々に向かってヨーロッパの普遍的な人間文化の価値と大義を語ることもできただろう。また、現実のドストエフスキーがそうだったように秘密警察の監視という拘束衣を着て社会生活が制約されていた作家であってみれば、地底深く潜航するようにして普遍的なヨーロッパとアジア的な後進国であるロシアがつながる坑道を掘り進める忍耐強い努力を払い続けることもできたかもしれなかった。しかし、ドストエフスキーはいずれも選ばなかった。いや、そのような振る舞いは、彼にあっては最初から論外だったのだ。なぜなら、ドストエフスキーがそこで見聞したのは、彼があとにしたロシアの未来などでは決してなく、未来を響かせる不滅の音楽の代わりに喧騒と弔いの鐘がとどろく世界であり、口を糊し、雨露をしのぐためにあくせくと働かなければならない人間の、最新モードの営みの、不条理で冷酷な世の仕組みの見本市にほかならなかったからだ。

『冬に記す夏の印象』という作品は、レオニード・グロスマンの表現を借用すれば、「真の反資本主義的パトスの特徴を帯びたブルジョア世界批判」の書である。ドストエフスキーは、資本主義が産業革命を機に生産力を飛躍的に高めつつあったヨーロッパの二大都市、すなわち大英帝国のロンドンと第二帝政下のパリを訪れる。彼は都市の喧騒とそこで生活する人々の生態を間近に見て驚愕し、幻滅をあじわった。幻滅はあまりにも大きかったので、錯乱者が口にするような悪罵と呪詛を投げつけるとともに、一九世紀のヨーロッパ先進国が達成した文化的状況に牙をむいて執拗な批判を加えた。その批判精神は苛烈だった。「数百万の富を擁し、全世界の商業を支配する」シティ・オブ・ロンドンをさまよい歩いたドストエフスキーは、次のように書いた(同作からの引用はすべて小泉猛訳による)。

だが、それにしても、この巨大な書割をつくり出した強力な精神がどれほど傲慢であり、自分の勝利、自分の成功をどれほど傲然と信じているか、それを御覧になれば、諸君はこの精神の傲慢、強情、盲目ぶりに慄然とされるにちがいない。また、この傲慢な精神に支配されている人々を思って、慄然とされるにちがいない。人々の上に君臨するこの精神のこのような巨大さと、とてつもない傲慢さを、また、この精神が創り出したもののあまりにも堂々たる完成ぶりを目のあたりにしては、飢えた魂も時に力が萎え、従順になり、屈服してしまう。ジンや放蕩に救いを求め、すべてはかくあるべきだと信じはじめる。

当時、すでに世界的な金融センターとして機能していたザ・シティを駆動させていたのは、「勃興期」資本主義の経済システムにほかならない。ドストエフスキーは、それを「人々の上に君臨する強力な精神」としてみなして、その巨大さととてつもない傲慢さの凱歌に異議申し立てを行っている。グロスマンは、『冬に記す夏の印象』にはドストエフスキーがロンドン滞在中に会見した亡命革命家、アレクサンドル・ゲルツェンの影響が反映していると述べたストラーホフの評言を紹介しているが、ドストエフスキーの異議申し立てにゲルツェンの影響をみてもみなくてもそれはほとんどどうでもよいことだ。ドストエフスキーは彼なりの言葉で金融センター街を駆動させる強欲な資本主義の圧倒的な力に立ち向かって、革命家の分析的で客観的な視点とは馴染まない否定と憎悪の言葉をここで絞り出している。それと同時に、この著作はドストエフスキーが決してゲルツェンのような古典的な革命家ではありえなかった所以も明らかにしている。

ロンドンのゲルツェン訪問前後にドストエフスキーが滞在していたのは、第二帝政期のパリである。第二帝政期は、あのマルクスが驚くほど鋭利な政治過程＝社会動態分析として活写したように、四年間のブルジョア民主共和制が準備し、ルイ・ボナパルトがそれを終わらせたあとに出現した「安静なき、議会的無政府状態をいただく専制」（『フランスにおける内乱』一八七一年）の時代だった。議会的無政府状態とは、相対立する諸党派がお互いに無力化しあって、なんら具体的な意思決定ができなくなった状態を指しているが、それに伴う政治的混迷がルイ・ボナパルトの政治的覇権の大いなる助産婦となった。(7) ボナパルト時代にはフランス革命期のスローガンとなったリベルテ（自由）のイデーもエガリテ（平等）のイデーもすでに紙屑同然となってゴミ箱のなかに投げ込まれた。また、フラテルニテ（友愛、あるいは同胞愛）のイデーともなると、夢の残骸ですらなく、空中に浮遊するただの粉塵にすぎなかった。ドストエフスキーは、これら三つのイデーの現実態について語っている。そのときの彼は、急進的な革命家やイデオローグよりもラディカルで辛辣だ。リベルテとはいかなる自由なのか、とドストエフスキーは自問して次のように書く（第六章「ブルジョア論の試み」）。

誰もが法律の枠内で好き勝手なことをするという、万人に同一の自由である。好き勝手なことができるのはいかなる時か？　百万フラン持っている時である。自由は各人に百万フラン与えてくれるか？　否である。百万フランを持たぬ人間とは、好き勝手なことをする人間ではなく、好き勝手なことをされる人間である。となれば、どういうことになるか？

自問に始まって自問に終わるこの文章は、転向作家の自己韜晦や晦渋趣味とは無縁である。ドストエフスキーの霊的な存在（革命的精神）は煮えたぎって、本人もそれと自覚しないまま、反資本主義的なパトスを奔出させている。それがもし百万フランを持つ者と持たない者を同一の社会に存在させる経済的社会構成の秘密の解明に突き進んでいれば、ドストエフスキーの革命的精神はマルクスのように資本主義批判の論理を自力で編み出したかもしれない。しかし、むろん、そんなことにはならなかった。彼がここで最もこだわってみせたのは、「フラテルニテ」である。

この同胞愛という項目こそ、およそ最も奇妙なものであって、正直に言えば、今日にいたるまで西欧における最も大きな躓きの石となっているのである。西欧の人間はこの同胞愛が人類を動かす偉大な力であるかのように語っているが、同胞愛が現実に存在しない以上、それをどこから取ってくるわけにもいかないということには気づいていないのだ。では、どうしたらよいのか？　是が非でも同胞愛をつくりださなければならない。

ドストエフスキーの考えをもう少し敷衍すれば、西欧の個人主義――彼の言い方では「おのれ自身の自我による自己決定の精神」――は、西欧人の本性となっており、自分以外のすべての人間を対立させるから、西欧の人間には同胞愛が存在しない。したがって、個人主義に代わって、同胞愛が人間の本性のなかに含まれるようにしなければならない。ドストエフスキーはそのように述べている。しかし、いったい、どうやって？　ドストエフスキーはここからわたしたちを驚倒させるに十分な主張を行った。

必要なのは、それが自ずと生ずるように、天性の中に含まれるように、全種族の本性の中に無意識のうちに含まれるようになることなのだ。要するに、同胞愛の精神が生ずるためには、愛さなければならないのである。同胞愛、共同体、調和という方向へ、本能的に心を引かれること、幾世紀にわたる国民の苦悩にもかかわらず、国民の間に根を下ろした野蛮な無知蒙昧ぶりにもかかわらず、幾世紀にわたる奴隷状態や異民族の襲来にもかかわらず、そうした方向に心を引かれることが必要なのである。要するに、人間の本性の中に同胞愛に基づく共同体への要求が存在することが、つまり、人間がその要求をもって生まれるか、幾世期の歳月をかけてそうした習性を身につけることが必要なのである。（傍点の強調はドストエフスキー）

このように語るドストエフスキーは、多くの人が絶句するほかはないような法外な思い入れ、ある意味で偉大な精神だけがたぐり寄せてしまうあの過剰な思い入れをここで開陳している。わたしたちは、本論の最後にロシアの民衆のなかにこそ、この同胞愛が「強固な揺るぎなきもの」として根を下ろしており、それが「わが苦しみ多き世界」に実現して「すべての人間が同胞となる」世界を希求する最晩年のドストエフスキーの姿をみることになるだろう。それは『作家の日記』最終号で「ロシアの社会主義」構想（全民衆的・全宇宙的教会）を語ったドストエフスキーにそのまま重なる。ただし、この時点では、まだそこまで思考を突き詰めてもいないし、そこに行き着くしかない痛ましい理路へと自ら追い込んでもいなかった。わたしたちがこの旅行記で確認できるのは、九年余に及ぶ苛酷なシベリアでの流刑生活をかいくぐって、素手のまま突破口を探り当てようとしていた霊的な存在なのである。

しかし、この霊的な存在は、ドストエフスキーという固有名を持った人間一人に巣食った特別な精神だったわけではない。桎梏と頽廃、不正と困窮にのたうちまわる一九世紀の帝政ロシア社会のなかで作動した精神の否定作用は、当時の一群の人々を突き動かしたのである。ドストエフスキーは「現代的欺瞞の一つ」（『作家の日記』一八七三年）という文章のなかで書いている。「私たちはその当時の理論的社会主義の思想に感染していた」と。彼もまた多くの青年知識人の一人として霊的な存在（革命的精神）が差し出すイデーに共鳴し、イデーが照らす方向に進もうとした人々の立場に一度は立ったのである。そこにはどんな秘密もない。問題にすべきなのは、ペトラシェフスキー事件で逮捕され、シベリアでの徒刑囚生活とその後の兵卒時代をくぐり抜けて職業作家として復活したドストエフスキーが霊的な存在の差し出すそのイデーを「間違った理念」として廃棄処分にすることなく、それを転回させたことなのだ。もちろん、職業的な革命家や社会運動家としてではなく、プロフェッショナルな職業作家として。しかも、すでに述べたように彼は九年余の刑期を終えたあともほぼ死ぬまでツァーリ専制権力の監視下に置かれた職業作家としてそうしたのである。

作家の独自性は、いうまでもなくその作者固有の叙述形式のなかに見出されなければならない。ミハイル・バフチンは、後述するようにそのポリフォニー（多声性）形式にドストエフスキーの独自性をみた。ポリフォニー形式を媒介にして、ということは、小説世界のさまざまな登場人物の白熱した対話やそこでの相克、憎悪、対立、和解、抱擁などの諸関係を介してということだが、ドストエフスキーはそのような形式を使って霊的な存在が追求するイデーとその組み替えの可能性を追求したのである。ところが、この長い探究の道にはさまざまな障害が立ち塞がることになった。彼の長編作品は、障害の一つひとつを乗り越えようとする苦闘の呻き声に充たされている。それぞれの長編作品は霊的な存在が差し出すイデーに強く牽引されながら、それを少しずつ異なる方位へ向けて転回させたことを示している。結論を先取りすれば、転回は、神の子イエス・キリストと大地（ポーチヴァ、それは第一義的にはロシアの民衆を意味する）の二つの方位をとって行われた。ただし、それは羅針盤を使って正確に進路を決定した船の整然たる航跡とは似ても似つかないものだった。もしそれが乱れのない一筋の航跡だったならば、今日、わたしたちが知るドストエフスキーという作家は、たんに人間心理のメカニズムに通暁した一作家にとどまっていたことだろう。したがって、『罪と罰』以降の長編作品がこの世に現れることもなかっただろう。

これから主に『罪と罰』以降の長編作品を取り上げるのは、ドストエフスキーをとらえて離さなかった「よりよきものを望む」霊的な存在とそのイデーの転回と障害に照明を当てるためである。その作業はたぶん、窮屈な「現存在」形式に押し込められた実存（生きざま）がよりよき世界に着地するための可能性をほんのわずかでも開示することにつながるだろう。

4

周知のように『罪と罰』以降の長編小説は五つある。

小説作品としての巧拙はあるものの、いずれの作品も相反するイデーがおのれの生命を賭して死闘を繰り広げていく弁証法的なプロットと語りを持っている。しかし、一つの作品であるイデーが決定的に勝利し、他のイデーが無残に敗北する姿を描いたからといって、それが作者たるドストエフスキーの思想の最終形を示唆するとかんがえるのは早計である。ところが、内外の多くの評家は、自分の身体にぴったり合った思想や世界観をドストエフスキーの諸作品のなかに掘り当ててきた。自分の体躯には短かったり長かったりする部分はばっさり切り捨てるか、一瞥を加えるだけで足早に通り過ぎたのである。その最たる評家は、いうまでもなく自分の主観の鋳型にドストエフスキーを強引に押し込んだあのレフ・シェストフである。

シェストフは『地下室の手記』の語り手である「俺」に「極端な理想主義からの転向者」をみた。

しかも、この語り手をそのまま作者たるドストエフスキーと同定した。青年時代に跪拝していた「善」や「理想」に対するドストエフスキーの感激は枯渇し、それに唾を吐いたばかりか、汚泥のなかに投げ捨てて踏み潰した。これがシェストフのドストエフスキー像のアルファであり、オメガである。『地下室の手記』以降の作品群は、こうしてシェストフ的な裁断機によって切断され、ラスコーリニコフもイワン・カラマーゾフも好きなように切り刻まれた。裁断機では歯が立たないムイシュキン公爵などは、「血の気のない幻影」ないし「出来損ない」として紙屑のように捨てられた。つまり、シェストフにとって『白痴』の作者は抹消されたのである。シェストフのやり方は、作中人物と作者を区別せず、同時に小説の表現形式と叙述構成（プロット）を不問にしたうえで自分の過剰な思い入れを作中の特定人物に仮託して語る恣意的でお粗末な主観批評の典型となっている。彼が典拠とした『地下室の手記』については、わたしたちはこの先、彼とはまったく逆の読み方から取り上げる機会があるだろう。

シェストフほど主観的でエキセントリックなドストエフスキー像は稀だが、自分の身体にぴったり合った思想や世界観をドストエフスキーの諸作品のなかの特定人物に探り当てて、それがあたかも作者の思想や世界観の核心であるかのように語ってきた評家は少なくない。シェストフは狭隘な独断家にすぎなかったが、ボリシェヴィキの独裁政権によって国外追放されたニコライ・ベルジャーエフは、帝政ロシアが生んだ霊的な存在（革命的精神）が産出したイデーに対してドストエフスキーが最終的な見解を持つに至ったとかんがえ、その見解のなかにドストエフスキー評価のアクシスを確立した代表的な論客である。

ドストエフスキーは深くキリスト教的な作家であった。わたくしは彼以上にキリスト教的な作家を知らない。（中略）彼にとって、真理はキリストのそとには存在しなかった。その感情は熱烈で、深く親しいものであった。ドストエフスキーのキリスト教の深さは、何よりも彼を人間と人間の運命に結び付けている関係のうちにたずねられなければならない。こうした関係は、キリスト教的観念のうちにのみ可能である。それはドストエフスキーにあって、キリスト教の内面的な勝利を示している。

（『ドストエフスキーの世界観』一九二三年、宮崎信彦訳）

ベルジャーエフが主張するのとは違って、ドストエフスキーが最終的に「キリスト教の内面的な勝利」を凱歌したと結論づけることはできそうもない。この内面性は、ラスコーリニコフをはじめ、スタヴローギン、ピョートル・ヴェルホヴェンスキー、キリーロフ、イワン・カラマーゾフらとの血みどろの死闘に挑んで厭きなかったからだ。ラスコーリニコフやイワン・カラマーゾフの言説がわたしたちの心を掻き乱すのは、「よりよき世界」を追い求める真実の促しを彼らの声――言葉だけでなく、その声調、すなわち声のリズムと抑揚――から聴き取ることができるからだ。それらは、作者たるドストエフスキーのイデーが新たな言葉によってその都度、大胆に組み替えられ、更新され、急激に転調されることによって生み出されたものである。ベルジャーエフの視点は、独自の表現形式（小説）を介して霊的な存在の差し出すイデーをさまざまな方位に向けて縦横無尽に追求したドストエフスキーの可能性を広げるのではなく、むしろそれを狭めて限定するものといわなければならない。

ベルジャーエフの神学的立場とは峻別しなければならないが、アンドレ・ジイドもドストエフスキーの作品のなかに「福音書の真理のみが勝利を遂げるのをみた」評家の一人である。

彼の著書全部を通して、いささかでもわれわれがそれらを事情のわかった眼で読むと、われわれは系統だったものではなく、ほとんど無自覚のあいだになされたといっていい、知性の価値切下げを、知性の福音書的価値切下げを確認するでしょう。ドストエフスキーは、愛に対立するもの、これが憎悪よりむしろ頭脳の反芻だということを決して立言はしていません。ただそう悟らせるのです。彼にとって知性はまさに個体化されるもの、神の王国に、永遠の生に、時の外なる至福に対立するものなのです。この至福は、個体を放棄して、無差別な連帯の感情に浸ってはじめて獲得されるものなのです。

（「ヴィユー・コロンビエ座に於ける講演」一九二二年、寺田透訳）

ジイドは、個体性（知性、我執）を放棄した「無差別な連帯の感情」の源泉を福音書がわたしたちに差し出す至高の状態、あの《永遠の生》に見出している。この思想を体現している人物はあの『悪霊』のキリーロフなのだが、ジイドは最終講演の終わり近くで次のように強い調子で聴衆に注意を促している。「キリーロフがいかに不敬に見えようとも、ドストエフスキーはこの人物の姿を想像するにあたって、キリストの観念、人類の救済を目的とする、十字架上の犠牲の必要ということによって、依然として眩惑されているということには確信を持っていただきたい」。しかし、この注意は的外れである。キリーロフが無慙なピストル自殺を遂げる前に作者が彼に何を行わせたかを知っている『悪霊』の読者は、ジイドとは違って作者が「人類の救済を目的とする、十字架上の犠牲の必要」という考えに眩惑されていたとは決してかんがえないのである。ジイドの注目したキリーロフの思想については、『悪霊』を俎上に載せる際にあらためて取り上げるが、ここで先回りして一言付け加えれば、キリーロフが《永遠の生》（あの「五秒間の永遠調和」！）のイデーを抱懐する人間でありながら、一方で作品世界のなかで、ということはキリーロフが現に生きる現実世界で彼が実際に何を行ったのかをみなければ、キリーロフを造型したドストエフスキーの思想を問題にすることはできないのである。

日本におけるドストエフスキーの受容も、埴谷雄高を除くと、ドストエフスキー独自の表現形式から離れてどこまでも評家の思い入れだけがほとばしる恣意的な読み方が基本となってきた。たとえば、クリスチャンでもあった森有正のドストエフスキー観もそうした読解の商品棚に収まっている。一言でそれを表すなら「神を失って、自ら自己の主たろうとする近代人をその極限において探究した」ドストエフスキー像である。『罪と罰』を俎上に載せて森有正は次のように述べている。

われわれはこの一篇を通して、ソーニャの深い愛がついにラスコーリニコフの実存の姿勢を崩し得なかったことを知る。しかし、ドストエフスキーは、真に実存的に、自覚的に働く愛の道をこの一篇の中に探究しようとしたのではないだろうか。『罪と罰』以降、ドストエフスキーの作中人物はさらに暗い絶望の中を歩む。しかし、それらはついに、イエス・キリストにおける真の実存、自覚、愛の究極の綜合に向かって指向されているのである。

（「『罪と罰』について」）

森有正の批評言語は、「社会」「実存」「愛」の三項をめぐる近代主義的な思考と不可分である。彼によれば、自己意識を持ち、自ら主体的自由たらんとする実存的な人間——これこそ、モダニズムの人間観だが——は「社会的実践」、そうでなければ「愛の道」（隣人愛を説くキリスト教への道）に進まなければならない。いや、進むべきである。ただし、森有正においては、「社会」という概念は各個人が自分の欲望を充足するために労働を介して相互に結びついている社会的連関ではなくて、「世間」という一般的な通念とほぼ同じように使われている。このため、彼が語る「社会的実践」も社会の支配的な現実に抗して選択する意志的な行動というよりも、世の中に出て身銭を稼いで生活する月並みなイメージで火脹れした概念として使われている。しかし、そんなことはここではどうでもよいことだ。森有正を宗教的なイデオローグとみなした場合、彼に価値ある生き方として映じていたのは、あくまでも「愛の道」であって、それをドストエフスキーの描いた特定人物、たとえば『カラマーゾフの兄弟』という作品であれば、ゾシマ長老やアリョーシャに仮託して語ったのである。しかし、森有正的な「愛の道」ないし「愛の究極の綜合」とは、それが現実的な社会的諸関係、人間と人間の関係を組み替えていく原理でなかったとすれば、いったい、何だというのだろうか。彼が生きた時代は、国家テロルと監視と密告の息詰まる統制社会だった「ソビエト」時代とほぼ重なっている。「ソビエト」体制を支えたロシア・マルクス主義が世界認識の半分を制圧していた現実世界で「愛の道」が非力な個人の祈り、圧倒的に不当で醜悪な現実への無気力な嘆息、理想主義の空疎な戯言でないとすれば、ドストエフスキーの生まれたその国では「愛の道」はどうやって現実の世界を組み替えていく力となったのだろうか。その答えは森有正の書物を読んでも知ることはできない。

ドストエフスキーの長編作品に「キリスト教（ロシア正教）」徒たるドストエフスキーの行き着いた最終ヴィジョンを読み取る評家のほかにも心理的な人間学から接近する評家も存在する。たとえば、ルネ・ジラールがそうだ。ただし、彼は最終的なヴィジョンに向かったドストエフスキーの行程はいばらの道だったとみなしている。

じつのところ、問題は、死んだ神の唯一の息子＝相続人はだれなのかを知ることである。「自己」と答えればこの問題は一件落着だ、と理想主義哲学者は考えている。しかし、「自己」は、対象としての他の「自己」たちと並べられるような対象ではない。「自己」は「他者」と弁証法的な関係にあり、この関係を抜きにして「自己」を考察することはできない。そしてこの関係が、聖書の神に取って代わろうという企てに水をさすのである。神性は、「自己」の手にも「他者」の手にも入らない。「自己」と「他者」は永遠にこの神性を奪い合う。

（『ドストエフスキー　二重性から単一性へ』、鈴木晶訳）

ジラールの「神性」という概念は、ドストエフスキーが熱中した「人神」に相当している。人神をめぐる自己と他者の永遠の争奪戦。しかし、「自己」は「他者」と弁証法的な関係にある、と言っただけでは何も語っていないのと同じである。これは正しくは次のように言いなおさねばならない。「自己」は、誰にとっても「いま、ここにいる、この私」という自己意識とともにある。「この私」という存在は、他者や社会との関係で決定される役割、社会的存在たる条件のもとに置かれている。ただし、この社会性は、「この私」の企図、意志、行動によって初めて立ち上がるしかないもので、それなくして「この私」と他者や社会との弁証法的な関係を開示することはできない。ルネ・ジラールの心理的な人間学は、中短編の解読に熱中することはあっても長編作品の登場人物たちが取り結び、そのなかに果敢に踏み込んでいったあの錯綜した連環を解析することにほとんど関心を払っていない。ドストエフスキーが彼の長編作品で取り扱ったのは、近代ロシア社会が産出せざるを得なかったイデーに偶然めぐりあわせた人間たちが強いられる剝き出しの実存（生きざま）であり、決然たる選択と行動であり、反抗であり、抵抗であり、闘争であり、要するに同じ世界に共存しながら各人が独自の生存条件や志向性を負った存在として自己を決定するその多様なあり方なのだ。それは決して人神をめぐる自己と他者との争奪戦に終わらない戦場である。その戦場ですべての登場人物はあの常軌を逸したイデーと行動を立ち上げて孤軍奮闘し、全身を震わせて、泣きわめき、叫びたてている。

5

小説のなかの特定人物に自身の思想を仮託することなく、ドストエフスキーの文学思想を取り上げることができた日本の評家の一人は、埴谷雄高である。彼は『存在と非在とのっぺらぼう』（一九五八年）というエッセイで次のように書いている。「彼は、生涯、神の問題で苦しんだ、と自ら公言するが、彼が苦しんだ最大の理由は、彼のかいまみた神の顔が、〈のっぺらぼう〉であることが彼を納得せしめないことを、彼自身理解しなかったことに由来する。彼は、神の顔は〈のっぺらぼう〉でなければならない、という新しい方向に、一歩踏みきってしまえばよかったのだ」。埴谷は森有正とは違ってたんに無神論者にふさわしい振る舞いで無神論に勝ちどきをあげ、ドストエフスキーの思想を限界づけようとしているわけではない。そうではなく、ドストエフスキーの思考を制約したのが確かに「神の問題」であると捉えたうえで、しかし、その神はいささかも明確な相貌をもたないという冷徹なまなざしを向けることで逆に内外のキリスト教的な作品理解と一線を画する独自の視点を提供したのである。

さらにシュテファン・ツヴァイクは、その簡潔な評伝で誰よりもドストエフスキーのそんな危うい姿を精確に見定めた評家の一人だった。『三人の巨匠』（一九一九年）で彼は次のように述べている。

ドストエフスキーはだれにもまして信心ぶかく、同時にだれよりも極端な無神論者である。彼はおよそありうる両極端のこの二つの形式を、同等の説得力をもって作中の人物のなかに描き出している。（中略）ほんとうの彼はいつも信仰告白者や異端者とともにいる。彼の信仰心は肯定と否定という世界の二つの極のあいだを行き来する炎の流れである。神の前においてもまた、ドストエフスキーは統一性から締め出された偉大な分裂者なのである。（柴田翔訳）

『罪と罰』以降の長編小説でドストエフスキーがさまざまな登場人物たちの実存（生きざま）と彼らに宿るイデーのすべてを受け止め、同じ地平に立たせることができたのは、彼がまさに「統一性から締め出された偉大な分裂者」だったからだ。一見すると、作者はあるイデーに対しては「お前は去るがいい」と放逐宣告を下しているかのようにみえる。あるいは、無慙な死を与えて、断罪しているようにもみえる。しかし、そうではないのだ。誰も排除せず、彼らの実存をすべて受け止めたうえで最終的に「私たちはこの世界でどうあるべきであるか、どのように生きるべきなのか」という問いを投げ返している。ドストエフスキーが問うこの地平には、霊的な存在が際限なく否定的なものを取り込みながら、ラスコーリニコフのように「よりよき未来」のために暴力（テロル）行使の是非を差し出すイデーにとどまらず、ムイシュキン公爵を魅了した偉大な幼児性のイデーも、スタヴローギンのような破滅的な人間性の腐蝕も、さらにイエス・キリストに託された救済のイデーやスラヴの農村共同体（オプシチナ）に根づく偉大な共同感性もすべてがすべて一緒くたに提起されるのである。それらは同時にそこにとどまることによってイデーの障害にもなるのだが、それぞれが冷えて固まった溶岩の欠片として目の前に陳列されているのではなく、いまも活火山の噴火口のように白熱し、激情の火焔に取り囲まれているのである。

ミハイル・バフチンは、ドストエフスキーの創作原理の特徴を《ポリフォニー》（多声性）の形式にみて、その世界のなかにともに生きる登場人物たちのさまざまな言葉の応酬に割って入り、彼らの声調（リズムと抑揚）や言い淀み、身振りやまなざしが作り出す巨大な言説空間を渉猟する新しい読解術を提出した。ただし、ポリフォニーは、小説家がその創作活動のメソッドとして自覚的に駆使できるような形式として存在するわけではない。つまり、ドストエフスキー自身は小説を書きすすめるうえで少しもポリフォニーを意識していたわけではない。バフチンは、確かにさまざまな登場人物が寄り集まって多声部を形成するドストエフスキーの作品構造のなかに鳴り響く個々の声部を聴き分けた。しかし、多声構造の連環、そのなかで起こる共鳴や同調、反発や離反、対立や矛盾や闘争などを探り、それぞれの声に宿るイデー、価値、思想をどの方位に向けて作者が叙述したのかについては、ほとんど何も語ろうとはしなかった。その作業はおそらく「ソビエト」体制下では困難だったに違いなく、口をつぐむほかはなかったのである。[8] 一方、ヴィクトル・シクロフスキーは「ドストエフスキーの多声性と呼ばれているもの、作者の決定がないまま示されている小説の多声性は、現実の矛盾を認識しながらもその矛盾の解決を作者が行えないことから引き起こされている」（水野忠夫訳）と述べた。このシクロフスキーの指摘にもわたしたちは素直に従うことができない。実際、ポリフォニー（多声部）を統率する「作者の決定」がないとすれば、ドストエフスキーの作品は、さまざまな声がけたたましく騒ぎ立てる巨大なカオスとして読者に供せられるほかはない。しかし、わたしたちは、翻訳を通じてでも一つの文節、一つのセンテンス、一つのパラグラフの眩暈のするような累積と増殖のなかにメロディや調性や音色やテンポの異なる登場人物の声部を聴き分けることができ、それとともに各声部の同時進行と連環がもたらす意味作用を確実に受けとるのである。それは、ポリフォニー音楽の傑作、たとえばバッハの『ロ短調ミサ曲』を聴くときに与えられる経験とまったく同じものである。わたしたちは間違っても各声部の無秩序な集積と化したカオスの音楽をそこに聴くわけではない。シクロフスキーの見立てとは違ってドストエフスキーの作品も多声性を統率する「作者の決定」が行われており、それは個々の作品を貫徹している。シクロフスキーがそれを見逃すはずはない。にもかかわらず、「作者の決定がないまま示されている小説の多声性」と述べるのは、たぶん、彼もまたバフチンとは違った所作で口をつぐむことを強いられていたからだと想像するほかはない。

幸運なことにわたしたちにはバフチンやシクロフスキーのように口をつぐむ必要ものっぴきならない事情もない。そこでわたしたちがめざすのは、**霊的な存在、あの革命的精神が差し出したイデーをめぐって行われた際限のない問答とそれが個々の作品世界の枠組みのなかでどのように叙述されているか**を検証していくことである。イデーをめぐる問答は、登場人物たちが出会い、彼らの固有の言葉、その声調（リズムと抑揚）を介してその都度更新される。そればかりでなく、ドストエフスキーは、老若男女のさまざまな登場人物と彼らの意識を剝き出しの生存の場の限界点まで引き上げて、それをがむしゃらに行うのである。

わたしたちはまず『罪と罰』（一八六六年）の謎めいたエピローグの扉を開けよう。

註

Ⅰ 「転向作家」の革命的精神、あるいは霊的な存在

（1）米川正夫「ドストエーフスキイ研究」（ドストエーフスキイ全集別巻、河出書房新社、一九七一年刊）による。

（2）「作家の日記」一八七三年より「現代的欺瞞の一つ」参照。

（3）「作家の日記」一八七七年三月参照。

（4）「作家の日記」一八八〇年八月第三章第三節参照。

（5）ドストエフスキーが政治的な注意人物として秘密警察（皇帝直属官房第三課）から監視される態勢がいつごろまで続いたかについては、諸説あるようだ。監視の取り下げを請願したドストエフスキーの覚書は一八七九年四月に書かれている。旧ソ連時代の研究家の一人、ユーリー・クドリャフツェフは一九六九年の著作（『革命か神か―ドストエフスキーの世界観』）のなかで次のように述べている。「ドストエフスキーから政治的監視が取り除かれた時期に関する問題はわが国の文献ではさまざまに解されている。ドリーニンによれば、一八八〇年である。（中略）私の見解では、監視が取り除かれたのは一八七五年であるが、ドストエフスキーがそれを知ったのは一八八〇年になってからだと断言しているネチャーエワの説が正しいと思う」（佐藤清郎訳）。

（6）ドストエフスキーが帝政ロシアの監獄ではなく、ソビエト時代のあの新制監獄（政治犯隔離施設）に幽閉され、その後、そこから辛くも帰還できたとしたら、いったい、どのような言葉を吐いていただろ

うか。こうした空想は、ドストエフスキーに宿った霊的な存在と心を通わすうえで必ずしも無益ではない。ソルジェニーツィンの『収容所群島』には数えきれないほどの元囚人たちの言葉が記録されているが、そのなかで「ヴェーラ・アレクセーエヴナ・コルネーエフ」という人物が収容所を去るときの次のような言葉がある。「私の背後で五メートルもある門が閉じた。私は娑婆へ出るとき、泣いていた。それは自分でも信じられないことだった。どうして泣いたのか？……私は自分の心を最も大切で最も愛するものから、また不幸を分かち合った友人たちから引き離したような気がした。門が閉じた。それで、すべては終わったのだ。私はもはやここに残った人たちには会えないし、手紙ももらうことはないのだ。まさに私はあの世へ行った、という感じだった」（第六部第七章、傍点はソルジェニーツィン、木村浩訳）。ここにはそれこそ全身を震わすドストエフスキー的な慟哭、ドストエフスキーの霊的な存在を介して絞り出せるものと同質の響きがあるといえないだろうか。

（7）フランス第二帝政期に立法権を掌握していたのは、形式的には皇帝、元老院、立法院（共和政時代の国民議会）だが、元老院と立法院は皇帝の諮問・諮詢機関にすぎず、皇帝が実質的に立法権を掌握したことが専制的な統治権力の源泉となった。なお、フランス第二帝政期の統治形態については、滝村隆一が『唯物史観と国家理論』（三一書房、一九八〇年刊）のなかで周密な分析を行っている（同書第三部「唯物史観と『例外国家』論」第二章第三節「〈例外的〉統治形態とは何か？」参照）。

（8）バフチンは一九二八年十二月に「反ソビエト的」活動のかどで逮捕されている。ただし、病気を理由にいったん釈放され、自宅軟禁となる。ソルジェニーツィンの『収容所群島』のなかには「一九二九年には……優れた文芸学者М・М・バフチンが（収容所に）ぶち込まれた」（第一部第二章）との記述があるが、彼がクスタナイ強制収容所（カザフスタン共和国）での生活を送るのは、一九三〇年七月から三四年七月までの四年間である。

Ⅱ 『罪と罰』エピローグの問題

1

どんな文学作品も書き出しのはじめに作者が密かに予感し、実際に着地できるかもしれないところの終わり＝到達点が構想されている。とはいえ、こうした構想はいつも完全に意識化された見取り図のようなものでは決してなく、たぶん、作者の無意識の欲求や願望が彼の構想力に入り込んでいる。そして、ある作品が見定めた到達点が実現された場合、それは必ずといってよいほど特殊時代的な状況のなかの諸形象に下される生と死の運命、その最後的で究極的な意味づけによって明らかにされるほかはない。ところが、『罪と罰』の結尾に置かれたものは、到達点を確定しないばかりか、むしろ作者自らが到達点へたどり着くことを避けたがっているようなエピローグなのである。ここではその問題を一時棚上げして、わたしたちはまずエピローグに挿入された夢の記述を取り上げよう。

それは、金貸し老婆（アリョーナ・イヴァーノヴナ）と腹違いの妹（リザヴェータ・イヴァーノヴナ）の二人を殺害した罪で八年のシベリア流刑に服するラスコーリニコフが監獄内の病床で見る《旋毛虫（寄生虫）の夢》である。この作品を論ずる評家でこの夢を取り上げないのは、小林秀雄などほんの僅かな例外を別とすれば、ほとんどいないといっていい。小林秀雄は「重要な事は、凡て本文で語り尽した後、作者にはもはや語るべきものは残っていない筈なのである」（「『罪と罰』についてⅡ」一九四八年）と述べ、エピローグ自体を蛇足のようにみなした。しかし、小林の感想は笑うしかないほど浅薄なものだ。なぜなら、小林秀雄の見立てとは違って、『罪と罰』の作者は「語るべきもの」を語り尽くさなかったばかりか、本編でもエピローグでもラスコーリニコフの思想に対する処理をためらい、そういってよければエポケー（判断停止）を決め込むような態度に終始しているからである。後述するように、その点では作品は少しも完結していないとかんがえたヴィクトル・シクロフスキーのほうが的を射ている。実際、『罪と罰』という作品が取り上げたテーマ、いわゆる「ラスコーリニコフ問題」は少しも最終処理されておらず、読者の前に放置されたままなのだ。わたしたちが『罪と罰』本編を取り上げる前にエピローグの問題を取り上げるのは、この問題が未解決なままであること、そしてなぜ未解決なまま、現にあるようなエピローグが付け加えられたのかをまず明らかにしたいからだ。以下、長い引用となるが、ラスコーリニコフが見る《旋毛虫の夢》を引用する。なお、『罪と罰』からの引用は基本的に江川卓訳による。

全世界が、アジアの奥地からヨーロッパへ向かって進むある恐ろしい、前代未聞の疫病の犠牲となるさだめになった。ごく少数の、何人かの選ばれた者を除いて、誰もが滅びなければならなかった。顕微鏡的な存在である旋毛虫が現れ、それが人間の体に寄生するのだった。しかもこの生物は、知力と意志を授けられた精霊であった。これに取りつかれた人々は、たちまち憑かれたようになって発狂した。しかし、それに感染した人ほど人間が自分を聡明で、**不動の真理をつかんでいる**と考えたことも、これまでにかつてなかった。人間はかつてこれほどまで、自分の判断、自分の学問上の結論、自分の道徳的な信念や信仰を不動のものと考えたことはなかった。いくつもの村が、いくつもの町が、民族が、それに感染して発狂していった。みなが不安にかられ、お互いに理解しあえず、**誰もが真理の担い手は自分ひとりであると**考え、他人を見ては苦しみ、自分の胸をたたいたり、泣いたり、手をもみしだいたりした。誰をいかに裁くべきかも知らなかったし、何を悪と考え、何を善と考えるかについても意見がまとまらなかった。誰を罪とし、誰を無実とするかもわからなかった。人びとはまったく意味のない憎悪にかられて殺し合った。お互いに相手を攻めたてるに大軍となって集まったが、この軍隊はまだ行軍の途中で、突然殺し合いを始め、隊列はめちゃくちゃになり、兵士たちは互いに襲いかかり、突き合い、斬り合い、噛み合い、食い合った。町々では一日中警鐘が乱打され、みなが呼び集められたが、誰がなんのために呼んだのかは誰も知らず、ただみなが不安にかられていた。みなが自分の考えや、改良案を持ち出して意見がまとまらないので、ごくありふれた日常の仕事も放棄された。農業も行われなくなった。人びとはあちこちに固まって、何ごとか協議し、もう分裂はすまいと誓うのだが、すぐさま、いま自分で決めたこととはまるで違うことを始め、お互いに非難し合って、つかみ合い、斬り合いになるのだった。火災が起こり、飢饉が始まった。人も物もすべてが滅びていった。疫病はますます強まり、ますます広まっていった。

ラスコーリニコフの夢が暗示するのは、一言でいえば、「真理の担い手は自分ひとりである」という思い込みを携えたあの霊的な存在（革命的精神）の命運である。

霊的な存在は、夢のなかでは「知力と意志を授けられた精霊」(1)に喩えられている。それは、肉眼で確認できないほど微小な存在だが、それに憑りつかれると、なぜかはわからないが、誰もが「自分を聡明で、不動の真理をつかんでいる」という確信に囚われ、自分こそは真理の担い手なのだと思い込む。ところで、「知力と意志を授けられた精霊」に魅せられた人々がそれぞれ「真理の担い手」と思い込んだ世界では、いったい何が起こるのか。《旋毛虫の夢》はその帰趨を描いている。似たような信念、考えを抱く人間たちが寄り集まって一つの集団や軍隊を組織し、彼らと違ったようにかんがえる別の人々の組織する集団や軍隊と対立し、真理をめぐって抗争する世界……。だが、真理をめぐる覇権争いは、それぞれが「真理の担い手」と思い込んでいる以上、折り合いがつけられない。だから抗争は双方のいずれかがいなくなるまで続くだろう。モーリス・メルロー＝ポンティがかつて述べたように自分こそ真理の担い手だという確信は、眩暈を引き起こすと同時に暴力を呼び込むのだ。そればかりか、殲滅すべき対象は対立集団だけでなく、同じ考えをもった集団のなかにも現れる。集団内で意見がまとまらず、対立が解消できないほど激化すれば、その関係はその集団の内部に突き刺さった抜き難い棘のように作用するからである。対立する双方は相手こそ自分の肉体に苦痛をもたらす毒針とみなすだろう。「軍隊はまだ行軍の途中で、突然殺し合いを始め、隊列はめちゃくちゃになり、兵士たちは互いに襲いかかり、突き合い、斬り合い、嚙み合い、食い合った」という夢の記述は、そうした事態（内ゲバ）を描いている。こうして「知力と意志を授けられた精霊」に憑りつかれて、自分ひとりが真理の担い手と思い込んだ人々が無際限に繰り広げる殲滅戦の果てに出現するのは、「人も物もすべてが滅びていった」世界なのである。

ラスコーリニコフはシベリアの流刑地でなぜこれほど救いのない悪夢を見るのだろうか。いや、この問いはもっと正確に言い直されるべきものだ。つまり、語り手である作者はなぜこんな夢をラスコーリニコフに見させたのか、と。すでに述べたように、ドストエフスキーが夢のなかに記述したものは、自分こそは「真理の担い手」という過信に陥った霊的な存在——わたしたちがそれと名付けた革命的精神、ヘーゲルが人間精神のなかに見出したあの否定作用——がたどる宿命的な成り行きであり、それが抱え込むことになる背理なのである。ドストエフスキーはそれを黙示録風の終末論的なイメージに染め上げた。すでにみたようにそれはすべての人間が滅びさる際限のない殲滅戦のイメージである。あらためて指摘するまでもないが、彼のなかでこのイメージの喚起力を育んだテキストがあった。『ヨハネの黙示録』がそれである。

フリードリヒ・エンゲルスは、最晩年に発表した「原始キリスト教史によせて」（一八九四年）という論文でヨハネ黙示録について次のように語っていた。

ここではまだ、汝の敵を愛せよとか、汝を呪う者を祝福せよ、などという「愛の宗教」については、一言も語られていないのである。ここで説かれているのは、おおっぴらな報復、キリスト教迫害者に対する、ききめの高い、正々堂々たる報復である。そして全巻にわたってそうである。危機が近づけば近づくほど、禍害と罰とが天からますますしげく降ってくればくるほど、ますます大きな喜びをもって、わがヨハネは告げ知らせる。いわく、大勢の人間は、なお相変わらずおのが罪を悔い改めようとしない。いわく、神の新たな鞭がまだまだ彼らの上にびゅんびゅんと降ってこなければならない。（川口浩訳）

福音書やパウロ書簡などを読み進めてきた人の多くは巻末に置かれた黙示録の世界に入るやいなや、たぶん頭を殴られたようなショックを覚えるに違いない。その内実をどのように言えばよいか。エンゲルスがここで述べているように、それはキリスト教迫害者たる「大淫婦、大いなる都バビロン」に喩えられたローマ帝国への、神による血なまぐさい報復と殲滅のグロテスクな記述に対する強烈な違和感なのだ。キリスト教迫害者へのこれほどまでの「禍害と罰」の描写、その容赦ない激烈で徹底的な報復と不寛容の記述はあたかもサディストの妥協を知らぬ嗜虐性の表現のように度を越して執拗かつ酷薄である。《旋毛虫の夢》のなかの無際限の殺戮の記述にはその黙示録の執拗な禍害のイメージが浸透しているのだ。ラスコーリニコフの夢に描かれているのは、自分の信念は絶対に正しく、真理の担い手は自分以外にいないと思い込んだ霊的な存在（革命的精神）が殲滅戦の果てに世界の成り立ちをぶち壊してしまう救いのない地獄絵図である。霊的な存在に憑りつかれた人々（集団）は、思い込みの激しさ、過信からくる排他性の原理によって彼らに敵対する集団、さらには直接的には彼らと敵対せず、どんな真理の制覇にも無関心であるような人々――彼らもまた「無関心」という「現存在」形式の様態において一種の真理の担い手である――までも含めて彼らを容赦なく駆逐するのだが、一方で自分たちも最終的に排撃される運命から逃れることができない。ドストエフスキーがこのようにラスコーリニコフの悪夢を介して霊的な存在の末路を描いたのは、この『罪と罰』の主人公こそ、自分の思想には絶対的な正当性があると思い込んで、自らを「真理の担い手」と過信した青年だったからである。作者は、一度は確かに主人公を罰しようとしたのだ。作家の構想力はその一点に絞り込まれていた。

《旋毛虫の夢》に表現されている作者の思想の核心をなすのは、この思い込みや確信はそれ自体、無根拠であって、その無根拠な信念を解体しないかぎり、狭隘で硬直した教条主義（ドグマ）へと転じ、「まったく意味のない憎悪にかられて殺し合う」しかないのだという考えである。しかし、ここでまず問わなければならないのは、そのことではなく、自分は絶対的に正しく、それゆえ自分こそは真理の担い手であるというラスコーリニコフの思い込み（過信）がなぜ生まれるかという問題のほうなのだ。作者は、ラスコーリニコフの過剰な思い込み（過信）が彼の霊的な存在の裏側にこびりついていることを執拗に描いている。わたしたちは、ドストエフスキーが生きた一九世紀のロシア社会の社会状況のなかにこの過信の発生論を探ってみる必要がある。

社会的な諸力がせめぎ合う共同社会のなかである一群の人々が「自分の考えや、改良案を持ち出し」て、それを「不動の真理」、言い換えれば、正しきこと（コレクトネス）を踏み外していない唯一のものとして差し出すための第一歩は、まず自分の考えを他の人々に説明することである。説明し、理解してもらったうえで彼らの支持を得なければならない。しかし、それだけでは、彼らの意見や提案が真理のうちに基礎づけられていることには少しもならない。なぜなら、別の声がそこここに立ち上がり、彼らとは異なる考えや改良案を正しいこととして押し出そうとする別の一群の人々が必ず出てくるからだ。つまり、そこでは正しきことが一つではなく、二つないしそれ以上となって人々を深刻な対立関係のなかに立たせることになる。こうした事態は、多数の人間の社会的関係に基づく共同社会では避けられないことである。たんに不偏性や無謬性を保証する超越的な審級がないというだけではなく、コレクトネスに向けた行為（それは一言でいえば《政治的行為》である）というものが自分自身に対してばかりではなく、自分以外の多数の他者を巻き添えにする行為だからだ。相互に自分の考えとは違った相手を巻き込む行為である以上、正しきことは必ず複数化せざるをえないし、共同社会はこうしてさまざまな現実的な選択肢をもつ対立・抗争関係の根拠を根づかせるのである。

しかし、だからといって、この対立関係は少しも悲観すべき分裂状態を意味するものではない。なぜなら、自分が正しいという主張を権利づけるものこそ、自分の正しさに反駁し、あるいは最終的に論破する可能性さえ持つ他者の存在であり、自分の正しさに信頼を置く唯一の根拠も他者によってのみ検証され、たえず更新される以外にないからだ。

ドストエフスキーの同時代人だったイギリスのジョン・スチュアート・ミルは、正しきことをめぐって人々の意見が一致せず、むしろ意見が相違していることに共同社会の開かれた可能性をみた思想家である。『自由論』（一八五九年）のなかでミルは次のように述べていた。

人間は誤りのないものではないということ、人間の真理は、大部分は半真理であるにすぎないということ、相反対する意見を十二分に最も自由に比較した結果として出てきたものでない限り、意見の一致は望ましいものではなく、また、人間が現在よりもはるかに真理のすべての側面を認識しうるようになるまでは、意見の相違は害悪ではなくて、むしろためになることであるということ、おおよそこれらの諸命題は、人間の意見に対して適用しうると同様に、人間の行為の様式に対しても適用しうる原則である。人間が不完全である間は、異なった意見の存在していることが有益であるのと同様に、異なった生活の実験の存在していることもまた有益なのである。（塩尻公明・木村健康訳）

共同社会では異なった意見が存在していることのほうが人間にとって有益である。ミルはそう語る。しかし、対立・抗争関係が深刻になった場合はどうすればよいか。そのときでも人々は忍耐強く穏やかに話し合い、双方が合意できる場所まで歩み寄っていくしかない。わたしたちはそれを**相互承認の手続き**と呼ぼう。もちろん、この相互承認の手続きは対立関係を無化するものではないし、正しさのすべてを包括する場所でもないが、それこそが肯定と否定、批判と検証が共同社会に生きる人々の間に自由に行き交うことを保証し、活性化させるただ一つの手続きなのである。(2) そうした手続きが共同社会の内部に根づくためには各人が自由であり、かつ平等であるというあのイデー、つまり「権利としての万人の自由と平等」という原理が承認されていなければならない。そして、すべての法の理念、形式、秩序がそのイデーに基づいて発見されなければならない。その場合、三権分立という権力の枠組みがそうした法秩序の本質であり、実体となる。ところが、尊大でせっかちな人間はこうした手続きや枠組みに我慢がならないのだ。マルクスが共産主義社会への過渡的な権力形態として構想した《プロレタリア独裁》などという権力概念は、三権分立を否定する地獄的な権力形態であるばかりか、それが個々の人間の発意に基づく自由で活発な討論の可能性を封殺するならば、その種の政治的人間ないし党派集団が利用する悪魔的な権力形態である。(3) 正しきことをめぐる対立関係を力づくで排除することは、いずれにせよ、人間と人間との関係に基礎を置く共同社会の基本的な成り立ちを損壊させてしまう。

ドストエフスキーが生きた一九世紀のロシア社会は、相互承認の手続きに致命的な不備や欠陥がある社会ですらなかった。たんに相互承認の手続きの原則を欠いた社会であり、社会的合目的性の形式を踏み外した社会だった。ツァーリ（皇帝）を頂点とする専制的な支配権力がロシア共同体の全領野に覆いかぶさるように聳え立って人間の自由に制約を加える一方、経済的な社会権力が未成熟のために社会的不正や経済的窮乏にのたうっていた社会にあって、ツァーリを中軸とする統治権力から除外された個々の人間は自らをばらばらの平板で無機質の破片として統合されているような不全感を抱えるほかはなかった。つまり、個々人の社会的同化の感情を著しく削いで平然としている社会。近代ロシア社会の課題は卓袱台をひっくり返すように共同社会を転覆させるのではなく、まず相互承認の礎となる原則、つまり相互に直接的なコミュニケーションの仕組みをその内部に打ち立てることが何よりも先決だった。

　これに対し、絶対王政を打破したヨーロッパの近代国家は、歴史的にみれば、立法権、執行権、司法権の三権が分化した統治体制へと進んだ。国家意志を裁決し、これを「法律」として確定するのは、立法機関たる議会である（国家意志の形成に関わるさまざまな社会的諸力についてはここでは捨象する）。執行機関（政府、行政機関）は議会が定めた法律を執行するとともに、個別関連諸法や政令、通達といった法規形式を駆使して国家意志を主導ないし先導する。そして、法規範が正しく運用されたかどうかを個々の争訟の審理を通じてチェックするのが司法機関（裁判所）で、一国の元首であってもこれに違反した場合には処罰権を厳格に行使しなければならない。近代以前では歴史的にも制度的な統治理念としても不可能だった司法権の立法権、執行権からの分離・独立が近代以降では「法による支配」形式の本質をなし、現代国家に至る法治国家の理念を支えている。ところが、近代ロシア国家は、ツァーリとその臣下に集中した執行権力が立法権と司法権を実質的に吸収し、国家意志の裁可をほぼ独占的に掌握した親裁体制（デスポティズム）を堅持していた。ジョン・スチュアート・ミルは先の『自由論』のなかでロシア帝国を官僚群が実質的な支配権を握る専制国家とみて、次のように述べている。「皇帝は官僚群のある一人をシベリアに流謫することができるが、彼らなしには、また彼らの意志に反しては統治することができない。彼らは、皇帝のあらゆる命令に対して、たんにその実施を差し控えるだけで、暗黙の拒否権を行使することができる」。しかし、官僚群が実質支配するといっても、彼らの政治権力の源泉は皇帝（ツァーリ）その人であり、ツァーリが国家意志の最終的な裁可を行う最高権力者であることに変わりはない。臣僚や側近はどんなに深慮遠謀をめぐらせても、些末なことでツァーリの機嫌をいったん損ねれば、誰でもすぐさま更迭される存在にすぎない。ついでにいえば、このロシア・ツァーリズムを否定したレーニン＝ボリシェヴィキの「ソビエト」体制は、ツァーリに代わって党・中央委員会が執行権力を独占し、立法権と司法権を実質上剥奪した専制国家という点で「ツァーリ」体制の焼き直しにすぎなかった。当時、農業主体の経済的社会構成が支配的かつ強固で、一般大衆の社会的諸力は微弱でほとんどなきに等しかったから、ボリシェヴィキのめざす社会主義的な国家構想を根づかせる現実的な土壌は、ロシア社会のどこにもなかった。革命党たるボリシェヴィキが至上目的としたのは「革命」の防衛、より厳密にいえば、ボリシェヴィキが奪取した政治権力の維持であって、それが最高の国家意志として打ち出されたため、反ボリシェヴィキ勢力は十把ひとからげに「反革命」として一掃されなければならなかった。こうして権力維持という至上目的が一党独裁による恐るべき専制的国家を準備し、その結果、ロシアはヨーロッパ的な人間解放の水準に達する以前にそれを粉々にぶち壊してしまった。もちろん、それを必然化せしめたのは、病的な猜疑心をもったスターリン個人でなく、現実的な土台がないところでコミュニズムの社会構想に慌てふためいて着手したレーニン＝ボリシェヴィキの未熟な構想力だった。スターリンが行ったのは、一党独裁のもとで強権と策謀を駆使して築き上げた個人崇拝体制にすぎない。それは当人の死とともに瓦解したが、一党独裁による専制国家がその後、四十年近くも残ったのは二〇世紀最大の厄災の一つである。(4)

農奴解放以前のロシア社会の実相は、ゴーゴリの未完の大作『死せる魂』(一八四二年)のなかに刻印されている。経済的社会構成としてみれば、資本主義的な社会的諸関係を準備する本源的蓄積が大幅に遅れた社会であり、したがって、すでに述べたように社会的諸力を育む経済的な基盤はいまだ微弱で、アジア的な停滞を打破する内発力の芽も地中に深く埋もれたままだった。自らを防衛するはずの建物の揺れを感じているものは、地主貴族をはじめ、町の名士、小役人、大多数を占める農奴（ムジーク）のどんな階層にも存在しないか、存在するとしてもほんの一握りの人間にすぎなかった。その世界から抜け出ようとするごく少数の先鋭的な意識は、無力とわずかばかりの享楽のなかに身を沈めている圧倒的多数の個々の主観性によって打ち負かされていた。一言でいえば、「希望の地平」というべきものが陥没した社会だったのである。若い地主貴族の一人、プラトン・ミハールィチ・プラトーノフは次のように呟く。「パーヴェル・イヴーノヴィチ、われわれがまともに生きていけないのは、何かほかに理由があるんです、でもそれが何なのか、正直、私にはわからんのですがね」（第二部第四章、東海晃久訳）。こうした呟きは著しく衝迫力を欠いていて、新たな行動を呼び込む力を絶対的に欠いていたのである。主人公のチーチコフにとってもそれは同じで、プラトーノフの呟きは空気を振るわせる生ぬるい微風のようなものでしかない。そのチーチコフが胸に温めているのは、領地経営である。夢を実現するために、彼は多数のムジークを生きているかのように見せかけて大金を詐取しようと目論み、実際、そのように行動する。彼はたんに自分が利用できる事物や人間だけで世界が安定的に構成されていることに疑念をもたないばかりか、一片の自己嫌悪も自己不信も抱かずに夢の追求にまい進するおのれの才覚を強烈に意識している。しかし、彼の内奥の力となっているのは、愚昧と無気力が支配する世界を縦横に駆け巡る利己的でせせこましい精神であって、根本的に欠陥のある世界を正視し、問いを立てる力とはおよそ縁のない、詐欺師まがいの卑屈で滑稽な精神である。だが、社会そのものがチーチコフに対し否定性を激しく突きつけることなく、死体のように腐爛しつつあるならば、いったい、誰が彼の生き方を弾劾できるだろうか。そんな奇特な人間は『死せる魂』の世界にはただの一人もいないのである。

否定性の精神は、無気力と享楽の主観性に打ち負かされていると述べたばかりだが、実際、こうした状況を打ち破って社会を変えようとする一握りの人々がいた。一八三〇〜四〇年代に「西欧派」と呼ばれた一群の自由主義者たちである。影響力をもつイデオローグにはベリンスキーやゲルツェン、オガリョーフ、バクーニンなどがいた。彼らはドストエフスキーより十歳ほど年長で、ツァーリ専制権力によって抑圧されてきた人間性の解放を唱えた。彼らはみなヘーゲリアンであり、ヘーゲルの語った「自由」という偉大なイデーの実現、つまり自由にものごとを考え、自らの意志、信条、価値観に基づいて自由に行動する人間性の実現に寄与するべく行動を開始した。彼らと意見を異にするのはいわゆる「スラヴ派」だった。両派のあいだでツァーリ専制国家の矛盾とその揚棄をめぐって喧々諤々の論戦が行われるが、ツァーリ体制に転機をもたらすのは、論戦の帰趨ではなく、一八五〇年代に戦われたクリミア戦争である。敗北したロシア帝国はそれを機にいわゆる「上からの改革」に乗り出す。アレクサンドル二世による農奴解放令（一八六一年）がその嚆矢だが、それが新たな矛盾と桎梏をもたらした六〇年代では、「西欧派」のなかでも左派グループと呼ばれる人々が政治的に急進化して《土地と自由》（ゼムリャー・イ・ヴォーリャ、第一次《土地と自由》の結成は一八六一年）に結集し、その分派は七〇年代末になるとさらに先鋭化して秘密結社型のテロリズムを容認する「人民の意志」（ナロードナヤ・ヴォーリヤ）派を生むに至る。アレクサンドル二世が「人民の意志」派によって暗殺されるのは、ドストエフスキーが死んだ直後の一八八一年三月である。

ドストエフスキーは六〇〜七〇年代を通じ、彼らを「無神論者、故郷喪失者、ニヒリスト」などと口角泡を飛ばして罵倒した。[5] しかし、彼が唾棄した人々こそ、近代ロシア社会の矛盾と桎梏のなかで、正しきこと（コレクトネス）を差し出そうとした一群の人々であったことも確かなのだ。ドストエフスキーが生きたロシア社会の悲劇は、相互承認の手続きを欠いていたこと、そうした社会では正しいことを差し出しても社会を変える現実的な力にはなり得なかったことにある。実際、彼らは支配権力によって厳しい弾圧を受け、一方的に排撃されるほかはなかった。それでそのあとはどういうことになったのか？　正しきことを信じて現実を変えようとする人々の選択肢は、組織的な力の意志の顕現としておのれをより強力に発現させる方向に突っ走ることのほか、何もなかった。言い換えれば、観念的にも物理的にも力づくでコレクトネスを差し出すしかなかったのである。[6]さらに八〇年代以降、彼らは厳格な「規約」や「綱領」をもつ組織（政治党派）として自己を束ね、強固な意志でおのれの信念や確信を押し出すことになるだろう。こうして招来されるのがドストエフスキーが語るところの「神抜きの革命」、すなわち《暴力革命》である。彼らが行使する暴力（テロル）は、ツァーリの支配共同体の政治権力と激しく敵対しているから、当然、生死を賭けた血みどろの闘いにならざるを得ない。

このように近代ロシアの支配共同体に抗して正しきことを差し出す人々は、抑圧や迫害が激しくなればなるほどおのれの意志や信念をより強力に押し出すほかはなかった。その行き着く先が「テロリズム」と呼ばれるあの暴力意志の貫徹、相互承認の手続きを欠いた共同社会だからこそ必然的に産み落とされるテロルの論理だった。次章で詳しく論じるように、ドストエフスキーは『罪と罰』の主人公をその系譜に連なる一人として構想したのである。

シベリアの監獄から戻ってきた作家は、一群の人々の正しきこと（コレクトネス）が携える信念や思い込みがある種の絶対性を帯びて、それがただ一つの不動の真理を占有しているかのような熱狂へ駆り立てる近代ロシア社会の不可避の道筋を肌身で感じていた。なぜならば、彼もまた霊的な存在に導かれてコレクトネスを手にする自己の絶対性を過信した経験をもっていたからだ。しかし、彼はオムスクの監獄でそれがまぼろしの絶対性であること、自分だけが正しく、それゆえ真理を占有しているのだという確信が幻想にすぎず、それを根拠づけるものが現実には何もないことを知るのである。だからこそ、ドストエフスキーは語るだろう。正しきことを差し出す人々が自分こそは不動の真理をつかんでいると思い込んでいるかぎり、支配権力を倒して権力を掌握したとしても彼らが現実世界から正当な根拠を引き出せたことにはならない。逆に権力を掌握した瞬間から、旋毛虫の悪夢の記述にあるように「いま自分で決めたこととはまるで違うことを始める」かもしれない。いや、そればかりか、真理を占有しているという主観的な思い込みがいったん権力を行使すると、真理はいつもこちら側にあるのだから、審理の公正な手続きもなしに反対派を処罰することができると判断するだろう。フランス革命のジャコバン派がそうだったように。[7] 彼らが正しいと承認され、支持されるのは、実際に正しきことが行われ、その果実が反対派を含むあらゆる人の手にも届いて、享受できるようになるときだけである。

わたしたちは、ドストエフスキーがロシア革命の行方をすべて予見していたと言いたいのではない。が、何が人々を間違い（錯誤）へと導き、何が世界の成り立ちをぶち壊すかということについて、シベリア帰りの作家は真正な考えをつかんでいたのである。少なくともラスコーリニコフの悪夢を描いた時点では。作者はそこから次のように『罪と罰』の主人公を断罪しようとおもったのだ。ラスコーリニコフよ、お前は確かに正しきこと（イデー）に魅せられた青年だ。しかし、お前のイデー、思想信条が「真理の担い手は自分ひとりである」という無根拠な思い込み（過信）を携えて世界の改変に挑むと、世界の成り立ちを修復し難いまでに損壊することになるだろう。なぜなら、自分だけが正しさを手にしているという思い込み、その過信こそが世界の成り立ちに背馳しているからだ。この世界にはお前と同じように不動の真理を手にしているとかんがえる人々がほかにも存在する。また、そうした人々のなかにはお前と違ってイエス・キリストへの帰依に永遠の真理をみる人々がいる。さらに、そもそも絶対的な正しさという観念には生涯無縁なまま、老いて死ぬ無言の大勢の人間がロシアには存在しているのだ。わたしはオムスクの監獄でそうした人々に出会った。いや、実際に彼らが目の前にいてもいなくても、そうした多様な様態の存在者たちを含んだ形で世界は成り立っていることをわたしは知ったのだ。

後年のドストエフスキーはさらにこう付け加えるだろう。ロシアの大地に根ざした民衆こそ、彼らのなかに美しき肯定面、すなわち、**謙虚**と**同胞愛**のイデーをもっている、と。ラスコーリニコフよ、お前はそうした存在者たちをシャットアウトする。だから、不動の真理という高慢な観念におのれを籠城させてしまうのだ。お前がほんとうに正しきこと（イデー）を希求し、その実現に寄与したいとおもうのならば、自分だけが真理の担い手なのだというその無根拠な信念をまず解体せよ。自分以外の人間が自分とは違ったように存在し、彼らとともに自分も存在する世界の成り立ちをまず承認せよ。それが解体の最初の一撃となるはずだ。

ドストエフスキーは、ラスコーリニコフの見る悪夢の最後の部分に旋毛虫に感染せずに疫病の難を逃れることができた「数人の清い、選ばれた人たち」を記述している。それは次のように書かれている。

全世界でこの災難を免れられるのは、新しい人間の種族と新しい生活を始め、大地を一新して浄化する使命を帯びた、数人の清い、選ばれた人たちだけだったが、誰ひとり、どこにもこの人たちを見かけた者はなく、彼らの言葉や声を聞いた者もなかった。

この少数の人びとが何を指しているのかといえば、もはや自明だろう。それは自分こそは真理の担い手という思い込み（過信）を解体に追い込んだ霊的な存在（革命的精神）である。それだけが敵対する者たちとの殲滅戦を脱構築していくことを可能とする。彼らの使命は、「大地を一新して浄化する」ことにある。ただし、夢のなかではそうした少数の人々を誰も目にしたことはないし、その言葉や声を耳にしたものはいなかった、という記述で終わっている。そしてこのような形で作者が《旋毛虫の夢》を終えるとき、彼はいまだ現実世界に現れたことのない非在のイデーに手を伸ばそうとしていたのだ。もちろん、わたしたちはこの記述のなかにドストエフスキーに宿って生涯離れることのなかった霊的な存在とそれが差し出すイデーの最初の大きな転回となる表現を見定めるのである。

2

ところで、《旋毛虫の夢》を見た『罪と罰』の主人公は、その無根拠な思い込みを解体できた人間として生まれ変わっているのだろうか。これがエピローグの孕む問題の核心に向けて放たれる最後の問いである。

作者はその夢が目覚めたラスコーリニコフを苦しませたと述べている。「この無気味な幻覚の記憶がいつまでも悲しく痛ましい余韻を残し、この熱病の悪夢の印象が長いこと消え去ろうとしないのに悩まされた」。この悪夢の叙述のあと、語り手＝作者は、あの有名な川岸の作業場におけるラスコーリニコフとソーニャの愛の交感と再生の予感に溢れた場に読者を運ぶ。

ラスコーリニコフは小屋を出て、川岸のすぐそばへ行き、小屋のわきに積んである丸太の上に腰をおろして、荒涼とした広い川面を眺めはじめた。高い岸からは広い眺望が開けていた。遠い向こう岸からは歌声がかすかに流れてきた。日ざしをいっぱい受けたはるかな草原には、やっと見分けられるほどの点となって、遊牧民の部落が点在していた。**向こうには自由があり、ここの人たちとはまったく違った人たちが生活していた。**向こうでは、時間そのものが歩みをとめ、いまだにアブラハムとその羊の群れの時代が終わっていないかのようだった。ラスコーリニコフはじっと座ったまま、目を離そうともせずに眺めていた。彼の思いは、やがて幻想へ、瞑想へと移っていった。彼は何も考えなかった。ただ**そこはかとない哀愁**が彼の心をさわがせ、うずかせるばかりだった。

遠い向こう岸から聞こえてくる歌声、輝くばかりの陽射しを浴びる広大な草原、遊牧民の部落……。この神話的な光と息吹に充ちた風景のイメージもまた同じ『ヨハネの黙示録』のテキストから立ち上がっている。ただし、今度はあの「聖なる都、新しいエルサレム」の記述からだ。わたしたちは、エピローグ以前に作者がこの「新しいエルサレム」という言葉をこっそりと人目につかないような形で持ち込んでいたことを知っている。それは、ラスコーリニコフと予審判事ポルフィーリーとの最初の対決を描いた場面においてである（第三部第五章）。作者は、ラスコーリニコフがうっかり口を滑らせたような形で「新しいエルサレム」という言葉を彼に言わせている。それを受けて、作者は「新しいエルサレムを信じているんですか」とポルフィーリーに質問させる。「信じていますよ」。これがラスコーリニコフの答えである。ヨハネ黙示録は、エンゲルスが述べたように原始キリスト教団を迫害する「大淫婦のバビロン」（ローマ帝国）への激しい呪詛と怒り、血の報復と殲滅のイメージに塗り込められた異形の書物であり、共観福音書の叙述と教説に対立するものさえ含んでいる。ところが、新しいエルサレムを首都とする神の国が到来すると、突然、劇的な転調が行われ、それまでの執拗なまでに禍々しく血なまぐさい闘争の数々の記憶をすべて押し流すかのように奇妙なまでに静謐な世界記述へと転換する。音楽に譬えるなら、金管や木管、打楽器の各パートがテンポを速めながらクレシェンドし、いっせいに耳を聾するほどの大音量で狂暴なクライマックスを築いたあと、不意に全楽器による阿鼻叫喚が止まり、静寂が訪れるのだ。たとえば、ショスタコーヴィチの交響曲にお馴染みのあの大狂騒から静寂への急激な転換を思い起こせばよい。それに続いて弦楽器が厳かに奏でる最弱音のパッセージが地下水のように湧き出す。黙示録の記述（第21章）は次のとおりだ。

わたしはまた、新しい天と新しい地を見た。最初の天と最初の地は去っていき、もはや海もなくなった。さらにわたしは、聖なる都、新しいエルサレムが、夫のために着飾った花嫁のように用意を整えて、神のもとを離れ、天から下ってくるのを見た。そのとき、わたしは玉座から語りかける大きな声を聞いた。「見よ、神の幕屋が人の間にあって、神が人とともに住み、人は神の民となる。神は自ら人とともにいて、その神となり、彼らの目の涙をことごとくぬぐい取ってくださる。もはや死はなく、もはや悲しみも嘆きも労苦もない。最初のものは過ぎ去ったからである」。（新共同訳）

「神が人とともに住み、人は神の民となる。もはや死はなく、もはや悲しみも嘆きも労苦もない」。黙示録の作者にとって、《神の国》はこのイデーに尽きている。が、わたしたちの目には生の労苦と死の恐怖の差異線を打ち消したうつろなヴィジョンのように感じられる。どの角度からみてもそれは現実の不条理な迫害に追い詰められ、息も絶え絶えとなった黙示録の作者の尖鋭化した神経といびつで狭隘な精神が生み出した幻影のように映る。だが、ドストエフスキーはこの「新しいエルサレム」（神の国）に魂を激しく震わせたのだ。丸太に腰を下ろしてラスコーリニコフが眺めた静謐で黙示的な光に充ちた場面が『死の家の記録』の次の記述と驚くほど似ていることを思い起こそう。それは、妻殺しで十年の刑に服する「わたし」（アレクサンドル・ペトローヴィチ・ゴリャンチコフ）がイルトゥイシ河畔——そこには煉瓦運びの労役場がある——から望める広野を回想した叙述である（第二部第五章「夏の季節」）。

わたしがしばしばこの河畔のことを言うのは、他に理由はない、**ただそこからは神の世界が見えたからである**。清く澄んだ明るい遠方、その荒涼とした風景で、わたしの胸に異様な印象を刻みつけた無人の自由な曠野が見晴らせたからである。（中略）わたしは岸辺に立って、この果てしない、荒涼とした広がりを眺めたものである。**わたしにとって、そこにあるすべてのものが貴く、そしていとおしかった**。果てしない紺碧の大空に輝く明るい熱い太陽も、遠い対岸キルギスから流れてくるキルギスの歌声も。長いことじっと目を凝らしていると、そのうちに、遊牧民の粗末な、煤煙で黒ずんだ天幕らしいものが見えてくる。天幕から小さな一筋の煙がのぼり、キルギス女が一人忙しそうに二頭の羊の世話をしている。**それらはすべて貧しく、粗野ではあるが、しかし、自由である**。

すきとおるような紺碧の大空に何鳥か、鳥を見つけて、執拗にいつまでも飛んでゆく姿を追う。さっと水面をかすめて、青空へ消えたかと思うと、またちらちらする一点となってあらわれる……早春のある日、岸の岩の裂け目にふと見つけた、しおれかけた哀れな一輪の草花でさえ、何か痛ましくわたしの注意をとめるのだった。（工藤精一郎訳）

『死の家の記録』の「わたし」が見た風景がオムスクの監獄で四年を過ごしたドストエフスキーの目に映じた現実の風景とどこまで重なっているのか、わたしたちに確かめる術はない。また、確かめたところで格別な発見があるともおもえない。確かなのは、「新たなエルサレム」（神の国）のイメージに喚起された神話的な世界を記述するまでに当時のドストエフスキーが黙示録に激しく感応したという事実である。そして、『死の家の記録』執筆から六年後、ドストエフスキーはふたたび『罪と罰』のエピローグに同じ《神の国》のイメージを持ち込んだことになる。そのエピローグでは、生と死の差異線を打ち消したうつろな世界像でしかなかった《神の国》のイメージがラスコーリニコフの再生を予感させる基調音へと転調されるのである。ところが、それは作者の意図とは逆に、「ラスコーリニコフ問題」の最終処理を棚上げするような印象を強める効果しかもたらさなかった。『死の家の記録』の「わたし」（アレクサンドル・ペトローヴィチ）にしろ、ラスコーリニコフにしろ、神話的な光と息吹に溢れた風景は、彼らから思考を奪い取って、ある種の痛切な感情に導いている点で共通している。ただし、『死の家の記録』の「わたし」が「清く澄んだ明るい遠方、その荒涼とした風景」に《神の国》を見て「すべてのものが貴く、そしていとおしかった」と感じているのに対し、ラスコーリニコフはそうではなく、「そこはかとない哀愁」に苦しむのだ。(8) この風景の叙述は、霊的な存在（革命的精神）が差し出すイデーを信じて、二人の女性を殺す前も、そして殺したあとも目をぎらつかせて喧騒と埃にまみれた都会を歩き回り、際限のない自問自答を繰り返し、過剰で高慢ちきな内面性をたぎらせてきた青年の目に、彼とともに存在し、しかし彼とは違ったように存在する「別の人々」の生活世界が初めて《永遠の相》として飛び込んできた瞬間の表現にあたっている。再度引用しよう。「向こうには自由があり、ここの人たちとはまったく違った人たちが生活していた。向こうでは、時間そのものが歩みをとめ、いまだにアブラハムとその羊の群れの時代が終わっていないかのようだった」。彼らの生活世界は、たぶん、ラスコーリニコフの霊的な存在とそのイデーに宿った初源のイメージからそれほど遠く離れた世界ではなかったはずだ。ところが、いまやイデーは初源の喚起力を失い、それとは真逆の世界の果てに彼を運んでしまった。ラスコーリニコフを苦しめる「そこはかとない哀愁」は、《永遠の相》として映じる「まったく違った人たち」の生活世界が彼のもとへ寄こしてきた貴重で得難い感情であるはずだが、それは同時に彼らの生活世界から彼一人だけが脱落したことを告げ知らせる酷薄な瞬間でもあったのである。

しかし、ここでわたしたちが注目しなければならないのは、その前にある「彼は何も考えなかった」という、それほど読者の注意を引きつけるとはおもえない奇妙な記述のほうなのだ。強迫神経症と見紛うほどの自問自答を際限もなく重ねてきたあのラスコーリニコフは、どうしてここで「何も考えない青年」として突如記述されるのか？

それに一言で答えるとすれば、作者その人が二人の女性を殺したラスコーリニコフの霊的な存在の差し出すイデーを突き詰めていくことをためらったからである。ラスコーリニコフは何も考えなかった、という記述を導いて、作者は何か有意味なものとしてそれを差し出そうとしているが、実は悔恨も自責の念もないメランコリー（鬱）のなかに主人公を置くことによって救出されるのは、いわゆる「ラスコーリニコフ問題」の最終処理を先送りしてそれに決着をつけることを避けようとした作者自身なのだ。その結果、「ラスコーリニコフ問題」は、海辺に打ち上げられた漂流物のように放置されてしまった。

3

語り手＝作者はこのあと、緑色のショールをかぶったソーニャを登場させ、すでに述べたように愛の交感と再生の予感へと読者を導く。ラスコーリニコフは、いつものようにおどおどとした様子をみせながら手をさしのべるソーニャの両膝を抱きしめて嗚咽する。

彼は泣きながら、彼女の両膝を抱えた。最初の一瞬、彼女は激しく怯えて、顔が死人のようになった。彼女はその場からはね起き、わなわなと震えて、彼を見つめた。しかし、すぐさま、一瞬のうちに彼女はすべてを理解した。彼女の目にかぎりもない幸福が輝き始めた。彼女は理解したのだった。もう彼女にも一点の疑いもなかった。彼は彼女を愛している、かぎりもなく愛している、そしてとうとう、この瞬間がやってきたのだ……。

ふたりは口をきこうとしたが、できなかった。涙がふたりの目に浮かんでいた。ふたりはどちらも青白く、やせていた。だが、この病みつかれた青白い顔には、新しい未来の、新しい生活への全き復活の朝焼けが、すでに明るく輝いていた。ふたりを復活させたのは愛だった。お互いの心に、もうひとつの心にとっての尽きることのない生の泉が秘められていたのだ。

『罪と罰』の世界を閉じる際の語り手=作者の叙述は、このようにいささか強引で、苦しまぎれに再生の曙光をラスコーリニコフに降り注がせる性急な印象をもたらすことになった。アンドレ・ジイドなどは「人間の社会から切り離されたのちにラスコーリニコフは初めて福音書と面と向かい合って立った」と述べたが、ジイドの解説はまったく説得力がない。ラスコーリニコフは、ソーニャが流刑地に持参してきた福音書を手にとっても最後まで開くことはなかったのだし、かつてソーニャに朗読させた《ラザロの復活》を信じる気にもならなかったのだから。読者の多くは、次のような疑問が付きまとって離れないはずだ。ソーニャとの愛を通じて、「もうひとつの心にとっての尽きることのない生の泉」を介して、ラスコーリニコフはほんとうに彼とともに存在し、しかし彼とは違ったように存在するあの人びとの住む生活世界に帰還できるのだろうか、と。この問いを払拭できないのは、二人の女性をあやめた行為を流刑地の監獄においてもラスコーリニコフが少しも悔いてはいないからだ。他人の生命を奪った行為を悔い改めてもいないのに、ソーニャを前にしたラスコーリニコフのなかに「尽きることのない生の泉が秘められていた」という叙述は、センチメントのなかに人間概念を熔解させる効果しかない。作者はなりふり構わずに予定調和の響きをエピローグのなかで奏でようとしているのだ。

視点はそれぞれ異なるとはいえ、このエピローグの幕引きに数のうえで決して少なくはない評家たちが疑問や不満を投げかけた。たとえば、エドワード・ハレット・カーは「倫理的理想の世界の戸口にわれわれを残したまま物語を終えた」と述べている。コンスタンチン・モチューリスキーでさえも不満を表明した。ここでは、ラトビア出身のゼンタ・マウリーナがその著作『ドストエフスキー』（一九五二年）のなかで述べた見解を紹介しよう。

エピローグの終わりの方で、ドストエフスキーは、バイブルを手に持った、穏やかにほほえむラスコーリニコフをわれわれに見せる。それは彼が恐ろしい苦悩を通して内面の調和に達したことを意味する。しかし、このラスコーリニコフはもはや生きた人間ではなくて、彼自身の影にすぎない。光も創造の力も彼のうちにはあまりに少ない。ドストエフスキー自身、この変転を信じていたとしたら、もっと納得のいくように描いたであろう。（岡元藤則訳）

流刑地のシベリアで生活するラスコーリニコフに「内面の調和」はない。作者もまた、それを信じてはいない。それがゼンタ・マウリーナの読みである。『罪と罰』のエピソードの据わりの悪さは、マウリーナによれば、作者自身が少しもラスコーリニコフの再生の可能性を信じていなかったことからきている。この見方は、「穏やかにほほえむラスコーリニコフ」像を問題としないならば、わたしたちが立つ観点と同じものである。

一方、ヴィクトル・シクロフスキーは「作品が終えられてもいなければ最終的に解決されてもいない」小説を完結せねばならない場合に「エピローグ」という叙述形式が採用されることがあると指摘し、『罪と罰』で取り上げられた問題が作者によって未解決のまま投げ出されていると論じた。もちろん、わたしたちもそのようにかんがようとしているのだ。しかし、いまはそこから一歩引き下がって、逆の結論を引き出してみよう。つまり、ドストエフスキーは、エピローグのなかでおのれを絶対視する霊的な存在の命運を暗示する悪夢をラスコーリニコフに与えたことによって、主人公に胚胎した霊的な存在とそのイデーを断罪し、そうすることによってこの作品に最終解決を与えたのだというように。実際、このような解釈をする評家は少なくはない。作者がラスコーリニコフに与えた表現はそれほど見通しのよいものではなかったが、わたしたちもここでは《旋毛虫の夢》を通じて作者が霊的な存在（革命的精神）がそのイデーとともに携える過信のあり方を断罪したという解釈にいったん立ってみよう。しかし、この解釈には大きな障害があることがすぐにわかる。同じエピローグのなかで作者はラスコーリニコフの内面を次のように記述している。

せめて運命が彼に後悔をでも贈ってくれたなら、心を打ち砕き、眠りを奪い、そのあまりの苦痛に首吊り縄や深淵が目にちらつくほどの、焼きつけるような悔恨を贈ってくれたなら！　ああ、彼はそれをよろこんだことだろう！　苦痛と涙——これもまた生ではないか。しかし、彼は自分の犯行を悔いようとはしなかった。

だが、少なくとも彼は自分の愚かさに憤りのはけ口を見出せるはずだった。かつて、自分をとうとう監獄にまで連れてきた、自分の醜く、愚かな行動に腹をたてたように。しかし、監獄に入って、自由の身になったいま、ふたたび以前の自分の行動を検討し、熟考したとき、彼にはそれらが、かつて、あの運命の瞬間に思えたほど愚劣なものとも、醜悪なものとも思えなかった。

『どこが』と彼は考えた。『おれの思想のどこが、天地開闢以来この世にむらがり、お互いに角突き合わせているほかの思想や理論と比べて愚劣だったんだ？　**日常の影響から切り離された、完全に独立した、広い目で事態を見てみるだけでもいい。そうすれば、おれの思想もそうそう……奇**

異なるものじゃなくなるはずだ。ああ、五カペイカぽっちの値打ちしかない否定論者や賢者君、きみらはどうして中途半端なところでとまっているんだ！』

ラスコーリニコフは、わたしたちの言葉でいえば、彼に宿った霊的な存在の差し出すイデーに導かれて二人の女性を殺した。人を殺すからには「おれの思想」の絶対性を信じたのだ。そして、この青年は、シベリアの流刑地でもその行為を少しも悔いてはいない罪人であり、受刑者なのだ。この記述でわたしたちが誤解する余地はまったくない。悔いてもいない犯罪人に科す刑罰にいったいどんな意味があるというのか？　シベリアの監獄に飛ばされてもラスコーリニコフその人は、彼に宿ったイデーを棄てず、依然、その正しさに固執し続けている強面のイデオローグなのだ。同時にこのエピローグの記述は、そのように記述した作者のドストエフスキーが霊的な存在の差し出すイデーを否定することよりも、依然、それに固執しつづけていた作家の内奥の真実を照らし出す。問題は、悔い改めていない主人公の心に「もうひとつの心にとっての尽きることのない生の泉」を与えて再生の新たな物語を暗示した作者の意図である。エピローグの結尾――この作品の有名な最後のパラグラフ――はこうだ。

しかし、ここにはすでに新しい物語が始まっている。それは、ひとりの人間が徐々に更生していく物語、彼が徐々に生まれかわり、一つの世界から他の世界へと徐々に移っていき、これまでまったく知ることのなかった新しい現実を知るようになる物語である。それは、新しい物語のテーマとなりうるものだろう。しかし、いまのわれわれの物語は、これで終わった。

作者が付け加えたこの結尾の言葉は、それこそアンチ・ドストエフスキー的な人間学のように響く。二人の女性を殺害し、その行為を少しも悔いることのない人間が恋人との生活を通じて新たな人間として更生する新しい物語とは、いったい、どんな物語なのか？　ゼンタ・マウリーナが指摘するように、ここにはラスコーリニコフの再生を少しも信じていない作者のそらとぼけ、ないし踏み外しがある。ドストエフスキーは、ラスコーリニコフの思想と過信の構造を心底断罪することがなかっただけでなく、ソーニャとの生活に彼の再生が賭けられているともおもっていなかった。彼はただ躊躇したのだ。すなわち、**ラスコーリニコフの思想を完膚なきまでに粉砕してよいのかどうか**、と。エピローグが読者を惑わすのは、そのためである。作家はこのあと、『悪霊』という作品で躊躇をかなぐり捨ててラスコーリニコフの思想に罵声を浴びせもするだろう。しかし、どんなに否定しようとも作家がそこで生きたロシア社会がラスコーリニコフという人間とその思想を再生産してやまないのだから、問題は少しも解消したわけではなかった。ドストエフスキーは、生涯最後の作品でイワン・カラマーゾフにラスコーリニコフ問題を継承させる。が、すでにイワンに乗り移った霊的な存在は救い難いほど分裂している。

4

ヴィクトル・シクロフスキーは、『罪と罰』の作者に対して極めてユニークな観点を打ち出している。すなわち、ドストエフスキーには「犯罪が革命を警告したりはしないようにする」思惑があって、ラスコーリニコフの《社会的な抗議の思想》(9)とその徴候のすべてを取り除こうとしたのだ、と。この観点を補強する材料としてシクロフスキーは、ラスコーリニコフが下宿とペテルブルグ大学を往復した経路問題を取り上げた。ラスコーリニコフが下宿から大学に行く順路はヴォズネセンスキー大通り→イサーキイ大寺院→元老院広場→大学となり、帰路はその逆となる。しかし、作品のなかでは元老院広場は避けてニコラエフスキー橋(ニコライ橋)を渡ったように書かれている。シクロフスキーは「このような道順はペテルブルグを知っているものにとっては理解に苦しむものだ」と述べ、作者が元老院広場を避けた道順をあえて採用したのは、その広場がツァーリ専制と農奴制の廃止を求めて立ち上がったデカブリスト(十二月党員)たちが虐殺された場所だったからだと解釈している。ラスコーリニコフに元老院広場を歩かせると、近代ロシア革命運動の嚆矢となった一八二五年のデカブリストの叛乱に言及せざるをえない危険があった。そうなると、ラスコーリニコフの《社会的な抗議の思想》とそのすべての徴候を消去しようとする作者の意図は破綻するおそれがある。「敵としての都会のイメージの背後にある普遍的なものをあいまいにする」ために道順を変えてしまったというのだ。

シクロフスキーの観点は、『罪と罰』の作者の構想力に制限を加えるものをかんがえるうえで貴重な示唆を与える。だが、語り手=作者には下宿と大学を結ぶ経路として元老院広場を通る通常のルートを選び、そのうえでデカブリストの叛乱の記憶を一切立ち上げることもなければ、呼び覚ましもしない叙述を選択することも可能だったことを考慮に入れていない。シクロフスキーは、作者の構想力にあくまでもラスコーリニコフのなかにある《社会的な抗議の思想》の意図的な除去を汲み取って他の登場人物を含めた作品構成上のさまざまな工夫、造形を読み込んでいる。ところが、シクロフスキーの主張とは逆に、ドストエフスキーは、イデオローグとしてのラスコーリニコフの思想について、作品のなかで十分すぎるほど表現し、展開しているのである。それはラスコーリニコフと他の登場人物たち、ソーニャ、ポルフィーリー、スヴィドリガイロフなどとの対話だけでなく、ラスコーリニコフのモノローグや彼がその場所にいない人物たちの対話にも展開されている。実際、『罪と罰』の登場人物たちの夥しい会話を読んでいると、ヘーゲル左派のフォイエルバッハがどこかで述べていたように「人間と人間の会話によってのみ、イデーは発生する」という哲理を採用したいとおもうほどだ。彼らの会話を通じてラスコーリニコフの霊的な存在は焔のように燃え上がり、そのイデーは包み隠されることなく明らかにされる。問題は、その思想が一貫して殺人の動機と直線的な関係を結ばず、金貸し老婆の殺害に駆り立てる動因をラスコーリニコフという青年一人の閉ざされた内面性に帰属するものとして表現せざるをえなかったことにある。そのような表現を強いたのは、現実的な制約が作者にあったからである。そもそも学費が払えず、大学を中退せざるをえなかった一介の貧乏学生に金貸し老婆を殺害する理由があるとすれば、老婆が貯めこんだ金を奪うこと以外に動機はありえない。ところが、作者の構想力はそうした動機で殺害行為に及ぶ青年の犯罪事件に関心があるわけでは少しもなかった。実際、犯行後のラスコーリニコフは盗品を隠しこそすれ、生計のためにそれを役立てようとはしない。『罪と罰』をクライム・ノベルとして読めば、そこにはほとんど犯罪の動機といったものはないのだ（この点はあの小林秀雄さえ指摘することができた）。作者の関心は、ただ青年の内奥に宿った霊的な存在とそこから生成したイデーと正面対決し、それをただ否定するだけでなく、それを乗り越える新たなイデーを立ち上げることに集中した。ラスコーリニコフの行動を導くイデーはいったい、現実の世界に何をもたらすことになるのか。彼のイデーはどこまでが正しく、どこから錯誤に転落するのか。もし正しさが錯誤に変わる瞬間があるとすれば、その瞬間はどのようにつかまえられるか。つかまえるだけでなく、それをどのようにして強く握り潰すことができるか……。作者の関心と構想力はその検証作業から離れて広がりをもつことは決してなかった。ただし、それが頓挫することなく最後まで行われたどうかはまた別の問題だった。結論からいえば、作者は、老婆殺しへと駆り立てるラスコーリニコフの思想を霊的な存在とそれが差し出すイデーから立ち上がらせたにもかかわらず、最終的には二者択一を迫る強迫観念の病的であやふやな自意識の葛藤劇のなかに主人公を投げて入れてしまった。そのようになってしまったのは、すでに述べたように、作者自身が「ラスコーリニコフ問題」の最終処理をためらい、ラスコーリニコフを完膚なきまでに叩きのめすことをためらったからだ。

作者の構想力に制限を加えていた最大の存在は、端的にいえば、老婆アリョーナの腹違いの妹、リザヴェータ・イヴァーノヴナである。彼女は、姉が殺害された直後にラスコーリニコフと遭遇し、アリョーナと同じようにラスコーリニコフの振りあげた斧で頭部をかち割られる三十五歳の不運な女性である。部屋で殺された姉を発見して呆然と立ち尽くしていたリザヴェータを見たラスコーリニコフは、ほとんど問答無用に彼女に襲いかかり、斧を振りかざすのだ（第一部第七章）。金貸し老婆を殺せ、と命じた声の背後には、ラスコーリニコフの霊的な存在が差し出したイデーが光り輝いていた。しかし、リザヴェータ殺しはそうではない。恐怖にかられた彼が衝動的に及んだ犯行であって、ラスコーリニコフのイデー（彼が「おれの思想」と呼んだもの）が命じた最初の老婆殺しとは截然と区別されなければならない。作者はこの区別を十分踏まえていた。次章で詳しく取り上げるように予審判事ポルフィーリーがラスコーリニコフに語った奇妙な言い回しのうちにそれは明らかだ。リザヴェータを斧で打ち殺した時点で、殺人を許容する彼の思想と現実世界との抗争は宙吊りにされ、中断を余儀なくされたのだといわなければならない。この予想外の出来事（計画外の突発的な殺人）を冷静に受けとめる力がラスコーリニコフにあったならば、彼が次にとるべき行動は自首以外になかったはずなのだ。作者のドストエフスキーもそのような判断を示している。リザヴェータ殺し直後のラスコーリニコフは次のように記述される。

ラスコーリニコフはすっかり度を失い、彼女の包みをひったくったかと思うと、またそれを投げすて、玄関の間に走りこんだ。恐怖はしだいに強く彼をとらえ、とりわけこの二度目の、まったく予期しなかった殺人のあとではそれが強まった。一刻も早くここを逃げ出したかった。もしこの瞬間、彼がいっさいをより正確に見、判断することができたなら、また、もし自分の置かれた状態のあらゆる困難さ、あらゆる絶望、あらゆる醜悪さ、あらゆる不合理さを考え合わせ、そうすることによって、自分がここを逃げ出し、家にたどりつくためには、またどれほどの困難を克服し、もしかすると、悪事をさえ働かなければならないかを理解することができさえしたら、おそらく彼はいっさいを放り出して、すぐさま自首して出たことだろう。それも自分の一身に迫る恐怖からではなく、自分のしでかしたことへの戦慄と嫌悪からだけでも。

「彼はいっさいを放り出して、すぐさま自首して出たことだろう」。作者はそう書く。しかし、リザヴェータ殺しのすぐあとにラスコーリニコフに自首を決断させたならば、作家の思想検証は失敗に終わる以前にそのための作業台を失う。そのように物語を運べば、そもそもこの物語を立ち上げる必要はなかったのだ。こうして実際に作中のラスコーリニコフが自首するのは、「二度目の、まったく予期しなかった殺人」から十日後のことである。ただし、彼に自首を促したものは、殺害直後に彼が感じた「自分がしでかしたことに対する、戦慄と嫌悪」ではない。そもそも彼には最初のアリョーナ殺しに関しては戦慄も嫌悪も感じていない。しかし、「二度目の、まったく予期しなかった」リザヴェータ殺しのほうはどうなのか？　自首するまでの間に、いったい、ラスコーリニコフには何が起きているのか？　ソーニャを相手にリザヴェータ殺しを告白する（第五部第四章）以前に彼がリザヴェータの存在を思い起こすのはわずか二度しかないのだが、彼はそのとき、どのように彼女のことを思い起こしていたのか？

一度目は、殺害後五日目に見知らぬ中年男性から「人殺し！」と罵られて動揺したラスコーリニコフが自分の部屋に戻ってベッドに横になり、激しい衰弱感に襲われながら際限のない自問自答を繰り返すときだ（第三部第六章）。彼の髪は汗でぐっしょりと濡れ、震える唇はかさかさに乾き、その眼差しは天井の一角にはりついて動かない。彼はかんがえる。

ああ、あの婆ァがいまさら憎らしくてならない！　息を吹き返したら、おれはまた殺してやるだろう！　かわいそうなリザヴェータ！　どうしてあんなところへ入って来たんだ！　それにしても妙だな、どうしておれは彼女のことをほとんど考えないんだろう、まるで殺さなかったみたいに？……リザヴェータ！　ソーニャ！　哀れな、柔和な女たち、柔和な目の女たち……かわいい女たち！……どうしてあの女たちは泣かないんだろう？　どうしてうめき声をあげないんだろう？……あの女たちはすべてを人に与えながら……柔和な、静かな目で見ている……ソーニャ、ソーニャ！静かなソーニャ！

こう独白するラスコーリニコフは、リザヴェータ殺しの行為を内省しているのだろうか。引用文に明らかなように作者は故意に彼からその力を奪っている。そのようにしてしまったのは、なぜなのか?

『罪と罰』の翻訳者の一人でもある江川卓は、至れり尽くせりでいささか重箱の隅をつつく感のあるガイドブック『謎とき『罪と罰』』（一九八六年）のなかで右記のラスコーリニコフの独白を引用したうえで次のように述べている。

> 小説の表層では、リザヴェータはたしかにラスコーリニコフによって殺されている。しかし、その深層――ラスコーリニコフの意識ないし無意識の底では、リザヴェータはソーニャとひとつになり、すでにソーニャの中に生まれ変わっている。リザヴェータは死んではいない。だから、リザヴェータを殺したのがだれであるかをラスコーリニコフから告白されたとき、ソーニャは、殺される瞬間のリザヴェータと、まったく同じ反応、同じ表情を示すのである。（同書Ⅷ「ロシアの魔女」）

江川卓の言い方は、読者をミスリードにさそう危険がある。ソーニャのなかにリザヴェータと同質なものをみようとしたのは、ラスコーリニコフではなく、作者たるドストエフスキーその人なのである。作者の構想力は、リザヴェータとソーニャという二人の女性に同一性を確定しようとする闇雲な衝迫に促されていた。それはとてつもなく強く激しい衝迫だった。この同一性は、ラスコーリニコフに宿った霊的な存在（革命的精神）が差し出すイデーを断罪することよりも、それに従って殺人を犯した人間を救済するために作者が必要とみなしていた別のイデーに不可欠な同一性だった。「それにしても妙だな、どうしておれは彼女のことをほとんど考えないんだろう、まるで殺さなかったみたいに？　……リザヴェータ！　ソーニャ！……かわいい女たち！」というラスコーリニコフの独白は、ただ作者の衝迫の激しさに見合う形で内省の力を削がれた自意識の錯乱として表現されており、そのように受け取るしかないものだ。錯乱した自意識の表現に即するかぎりでは、確かに江川卓のように「リザヴェータはソーニャとひとつになり、すでにソーニャの中に生まれ変わっている」という読みも間違っているわけではない。が、しかし、ここで問題としなければならないのは、あくまでもリザヴェータ殺しをめぐるラスコーリニコフの自己了解性なのである。作者はそれを正面から剔抉せず、言い換えれば「ラスコーリニコフ問題」を処理する軌道からはずれて、自首するまでのラスコーリニコフを神経症的であやふやな自意識の葛藤劇――事件の真犯人が露顕することを怖れる自分自身への嫌悪と猜疑の渦巻き状の葛藤――のなかに投げ入れてしまった。ソーニャとリザヴェータを二重写しにみるラスコーリニコフの錯乱した自意識が表出するのは、実は「ラスコーリニコフ問題」の最終処理を躊躇してそれを棚上げにする作家その人なのである。

リザヴェータ殺しをめぐって、寺田透は『ドストエフスキーを読む』（一九七八年）のなかで次のように述べたことがある。

リザヴェータの殺害は、随伴事どころか、それこそ、実はラスコーリニコフに一層罪の意識を深めさせる行為であり、アリョーナ殺しではまだ貫かれていると強弁できなくもない優強者における犯罪の是非の議論が、ここでは完全に破綻し、ラスコーリニコフがどんな弁解の余地もない哀れな犯罪者であることをさらけ出す。

繰り返せば、作者の叙述に従うかぎり、ラスコーリニコフは、リザヴェータ殺しを「一層罪の意識を深めさせる行為」（寺田透）と捉え返さず、したがって罪業から決して目覚めることのない思想的確信犯としてその姿を読者の前に曝しているのだ。このことに驚かなければ、『犯罪と刑罰』（Преступление и наказание）というロシア語タイトルを冠したこの一九世紀の傑作は、完全犯罪が破綻する一種の推理小説としてただ享楽の対象になるほかはないだろう。読者はいささかも頓着せずにたんに自分に気に入るものだけを享受すればよい。しかし、この小説は残念なことに享楽の対象にはなりえない。というのは、「ラスコーリニコフ問題」を処理する際の作者の本質的にあいまいな態度——逡巡、いや、そう言ってよければ、迷走が享楽の対象を遠ざけてしまうからである。

第三部第六章に続いて、ラスコーリニコフがリザヴェータの存在を思い起こすのは、同じ日の夜遅く初めてソーニャの部屋を訪れたときだ（第四部第四章）。彼がたんすの上にロシア語訳の新約聖書があることに気づいて「これはどこで？」と訊くと、ソーニャが「リザヴェータが持ってきてくれました」と答える。彼は《リザヴェータ！　奇妙だな》と考えこむ。ラスコーリニコフはリザヴェータという女性を知らないわけではなかった。また、彼女のほうでもいくらかは彼のことを知っていたが、ただし話を交わすほどの間柄でもなかった（第一部第五章にそのような記述がある）。彼はソーニャに「きみはリザヴェータとは仲よしだったのかい？」と訊く。それに対し、彼女は途切れとぎれに答える。

「ええ……あのひとは心の正しい人でした……ここへも来てくれました……たまにでしたけれど……そうそうは来られなかったんです。でも一緒に読んだり……お話ししたりして。あのひとは神を見んとする方です」。これに続く語り手＝作者の記述は以下のとおりである。

この文語めいた言葉は、彼の耳に異様に響いた。それに、彼女とリザヴェータとのどこか神秘めいた会合も、ふたりがふたりともユロージヴァヤだということも、これまた新しい発見だった。「神を見る」という硬い言いまわしが、彼の耳に異様な響きをもった。それに、またしても発見があった。『こんなところにいたら、こっちまでユロージヴィになってしまう！　伝染するぞ！』と彼は考えた。

引用文中の「ユロージヴィ」、そしてその女性形である「ユロージヴァヤ」に江川卓は「聖痴愚」の訳語を与えている。他訳では「狂信者」（中村白葉、米川正夫）、「ばかな狂信者」（工藤精一郎）、「神がかり」（小沼文彦、池田健太郎、小泉猛、亀山郁夫）などと訳出されてきたように《神がかった狂信者》を意味する。ロシアの民衆にユロージヴィないしユロージヴァヤに対する根強い信仰があったのは、彼らに聖なるものの存在をみていたからだ。(10)しかし、ラスコーリニコフは、リザヴェータと彼女に連なるソーニャの宗教的な実在にはほとんど関心を払っていない。「こんなところにいたら、こっちまでユロージヴィになっちまう！」という内心の言葉はそれを示している。このあと、ソーニャに《ラザロの復活》（『ヨハネ福音書』第十一章一～四十四節）を読ませるあの有名なくだりがくる。語り手である作者はそのときのソーニャを次のように記述している。

声は金属音のように甲高くなり、勝利と喜びがその声に躍動して、声を力づけた。目の前が暗くなるようで、行と行が入り混じったが、いま読んでいる個所はもうそらで知っていた。最後の一節「あの盲人の目を開けたこのひとでも……」というところでは、彼女は声をすこし低めて、神を信ぜぬ盲目のユダヤ人たちの疑惑と非難と中傷を熱烈に、情熱的に伝えた。だが、その彼らも、いますぐ、一分後には雷に打たれたようにひれ伏し、声をあげて泣き、信じるようになるのだ……『このひとも、このひとも、神を信じない盲目のこのひとも、いま奇蹟を聞いて、やはり信じるようになる、そうとも！　いますぐ、この場で』夢はふくらみ、彼女はよろこばしい期待にふるえた。（傍点の強調はドストエフスキー）

《ラザロの復活》を朗読するこのシークェンスは、ユロージヴァヤとしての存在を開示するソーニャと復活信仰に決して与しない無神論者のラスコーリニコフとの対立を際立たせる。ここでは、ラスコーリニコフがいますぐにでも復活信仰を信じるようになる、と現実離れした思いを強めるユロージヴァヤたるソーニャと彼女の実在から絶対的に疎外されたラスコーリニコフとの対比があるだけである。ラスコーリニコフは、リザヴェータの命を奪った自分の行為になんら痛痒を感じていない人間として《ラザロの復活》を朗読するソーニャの声をただ聞き流している。(11)もちろん、作者のドストエフスキーもそのことを承認してこのシーンを作っている。ここでは無神論者たるラスコーリニコフに対し、リザヴェータと彼女に連なるソーニャの聖なる宗教的実在とそこから光射す救済のイデーを対置することに価値があるのだ。ドストエフスキーはそのようにかんがえている。そして、彼は『罪と罰』以降の作品でラスコーリニコフに象徴されるイデーとその論理に抗して文字どおり神がかったように救済のイデーを追求していくことになる。それは同時に長編作家としてのドストエフスキーの構想力にますます制約を加える障害になっていくだろう。

わたしたちは、ようやくラスコーリニコフに宿った霊的な存在（革命的精神）とそのイデーを俎上に載せなければならないところまできたようだ。

註

Ⅱ 『罪と罰』エピローグの問題

（1）「精霊」という訳語は、江川卓のほかにも米川正夫、小沼文彦、池田健太郎、小泉猛らが採用している。そのほか、「幽霊」（中村白葉）、「魔性」（工藤精一郎）、「霊的な存在」（亀山郁夫）がある。ちなみに英語ではspirits、ドイツ語ではGeisterである。「知力と意志を授けられた精霊」という江川訳に相当する英語は「spirits, gifted with will and intelligence」（イギリスの翻訳者、デイヴィッド・マクダフによる。Penguin classics "Crime and Punishment" 参照）、ドイツ語では「Geister, mit Verstand und Willen begabt」（著作権フリーのドイツ語文学サイト、Projekt Gutenberg-DEの"Schuld und Sühne" 参照）となっている。亀山訳は、わたしたちが使っている用語とも一致するが、霊的な存在（Spirits ないしGeistige Wesen）は目に見えない非物質的なものとして生身の人間を行動へ駆り立てる精神の否定作用なのだから、スピリット（精霊）であり、また幽霊（亡霊）や妖怪（おばけ）でもある。ただ「魔性」という工藤訳だけは、それらとは語感的にやや異なる。意図的な狙いがあったのかどうかはわからないが、「魔性」では霊的な存在をネガティブな負性とみなす視点に傾斜しがちだ。

（2）もちろん、こうした手続きを踏んでも対立関係がさらに先鋭化するケースがありうる。そうした事態に対して、集団＝共同性の次元ではデモや蜂起、個人意志の発動としてはこれまでハンガー・ストライキや焼身自殺といった抗議行動が行われてきたが、それらは相手を排斥することなく、お互いを尊重して忍耐強く話し合う社会的手続きが息詰まって実質的に破綻したことを意味する。そのとき、共同社会は火に炙られた蠟のように熔解しつつあるのだ。

（3）メルロー＝ポンティは第二次世界大戦が終結して間もないころ、プロレタリア独裁について次のように語ったことがある。「マルクス主義の政治は、その独裁的、全体主義的形式の中にある。しかし、この独裁は、最も純粋に人間である人間たちによる独裁であり、この全体性は、国家と生産手段を恢復したあらゆる種類の労働者の全体性なのだ。この独裁は万国のプロレタリアの自発的な動きに従い、大衆の《本能》に依拠するのだ」（『ヒューマニズムとテロル』一九四七年、森本和夫訳）。この哲学者がここで言っているのは、ロマン的なたわごとである。もちろん、一九三〇年代におけるスターリンの大粛清の現実を彼は知っていたとしても、収容所群島の全貌とその実態を知らなかったのは確かである。たぶん当時のフランス共産党員やメルロー＝ポンティのような同伴者のなかにソルジェニーツィンの『収容所群島』が四半世紀後に出版されると予想したものは一人もいなかったに違いない。しかし、当時においても「哲学者」たるものがプロレタリア独裁を具体的な統治＝政治形態の問題として取り上げることもなく、「最も純粋に人間である人間たち」とか、「万国のプロレタリアの自発的な動き」とか、「大衆の《本能》」とかの、過度に同伴者的な心情、思い入れによって独裁体制をロマン的に染め上げたことは、この哲学者の政治思想の不明を明らかにするものだ。

（4）ボリシェヴィキ独裁の「ソビエト」体制について、ソルジェニーツィンは『収容所群島』のなかで次のように述べている。「虐殺した人々の数において、長年にわたってそのイデオロギーを深く食い込ませることにおいて、その見通しのよさにおいて、徹底的な画一化と全体制化において、地球上のどの体制もそれに肩を並べることはできない」（第五部第一章、木村浩訳）。ただし、ソルジェニーツィンはこの体制がスターリンやラヴレンチー・ベリヤなどの悪辣非道な指導者によってもたらされたかのようにみなしているが、「収容所群島」を整地したのは、ボリシェヴィキの権力奪取後、レーニンがすぐにフェリックス・ジェルジンスキーに秘密警察（チェーカー）の創設を命じたことからも明らかなように、「革命」防衛を至上目的としたレーニン＝ボリシェヴィキである。

（5）帝政打倒をめざす一八六〇、七〇年代の政治的急進派（ナロードニキ）は厳密な意味では少しもニヒリストではない。にもかかわらず、恐怖心から彼らを「ニヒリスト」と括って侮蔑を表明することがロシア国内では一般的だった。ドストエフスキーもそれに倣ってニヒリストと呼んでいる。

（6）第一次「土地と自由」の結成は一八六一年、第二次「土地と自由」のそれは一八七六年であり、後者がテロリズムを容認する「人民の意志」派とそれに反対する「黒土分割」派に分裂するのは一八七九年である。『地下室の手記』以降のドストエフスキーはこうした政治的ラディカリズムが胎動し、それがテロリズムまで突き進んでいく時代のなかで《霊的な存在》たる革命的精神の転回に悪戦苦闘した作家だった。

（7）フランス革命を「輝かしい日の出」と感激して語ったヘーゲルは、『精神現象学』の「絶対の自由と死の恐怖」と題する項目では、ジャコバン派（ロベスピエール）の恐怖政治を次のように論じていた。「一点から発して一つの意志を実行する政府は、同時に特定の指令と行動を意志し、実行するものである。ということは、政府が政府以外の個人をその行為から排除することでもあるし、政府が特定の意志にもとづいて、したがって、共同体の意志に対立するものとして構成されるということでもある。したがって、政府は端的に**党派**として現われざるをえない。勝利をおさめた**党派**が政府を名乗るだけのことで、政府が**党派**であることのうちに、その没落の必然性がおのずと語られている」（長谷川宏訳、ゴチック体は引用者）。こうしてジャコバン派は「キャベツの首を切り落とすように、生身の個人をそっけなく抹殺する行為」（テロル）に乗り出して没落した。おそらくドストエフスキーも『歴史哲学講義』や『精神現象学』を介してヘーゲルのフランス革命の功罪をめぐる洞察に触れていたとみて間違いないだろう。

（8）江川卓訳による「そこはかとない哀愁」は、他訳では次のように表現されている。「一種なんともしれぬ憂愁」（中村白葉）、「なんともしれぬ憂愁」（米川正夫）、「ある得体の知れぬ憂愁」（池田健太郎）、「何ものとも知れぬ憂愁」（工藤精一郎）、「何やら定かならぬ愁い」（小泉猛）、「なにかわけのわからないわびしさ」（小沼文彦）、「何かしら、言いしれぬさびしさ」（亀山郁夫）。ここではラスコーリニコフを苦しめるのが怖れの感情ではないことに注意すべきである。憂愁といい、哀愁といい、あるいはわびしさ、さびしさといい、厳密にいえば、それは悔悛の情や自責の念を伴わない《メランコリー》（鬱）なのである。

（9）シクロフスキーは、ラスコーリニコフの社会的な抗議の思想を「フーリエ主義者の思想」と断定しているが、作品の叙述にしたがうかぎり、ラスコーリニコフはフーリエ主義者の思想圏（非暴力によるユートピア構想）を明らかに突破したイデオローグである。わたしたちは次章においてそれを詳述する。

（10）『新版ロシアを知る事典』は《ユロージヴィ》について以下のように説明している。「東方キリスト教会の修道生活においては、修行のために完全な孤独を求め、隠修士の生活がひとつの理想とされたが、世俗の生活にあっても狂人をよそおえば完全な孤独が得られるとの考えが生まれた。そこからキリストへの愛のために常識はずれの奇妙な生活態度をとったり、狂人のふりをする修道士が東方に多数現れた」。これによれば、ユロージヴィは修道士の擬装的な生存様態として了解されるかもしれないが、リザヴェータやソーニャにはそのような聖痴愚を装う要素は微塵もない。

(11) カトリックの洗礼を受けている作家の小川国夫は、『イエスの風景』という書物の「後記に代えて」という短文のなかで、ソーニャが《ラザロの復活》を読み聞かせるシークェンスに触れて、「あそこではラスコーリニコフは自分を腐臭がする肉体だと自覚し、この絶望状態からもなお蘇生することができることを知るのです」と述べている。しかし、そのような解釈を引き出せる叙述は、実のところ、どこにもないのだ。小川国夫もどういうわけかラスコーリニコフの再生(小川のいう「蘇生」)に与している読み手の一人といってよい。

Ⅲ　ラスコーリニコフ、あるいは挫折したイデオローグ

1

諸個人はそれぞれ独自の価値観や世界観を抱いている。また、実際、そのように振る舞って暮らしている。その独自性に生命を与えているのは、性格や気質、さらに生まれ育った環境や教育、そして仕事などによって育まれた知性や思考法を含めて、わたしたちがふつう「個性」と呼んでいるものであるが、それよりも大きな規制力として働いているのは、彼が属する時代の社会的生存条件であり、それに強く縛られているところの「現存在」形式である。したがって、一般論としていえば、わたしたちは百年前の人々と同じ価値観や世界観をもつことはないし、もつこともできない。ところが、個々の文学作品の優れた作り手のなかには、《個人的な幻想》の表出を介してまさに自分の属する時代を規定する社会的生存条件や「現存在」形式を掘り起こして、さまざまな支配的なイデーの対立や相克ばかりでなく、さらにそうした闘争を通じて敗れ去ったかに見えるイデーの残光さえも歴史のなかに埋没せずに実在している現実を見出している。ドストエフスキーもそのような作家の一人だったが、『罪と罰』という長編小説は、「現存在」形式を内側から破壊しようとする新しいイデーに対して、それから逃げることなく立ち向かい、それをどのように乗り越え、始末すればよいのかをモチーフとした作品だった。

ヴィクトル・シクロフスキーは、『罪と罰』の作者がその新しいイデーとその処理にあたって、ラスコーリニコフの《社会的な抗議の思想》とその徴候のすべてを取り除こうとしたのだとみなした。

しかしながら、シクロフスキーの主張は、わたしたちが『罪と罰』を読んだ印象から乖離している。つまり、前章ですでに述べたように、わたしたちはラスコーリニコフの思想が彼と彼を取り巻く主要人物のやりとりを描いた作品の隅々に十二分といえるほど展開されており、かつその思想の本質や性格をめぐってさまざまな評価軸とその対立が生む緊張関係が余すところなく表現されているとみなすのである。そうした人々との諸関係のなかで立ち上がる主人公は、一人の強面のイデオローグである。彼はどんなイデオローグとしてその姿をわたしたちの前に曝しているのだろうか。ふたたびエピローグから始めよう。ラスコーリニコフは独白する。なお、『罪と罰』からの引用は引き続き江川卓訳による。

『どこが』と彼は考えた。『おれの思想のどこが、天地開闢以来この世にむらがり、お互いに角突き合わせているほかの思想や理論と比べて愚劣だったんだ？　日常の影響から切り離された、完全に独立した、広い目で事態を見てみるだけでもいい。そうすれば、おれの思想もそうそう……奇異なものじゃなくなるはずだ。ああ、五カペイカぽっちの値打ちしかない否定論者や賢者君、きみらはどうして中途半端なところでとまっているんだ！』

ラスコーリニコフは、シベリアの地でも自分の思想が敗北し、現実世界のなかで敗退を余儀なくされた事実を受け入れていない。彼が悔いるのは、依然、ただ自分の思想が第一歩へと踏み出した時点で「踏ん張りきれなかった」という一点に絞られている。しかし、彼の闘いは終始、自意識に幽閉されたあやふやな自問自答の次元に限定されていたわけではない。ラスコーリニコフに宿る霊的な存在

（革命的精神）とそのイデーをめぐって、語り手＝作者は、ラスコーリニコフの実存（生きざま）に抗するように存在する異質な《他者性》として現れる人々を介入させ、イデーそのものと化した言葉の応酬、対決、争闘を介して揺さぶりをかけた。それが最も緊迫し、白熱するのは、いうまでもなく予審判事のポルフィーリーとの対決においてである。

ポルフィーリーが職業的な練達ぶりを発揮して挑むラスコーリニコフとの息詰まる心理的攻防戦は、語り手＝作者の瞠目すべき表現技法の勝利というべきだろう。実際、ラスコーリニコフをじりじり追い詰めていく場面には読者の心を完全に鷲づかみする力が漲っている。この攻防戦の記述があるだけで『罪と罰』という作品は絶大な価値を実現することになった。二人の攻防戦は、二〇世紀に大量生産された犯罪小説や犯罪映画のジャンルで手を替え品を替えて再生産されてきたあの「真犯人と彼を心理的に追い詰める刑事（探偵）」の対決の原型となった。白熱した言葉の応酬は都合三度ある（第三部第五章、第四部第五・六章、第六部第二章）。ポルフィーリーという人物は、この三度の対決でたんに真犯人（ラスコーリニコフ）を追い詰めていく機能（役柄）を担ったカウンター・パートナーに終始しているわけではない。ポルフィーリーという人物は、予審判事という国家法制機構に身を置く小役人の身として『罪と罰』の主人公が胚胎する思想を禍々しいものとして強権的に排撃するのではなく、そのなかに潜む霊的な存在（革命的精神）の働きを明敏に察知する人物として造型されている。いや、それればかりか、彼は霊的な存在が差し出すイデーの命運を認識する好敵手のイデオローグとしてラスコーリニコフと対決しているといってよい。もちろん、作家の思想は、この攻防戦においてはラスコーリニコフとポルフィーリーの二人を包摂しているのだ。ところが、これまでの多くの評家は、ラスコーリニコフやスヴィドリガイロフについて語るほどポルフィーリーについて語ることがなかった。

また、ラスコーリニコフとの親近性をみた評家もほとんどいなかった。だが、ポルフィーリーという人物は、ラスコーリニコフに対する最大の理解者として振る舞う人物であるばかりか、この殺人者に対して愛情と憐憫さえ抱くイデオローグなのである。[1]

周知のようにポルフィーリーはラスコーリニコフの刑期が軽減されるよう取り計らうことを約束したうえで自首を勧める（第六部第二章）。ラスコーリニコフにとってこれほどの屈辱はない。実際、彼は嫌悪感を露わにして「ええい、胸くそ悪い」と吐き棄てるのだが、それを受けてポルフィーリーがラスコーリニコフに贈る言葉は次のようなものだ。

> 私はただ、あなたはまだ長く生きる人だと信じているだけですよ。あなたがいま私の言葉を、紋切型のお説教と取っておられることも知っています。でも、いつか思い出されて、参考にされることもあるでしょう。そのためにこそ、こうしてお話もしているわけです。**あの婆さんを殺しただけですんで、まだよかったのですよ。もし別の理論を考えついておられたら、幾億倍も醜悪なことをしておられたかもしれないんだし！**　その点、神に感謝してしかるべきかもしれない。だって、神があなたを何かのために守ってくださったかもしれないじゃないですか。あなたは心を大きくもって、あまりびくびくしないことですよ。これからしなければならない偉大な事の実行を前に、弱気が出たんですか？　いや、ここで弱気を出すのは、恥ずかしいことです。**ああいう一歩を踏み出した以上、心を曲げないことです。それこそ正義ですよ。そこで正義の要求することを実行するんです。**

ポルフィーリーが発する言葉のリズムと抑揚は、未熟で経験の浅い年下の青年を諭す人のそれではない。その言葉には相手を思いやる気持ちが溢れている。だが、よく読むと、ポルフィーリーの平易な語り口のなかには実は読者を混乱させかねないほどの謎が含まれている。それは引用文の二つのゴチック部分である。ポルフィーリーの言葉はここで何を語っているのか。語り手＝作者は、ラスコーリニコフがこの言葉をしっかりと受けとめることができなかったような表現を与えている。「いったい、あなたは何者です？　なんだってそう悠然と落ちつきはらって、こざかしい預言などできるんです？」。それに対するポルフィーリーの言葉はさらに謎を深めるものだといってよい。

私が何者かですって？　**私はもう終わった人間でしてね。それ以上のなんでもありません**。なるほど、感じたり、同情したりすることはやるし、それにまんざらものを知らんわけでもありませんがね、**もうすっかり終わってしまった人間なんです**。ところが、あなたは違う。あなたには神が生を用意してくださった（もっとも、あなたの場合だって、一生が煙のように過ぎてしまって、何も残らないことになるかもしれませんがね）。

ポルフィーリーの年齢は、語り手＝作者によって「三十五、六才」と設定されている（第三部第五章）。三十代半ばといえば、当時の帝政ロシア社会においても働き盛りの年齢であり、たぶん世俗的な意味においてもまだ十分に仕官栄達の可能性がある年齢である。ところが、彼は自ら「もう終わった人間ですよ」と答えるのだ。それが一種の自己韜晦ではないのは、ここに引用したポルフィーリーの言葉の声調を聴けば明らかだ。この一見奇異な自己規定が暗示しているのは、彼もまた青年期に霊的な存在に導かれて、一度はそれが差し出すイデーに囚われたこと、しかし、司法・警察権力機構の一員として活動を開始したある時点でおのれの内奥の霊的な存在の力を封印したこと、現在は「予審判事」という仕事に必要なスキルと経験を積んだ人間として活動しているが、もはやそれ以上のものを志向し、実践する人間でもないこと、したがって、その意味では「もう終わった人間」であるという自己限定である。ただし、霊的な存在の力を抑え込んでもイデーはいまも信じている。ラスコーリニコフに向かって「ああいう一歩を踏み出した以上、心を曲げないことです。それこそ正義ですよ。そこで正義の要求することを実行するんです」と勇気づけるのもそのためである。この自己限定の半分以上は、ペトラシェフスキー事件に連座し、国家叛逆罪の政治思想犯として罰せられてシベリアに流刑された作者自身の青年期をめぐる内省がもたらしたものだ。

『罪と罰』の翻訳者の一人である小沼文彦は、ポルフィーリーを「殺人を犯さなかったラスコーリニコフ」と規定し、ラスコーリニコフとポルフィーリーのイデーの同質性を指摘したことがある。また、レオニード・グロスマンは、ポルフィーリーに「自分の真実を見失っていない人間」を見るばかりか、「新しいインテリゲンツィアが未来のロシアを築いてゆく、確固たる礎石」を探り当てている。この両者の見解は従来の機能的な観点と比べれば格別に優れたものだ。わたしたちはすでに霊的な存在をめぐるラスコーリニコフとポルフィーリーの親近性について述べたが、より厳密に語り手＝作者の叙述に即してみていくと、作品のなかで展開された霊的な存在とそのイデーはラスコーリニコフとポルフィーリーの両者にそのまま内面化されているのではなく、彼らの実存を問う形で何度もそのイデーの本質と差異を明らかにしている。したがって、厳密にいうと、ポルフィーリーを小沼文彦のように「殺人を犯さなかったラスコーリニコフ」とみなすことはできない。また、グロスマンのように

「新しいインテリゲンツィアが未来のロシアを築いてゆく、確固たる礎石」を探り当てることも、語り手＝作者の叙述をたどるかぎり、難しいといわなければならない。もしグロスマンが語るように「未来の確固たる礎石」であれば、『罪と罰』以降の作品のなかでも必ずポルフィーリーに重なる人物造型が何度も試みられたはずである。ドストエフスキーが「ロシアの未来の礎石」としてかんがえて造型した人物は、ムイシュキン公爵とカラマーゾフ兄弟の三男アリョーシャの二人しかいないが、彼らは間違ってもポルフィーリーの住む官舎のドアを開くことはないだろう。

2

わたしたちはここからラスコーリニコフの霊的な存在（革命的精神）が差し出した思想（イデオロギー）を俎上に載せることにしよう。

ラスコーリニコフの思想はこれまで《非凡人の思想》とか《ナポレオン主義》とかの名で語られてきた。それが初めて読者の前に開示されるのは、月刊誌に掲載されたラスコーリニコフの論文をポルフィーリーが注目し、ラスコーリニコフとの最初の対決で執拗に質問を浴びせる第三部第五章においてである。ただし、それ以前にもラスコーリニコフに宿ったイデオロギーを先取りする記述が第一部第六章にある。老婆アリョーナ殺しを決行する一月半前、ラスコーリニコフが老婆を訪れ、妹ドゥーニャからプレゼントされた金の指輪を質入れしたあとに安食堂に立ち寄る場面がそれだ。彼はお茶を注文し、腰をおろして黙考する。語り手＝作者の記述はこうである。「卵からかえろうとする雛がやるように、**奇怪な考え**が彼の頭を内側からこつこつとついばみ、彼の心をぐいぐいと捕えていくのである」。そこへ隣のテーブルに座る学生と若い士官の会話が耳に飛び込んでくる。彼らはラスコーリニコフが先ほど質入れした老婆とその妹リザヴェータを話題にしている。学生のほうが士官に向かって「いや、それより、きみに言いたいことがある。ぼくは、あの婆さんなら、たとえ殺して金をとっても、いっさい良心の呵責を感じないね、賭けたっていい」と語って、次のように良心の呵責を感じない所以を説明する。

修道院へ寄付される婆さんの金があれば、何百、何千という立派な事業や計画を、ものにすることができる! 何百、何千という人たちを正業につかせ、何十という家族を貧困から、零落から、滅亡から、堕落から、性病院から救い出せる――これがみんな、彼女の金でできるんだ。じゃ、彼女を殺して、その金を奪ったらどうだ? そして、その金をもとに、全人類の共同の事業に一身を捧げるのさ。きみはどう思う? **ひとつのちっぽけな犯罪は数千の善行によって償えないものだろうか? ひとつの生命を代償に、数千の生命を腐敗と堕落から救うんだ。**ひとつの死と百の生命を取り替える――こいつは算術じゃないか! それにいっさいを秤にかけた場合、この肺病やみの、愚かな意地悪婆さんの生命がどれだけにつくだろう? 虱《しらみ》かごきぶりの生命がいいところだ。いや、それだけの値打ちもない。だってこの婆さんは有害なんだからな。この婆さんは他人の生命を蝕んでいるんだから。

ラスコーリニコフが偶然耳にした隣の学生の主張は、こうだ。婆さんの金があれば、多くの家族を貧困や崩壊や破滅や堕落から救い出せる。そのために婆さんを殺してその金を奪うこともそのあとの貧民救済事業という立派な行いで償えるではないか。これをもっと短い言葉でいえば、こうだ。よりよきことのためなら、他人（の生命）を踏みにじってもいっこうにかまわない。さらにそれとは違った言葉でいえば、こうだ。ある行為に価値があるかどうかは、その意図（動機）によって判断されなければならない。よりよき意図（動機）が存するならば、その行為がたとえ強盗殺人であっても、一切良心の呵責を感じることなく実行するだけの価値があるのだ。さらにこの主張はもっと切り詰めて定式化できる。すなわち、**目的は手段を浄化する**、と。ニーチェは、それを「宿命的な近代の迷信」とみなして『善悪の彼岸』のなかで嘲笑を浴びせた。それこそ良心の呵責を感じる人間が闇雲に編み出した信仰なのだ、と。語り手＝作者は、ラスコーリニコフの頭のなかに芽生えた「奇怪な考え」と学生が喋り散らす話の内容はそっくり同じものだったと記述している。学生の言葉がラスコーリニコフの幻聴でなかったとすれば、後述するように一九世紀後半の帝政ロシア社会がこうした「奇怪な考え」の胚珠を強力に培養しつつあったのである。

　安食堂のテーブルに座っている学生の考えはどこまでが正しく、それが錯誤へと転落する瞬間があるとすれば、それはどうやってつかまえられるだろうか？

　安食堂にタイムスリップして学生たちと議論する機会が与えられたと仮定しよう。近代私法の原則に立てば、次のように学生に反論するのが至当だろう。その行為の意図（動機）がよきことであっても、そのために自分以外の他人の生命を奪うという行いは、よき意図の実現以前にすべての個人が平等に享有する自由と生存の権利を剝奪するゆえにすでによきことに背馳しているのだ、と。しかし、そう述べるだけではまだ不十分だ。なぜなら、安食堂の学生は、よきこと（貧しい人たちを救済する事業）

と「他人の生命を蝕んでいる」婆さんの命を秤にかけ、前者を後者よりも価値があるとみなしているからだ。わたしたちがここで対面しているのは、学生のように両者を「秤」にかけて婆さんの命よりもよきことを優位におくイデオロギーなのだ。それはまさしくラスコーリニコフの霊的な存在が産み落としたものと同じだ。婆さんの命は、安食堂の学生とラスコーリニコフにとっては「虱かごきぶりの生命がいいところ」でしかない。しかし、存在倫理からいえば、よきこと（イデー）の内実はあらゆる生命の価値の肯定なのだから、自他に対して差別化＝個別化の原理を立てることなく、すべての人間の命を包摂できなければならない。誰かがよきこと（イデー）を立ち上げようとすれば、すべてはそこから立ち上げていくほかはない。学生が「虱かごきぶりの生命がいいところ」とみなす婆さんの命も学生と婆さんの対立関係を越えた全一的なるものである。この「全一なるもの」(Einigkeit)という自然概念は、若きヘーゲルが『キリスト教の精神とその運命』のなかで提出している。「生命は全一なる神性のうちにあるので、生命は生命から区別されない」。それは自他の生命を区別しない神的な関係性をひらいていく概念である。「全一なるもの」ゆえに人殺しのような他人の生命を損なう行為は、他人ばかりか自分の生命をも破壊する行為となる。

　ヘーゲルその人がそのように語っているわけではないが、「全一なる生命」という神的な自然概念が真理として生み出される源泉は、へその緒でつながる母親と胎児との原基的な関係のなかにある。母親と胎児は個体としては別個の生命体だが、二つの命は一体的である。母親の命なしには胎児は生きえず、へその緒が切れ、個体として生誕した後も母親（ないしその代理）のケアと慈愛なしには生命の力を育むことができない。子供はすべてこの胎幼児期を宿命づける生存様式の恐怖でもあり至福でもある記憶をもつがゆえに「全一なる生命」感覚のなかに生きている。ところが、彼（彼女）が生きる世界は**個別化の原理**が強力となった社会だから、子供は大人へと成長する過程でこの「全一なる生命」感覚を徐々にすり減らし、失っていく（あるいは無意識の底に沈ませる）。子供たちのもつ圧倒的な生命感覚や「全一なる」ものの光に溢れた力は、後述するように『罪と罰』のなかですでに触知されて書きとめられるばかりか、さらに『罪と罰』以降の諸作品の構想力を発動させる主要なモチーフとなってドストエフスキーの救済のイデーを練り上げていくことになる。

『罪と罰』の安食堂での学生の話に戻れば、金貸し婆さんを殺す行為は、したがって殺す側が全一なる生命を「あの婆さん」という特殊で個別的な「現存在」形式に封じ込めて単独の生命体のようにみなし、それを破壊する行為にほかならない。それは生命の価値の肯定ではなく、殺される側の叫びを無視して全一なる生命の究極の価値を簒奪する行為なのだ。そればかりか、ヘーゲルが述べたように殺される側において破壊されるものと同じものが殺す側においても破壊される。殺す側はこうして他者とともに自らを全一なる生命から粗暴な力で締め出し、それと自覚できないまま生命の親和性（Freundlichkeit）を潰滅させてしまうのだ。人殺しに対する世の掟（法）は、この「全一なる生命」の外にあって、生命の内から外への、外から内へのあの連続的な流れを汲み尽くすことができないから、たんに刑罰を与える裁きの力（Macht）にとどまって、「生命が破壊された」という怖れ（畏怖）の感情が勝利することに対してはまったく無力である。刑罰に対する恐怖や苦痛とはまったく別の、全一なる生命からおのれをもぎ離したという怖れの感情が勝利しなければ、殺人者に極刑を科すことにいったいどんな意味があるだろうか。もちろん、この怖れの感情は、よきこと（救済事業）と婆さんの命を天秤にかける安食堂の学生、そして彼とそっくり同じようにかんがえたラスコーリニコフには知るべくもない感情だ。彼らは「虱か、ごきぶりの生命がいいところ」の婆さんを殺したあとに初めてこの感情に打ちのめされる自分を発見するだろう。しかし、すでに前章でみたように、二人のうち、ラスコーリニコフのほうは最後まで老婆とその義妹リザヴェータをあやめた行為を悔いることはなかった。彼はシベリアの地でも人殺しを正当化するイデーを手離していないのである。『罪と罰』のエピローグで彼の内面を充たしたのは、怖れの感情ではなく、悔恨や自責の念を伴わないメランコリー（「そこはかとない哀愁」）でしかなかった。

ところで、安食堂での学生と若い士官とのやりとりは次のように終わっている。

「きみはいま大演説をぶってみせたが、じゃ、聞こう。きみは自分で婆さんを殺すのか、殺さないのか？」

「もちろん、殺すもんか！　ぼくは正義のために言ったんで……ぼくがどうのという問題じゃない……」

「しかし、ぼくに言わせりゃ、きみ自身がやるんでなければ、正義もへちまもないと思うな？　もう一勝負行こうや」

学生が「もちろん、殺すもんか！」と答えるのは、老婆との現実的な関係性を欠いているがゆえに殺さないと言っているようにみえる。これに対し、若い士官のほうは、老婆殺しを学生自らが決行するのでなければ、学生が口にした「正義」（学生の言い方では「全人類の共同の事業」）は、たんに口にしただけの戯言にすぎないと反論している。つまり、老婆殺しを決意し、実行しない以上、きみは「正義」を心底求めているわけでも、信じているわけでもないのだ、と。ここで論理的に相手を追い詰め、その弱点を衝いているのは士官のほうだ。しかし、普遍的な存在倫理に手をかけているのは士官のほうではなく、実は学生のほうなのである。なぜなら、学生は「正義」に依拠して老婆殺しを容認するイデーを語りながら、自分がそれに従って実行するためには何かが欠けていることを密かに探り当て、思わず「もちろん、殺すもんか！」と口走っているからだ。ここでわたしたちはその何かを他力門の「業縁」という概念の磁場に引きつけてかんがえることもできるだろう。親鸞は『歎異抄』のなかで人間は心にまかせて善でも悪でもできるような存在ではないと述べている。人間は心がよいから人を殺さないのではなく、一人でも殺すべき「業縁」がないから殺すことをしないだけである。逆に一人も殺すまいとおもっても、「業縁」があれば百人も千人も殺すこともありうるのだ、と。(2) 人間と「業縁」との構造を語る親鸞の言葉は、善悪を弁別する現世の論理を骨抜きにする。わたしたちの関心にもっと引きつけていえば、「業縁」は「正しきこと」、したがって「悪しきこと」の分別を越えた思考に着地するために不可欠な概念として提出されている。どんな人間も「業縁」が介入しなければ一人も殺すことはできないが、介入すれば百人、千人の殺害行為へ突進するかもしれないと語っているからだ。このように「業縁」は、正義（善）を志向する人間の意志そのものを徹底して非力なものとみなす概念となる。つまり、その凄さは「汝、殺すなかれ」（モーゼ）という法の言葉を解体し、人間は殺すときは殺すのだと見切っている点にこそある。法は殺すなかれと命ずるが、それでも殺すときは殺すのが人間だ。すると、「もちろん、殺すもんか！」と答えた学生と老婆殺しを実行するラスコーリニコフの両者を本質的に分かつものは実は何もないのだともいえる。「殺すもんか！」と学生のように意志しても「業縁」が介入すれば、それに反したことをやってしまうかもしれない。同じように「殺してやる！」と意志を固めても「業縁」が働かなければ、虫一匹殺せないかもしれない。いずれにせよ、この学生は「他人の生命を蝕んでいる」金貸し婆さんを殺さないのに対し、ラスコーリニコフは実際に殺すのである。その違いはどこからやってくるのか？　ラスコーリニコフは安食堂での学生と士官とのやりとりを聞いて異常な興奮にかられる。このあと、語り手＝作者の記述は次のようになっている。

飲食店でのこのつまらない会話が、事件のその後の発展のうえで、青年に絶大な影響を及ぼすことになったのである。あたかも、そこに、本当に何かの予言が、天啓が含まれていたかのように……。

この叙述に即していえば、作者たるドストエフスキーの構想力は必ずしも「業縁」の構造と同じものをここで抉ってみせたわけではなかった。学生が主張したのは、老婆殺しの正当性だが、彼にそれを実行する意志はない。ラスコーリニコフの頭に浮かんだ「奇怪な考え」（思想）も老婆殺しの正当性を差し出しているのだが、学生とは違ってその意志を固めている。学生と若い士官の会話が「事件のその後の発展のうえで」ラスコーリニコフに絶大な影響を及ぼすことになった、という語り手＝作者の記述は、学生とラスコーリニコフを分かつものを少しも明示しているわけではない。作者はこのあと、老婆殺し直前の、凶行のための準備を進めるラスコーリニコフについて、次のような記述を挿入している（第一部第六章）。

彼の論理は、剃刀のように鋭利に組み立てられ、もう自分のなかには意識的な反駁を見出せなかった。しかしぎりぎりの点になると、彼はまったく自分に信頼が持てず、まるで誰かにむりやり引っ張って行かれでもするように、頑固に、やみくもに、あちこち手さぐりで反駁を捜し求めていた。思いがけなく訪れて、すべてを一時に決定してしまったあの最後の日は、ほとんど物理的ともいえる作用を彼に及ぼした。**まるで誰かが彼の手をつかみ、強引に、盲滅法に、超自然的な力で、逆らう余地もなく彼を引きずって行くようだった。**服の端を機械の動輪にはさまれ、じわじわと機械のなかへ引きずり込まれるようだった。

この叙述も先の叙述とそれほど異なっているわけではない。老婆殺しの決行を促すのは、ラスコーリニコフの霊的な存在とそのイデーが紡ぐ論理の衝迫ではもはやない。それに代わって、わけもわからない、有無をいわさずに引き立てていくような「超自然的な力」なのだ。ここで「超自然的な力」という概念を意志や人為を情け容赦なくなぎ倒していく力、どのようにあがいても人をある方向に押し出す力とみなせば、そこに親鸞の「業縁」の構造と同じか、それに近似したものを取り出すことができるようにおもわれる[3]。ただし、それはあくまでも語り手＝作者によって限定され、人間心理の側からみられた「業縁」の概念なのだ。なぜなら、人間は自分が仕出かしたことをあとから振り返ってようやく「超自然的な力」に引き立てられていくようだった、とおもうのであって、その渦中にある人間に「いま超自然的な力に引き立てられている」という内省（自己意識）が伴うことは決してないからである。ここではあくまでも語り手＝作者がラスコーリニコフの強迫神経症的な心理状況に寄り添って記述している箇所であって、ラスコーリニコフその人が内省したものとして「業縁」が取り出されているわけではない。

3

ラスコーリニコフと安食堂の学生を分かつものは、実はまだほかにもある。それは、ラスコーリニコフが彼の「奇怪な考え」を一種の史観として仕立て上げ、「勝手に法を踏み越える権利をもつ」歴史上の偉人にして犯罪者たる「非凡人」に自分自身をなぞらえるところだ。ラスコーリニコフが具体的に挙げるのは、リキュルゴス、ソロン、ムハンマド、ナポレオンなどの偉人たちである。このラスコーリニコフの史観は、ポルフィーリーとの最初の対決の場となる第三部第五章において明らかにされる。ポルフィーリーは、そこで二カ月前に雑誌に掲載されたラスコーリニコフの論文（犯罪論）を話題にする。「問題はこの論文によると、すべての人間が《凡人》と《非凡人》に分かれるという点にあるんだな。凡人は、つまり平凡な人間だから、服従を旨として生きなければならんし、法を踏み越える権利も持たない。ところが、非凡人は、非凡人なるがゆえに、あらゆる犯罪を行い、勝手に法を越える権利を持っている。確かこうでしたな？」。ラスコーリニコフは、ポルフィーリーの挑発に乗る形で「人間は、自然の法則によって、大別して二つの部類に分けられる」と自説について語り始める。

　第一の部類、つまり材料となる部類は、だいたいにおいて、その本性から言って保守的で、行儀正しい人たちで、服従を旨として生き、また服従するのが好きな人たちです。ぼくに言わせれば、彼らは服従するのが義務であって、それが彼らの使命でもあり、それでひとつも卑屈になる必要はないんです。第二の部類は、つねに法の枠を踏み越える人たちで、それぞれの能力に応じて、破壊者ないしはその傾きを持っています。この人たちの犯罪は、むろん相対的だし、千差万別ですが、彼らの大多数は、さまざまな声明を発して、**よりよき未来のために現在を破壊することを要求します**。しかも、**その思想のために、たとえば、もし屍を踏み越え、流血をおかす必要がある場合には、ぼくに言わせれば、彼らは自分の内部で、良心に照らして、流血を踏み越える許可を自分に与えることができるのです**。もっとも、それは思想に応じて、思想の規模に応じての話で、そこのところを注意してほしいのですがね。（中略）第一の部類はつねに現在の主人であり、第二の部類は――未来の主人です。前者は世界を維持し、それを数的に増やしていく。後者は世界を動かし、それを目的へ導いていく。そのどちらも完全に平等な存在権を持っている。要するに、ぼくの理論では、みなが同等の権利を持ち、Vive la guerre éternelle（永遠の戦い、万歳）なんです。もちろん、新しいエルサレムまでの話ですがね！

「よりよき未来のために現在を破壊することを要求する」思想、ポルフィーリーの言葉によれば、「勝手に法を踏み越える権利を持つ」と宣言する思想、これがイデオローグとしてのラスコーリニコフの核心にある思想である。この思想は「よりよき未来」のためには死体や流血といった事態も厭わない、自らの良心にしたがって死体を踏み越える行為を是認するイデオロギーにほかならない。さらに破壊するだけでなく、「よりよき未来」を地上にもたらすために、たとえばツァーリ体制のように政治的に強固な支配共同体をもつ近代ロシア社会で政治権力の奪取をめざそうとすれば、暴力の行使によってその実現を図る革命論者のテロリズムにすぐさま転回するイデーでもある。(4)

ラスコーリニコフの《非凡人の思想》は、「凡人」との区別に力点を置けば、それ自体が鼻持ちならない粗雑な選別化のイデオロギーにすぎない。しかし、ここで「非凡人」が世界を動かして「よりよき未来」を導くというイデーに注目すれば、それは歴史の理念とその実現を語る歴史哲学でもある。この歴史哲学は、活動する諸個人をラスコーリニコフがそうしたように「凡人」と「非凡人」に二分せず、「自己意識」としての人間精神に固有な弁証法的な関係、あの「主人と奴隷の弁証法」として取り出せば、隷属と反抗の弁証法的な展開のなかに歴史の一般理念の実現をみるヘーゲルの世界史(Weltgeschichte)の立場となる。ラスコーリニコフのイデー(一般理念)はたんに「よりよき未来」といわれるしかなかったが、ヘーゲルはそれを「人間そのものが自由であり、精神の自由こそが人間のもっとも固有の本性をなすことが意識されている」理念としてみている(『歴史哲学講義』)。したがって、ヘーゲルの世界史とは「自由の意識が前進していく過程」、つまり、否定作用をテコに人間精神が一歩ずつ自由の意識という一般理念を獲得していく過程として構想されている。しかし、世界史が一般理念を実現するためには、人間精神が隷属から反抗へ、反抗から闘争へ、闘争から革命へと至る生死を賭けた夥しい血の惨劇(死闘)を経験しなければならない。そう、まさしくVive la guerre éternelle なのだ。というのも、ヘーゲルによれば、人間の自由の意識、つまり「すべての人間は人間として自由である」という意識はそのような経験、あの「精神の否定作用」がくぐる経験なしに前進することができないからだ。こうしてその無数の惨劇の積み重ねの果てに世界史の先端であるヨーロッパにおいて「人間の自由の意識」という一般理念が成就することになる。それはオリエントの人々や古代ギリシャ・ローマ人が決して知ることがなかった意識である。この理念は、個々の欲望や情熱、特殊な利害などに突き動かされて活動する諸個人のさまざまな対立抗争を介して少しずつおのれを実現していく。対立抗争の歴史的な出来事においては、ヘーゲルが語るところの「世界史的個人」(die grossen welthitorischen Individuen、いわゆる歴史上の偉人、英雄としてみなされている個人。ラスコーリニコフが挙げたリキュルゴスやナポレオンなど)が登場するが、彼らにしても特殊な利害と欲望にとらわれた限定的な個人にすぎず、その肯定面と否定面が互いにしのぎを削って、やがて没落する運命にある。つまり、彼らはそれと知らずに一般理念の実現に関与するのだ。これがいわゆる「理性の狡智」(List der Vernunft)とヘーゲルが呼んだ出来事の魔術師的な側面である。この点でヘーゲルは、ラスコーリニコフの「凡人」と「非凡人」の区別を非弁証法的で愚かしい論理として焼却処分しているといえるだろう。

このようなヘーゲルの世界史の立場に対して、たとえば、カール・レーヴィットが「進歩のイデーを手引きとする似而非神学」として批判したことがある(『ヘーゲルからニーチェへ』一九四一年)。

世界史の真のパトスは、それが取り扱うべき大事件、押し出しのきく響きのいい大事件にだけでなく、それが人間の上にもたらす声のない苦悩にも存するのである。そして人が世界史において感歎すべきものがあるとすれば、それは人類があらゆる損失と破壊と傷害の中から常に新たに立ち直る力であり、忍耐であり、粘り強さである。(柴田治三郎訳)

しかし、このレーヴィットの批判は、世界史を「人間の自由の意識が前進していく過程」とみるヘーゲルの歴史哲学を真っ向から否定し、それを打ち砕いているのではなく、むしろそれを承認したうえでヘーゲルがあえて強調することのなかった人間的諸力、すなわち「新たに立ち直る力」や「忍耐」

や「粘り強さ」を取り出して強調しているようにみえる。ところが、ヘーゲルその人が『精神現象学』のなかでそれら人間的諸力に誰よりも注目し、その力を認めて顕揚した哲学者なのだ。レーヴィットのヘーゲル批判にオリのように沈んでいるものがあるとすれば、一般理念の成就という世界史の絶頂に立って、諸個人の対立抗争、個々の歴史的な出来事を超然と眺める哲学者の一見とりすましたかのような姿勢への反撥だったといってよい。ヘーゲルは一般理念を「無傷の傍観者」とみて、否定的な面も肯定的な面もともに含む世界史上の出来事の背後に控えていると主張したが、ヘーゲルその人が一般理念に乗り移って、あたかも「無傷の傍観者」然として、多くの人間の血が流され、大きな損失と傷害を負った惨劇や死闘が続く歴史の荒地に聳える偉大で英雄的な世界史のいくつかの頂点を渡り歩いているだけでないのか。そのとき、声も出せずに斃れた無数の人間の苦悩はどこへ行くのか。ヘーゲルはこれら死せる人々を裁かずともただ静観しているだけではないのか。これがレーヴィットの批判の奥底に流れているものだ。[5] そしてわたしたちもまたレーヴィットに倣って次のように言ってみたい気がする。個人の力では抗し難い力によってすべて打ち砕かれるのが人間の避け難い運命とすれば、人はどうして一般理念の成就や世界史の哲学などを語ることが可能な立場に移れるのか。生老病死を免れない個人の短い人生はただでさえ精気を奪い取り、汚水を滲みこませるような幾多のこまごまとした葛藤や些末な出来事が満ち充ちている。それらへの配慮なしには一歩も生きていけないのが人間の「現存在」形式とすれば、一般理念の成就などは哲学者が好んでむさぼる夢のようなものではないか。個々の人間は、現実のさまざまな惨劇のなかでやがて砕け散る。人間精神を圧殺する愚かで悲惨な出来事に対し、多くの人々は現実的に有効な抗議の声さえあげることができずに死んでいく。それが世界史の内実とすれば、一般理念の内実も血まみれの惨劇の累積でしかないのではないか。実際、人間の歴史は惨劇の繰り返しである。ヘーゲルその人が一般理念の化身となって世界史を語るとき、実はこうした惨劇の数々は一般理念を前進させるために必要な素材として眺められている。ヘーゲルその人はプロイセン王国の一公務員であり、他の人間と同じく命数に限りのある制約多き人間のひとりにすぎなかったにもかかわらず、だ。

　しかし、ヘーゲルの歴史哲学が抱える本質的な問題はそこにはない。問題とすべきなのは、世界史に究極の目的を置く独自の発想、厳密にいえばヘーゲルのキリスト教的な思考法にあるのだ。つまり、一般理念の成就に歴史の究極の目的を置くヘーゲルの立場は依然、歴史の終末を予言するキリスト教的な構想力の内側にある。キリスト教的な終末論は、人間の歴史は《神の国》として成就し、完結するという考え方にほかならない。ヘーゲルも実はそれを密かに踏襲している。キリスト教が歴史の終わりに《神の国》をみるのに対し、ヘーゲルは「無傷の傍観者」たる一般理念の成就をみるのであり、神も一般理念も世界史上の出来事の背後に厳かに控えている点で大した違いがあるわけではない。その意味で聖書とヘーゲルの歴史叙述は超越そのものである。歴史の終わりを語る資格も能力ももたないわたしたちにそれを可能ならしめるのは、神や一般理念を想定する超越的な立場だけである。結局のところ、ヘーゲルの歴史哲学は世俗化された神学であり、否定作用（弁証法）を媒介にした黙示録の哲学化なのだ。マルティン・ハイデガーはニーチェについて論じた書物のなかでヘーゲルを「変装した神学者」の一人とみなしている。

　ラスコーリニコフという青年も彼が《非凡人の思想》を語り出すとき、世界史を語るヘーゲルにどこか似ている。「世界史的個人」を一般理念の犠牲者として捉え返すヘーゲルは、「非凡人」と「凡人」の区別と差異を立てるラスコーリニコフを冷笑するだろうが、ヘーゲルが「偉大な人物が多くの無垢な花々を踏みにじり、行く手に横たわる多くのものを踏み潰すのは、仕方のないことだ」（『歴史哲学講義』、長谷川宏訳）と述べるとき、二人の間の距離は予想外に縮まるのである。確かにヘーゲルは暴力、無分別、邪悪なものが吹き荒れた世界史の現場を見て「底なしの、どうしようもない悲しみの情」を口にする。そして、この悲惨な史観のうちにこそ摂理の謎を解く鍵があるとかんがえる。かくも多大な恐るべき犠牲は、いったい、何のために支払われるのか。ヘーゲルは答える。それはあの一般理念、「すべての人間が人間として自由である」という至上の意識にたどり着くためである。そのために諸個人は犠牲に供され、捨て去られるのだ。ラスコーリニコフは、ヘーゲルの一般理念に代えてたんに「よりよき未来」と語るしかなかった。ところで、この「よりよき未来」とは、いったい、どんな未来なのだ？　しかし、ドストエフスキーは作者としてラスコーリニコフにそれを具体的に語らせることができない状況下に置かれていた。もしそれを行えば、シクロフスキーが語るように《社会的な抗議の思想》に油を注いで燃え上がらせる危険があったからだ。秘密警察（皇帝直属官房第三課）に監視されていたドストエフスキーにとって、それは自らを断筆状況へ追い込む自殺行為に等しかった。とはいえ、「よりよき未来のために現在を破壊することを要求する」思想が一八六〇年代のロシア社会でどれほど秩序破壊的で暴力的なイデオロギーとして機能するのかは、火を見るよりも明らかだった。少なくとも当時の知識人たちにとっては。こうしてラスコーリニコフも「西欧派」の先行世代と同じように教壇で一般理念を語るヘーゲルにさよならを告げて、それを現実世界で成就するために自ら斧を振り下ろすテロリストとなって惨劇の現場に駆けつけるのである。

ラスコーリニコフの思想から正しさを奪って錯誤に転落する瞬間について、わたしたちはすでに「全一なるもの」という青年ヘーゲルの自然概念に拠りながら述べた。彼の《非凡人の思想》に即して、ここであらためて正しさを奪う瞬間をつかまえるとすれば、こうである。「非凡人」と「凡人」の区分と差異を立てる彼の思考は、社会的な諸力がせめぎ合う世界の只中に、ある種の超越的な観点を導入する。ラスコーリニコフは自らそうした観点をそれと知らずして持ち込んで、彼が「第一の部類」とみなした「保守的で、行儀正しい人たちで、服従を旨として生き、また服従するのが好きな人たち」を事物のように眺めている。彼は、確かに人々の剥き出しの実存（生きざま）と彼らを駆り立てているもろもろの社会的な力を感じているが、そのことに特別な注意を払うわけではない。社会的な力が彼らと同じく自分の存在をも大きく規制している現実には気づいているが、その力に抗して働きかけていく活動には本質的に無関心なのだ。彼の脳髄を掻き回しているのは、「自分の内部で、良心に照らして、流血を踏み越える許可を自分に与えることができる」非凡人と同じ気概や勇気が自分にはあるのかという「この私」をめぐる自己意識の自問自答にすぎない。《非凡人の思想》とは畢竟、暴力（テロル）を容認するイデオロギーなのだが、彼の自問自答は暴力を行使する気概や勇気が自分に備わっているかどうかをめぐって、ただそのことだけを自己確認するために際限なく行われるのである。

4

ポルフィーリーが「勝手に法を踏み越える権利を持つと宣言する思想」と本質規定したラスコーリニコフの思想は、一九世紀のロシアの大都会に生息する孤独な貧乏学生の内部に作者が産み落とした特異な思想というわけでは少しもなかった。それはこういうことである。ラスコーリニコフが言うところの「第一の部類」がツァーリ専制の支配権力と農奴制に縛られ、それに隷属することでしか生きることができず、彼らの隷属、服従の度合が強ければ強いほど、一方の「第二の部類」は体制変革のイデオロギーを先鋭化せざるを得なかったこと。そしてこのようなイデオロギーの先鋭化は、近代ロシアのような専制国家がもつ特有の制約と文化的な成熟度に十分見合った思想（政治運動）の必然的な傾向であって、それが当時の多くの学生、知識人たちを捕縛し、駆り立てることになったこと。つまり、帝政ロシア社会の内部矛盾はラスコーリニコフと同じように思考する人間を多数産出せざるをえない段階まで煮詰まっていたということである。ロシアの社会的国家に地中深くまで根を伸ばしていたミール共同体の問題については後述するが、近代ロシア社会の革命的精神の系譜をたどると、ゲルツェンからレーニンのボリシェヴィズムに至るまで、この条件と制約を免れたイデオローグは一人もいなかったことがわかる。

『罪と罰』が書かれた一八六〇年代のロシアで学生たちのイデーに影響を及ぼしていたのは、ゲルツェンをはじめ、オガリョーフ、バクーニン、チェルヌイシェフスキーらのイデオローグだった。彼らの思想圏から最もラディカルな革命理論を荒削りな形で展開したのは、獄中で『何をなすべきか』（一八六三年）を書いたニコライ・チェルヌイシェフスキーの思想的嫡子ともいうべきザイチュネスキーである。彼は、ゲルツェンが英国で発行していた『コロコル（鐘）』にチェルヌイシェフスキーが匿名で「斧のみがわれわれを救う。ただ斧のみが！」と暴力革命を呼びかけたのに呼応し、『若いロシア』と題した政治パンフレットを起草した。『罪と罰』が発表される四年前、一八六二年のことだ。「斧」という血なまぐさい言葉は、『罪と罰』の世界にとどまらず、『悪霊』の禍々しい世界にまでこだましている。ニコライ・ヴァレンティノフの著作『知られざるレーニン』（一九五三年）から『若いロシア』の一節を紹介する。

われわれは一七九二年の偉大なテロリストたちよりも徹底的にやるだろう。現体制を打破するためには、一七九〇年代にジャコバン党によって流された血の二倍もの血を流さなければならないとしても、ひくわけにはいかない。……われわれ自身と民衆の共感とを信頼し、最初に社会主義の勝利をもたらす運命にあるロシアの偉大な未来を信頼して、われわれはある人のように「斧を握れ！」と叫ぶだろう。そしてわれわれは玉座の守護者どもを、彼らよりも仮借なく攻撃するだろう。**この下劣な豚どもが広場に現れれば、そこで殺し、あるいは彼らの家で殺し、狭い街路で殺し、村や部落で殺すだろう。**われわれとともにいない者はすべてわれわれに反対しているのであり、**われわれに反対する者はすべてわれわれの敵であり、敵はあらゆる手段で殲滅しなければならない。**ロシア社会民主共和国万歳！（門倉正美訳）

ザイチュネスキーは、「人民の意志」派が生まれる十五年以上前にテロリズムを行使する暴力革命と独裁権力を打ち出し、のちにロシア・ジャコバン・ブランキスト党の指導者となるが、その思想は、ピョートル・N・トカチョーフのロシア・ジャコバン主義を経てボルシェヴィズム（レーニン主義）の尽きせぬ源泉となった。(6)『罪と罰』の作者がザイチュネスキーの政治パンフレットを実際に読んでいたかどうかはわからない。ただし、『悪霊』のなかにはゲルツェンや『コロコル』が実名で出てくるのをはじめ、「斧の入ったアジビラ」という符牒も使われている（『悪霊』第二部第六章第三節）。こうした書き込みを踏まえれば、『コロコル』に載ったチェルヌイシェフスキーの文章を目にしていたのは確実である。ちなみにゲルツェンがロンドンで発行する『コロコル』はロシア国内では非合法出版物だが、セルノ・ソロヴィヨーヴィチが運営する書店を通じて国内に広く流通していた。だから『カラマーゾフの兄弟』のなかでコーリャ・クラソートキン少年が読む社会主義文献として『コロコル』が挿入されているのも少しも不自然ではない。しかし、それもこれもほんとうはどうでもよいことだ。ここで重要なのは、ドストエフスキーその人が帝政ロシア社会のなかにイデオローグたちの思想を過激に追い詰めて暴力革命論を招来する危険な徴候を鋭敏すぎるほど鋭敏に意識していたということである。彼は、同時代の他のイデオローグと同様、ロシア社会ではツァーリ専制に抗して必然的にテロリズムによる政治活動が主流となるのは避け難いとの危機感を抱いていた。たとえば、ラスコーリニコフから「法を踏み越える権利を持つ」非凡人の革命理論を嗅ぎ出したポルフィーリーに「ちょっと、よしてください、いまのロシアに自分をナポレオンだと思わない男なんていますか?」と言わせている。これは、ラスコーリニコフが自らをリキュルゴスやナポレオンなどの「非凡人」と同列に置いているわけじゃない、と釈明したことに対してやり返した言葉なのだが、作者は、この発言を介して、一九世紀のロシアの知識人は不可避的にツァーリ体制の法を踏み越える方向へ自ら追い込まざるを得ないという、恐怖を伴う判断を忍び込ませたことになる。作者はそれを心底怖れてもいたが、同時に激しく魅了されていた。力づくによるツァーリ専制体制の打倒(暴力革命)をめぐるアンビバレンツこそ、ラスコーリニコフの犯罪を造型した作者のモチーフに底流していたものだった。

ただし、ドストエフスキーは、『罪と罰』のなかでゲルツェンやチェルヌイシェフスキーに直接言及することはなかった。作品構成上、その必要がなかったからである。実名を挙げるのは、すでに触れたように『罪と罰』から約七年後に発表する『悪霊』においてである。ラスコーリニコフの《非凡人の思想》は、暴力革命を招来するロシア帝政社会の同じ土壌から養分を吸ったイデオロギーであり、老婆殺しという孤独な犯罪行為は、**たった一人で「よりよき未来」の実現をめざす暴力革命**の暗喩にほかならなかった。ザイチュネスキーは「社会主義の勝利」のために「下劣な豚どもはあらゆる手段で殲滅しなければならない」とアジったが、ラスコーリニコフはただ《非凡人の思想》の正しさを宣言して老婆アリョーナを殺したのである。ポルフィーリーがラスコーリニコフに語ったあの奇妙な言葉、「もし別の理論を考えついておられたら、幾億倍も醜悪なことをしておられたかもしれないんだし！」という発言は、実はテロリズムによる暴力革命を正当化するイデオロギーとその論理に対して向けられたものだったのである。すなわち、「ラスコーリニコフ問題」とは、**暴力革命の是非をめぐる問い**だったといってよい。しかし、この問いは一介の貧乏学生にすぎないラスコーリニコフがたった一人で背負うことができる問題ではないことも自明だ。というのも、革命は一人では行えない共同意志の発現なのだから。したがって、この問いは、より直截にいえば、「よりよき未来」をめざす革命党派から非合法活動のための資金を獲得するために老婆の貯めこんだ金を強奪せよ、と命ぜられた「無神論者、故郷喪失者、ニヒリスト」たちをめぐる問題として読み換えなければならない。作者の構想力は、そのように命ずる革命党派のイデーとその論理と正面対決することから出発したのである。

アーサー・ケストラーは、一九三〇年代のスターリンによる反対派の大粛清（モスクワ裁判）に触発されて『真昼の暗黒』（一九四〇年）という作品を著し、ソビエト体制の孕む問題を剔抉した。そのなかで作者は、元・党中央委員でいまは反革命的活動のかどで告発されている囚人ルバショフと予審判事イワノフとの間で「ラスコーリニコフ問題」を議論させている（「第二回審問」第七章）。ルバショフはかつての同志であるイワノフに「きみは『ラスコーリニコフ』を憶えているか？」と声をかけ、次のように問う。「ぼくの憶えている限り、問題は、大学生ラスコーリニコフに老婆を殺す権利があったかどうかということじゃなかったのか?」(中島賢二訳、以下同)。この問いかけに対するイワノフの答えはこうだ。「きみのラスコーリニコフは馬鹿な犯罪者だ。老婆を殺すのに論理的な行動をとったからではなく、個人的利益のために殺人を犯したからだよ。目的は手段を正当化する、という原則は唯一の政治倫理であり、そうであり続ける。それ以外はくだらないお喋りで、指の間で溶けて消えてしまうものだ……。もし、ラスコーリニコフが党の命令で老婆を殺したとすると――たとえば、ストライキ資金を増やすために、非合法新聞を発刊するために――そのときは方程式が成り立ち、紛らわしい問題を扱った小説も書かれることはなかったし、人類にとってもそのほうがよかっただろう」。イワノフの『罪と罰』への無理解は目を覆いたくなるほどひどいものだ。ラスコーリニコフはまさにイワノフが強弁する「目的は手段を正当化する」という原則に立つ党の命令に従って人を殺すことも躊躇しない人間の一人として立ち上がった青年であり、そのためにこそ実際に老婆殺害に及んだのだ。ラスコーリニコフとイワノフの二つの映像は鏡のなかでぴったり重なっているにもかかわらず、イワノフにあっては、ラスコーリニコフは「個人的利益のために老婆を殺した馬鹿な犯罪者」の像として切り離されている。しかし、イワノフの作品理解を阻んでいるのは、そのようなラスコーリニコフ像ではない。『罪と罰』の作者が党の命令に従って人を殺すことも躊躇しない人間の一人としてラスコーリニコフを読者の前に差し出したうえで、次のように問いかけていることが決定的な阻害要因となっているのだ。よりよい未来をめざす党がどうして暴力(テロル)の必要性を認め、人殺しを許容し、平然とその論理を敷衍することができるのか。よりよい社会を夢見る人間はどうして党の命令に逆らって、人殺しを思いとどまることができないのか。イワノフにとっては、ドストエフスキーのモチーフそのものがすでに革命を頓挫させる「反革命」側からの紛らわしい問いかけにすぎない。しかも、イワノフによれば、こうした問いかけは革命党派の内側からしか生まれないものなのだ。なぜなら、「反動、反革命の軍隊には良心の咎めも倫理問題もない」からである。反革命に打ち勝って、「最も有望な実験を行う」革命を遂行するためには、あくまでも「目的は手段を正当化する」という原則に否応なしに従わなければならない。これがイワノフの信念なのである。これに対し、ルバショフは、積極的に反論を試みるわけではない。一方的に断罪される立場にあって、もはや反論は無意味だと悟ったからではない。逆に彼も「手段を選ぶのにそんなに潔癖にしていれば、政治的無能へと導くばかりだ」と述べ、イワノフ的原則に同意するのだ。つまり、よりよき未来のためには暴力（テロル）の必要性を認め、他人の生命（イワノフは「たかだか数十万」と数えている）を犠牲にすることもためらってはならないとかんがえる点で二人に違いは何もないのである。それでもルバショフのほうが粛清されるのは、「ナンバー・ワン」と呼ばれている最高権力者から睨まれて、反革命的分子との烙印を捺されたからにすぎない。イワノフもある日突然、反革命的分子の烙印を捺される可能性が高いといわなければならないが、この時点ではそれ以外に二人を分かつものは何もない。現実のスターリンは『罪と罰』のような作品を歯牙にもかけない政治家だったことは確かだが、たとえ読んだとしても、イワノフと同様、「この大学生は馬鹿な犯罪者だ」と呆れて、途中で本を放り投げたことだろう。そしてたぶんレーニンもそうである。彼が優れた文学作品として評価していたのは『アンナ・カレーニナ』だった。

好敵手のポルフィーリーが「あなた、やっぱり新しいエルサレムを信じているんですか」と訊くのは、ラスコーリニコフが《非凡人の思想》を開陳した直後である。すでに前章でも触れたが、ラスコーリニコフは「信じている」と答え、さらに「ラザロの復活も信じていらっしゃる?」との質問にも「信じていますとも」と答える。

5

ヨハネ黙示録が語る「新しいエルサレム」とは《神の国》である。人が神の民となって住む国にはもはや死はなく、悲しみも嘆きも労苦もない。わたしたちはそれを生の労苦と死の恐怖をともに打ち消して差異線を消去したうつろなヴィジョンであり、ローマ帝国によって迫害された原始教団の神経症的な幻影だと述べた。しかし、ラスコーリニコフに「新しいエルサレムを信じている」と言わせた作者は、黙示録の《神の国》のイメージに激しく感応し、そのヴィジョンに強く牽引され、死ぬまで激しく眩惑された作家だった。暴力革命を信じて人を殺したラスコーリニコフが丸太に腰をおろして眺めるエピローグの風景は、黙示録の《神の国》に感応している作者の霊的な存在が差し出すイデーの原風景にほかならなかった。これに対し、「ラザロの復活」の記述は共観福音書にはなく、奇跡信仰の教説につんのめるように熱中するヨハネ福音書の記者に固有のものである[7]。また、黙示録の支配的なイデオロギーとも一線を画している。厳密にいえば、ドストエフスキーは、決して同列に引き出せない聖書のなかの異なるイデーをほとんど無意識のうちにポルフィーリーの口を介して話題にしている。信仰のあり方において「新しいエルサレム」の語りと「ラザロの復活」のエピソードはまったく違った方位を指し示している。ただし、『罪と罰』の構想力は、作者の聖書(キリスト教)理解によって本質的に限界づけられていたわけではないから、ここではあえて問題としない。その特異なキリスト教理解がより重要になるのは、ローマ教会（カトリック）に対する作者の視点と批判であって、それが最後の長編小説となった『カラマーゾフの兄弟』の構想力を規制し、大いに限界づけることになったのである。

語り手である作者は、ラスコーリニコフの霊的な存在が差し出す「よりよき未来」のイデーが現実の社会にぶち当たって激しく火花を散らす思想の核心（暴力革命）をポルフィーリーとの対決のなかに開示するだけでなく、ラスコーリニコフとソーニャの対話、またラスコーリニコフと妹ドゥーニャの対話、さらにスヴィドリガイロフとドゥーニャとの最後の対話などで開示する。ただし、話し相手が異なると、語り口（リズムと抑揚）も異なるため、同じ主題を取り扱っていながら、それは絶妙に転調されて開示されるのだ。ソーニャもスヴィドリガイロフもラスコーリニコフの霊的な存在から独立しながら、それと激しく交叉し、彼の実存（生きざま）を揺り動かす別個のイデーを差し出している。ただし、より厳密にいうと、彼らのうち、妹ドゥーニャのイデーが交叉し、敵対する相手となるのは、ラスコーリニコフではなく、スヴィドリガイロフという人物である。そのスヴィドリガイロフについては、後述する。ここではまずラスコーリニコフがソーニャに老婆殺しの犯人が自分であることを告げるあの《告白の場》（第五部第四章）からみていくことにしよう。

《告白の場》でのラスコーリニコフの言葉は、ソーニャが対話の相手となった関係から独特のイントネーションを伴ってさらに熱に浮かされた調子を帯びるとともに、本筋から逸脱し、混乱し、自己撞着にさえ陥っている。

実はね、そのころのぼくはいつも自分で自分にたずねていたんだ。どうして俺はこう馬鹿なんだろう。ほかの連中が馬鹿で、連中が馬鹿だということを俺が確実に知っているくせに、どうして自分は少しも利口になろうとしないんだ、とね。あとからわかったんだがね、ソーニャ、みなが利口になるまで待つのは、おそろしく時間がかかることなんだな……それから、こういうこともわかった、つまり、そんなことには絶対になりっこない、人間は変わるものじゃなし、やつらを改造するものが現れる気づかいもない、大体、そんなことに手間をかけるだけ損だとね！　いや、ほんとのことだよ！　これはやつらの法則なんだ。……法則さ、ソーニャ！　そうなんだ！　……それでいま、ぼくは知ったんだ、ソーニャ、頭と精神が強固で力のあるものが、やつらの支配者になるんだとね！　**多くのことを思いきってやる人間が、やつらの間では正しいということになる。より多くのものに唾を吐きかけられるものが、やつらの間では立法者になる。誰よりも思いきってやれるものが、誰よりも正しいんだ！**　これまでずっとそうだったし、これからもいつもそうだろう！

ポルフィーリーとの対話で開示された「法を踏み越える権利を持つ」非凡人のイデオロギーは、ここでは個人意志論と呼ぶべきものとして語られている。すなわち、帝政ロシアに対する共同的な対抗運動として歴史的に先鋭化した暴力革命のイデオロギーが「より多くのものに唾を吐きかけられる」かどうかという個人意志の次元に横滑りするのだ。注意すべきなのは、そのあとである。ラスコーリニコフは、本来、共同性の次元でのみ提起可能な権力奪取の問題を取り上げるのだ。

ぼくはそのとき気づいたんだよ、ソーニャ、**権力は、あえて身をかがめて、それを拾い上げるも**

のにだけ与えられるとね。そこにはひとつ、ただひとつのことしかない、つまり、あえて断行しさえすればそれでいいんだ！　そのときぼくにはひとつの考えが生まれた、生涯にはじめて、ぼく以前には誰ひとり考えつかなかったような考えが生まれたんだ！　誰ひとりだよ！　ぼくにはふいに太陽のようにはっきりと見えた、つまり、どうして今までただのひとりとしてこうした不合理のそばを通りながら、その尻尾をつかんで、ぽいと放り捨てるという、実に簡単なことさえ、思いきってやろうとしなかった、いや、いまもしていないのか！　ぼくは……ぼくは思いきってやりたかった、だから殺した……

　このように権力奪取の問題も同じように共同性の次元から滑り落ちて、「不合理のそばを通りながら、その尻尾をつかんで、ぽいと放り捨てる」勇気がはたして自分にあるのかどうか、という個人意志の次元に横滑りして語られるのである。だが、ラスコーリニコフは権力奪取のための第一歩として老婆殺害を企図し、それを実行したのだろうか。そんなことは馬鹿げた言い草だ。また、アリョーナへの憎悪が殺意まで嵩じたわけでもないし、母や妹ドゥーニャの犠牲的な生活を救うための資金調達が目的でもなかった。「そんなのはばかげている！」とラスコーリニコフは叫ぶ。

　自分はみなと同じように虱なのか、それとも人間なのか、ぼくは踏み越えることができるのか、それともできないのか！　あえて身をかがめて拾うことをやるのか、それともしないのか？　ぼくは震えおののく輩なのか、それとも権利を持っているのか……。

ラスコーリニコフの自問自答は痛ましい。なぜなら、この自問自答には出口がないからだ。彼の霊的な存在が差し出すイデーに基づいて、あの「よりよき未来のために現在を破壊する。そのためには、良心に照らして流血を踏み越える許可を自分に与える」イデオロギーは、いったん共同性の次元から逸れると、イデオロギーがそこで生成し、その力を不断に更新する現実的な社会的諸関係、内在的な諸力がせめぎ合う社会的力場からずり落ちて、その結果、現実的なるものの対象と実践的な契機をすべて失う。イデオローグとしてのラスコーリニコフが現実世界で行ったのは、個人意志の次元では解決できない事柄を個人意志の問題のように取り扱って、その堂々めぐりの未決定な状況のなかに自己を投げ入れることだった。「自分に踏み越えることができるのか、できないのか?」。この問いはそれ自体、どんなに思い悩んでも答えのない問いである。

ソーニャとの対話を通じて、ラスコーリニコフはすでに破れかぶれの、自壊したイデオローグの無慙な姿を曝している。妹ドゥーニャとの対話（第六部第七章）では、悪夢のような自問自答から抜け出せない姿がさらに凄みを増している。これから自首すると兄から告げられたドゥーニャは「兄さん、苦しみを負いに行くというだけで、自分の罪の半分は洗われるんじゃないの?」と慰めるのだが、ラスコーリニコフは「ふいに突きあげてきた狂暴な怒りにまかせて」叫ぶ。

罪? なにが罪だ? ぼくがあのけがらわしい有害な虱を、誰にも必要のない金貸しの婆ァを、殺してやれば四十もの罪障が償われるような、貧乏人の生き血をすっていた婆ァを殺したことが、それが罪なのかい? ぼくはそんな罪のことは考えない、それを洗い浄《きよ》めようなんて思わない。

ここで彼は安食堂で偶然隣り合わせになった学生の発言（第一部第六章）をそのまま反復している。学生と決定的に違ったのは、ラスコーリニコフが実際に殺害に及んだことだ。しかし、金貸しを生業とする老婆アリョーナは、ラスコーリニコフが毒づくような「貧乏人の生き血をすっているだけで、誰にも必要のない」存在だったのか？　ラスコーリニコフはそうだと断言し、斧を振り落とす。しかし、ラスコーリニコフよ、ちょっと待て！　アリョーナのような高利貸しは、都市大衆の窮乏化の現実を内部に抱えた一九世紀のロシア経済社会に穿たれた、社会的諸矛盾のごく小さな排出口ではないのか。なんの役にも立たないどころか、質草を預かって金銭を貸し付ける金貸し業は、ネガティブな形であれ、「貧乏人」の生活上の急場をしのぐために不可欠な社会的機能を果たしているのではないか。そのかぎりでは社会が自ら呻き声を発してひり出した社会的な「現存在」形式にほかならないのではないか。ただし、こうした思考は、『罪と罰』の主人公ばかりか、作者のドストエフスキーにも入り込む余地はなかった。

ラスコーリニコフはけっして単純な「人殺し」、冷酷無残な殺人鬼ではなかった。彼は「他人の生命を吸いとる」高利貸しの魔女を退治して、その魔女たちが支配する社会で、泣くこともせず、うめくこともせず、ひたすら耐えている存在を救出し、解放すべき神聖な使命を負っていた。

これは、江川卓が「謎とき『罪と罰』」（一九八六年）のなかで語った言葉だが、まるで酔っぱらいのアジテーションのようで思わず吹き出してしまうお節介な注解だ。ラスコーリニコフが生きていた一九世紀のロシア社会を支配していたのは、むろん「高利貸しの魔女たち」ではなく、政治的ならびに経済的な権力を占有していたツァーリを頂点とする専制的な支配共同体である。金貸し老婆の力は、直接的には一切のものが売れるものとなり、買えるものとなる資本制社会の磁場から養分を得ている。「他人の生命を吸いとる」彼女の吝嗇と貪欲は、彼女の性悪な人間性によるのではなく、労働力商品をできるだけ安く買い、それが労働生産物（一般商品）となった流通過程でできるだけ高く売りたいと欲する（ただし、必ず売れるというわけではない）資本主義の吝嗇と貪欲が個人的な性状として結実したものにすぎない。マルクスが『資本論』で述べているように、貪欲こそ、貨幣蓄蔵者の無際限の不合理な主徳なのだ。したがって、たとえラスコーリニコフが百人の「高利貸しの魔女」を退治したとしても、彼を取り巻く社会は微動だにせず、彼女らに代わる新たな百人の魔女を生み出すだけである。つまり、魔女たちを退治しても何も変わらない。したがって、選択肢は一つしかない。魔女たちを不断に産出する経済的社会構成とそこから莫大な富を収奪する支配共同体を新たなものに組み替えていくこと。そこで『罪と罰』で描かれた老婆アリョーナ殺しのコノテーションは、**ツァーリ専制体制の打倒**以外の何ものでもないことがわかる。ところが、ラスコーリニコフの霊的な存在は「よりよき未来のために現在を破壊することを要求する」イデーを志向しながら、社会的な実践の場に突き進むこともなく、また、社会的に働きかける力を蓄えることもなく、「ちっぽけな檻を思わせる、ひどくみじめったらしい部屋」に引きこもって、挙句の果てに「自分にそれができるか、どうか」という、自意識が仕掛ける出口のない自問自答に蟄居して息も絶えだえとなるのだ。金貸し老婆を殺した行為について、次のように妹ドーニャに語るラスコーリニコフの言葉は話し相手が眼前から消失したような独白体の声調を帯びている。

ぼくはあの愚劣な行為で、ただ自分の独立を勝ち取りたかっただけなんだ。最初の一歩を踏みだして、資金を手に入れたかっただけなんだ。そうなれば、それと比べて比較にもならない大きな利益で、すべてが帳消しにされるはずだったんだ……ところが、ぼくはその第一歩さえもちこたえられなかった。それはぼくがくだらない人間だったからだ！　それが問題のすべてだったのさ！

彼は《非凡人》としておのれを立ち上げるために二人の女性を殺害したが、犯行後に「勝手に法を踏み越える」非凡人の気概と勇気を持ちこたえられなかった自分を発見し、そんな自分を「くだらない男だ！」と罵倒している。そのような自意識の八方塞がりの状況に追い込んだのは、むろん作者のドストエフスキーその人だ。彼は暴力革命論を招来するロシア社会の不可避の力に吸引されるおのれを強く意識しながらも、一方で禍々しい暴力の剥き出しの行使には恐怖と臓腑が煮え返るような怒りにとらわれていたので、おのずから筋肉を硬直させて防御の構えをとるほかはなかった。それは政治的な反動形式とも呼べない痙攣的なリアクションだった。こうして作者は共同的な意志が働く社会的な場に主人公を立たせることなく、本質的に出口のない自問自答の世界に追いやってしまった。そのようにしてしまった理由はただひとつしかない。作者その人が出口なき現実の只中でのたうちまわっていたからだ。

6

ラスコーリニコフは自分でも認めるように確かに挫折したイデオローグだが、もう一度立ち上がらねばならない。「向こうには自由があり、ここの人たちとはまったく違った人たちが生活していた」あの共同の世界に向けて。それは、霊的な存在が差し出す「よりよき未来のために現在を破壊する」イデーがおそらくソーニャの大地信仰を包含するような形で自己を練り直してもう一度立ち上がることを意味したはずである。しかし、それは描き込まれなかった。作者はその行程を「新しい物語」と呼んで、再生の予感だけをエピローグでほのめかすことで『罪と罰』の世界を閉じた。作者がそうしたのは、すでに論じたように自分を悩ませた「ラスコーリニコフ問題」（暴力革命の是非）を最終処理できないためにそのような形で強引に物語を閉じるしかなかったからだ。

繰り返せば、ラスコーリニコフは挫折したイデオローグにほかならない。ところで、彼がイデオローグとして自己を確立したのは、いつのことだったのか？　大学生になって喧騒と悪徳と腐敗に充ちた首都のペテルブルグでの生活を開始したころ、すでに彼は《非凡人の思想》を抱くイデオローグだったのかもしれない。あるいは、学費を払えずに退学し、棺桶のような狭い部屋に引きこもって、しばしば気分を変えるためにセンナヤ広場をうろつきまわっていたころだろうか。いずれであっても、それはたぶん些末な問題である。重要なのは、イデオローグになる前のラスコーリニコフは、イデオローグではなかったという一点である。イデオローグでなければ、彼はどんな人間だったのか？　現実社会に対する秩序感覚をもち、人並みに頭脳明晰で勤勉な学生の一人だったかもしれない。あるいは、少しもそうではなく、都市生活への不適応感を抱えて空想に走りがちな学生の一人だったかもしれない。それもまた、どうでもよいことかもしれないが、ドストエフスキーはすでにラスコーリニコフがイデオローグとしてペテルブルグを徘徊する以前の人間モデルとそのような人間を産み落とす社会を驚嘆するほどエモーシャルな筆致で造型していた。

それが『罪と罰』の直前に書かれた『地下室の手記』(一八六四年)という作品である。手記者たる「俺」は、レフ・シェストフが述べたような「極端な理想主義からの転向者」ではいささかもない。また、自意識を際限なく増幅させ、そのために現実世界に対して有効に働きかける力を削がれた引きこもりでもない。彼は何よりも窮乏化と奴隷化の運命を強いる一九世紀ロシア社会のどこにも出口を見出せず、おのれ自身に対して激しい呪詛と憎悪の言葉を投げつける過激な社会的意識の権化と呼ぶしかない存在である(8)。ドストエフスキーはこの社会的存在たる四十歳の「俺」の現実意識を『地下室の手記』第一部で誤解の余地なく精確に記述している(第一部第二章、なお、以下、同書からの引用は安岡治子訳を利用)。

俺はどん詰まりの壁まで行き着いてしまった。それは耐えがたいことではあるが、他に道もない。俺にはもはや出口はないのだ。決して他の人間になんぞなれるはずはないのだからな。仮に別の何者かになり変わるだけの時間や確信がまだあったとしても、何の行動も起こすまい。というのも実際は、たぶんなり変わるべきものなんぞないからだ。

この「どん詰まりの壁」は、手記者に《石の壁》として強烈に意識されているロシア社会、ツァーリを頂点とする専制国家のメタファーである。《石の壁》は途方もなく巨大で、かつ強固だ。それが目の前を塞いでいるために、次の一歩を踏み出すことができない。それはあたかも「二、二が四のような自然法則」のように自明なものとして聳立している。それを前にしたすべての人間は「あるがままを受け入れよ」という威嚇を受け入れるほかはない。「あんた方はありのままの自然を、したがって自然の結果もすべてそのまま受け入れなくてはならない。何と言おうと壁は壁なんだからな」（第一部第三章）。これは、次のようなコノテーションをもっている。ツァーリ専制権力に基礎づけられた支配と隷属の社会関係は変えられない。それはそのまま受け入れるほかはない自然＝事物であって、頭をぶつけて壊したりできるほどやわな壁ではないのだ。しかし、手記者の「俺」は、壁に突き当たると本気でひるんでしまう「他の屈託のない率直な連中」とは違って、このようにおもうのだ。

ただそれが石の壁だからとか、俺は力不足だからという理由だけで、あっさりこの壁に降参するのは嫌なんだ。

つまり、「俺」はおいそれと屈服するつもりはないし、安易に折り合いをつけることもしたくない、と主張する。ところが、手記者はたんにそうおもうだけであって、他の人々と同様、実際問題として《石の壁》を突き破るだけの力が自分には不足していることを誰よりも熟知している。そのため、この卑小な自己意識はおのれと社会との関係に対する呪詛と敵意を際限なく噴出させるのだ。それと同時に作者のドストエフスキーは「俺」を介して《石の壁》を頭でぶち割って「水晶宮」の建設をめざすチェルヌイスキーの革命思想にも嘲りの言葉を吐かせている。それらの言葉が記述されているために、レオニード・グロスマンがそうだったように『地下室の手記』を「社会主義」批判の作品と受け止めた評家が少なくない。が、「俺」が水晶宮を愚弄するのは、必ずしも「社会主義」批判の観点からではない。ドストエフスキーは、チェルヌイシェフスキーが長編小説『何をなすべきか』（一八六三年）で描いた「水晶宮」のヴィジョン、すなわち**新しい経済関係に基づく理想社会**に釈然としないものを感じ、それに心底から同調することができなかったのだ。ただし、そうでありながらも、彼は「俺」の言葉としてそのことをうまく説明することもできなかった。「俺」の記述は次のとおりである（第一部第十章）。

水晶宮なんてものはこけおどしにすぎず、自然法則から行けばあってはならぬ代物で、俺が自分の愚かさから、我々の世代特有のある種の旧き不合理な習慣から創り出したものであったとしても、そんなことはこの際、構うものか。あってはならぬ代物だろうと、そんなことはこっちには関係ない話だ。それが俺の願望の中に存在するなら——あるいは、こう言ったほうがいいかもしれない——俺の願望が存在する限り、それは存在するのだから、あってはならぬかどうかなんぞ、どっちでもいいことではないか？

「水晶宮」は、『地下室の手記』の「俺」に「あってはならぬ代物」と判断される以前に「俺」の願望のなかにもすでに存在する、と語られているのである（このことを無視した評家の筆頭がレフ・シェストフである）。にもかかわらず、「俺」はチェルヌイシェフスキーの描いた「水晶宮」に向かって舌を突き出したい気持ちを抑えられなかった。なぜか。それは、ひとえにチェルヌイシェフスキーの奇妙なほどに理知的で客観的な叙述スタイルに起因していた。つまり、ドストエフスキーは、自分とはまるでスタイルが異なる『何をなすべきか』の叙述にひどく苛立ったのだ。なんだ、このチェルヌイシェフスキーという男は。現代に生きるわれわれは汚泥のなかにどっぷり浸かって愚かさと悪徳に全身塗れているというのに、チェルヌイシェフスキーは冷静な理論家然として感情の激しい振幅を削ぎ落とし、不安や動揺に代えて、なぜこれほど客観的でとりすました筆致で理想社会に向かって突き進む主人公たちを描けるのか。それにこの主人公たちの一人にあっては妻を奪う親友に嫉妬の感情さえ抱かないじゃないか。すべて操り人形だ。この叙述スタイルは我慢がならない。絶対に認めるわけにはいかぬ。ドストエフスキーは、そのように強く反発して、不満をぶちまけたのだ。わたしたちはチェルヌイシェフスキーの作品から叙述スタイルの具体例をここに引用しないでおこう。『何をなすべきか』という長編小説は、作者の破綻の目立つ構成のなかにヒロインのヴェーラ・パーヴロナをはじめとする登場人物が文字どおり操り人形のように配置された二級品にすぎないからである。この作品はレーニンのような後続の「ロシア革命」世代を感激させたことで有名だが、彼らを鼓舞したのは、獄中にありながら反権力を貫き、フィクションのなかに新しい男女（夫婦）関係や経済社会を追求した作者の強靭な精神力だった。およそ人間的な自然感情の振幅を切り詰めて実在感が希薄になった登場人物しか出てこないこの作品は、職業革命家たるレーニンらの世代の聖典となった。レーニンが構想した理想的な職業革命家とは、人間的な自然感情の削ぎ落としを彼が属する組織に誓約した者たちのことである。

『地下室の手記』第二部は、二十四歳だったころの出来事を四十歳の「俺」が回想する物語だが、そこでは「俺」を含め、《石の壁》に阻まれて無知と窮乏による奴隷化の運命のなかに生の価値の損傷を甘んじて受け入れた人間たちの生態が描かれている。「俺」の学生時代の友人たちは何よりも《石の壁》とうまく折り合いをつけた「屈託のない率直な連中」である。これに対し、「俺」は《石の壁》と折り合いがつけられずに自意識を肥大させ、プライドだけは風船のように膨らませた人間として彼らとの無益な闘いに挑む。友人らにとって「俺」はそれだけで疎ましい存在だが、彼らにしても《石の壁》を前にして無力な者たちであって、「俺」と似たり寄ったりの、あさましくも愚かしい社会的存在である。娼婦のリーザに対しては、「俺」は社会学者のような客観的な現状分析とヒューマニズムで包み込むような器量を示して社会的義憤さえぶちまけるのだが、一方でリーザを苛酷な生存条件から救い出す力が自分にはないことも痛感している。彼女を現実の桎梏から解き放つには《石の壁》をぶち壊さなければならない。だが、それができないという屈辱の意識と無力感に「俺」は打ちのめされているのだ。そこであの有名な「俺」の捨て台詞がリーザに向けて放たれる。

頭の中では夢みたいな空想を膨らませるけれど、その実、俺が本当に望んでいるのは、何だと思う？　お前たちなんか、皆、破滅しちまえばいい、ということなのさ。そういうことなんだ！　俺が必要としているのは、平穏無事というものだ。自分さえ無事でいられるなら、今すぐにでも全世界を一コペイカで売り飛ばしてやる。世界が破滅するか、それとも俺が一杯の茶を飲めなくなるか？　というなら、はっきり言っておくが、自分がいつでも好きな時に飲めるためなら、俺は世界が破滅したっていっこうにかまわないのさ。(第二部第九章)

《石の壁》が強大な障害物として「俺」に強く意識され、それをぶち壊すことができないという現実意識が「俺」を圧倒すればするほど、卑小な「俺」と圧倒的に強固な世界との関係は破滅的なものとしてただ放置されるしかない。だからこそ、世界は破滅しても構わないのだ。破滅すれば、関係意識もろとも廃棄できるからだ。しかし、世界の破滅と引き替えに「俺」が勝ち獲るものといえば、たかだか「好きな時に茶を飲む」自由である。《石の壁》には屈服しないと宣言したものの、実際のところ、「俺」は壁に引っ掻き疵さえ残せないのだから、あの「屈託のない率直な連中」と変わるところはない。無力な「俺」の自己侮蔑と自虐、卑小な関係意識を強化してやまない世界に対する呪詛と憎悪。出口はどこにもないのだ。リーザが部屋から出て行ったあとの「俺」の最後のアリア（独唱）は、出口なき社会の汚泥に首まで浸かった者の呻きに満ちている。

何を守るべきか、何を愛し、何を憎み、何を尊敬し、何を軽蔑すべきか、何一つわかりゃしない。俺たちは死産の児だ。（第二部第十章）。

これこそが地下室の手記者が抱え込んだ真正の社会的意識であり、したがって、彼を自意識の肥大症にもがき苦しむ人間とみる観点は斥けなければならない。シェストフが主張したのとは逆に、彼のなかでは「極端な理想主義」が巨大な壁と睨み合って激しく火花を散らしているのだ。そして、ドストエフスキーは、《石の壁》の前で呻き声をあげた手記者が『罪と罰』の主人公に変身する可能性をこの作品の最結尾に次のように記述した。

俺たちは死産の児だ。もうだいぶ前から、生きた親たちから生まれているわけではないし、それがますます自分で気に入りつつある。いよいよ親しみが増してきたわけだ。**じきになんとかしてイ**

デアから生まれる方法も考えつくことだろう。しかし、もうたくさんだ。もうこれ以上、《地下室から》書き続けたくはない……。（同）

ちなみに「イデア」（ロシア語でイディエーヤ идея）はこれまで訳者によって「観念」（米川正夫、小沼文彦）とか「思想」（江川卓、亀山郁夫）とか「理念」（安岡治子）とかの訳語があてられてきた。いずれにしても、ラスコーリニコフという青年は「イデアから生まれる方法」を案出した地下室の「俺」にほかならない。そのかぎりで『地下室の手記』は、『罪と罰』本編のプレリュードとしてわたしたちの前に置かれている。[9]

7

ドストエフスキーは、『罪と罰』の主人公に対して「イデアから生まれる方法」を案出する際に不可欠ともいうべき特別な資質、あの地下室の手記者が必ずしも持ちえなかった特殊な個性を授けている。それは、アリョーナ殺害の前日にペトロフスキー島の草地で眠り込んだラスコーリニコフがみる少年期の夢のなかで行われている（第一部第五章）。この夢は、ドストエフスキーの回想によれば、彼が子供だった時分の記憶に基づいている。[10]

夢はこうである。荷馬車を引く、痩せ細って老いた百姓馬を主人のミコールカと酔っぱらい連中が鞭打ち、虐待している。それを見て驚く少年は、「お父さん、あの人たちは何をしているの！　お父さん、かわいそうなお馬をぶっているよ！」と叫ぶ。少年の父はその場所から立ち去ることを優先し、

「さあ、行こう、行こう」と息子に呼びかける。しかし、少年は群衆を掻きわけ、すでに血を吹き出して死んでしまった老馬に駆け寄ってその鼻面をかき抱いて接吻する。この夢は何を語っているのか。ここで注目すべきなのは、老馬を虐殺する酔っぱらい連中の荒々しい仕打ちではなく、父と息子との関係である。語り手＝作者は、むごたらしい大人たちの虐待の現場からいち早く退散しようとする少年の父と、惨劇の渦中に飛び込み、血だらけの老馬に接吻する少年との対比を描いた。「お父さん！なんだってあの人たち……かわいそうなお馬を……殺しちゃったの！」と泣きながら叫ぶ少年に父は「酔っぱらいのわるさだよ、気にするんじゃない、さあ、行こう！」となだめる。その対比を通じて、ドストエフスキーは、ある疑念を提出した。子供は、大人の認識作用ではもはや了解できない全幅の生命感覚——驚愕、恐怖、畏れ、憐れみ、悲しみ、喜悦、至福感——が永続的に爆発するような、ある絶対的な光の環のなかに立っている。ところが、大人のほうは光の環の外に立っているのではないか？　大人になるということは、この光の環から抜け出て生命感覚が次第に摩耗し、鈍感となり、無関心となり、無感動となり、挙句の果ては、イデオローグであれ何であれ、不純で欺瞞的な認識作用にすがって生きるしかない存在ではないか、と。ドストエフスキーは終生、子供たちの汚れのない絶対的な生命感覚に圧倒されていた。死ぬまでそれを貴重な人間的価値の源泉とみなし、無条件に「現存在」形式に縛られた人間がそこから離れる可能性を見出していた。だからこそ、彼はラスコーリニコフに「子供たちこそ、未来の人類じゃないか」と叫ばせ（第四部第四章）、後年、子供になれ、と語ったのである。しかし、子供のもつ絶対的な生命感覚を大人たちはどうやって取り戻すことができるだろうか。子供たちを未来の人類とかんがえた作家の思想について、わたしたちは次章の『白痴』論で取り上げることになるだろう。

何度も強調してくどくなるが、ラスコーリニコフは挫折したイデオローグだ。だが、イデオローグでなくとも人はみな挫折するのではないか。『罪と罰』の主要な登場人物、ラスコーリニコフの母プリヘーリヤと妹ドゥーニャ、彼女の婚約者ルージン、九等官のマルメラードフとその後妻カテリーナ・イヴァーノヴァ、ソーニャ、そしてドゥーニャに恋い焦がれる地主のスヴィドリガイロフのいずれもことごとくこの運命を受け入れるしかない実存として『罪と罰』の世界に登場している。予審判事のポルフィーリーは、すでに述べたように挫折を内面化して、社会的な自己陶冶を果たした人間である。彼らのなかで、イデオローグとしてのラスコーリニコフの実存と激しく交叉し火花を散らせるのは、そのポルフィーリーをはじめ、ルージン、スヴィドリガイロフ、ソーニャである。ポルフィーリーはすでに取り上げたので、ここでは残りの三人がどのようなイデーを拠り所にしてラスコーリニコフと対決したのかをみておこう。付言すれば、彼らのうち、スヴィドリガイロフやソーニャのイデーは『罪と罰』以降の長編作品の登場人物に承継され、より豊富でより緻密な言葉を獲得していくことになる。

三人のうち、これまで内外の評家たちの関心をまったくといってよいほど集めなかった人物がピョートル・ペローヴィチ・ルージン（以下ルージン）である。ルージンはドゥーニャの婚約者として読者の前に登場し、のちに百ルーブル紙幣紛失の策略を暴かれ、皆のまえで卑劣漢として糾弾される四十五歳の中年男である。多くの評家にとって、そんなルージンは取り上げるに値しない人物のようだ。ドストエフスキーは、ルージンの策略を暴く直前の第五部第一章において彼の内面の世界にもぐり込み、「あのふたり（引用者注：ドゥーニャとプリヘーリヤのこと）をできるだけ惨めな状態にしておき、このおれを生き神さま扱いさせようって腹だったのに……」というさもしい魂胆を持った人物として造型している。実際、ルージンと彼を取り巻く人間たち（ラスコーリニコフ、ドゥーニャ、プリヘーリヤ、ラズミーヒン、レベジャートニコフなど）との関係を取り上げた作者の叙述に従うかぎり、ルージンという人物は、自分とは異質な《他者性》をおのれの利害関係のなかでしか同定できない中年男性、おのれの利益や野心の実現への情熱の強さによって《他者性》を支配することも自分に隷属させることもできると信じている横柄な小君主のような人間である。

ルージンが『罪と罰』の世界に初めて登場するのは、ドゥーニャの婚約者としてラスコーリニコフにあいさつするために彼の部屋を訪れる第二部第五章だが、そこで彼はラスコーリニコフやラズミーヒンのまえで次のように語る。

今日まで私は『汝の隣人を愛せよ』と言われて、そのとおり愛してきました。その結果は、自分の上着を半分に引き裂いて、隣人と分け合い、ふたりがふたりとも半分裸になってしまった。（中略）ところが科学はこう言う。まず何ものよりも先におのれひとりを愛せよ、なんとなればこの世のすべては個人の利害にもとづくものなればなり、だからです。おのれひとりを愛していれば、自分の仕事もうまくいくし、上着も無事に残ることになる。経済学の真理はさらにこう付け加えます。安定した個人的事業が、つまり、いわば完全な上着ですな、それが社会に多くなれば多くなるほど、その社会はより強固な基礎を持つことになり、社会の全体の事業もうまくいくとね。つまり、もっぱらおのれひとりのために利益を得ながら、私はほかでもないそのことによって、万人のためにも利益を得て、隣人にだって破れた上着よりは多少ましなものをやれるようになるわけですよ。それも自分の私的な、個人的な施しものとしてではなく全体の進歩の結果としてなんです。

ルージンはここであたかも「個人の幸福の追求が社会全体の幸福につながり、個人の幸福の総計が社会全体の幸福を最大化する」とかんがえたジェレミ・ベンサムのような社会思想家として振る舞っている。だが、その語りを特徴づける作者の意図はたんにチェルヌイシェフスキーの『何をなすべきか』の思想を戯画化するものでしかない。ルージンの語る言葉はチェルヌイシェフスキーの言説から借りたイデオロギー的な擬態であり、「もっぱらおのれひとりのために」利益を得るおのれの欲望を隠すためのカムフラージュにすぎない。作者はそのように記述している。だから、彼はラスコーリニコフと対決するもう一人のイデオローグなのではなく、どこまでも利己心の満足を追求するアンチ・イデオローグとしてラスコーリニコフの傍らを通過する人間の一人にすぎない。彼は、利己心の満足のために自分とは異質な《他者性》と正面から向き合う人間でもないので、もしラスコーリニコフの霊的な存在とそのイデーに触れる機会があっても鼻先で笑って相手にもしないはずである。

ルージンと並んでスヴィドリガイロフという人物もまたアンチ・イデオロギーという「現存在」形式のカテゴリーのなかに属している。ただし、スヴィドリガイロフはどこまでも美学的な人間であって、彼の欲動を規制する独自の美学が異質の《他者性》を媒介にしているという点で濡れたシャツのように《他者性》が肌身に張り付いている宿命を生きている。その点でルージンとは決定的に異なる人物として読者の前に立っている。作者はルージンをどこまでも利己的で品性下劣な人物として描くとき、『何をなすべきか』の記述を戯画化して愉しむ余裕をみせていたが、スヴィドリガイロフの場合はそんなわけにもいかなかった。スヴィドリガイロフに対する作者のまなざしと筆づかいはルージンに対するそれとはまったく異なって、表現は深く内面を穿ち、複雑な陰影を帯びたものとなったのである。別言すれば、作者はルージンを心底嫌っているが、スヴィドリガイロフを心底愛している。作者は彼のなかに自分と同質なものを見定めているのだ。

8

スヴィドリガイロフについては、これまで多くの評家が彼を「ラスコーリニコフの分身」あるいは「影の存在」「陰画」などと捉えてきた。ロシアの研究者ばかりか、ロシア以外の評家たち——エドワード・ハレット・カーから埴谷雄高まで——もそのように論じてきた。最も極端な見解を披歴したのは、ジョン・ミドルトン・マリである。彼はスヴィドリガイロフこそ『罪と罰』において「善悪の彼岸へと超えていった真の主人公」とみなした。

ドストエフスキーの眼には、ラスコーリニコフは不完全なスヴィドリガイロフ以上の人間では断じてありえなかった。そしてスヴィドリガイロフの心像を捉える勇気と天才とをいったん自己のうちに発見するや、ラスコーリニコフなど彼にとってでくの坊にすぎなかったのである。（山室静訳）

ラスコーリニコフが「でくの坊」にみえるのは、マリがラスコーリニコフを中途半端に善悪の彼岸を越えようとして挫折した人間とみなすからである。これに対し、スヴィドリガイロフは「悪を越えようとした背徳の怪物」である。こうしたスヴィドリガイロフ像は観念的であるばかりか、そもそも語り手＝作者の叙述にそぐわない奇怪な観点というしかない。スヴィドリガイロフは「ラスコーリニコフの分身」でもないし、「影の存在」でもない。彼は、ラスコーリニコフに宿る霊的な存在とそのイデーにわずかでも手を伸ばすことがない存在であって、それは、イデオロギーの制約を自ら許容することのない、**絶対的な美学に憑かれた人間**だからである。彼の美学は、愛欲を媒介とする快楽と淫蕩の世界を対象としている。そのかぎりでスヴィドリガイロフは自由意志を行使するところの、卑小でありながら人間の最も固有な本性をなすものとしての「精神の自由」（ヘーゲル）としてわたしたちの前に現れている。だが、彼が手にする自由は、愛欲の妄執に呪縛されているから、際限もなく新しい対象を求めてさまよう自由であり、その自由の行使は、現実的な果実や昇華をもたらすことのない、そして最後は荒廃に行き着くだろう一種の苦役である。スヴィドリガイロフは、センナヤ広場近くの料理屋で顔をあわせることになったラスコーリニコフに自己の美学を語っている（第六部第三章）。

　少なくともこの淫蕩というやつには、かりそめでないもの、自然に根ざした、空想ではどうにもならんものがある。灼熱した炭火のようにたえず血をたぎらせて、永遠に燃え続け、年を取ったからって、そうやすやすとは消えない何かがある。どうです、やはり一種の仕事と違いますか？

続けて彼は縁談が決まった十六歳の婚約者のことをラスコーリニコフに打ち明ける（第六部第四章）。

　あなたが女性の顔について、どんな趣味をお持ちか知らないが、私に言わせれば、十六歳というやつ、まだ子どもっぽい目、おずおずした様子と羞じらいの涙——私に言わせれば、これはもう美以上ですな。しかも、その娘が絵から抜け出したように美しいときている。子羊のように縮らせて、幾重にも小さな輪にして垂らしている明るい色の髪、ふっくらとした真赤な唇、小さな足――こたえられませんなあ！

このようにスヴィドリガイロフは「十六歳の美少女」について得々と語る。それを聞かされているラスコーリニコフの表情や動作について、作者は何も記述していないが、憎しみと侮蔑の入り混じった表情であったことは、ラスコーリニコフをここまで追ってきた読者には容易に想像することができる。実際、ラスコーリニコフは「あなたは淫蕩で、下劣な好色漢だ！」と捨て台詞を吐くのである。このようにして料理屋で対決している二人の男が開示するのは、**淫蕩の美学に生きるアンチ・イデオローグとその美学を蛇蝎のごとく嫌悪するイデオローグとの非対称性**である。

作者は両者の非対称性を際立たせるために、「少女」もしくは「女の子」という形象を利用した。「少女」もしくは「女の子」とは――ここで「少年」もしくは「男の子」といっても本質規定は同じだが――性的存在としての本質（エロス）を一個の自然的身体としても自己意識としてもまだ獲得できていないか、たとえ自然的身体の発育過程でその本質の一部を獲得しつつあるとしても自己意識がそれに対応して十全に掌握するまでに至っていないような存在である。そのような未成熟なエロスに対する特殊な嗜好に加えて、作者はスヴィドリガイロフに《少女凌辱》の幻影に苛まれる男の暗鬱な内面性を授けた。ただし、少女凌辱について、作者は事実として記述しているわけではない。ルージンの口を介してスヴィドリガイロフが「耳も聞こえなければ口もきけない十四歳の娘」を凌辱したという密告があったこと、ただし、妻のマルファが奔走し、密告をもみ消したという噂があったことを記述しているだけである（第四部第二章）。このため、実際にスヴィドリガイロフが少女を凌辱したのかど

うかは最後まで未確定な出来事にとどまっている。(11)

スヴィドリガイロフは、自殺する最後の日の夜明け前の浅い眠りのなかで二つの夢をみる（第六部第六章）。一つは自殺した十四歳の少女が棺のなかに花に埋もれて横たわっている夢（a）、もう一つは彼がホテルの廊下でぐしょ濡れの服を着て泣く五歳前後の女の子を発見して部屋に運び込み、ベッドに寝かせる夢（b）である。

（a）スヴィドリガイロフはこの少女を知っていた。（中略）少女は川に身を投げた自殺者であった。やっと十四歳になったばかりだというのに、この少女の心はすでに破れ、傷つき、みずからに手を下したのだった。凌辱がこの心をけがした。凌辱がこのおさな子の意識を恐怖と驚きにおののかせ、天使のように清純なその魂をいわれのない羞恥で満たし、誰に聞かれることもない、無惨に辱しめられた絶望の最後の叫びを彼女からもぎ取ったのである。それは、冷たくじめじめした雪どけもよいの夜、暗黒の出来事であり、その夜も風がうなっていた……。

（b）女の子は眠ったふりをしているだけのようだった。確かにそれに違いなかった。少女の唇はしだいに微笑にほころびはじめ、その笑いをこらえようとするかのように、唇の端がひくひくと震えた。だが、やがて少女は、もうこらえることもしなくなった。それはもう笑いだった。まぎれもなく笑いだった。何か厚かましい、挑むような表情がおよそ子どもらしくないその顔にあらわれた。それは淫蕩だった。それは娼婦の顔だった。フランスの淫売女の厚かましい笑顔だった。

二つの夢は、ともにスヴィドリガイロフの美学が本人自身に斧を振り下ろす一種の自己懲罰として制作されている。彼は淫蕩の世界で自由を謳歌するおのれの美学の内側で朽ち果てるしかない存在である。彼がピストル自殺するのは、その直後だ。

これに対し、ラスコーリニコフと少女との関係性は、スヴィドリガイロフの美学が決して立ち止まることのない世界で生起している。次に掲げる記述は、馬車に轢かれたマルメラードフが息を引き取ったあと、カテリーナに二十ルーブルを渡してその場から静かに立ち去ろうとするラスコーリニコフを追いかけてきた少女ポーレニカとの交流を描いた場面だ（第二部第七章）。ポーレニカはカテリーナと先夫との間に生まれた三人の子供のうち、十歳になる長女である。

「ねえ、あなたはなんていう名なの？……それから、お住まいはどちら？」彼女は息をはずませながら、せきこんで聞いた。

彼は少女の肩に両手をかけ、ある幸福感をおぼえながら彼女を見やった。彼女を見ることが彼には楽しくてならなかった。それがなぜかは、自分でもわからなかった。

「誰に言いつかって来たの？」

「ソーニャ姉さんに言いつかって来たの」少女は、ますますうれしそうに笑いながら、答えた。

「ぼくもそう思ったよ。きっとソーニャ姉さんだなって」

「お母さんからも言いつかったのよ。ソーニャ姉さんに言われて行こうとしたらね、お母さんもそばに来て、『ポーレニカ、急いで駆けて行くんだよ』って言ったの」

「ソーニャ姉さんは好きかい？」

「だれよりもいちばん好きよ！」ポーレニカは、何か特別に力をこめて言った。と、彼女の微笑にふいに真剣さが加わった。

「ぼくも好きになってくれる？」

　返事のかわりに彼は、少女の顔とふっくらとした唇が自分に近づいてきて、その唇が彼にキスしようと無邪気に突き出されるのを見た。突然、マッチ棒のように細い彼女の両腕が彼の首にかたくかたく巻きつけられ、少女の顔が彼の肩にうずめられた。（傍点は引用者）

スヴィドリガイロフとラスコーリニコフが「少女のふっくらした唇」を見て動かされるものは、このように絶対的ともいえる非対称性を開示する。ラスコーリニコフはこうした場面で必ずといってよいほどイデオローグとしての憤怒、際限のない自問自答の苛立ちと憔悴から完全に解放されて心優しき青年の内面性を開花させる。この内面性は、スヴィドリガイロフが手を伸ばしても絶対に届かないものである。だから、彼をラスコーリニコフの分身や陰画とみなす従来の観点はすべて退けなければならない。ましてやジョン・ミドルトン・マリのようにラスコーリニコフを「不完全なスヴィドリガイロフ」とみなす観点などは論外である。

　語り手＝作者がこれほど非対称の二人を突き合わせた創作上の動機は何だったのだろうか。ヴィクトル・シクロフスキーはすでにみたような彼独自の観点、つまり「ドストエフスキーは、ラスコーリニコフにある社会的な抗議の徴候をすべて取り除こうとした」という観点からスヴィドリガイロフをラスコーリニコフに近づけ、それによってスヴィドリガイロフはラスコーリニコフの影のような存在となり、そのことによって社会的な反抗者としてのラスコーリニコフを卑小なものに変えてしまったのだと主張している。[12] わたしたちがすでにみたように、作者は「暴力革命」論者としてのラスコーリニコフの過激なイデオロギーを余すところなく表現している。さらにドゥーニャとスヴィドリガイロフの《対決の場》（第六部第五章）でも駄目押しするかのように強調している。シクロフスキーの観点は作品の叙述と一致せず、したがって、スヴィドリガイロフをラスコーリニコフの影とみなす観点は退けなければならない。この《対決の場》では、ドゥーニャが自分のもとに飛び込んできたならば、殺人者である兄のラスコーリニコフを救うことができるとスヴィドリガイロフが持ちかけるのだが、その駆け引きの前に彼はドゥーニャにラスコーリニコフの思想を敷衍する。「お兄さんはひどくナポレオンに夢中になったようでした。つまり、多くの天才たちが個々の悪には見向きもしないで、なんの躊躇もなくそれを乗り越えていった点に、すっかり夢中になっているのですね」。スヴィドリガイロフは、イデオローグとしてのラスコーリニコフを嘲りながらも彼を正確に理解しており、シクロフスキーの主張とは違ってラスコーリニコフを卑小なものに貶めているわけではない。

作者がスヴィドリガイロフという淫蕩の美学者を造型し、彼とは非対称の関係に立つイデオローグと対決させたのは、まさにその非対称という絶対的な関係性を開示するためだった。

ラスコーリニコフの霊的な存在（革命的精神）とそれが差し出すイデーは、それが現実の世界を組み替え、その先にあの「ここの人たちとはまったく違った人たちが生活していた」世界が開けたとき、そこから静かに退出するほかはないものだ。しかし、スヴィドリガイロフのように「精神の自由」を確保しながら淫欲の激しさに突き動かされ、それに支配される惨めな美学者はそうした世界でもおそらく死に絶えることはない。というのは、淫蕩の自由な内面性とは、決して自足することを知らないからである。自足しなければ、スヴィドリガイロフのようにおのれの美学に殉ずるほかはない。スヴィドリガイロフがおのれの美学を踏み越え、来るべき新たな美学をつかむ可能性は排除できないが、しかし、少なくとも『罪と罰』の作者は、そうした可能性に手を伸ばす場所にはいなかった。また、『罪と罰』以降、そこに立つことがあるのかどうかもわからなかった。

スヴィドリガイロフの美学が最終的に到達する「永遠」のイメージについて、作者は第四部第一章のなかに定着させている。スヴィドリガイロフが初めてラスコーリニコフに会ったとき、彼は亡妻マルファ・ペトローヴナの幽霊をみた話を語ったあと、次のように語る（第四部第一章）。

たとえば、私たちは永遠というものを、理解を絶した観念、何か途方もなく大きなもの、巨大なものとして考えていますね。しかし、どうしてそう大きなものと決めこまなくちゃならんのです？それよりひとつ、そんな考えはさっぱり捨てててですな、そこにちっぽけな部屋でも考えてみたらどうです。田舎の風呂場みたいな煤だらけの部屋で、四方の隅には蜘蛛が巣を張っている。で、これこそが永遠だ、というわけです。私はね、よくそんなものを目に浮かべるんですよ。

「蜘蛛」は『地下室の手記』のなかに「淫蕩というものの常識はずれな、蜘蛛のように嫌らしい正体がまざまざと思い浮かんだ」（第二部第六章）とあるように、ドストエフスキーの作品においては一貫して《淫蕩》のメタファーである。蜘蛛の巣が隅から隅まで張っている煤けた風呂場みたいなところに「永遠」のイメージを重ねているスヴィドリガイロフは、ここでは淫蕩の陰気で寒々とした、背筋に寒気が走るような圧倒的な力に振り回されるおのれの惨めな隷属性をラスコーリニコフに訴えたことになる。彼は、自分のような淫蕩の美学を生きる人間は、おのれの救済されるべき資格を棄て、孤独に息絶えるしかないのだと覚悟している。ドストエフスキーは、そんな彼の命運をこの暗鬱な「永遠」のイメージによって包み込もうとした。だが、そうだからこそ、スヴィドリガイロフという人間こそが『罪と罰』の主要な登場人物のなかで唯一、永続的な瞬間に足をかけた人間ではないかとみなそうとした。『罪と罰』以降の作品でもドストエフスキーは、スヴィドリガイロフのような淫蕩の美学に憑かれた人間を繰り返し取り上げ、引き続き彼らに大きな関心と同情を注ぐことになるが、この作品ではスヴィドリガイロフにピストル自殺を行わせることでおのれの惨めな隷属性を断ち切ってみせるのである。

9

わたしたちは、最後にソーニャを取り上げよう。

継母カテリーナ・イヴァーノヴナとその三人の子供たちとともに生きていくために娼婦に身を落としている彼女は、マルメラードフやカテリーナとともに、ドストエフスキーが『罪と罰』のなかで等身大の愛情を注ぎ込んで造型した登場人物だ。そればかりか、『罪と罰』以降、彼の造型したすべての女性のなかでも最も繊細で緻密な筆づかいで彫琢された女性の一人でもある。彼女の存在感と比肩できるのは、『白痴』のナスターシャとアグラーヤ、『カラマーゾフの兄弟』のグルーシェンカぐらいであろう。『悪霊』にはリザヴェータ・ニコライエヴナやダーシャをはじめ、美しく謎めいた女性たちが多く登場するが、作者の愛情の強度においてソーニャの存在感に勝る女性は一人もいないといってよい。

ソーニャが『罪と罰』の世界に初めて登場するのは、父マルメラードフが馬車に轢かれて瀕死の重傷を負い、アパートに担ぎ込まれる第二部第七章である。語り手＝作者は仕事を終えて帰宅したソーニャの外見を次のように記述している。「ソーニャは十八くらいで、痩せて小柄だったが、青い目のすばらしい、なかなかきれいなブロンドの娘だった」。美人だとは書かれていない。彼女が次に登場するのは、マルメラードフの葬式に出てほしいという継母カテリーナの伝言を持ってソーニャがラスコーリニコフの部屋を訪れる第三部第四章だが、ここではラスコーリニコフの目を介して次のように記述されている。「いま見る彼女は、つましい、むしろみすぼらしいほどの身なりをした、少女とも言えるくらい幼い感じの娘だった。物腰は遠慮がちで折り目正しく、おだやかな顔立ちをしていたが、表情はどことなくおどおどしていた」。さらに、ソーニャと初めて会話しながら観察するラスコーリニコフの目には次のように見える。

ひどく痩せこけた青白い小さな顔は、あまり整ってはいず、妙にぎすぎすと尖った感じだった。鼻も顎も小さく尖っていた。とても美人とはいえない顔だった。そのかわり彼女の空色の目は実に美しく澄んでいて、それが生気を帯びると、顔の表情が実にやさしく無邪気になって、思わず見とれずにいられないほどだった。

この第三部第四章の構成は、楽曲に譬えれば、五つの楽章で構成されている。ラスコーリニコフの目に映じたソーニャの記述があるのは、ラスコーリニコフ、プリヘーリヤ、ドゥーニャ、ラズミーヒンの四人の座のなかにソーニャが加わってクィンテット（五重奏）を奏する第一楽章である。四人にとって予想外の闖入者となったソーニャは、ドゥーニャに宛てた婚約者ルージンの手紙のなかで「いかがわしい生業をいとなむ」娘として中傷されていた当の女性である。このことがソーニャを主要動機とするカルテットのやや緊張し、さざ波のように奏でられる不協和音の入り混じった音色を決定する。ソーニャは場違いな自分に困惑する。語り手＝作者の記述。「すっかりうろたえて、小さな子どものように怖気づいてしまい、そのまま帰ってしまいそうな素振りさえ見せた」。その素振りを見てラスコーリニコフは「彼の内部では何かがぎくりと動いた」ような気がしてソーニャを気づかい、椅子に座るようにやさしく勧める。彼女はいったん腰を下ろすが、すぐに立ち上がる。自分と二人の婦人（プリヘーリヤとドゥーニャ）との非対称性が彼女をいたたまれない気持ちにさせてしまったのだ。継母カテリーナの用件を終えたソーニャにラスコーリニコフは話したいことがあると言って引きとめる。作者の記述はこうだ。「ソーニャはふたたび腰をおろし、もう一度、おずおずと途方にくれたような目をすばやくふたりの婦人に走らせ、ふいにうつむいてしまった」。ラスコーリニコフは母と妹にソーニャを紹介する。これでプリヘーリヤとドゥーニャは、ルージンが中傷した娘がソーニャであることを完全に知ることになる。母親のプリヘーリヤはソーニャをじっと見つめるが、同時に息子の「押しつけがましい、挑むような視線」を感じて当惑する。一方、妹のドゥーニャは「娘の顔を真剣な面持でじっとまともにのぞき込み、ためらいがちに相手の様子を見まわ」す。しかし、このあと、母と一緒に退室するわずか数分後のドゥーニャは、ソーニャに腰を深くかがめて礼儀正しく会釈をする。この間、何がドゥーニャの内面に起きたのか。その直前、ソーニャは、ラスコーリニコフが極度に貧窮している境遇なのにもかかわらず、継母のカテリーナになけなしの金（二十ルーブル）を贈ったことを知り、「昨日、お持ち合わせをすっかりくださいましたのね！」と呟く。作者の記述。「ソーニャはふいに、妙に力のこもった早口のささやき声でそう答えると、また深く首を垂れてしまった。彼女の唇と顎がまたがくがくと震え始めた」。部屋に沈黙がおとずれた、という記述を挟んだあと、作者のまなざしはドゥーニャとプリヘーリヤの二人に向かう。「ドゥーニャの目がなぜか晴れやかになり、プリヘーリヤも愛想よいくらいの目でソーニャを見やった」。母と妹が部屋から出るとき、ラスコーリニコフは妹の指を固く握りしめる。作者の記述。「ドゥーニャは、兄にほほえみかけてふいに赤くなり、すばやく手を引っ込めると、母のあとから部屋を出ていった。なぜか彼女も全身幸福に輝くようだった」。

カルテットを奏でる第一楽章についてやや立ち入って論じたのは、これが『罪と罰』のなかでもドストエフスキーの優れた技法が冴えわたる白眉の表現となっているからだ。ラズミーヒンは完全に独立した声部を形成しているとはいえないが、形式的にいえば、ここは五人の声部（それぞれ独自のリズムと抑揚をもつ声部）、身振り、表情、まなざしが錯綜する多声構造（バフチンのいうポリフォニー）として記述されている。にもかかわらず、読者には各人の内面の動きが手に取るようにわかる表現が達成されているのだ。わたしたちはソーニャという女性ばかりでなく、プリヘーリヤやドゥーニャがどういう女性たちであるのかも陰影に富んだ肖像画を見るように鮮やかに知ることができる。この場面の記述こそ、ドストエフスキーの圧倒的な表現力の最たるものである。

このまま室内楽とのアナロジーを続けよう。第一楽章のクィンテットが奏されたあとは、プリヘーリヤとドゥーニャのデュエット（第二楽章）、ラスコーリニコフ、ラズミーヒン、ソーニャのトリオ（第三楽章）、ソーニャのソロ、ならびに一人の見知らぬ紳士（読者はのちに彼がスヴィドリガイロフと知る）とのデュエット（第四楽章）、ラスコーリニコフとラズミーヒンのデュエット（第五楽章）が続く。音楽作品を聴いて得られる感動を言葉で表現することの困難さに比べれば、この優れた叙述形式と表現を説明するのはずっと容易なはずだが、そのすばらしさを堪能するためには、最初の一行から最後の一行まで読むほかはない。モーツァルトの音楽と同じく、この章は何一つ欠けておらず、何一つ余分なものがない。

ソーニャに関する従来の評家の観点は、キリスト教的な慈愛と自己放棄のイデーを体現した女性、つまり「聖女」という見方が支配的である。(13) わたしたちの観点はそれとは少し違っている。ソーニャは、作者から特別なイデーを与えられた女性であり、それを一言でいえば、ロシアの古代的地層と深く結びついた《大地信仰》と呼ぶほかはないイデーである。それは、理論や綱領として定立できないゆえに、反イデオロギー的な範疇に組み込まれている。

わたしたちがそれをよく知ることができるのが《告白の場》（第五部第四章）だ。この章は、ラスコーリニコフの霊的な存在とそのイデーの本質に照明を当てた際に一度取り上げた。ここでは老婆殺しの犯人は自分だと告げたラスコーリニコフが「これから何をすればいいんだ、教えてくれ！」とソーニャに迫る場面を取り上げよう。『罪と罰』の愛読者なら、たぶん暗唱することもできるソーニャの言葉は次のとおりである。

何をするって！　お立ちなさい！　**いますぐ、すぐに行って、十字路に立つんです。お辞儀をして、まずあなたが汚した大地に接吻なさい。**それから四方を向いて、全世界にお辞儀をしなさい。そしてみなに聞こえるように、『私は人を殺しました！』と言うんです。そうしたら神さまがあなたにまた生命を授けてくださる。行くわね？　行くわね？

あなたが汚した大地にキスしなさい。ソーニャはイデオローグたるラスコーリニコフに、彼の霊的な存在とそのイデーに一撃を加える。突然の、異様な強度と深度を持つ大きな一撃を。作者は、この声部に続けて「発作でも起きたように全身をふるわせ、彼の両手を取って、それを自分の手のなかにかたく握りしめ、燃えるような目で彼を見つめながら、こう問いかけた」と記述している。わたしたちは、ソーニャのなかに作者が注入した汚れなき神聖な実在――作者が殺されたリザヴェータにも確定しようとした同一性――が『罪と罰』以降の長編小説の諸人物に継承されたことを知っている。たとえば、『悪霊』に登場する足の悪いマリヤ・レビャートキナやシャートフ。ピョートル・ヴェルホヴェンスキーと五人組のメンバーに惨殺される転向者のシャートフは「大地に接吻なさい、涙でうるおしなさい、許しを乞いなさい」とソーニャに劣らないほどの力強い口調で語ることになる。ソーニャの大地信仰は、このように『罪と罰』以降の諸人物の確信のなかで増殖し、最後はファナティックな救済のイデーとして深化を遂げつつ、『カラマーゾフの兄弟』のゾシマ長老やアレクセイ・カラマーゾフ（アリョーシャ）の造型のなかに結実する。

レーニンのボリシェヴィキが権力を掌握したころ、初代教育人民委員となったアナトリー・ルナチャルスキーは、ドストエフスキーの思想を次のように批判した（『芸術家および思想家としてのドストエフスキー』）。

苦痛の中であくまでも忍従しようとする欲求は、ドストエフスキーにあっては専制政治の圧迫の下で成長した。専制政治は、ドストエフスキーの偉大な魂の内部に、彼の傲慢な衝動と彼のもつ人間的なものと彼の社会主義とを閉じこめて、彼の魂に本質的に欠陥のある別の河床を求めさせた。この河床がほかならぬ宗教であった。ドストエフスキーの魂の流れは、言ってみれば頑強きわまりない専制政治を回避して、この河床に合流したのである。（小沼文彦訳）

ルナチャルスキーは、ドストエフスキーが「河床」（ロシア正教）に合流したことを批判し、一方、すでにみたようにニコライ・ベルジャーエフは逆にそのことを評価したのである。評価軸が逆向きになっているが、ルナチャルスキーとベルジャーエフの観点は同一である。わたしたちはこうした観点を退けるところから、この論考を開始した。つまり、ルナチャルスキーのようにドストエフスキーが合流した「河床」を「本質的に欠陥のあるもの」とイデオロギッシュに裁断することを斥けるとともに、ベルジャーエフのようにキリスト教を介した聖なる楽園への回帰として肯定的に受け取る神学的な思考を斥ける。わたしたちは、ソーニャに体現された《大地信仰》を一つの障害ととらえ、それが霊的な存在たる革命的精神とそのイデーの転回を価値としても形式としても独自に決定づけた因子とかんがえるのである。しかも、障害となったのは、ソーニャたちの大地信仰だけではない。わたしたちがこれまで述べてきた近代ロシア社会の革命運動が孕むことになった理論的かつ実践的なアポリアもまた大きな障害となってドストエフスキーの思考を強く拘束し、イデーのその転回を方向づける強力な因子となったのである。それはまた、『悪霊』という作品のあの狂想的なモチーフを導く因子ともなるだろう。

註

Ⅲ　ラスコーリニコフ、あるいは挫折したイデオローグ

（1）『道化の風景—ドストエフスキーを読む』（九州大学出版会、一九九四年刊）の清水孝純は、ラスコーリニコフに対するポルフィーリーの特別な愛情に注目している評家の一人である。また、『ドストエフスキー『罪と罰』の世界』（創林社、一九八六年刊）の清水正は、ポルフィーリーを「誰よりも犯人に対して誠意ある理解者」（同書第二十二章）とみなしている点でわたしたちと同じ視点に立っている。だが、ポルフィーリーを造型した作者が「エピローグにおいて主人公の復活の曙光を見事に描ききっている」と清水正が述べるとき、わたしたちとは決定的に異なる評価を『罪と罰』の作者に与えている。本論で論じたように、ドストエフスキーは、「ラスコーリニコフ問題」の処理をめぐって最後まで逡巡し、態度保留を決めこむような不確かな態度に終始した。作者は主人公の復活を信じていなかった。したがって、主人公の「復活の曙光」が射すこともなかった。

（2）吉本隆明は、親鸞の「業縁」を偶発性や意志の恣意性を排した「不可避の一本道」と読み換えている（『最後の親鸞』）。わたしたちは、そこに個人の実存の諸相に介入する偶発的な要素も加えてみたい気がする。

（3）桶谷秀昭は「親鸞とドストエフスキイ」というタイトルをもつ一九八三年の講演文（平凡社ライブラリー『親鸞　不知火よりのことづて』所収）のなかでラスコーリニコフの老婆殺しに駆り立てたものをまさしく「業縁」とみなしている。「ラスコオリニコフに、業縁というものが何かその人間の意志を超

えて彼を駆り立てた」というように。

（4）内村剛介は、『ドストエフスキー』（一九七八年）のなかでラスコーリニコフの「非凡人の思想」に思想上のテロリズムばかりでなく、現実のテロリズムそのものを肯定するものを見ている。さらに「わたしたちはここでニーチェの《超人》よりもむしろレーニンたちのボリシェヴィズムを見たほうがいいだろう」と述べている。念のためにいえば、ニーチェの《超人》というイデーはひたすら人間の新たな価値創出の力（macht）に関わる概念であるから、内村のようにテロリズムと関連づけてそれを取り出すことはできない。

（5）ポール・リクールも『時間と物語Ⅲ』（一九八五年）のなかで次のように語っている。「進歩の歩みの加速化については、たとえわれわれが多くの歴史的変動の加速化について正当に語ることはできるとしても、われわれはもはやそれをほとんど信じてはいない。よりよい時代に達するまでの猶予期間は縮まっているのだ、ということに、最近のあまりに多くの災禍、現に進行中の混乱は、われわれの疑念を増大させている」（第二篇第七章「歴史意識の解釈学に向けて」、傍点はリクール。久米博訳）。これもヘーゲル主義に対するノン（全否定）ではない。レーヴィットと同様、リクールの口吻も偉大な父に不服を訴える不肖の子のそれではないだろうか。ヘーゲル哲学を腰に固く巻いたうえでヘーゲルと四つ相撲を取るような批判から退却してヘーゲルを批判したのはジャック・デリダである。『精神現象学』における《われわれ》は……意味を知るための円環内に閉じ込められている自然的意識の、意味あるいはその意味探求を展開せしめているのだ。そこから意味の歴史が除去されるあの遊戯の無底がこの自然的意識には見えていない」（『限定経済学から一般経済学へ』、三好郁朗訳、傍点はデリダ）。だが、意味の歴史、あるいは歴史の意味が除去される「あの遊戯の無底」は彼のバタイユ論では隷属性としての自己意識の消失、したがって思惟できない非＝意味のことなのだ。端的に言ってそれは《自分の死》のことではないだろうか。確かに一人の人間が死ねば、当人にとって意味の歴史はその瞬間、蒸発してしまうのだから。

（6）ソルジェニーツィンも一八六〇年代前半にばら撒かれた政治的宣伝ビラのなかに帝政ロシア時代からボリシェヴィキ独裁のソビエト時代に至るロシア・テロリズムの根源を見出している（『収容所群島』第五部第四章）。彼が採録しているのは、次の宣伝ビラの一枚である。《われわれは何を欲しているのか？　それはロシアの福祉、幸福だ。われわれにはもはや待つ時間がないので、犠牲なしには新しい生活を、よりよい生活を達成することはできないのだ。われわれは迅速かつすばやい改革を必要としているのだ！》（傍点はソルジェニーツィン、木村浩訳）。このビラは、ザイチュネスキーのような過激な表現と違って抑制された調子で書かれているが、テロルの行使を積極的に打ち出している点で大した違いはない。ソルジェニーツィンは「このテロルの思想、これらの行為は革命家たちの痛ましい過ちであり、ロシアにとっての災難であり、それらは混乱と苦悩と度はずれな犠牲以外には何ひとつ祖国にもたらさなかったことを、われわれは確信をもって断言できる」と述べている。ソルジェニーツィンの言葉にわたしたちが付け加えるものはあまりない。

（7）エレーヌ・ペイゲルスは、イエスは神の使いではなく、人間の姿を介して現れた神そのものであること、神ゆえにイエスを信じることを要求する点に共観福音書と異なるヨハネ福音書の特色を見出している。そして多くのキリスト教徒は、ヨハネ福音書という「色眼鏡」を通して先行する共観福音書を読むようになった、と述べている（『禁じられた福音書　ナグ・ハマディ文書の解明』）。

（8）評論家の加藤典洋は『戦後的思考』（一九九九年）という本のなかで『地下室の手記』を取り上げて

いる。加藤の作品読解は、近代の浅薄な虚偽意識としての「公共性」理念を撃って、人間の「私利私欲」の本性からそれを再建しようとする、それ自体まっとうなモチーフに促されているが、地下室の「俺」に「人間の私利私欲の最後の砦」たる自意識を見ている点で従来の評家の読解とそれほど異なっているわけではない。『地下室の手記』の主人公の内面世界を規制し、支配しているのは「自意識」ではなく、それ自体過激で絶望的な社会的意識である。自意識は「いま、ここにいる、この私」が自分自身の許にあってそこにとどまる関係意識だが、社会的意識は「この私」が生きていくためにはそれなしにはやっていけない共同社会によって媒介された関係意識である。『地下室の手記』の主人公が社会的連関を欠いた自意識の問題にかかずらっている人間であるなら、彼の吐き散らす憤激や絶望の言葉は、口から出てすぐに消えるタバコの煙のようなものだろう。

（9）ロシア文学科出身の後藤明生は長編小説『壁の中』（一九八六年）の語り手である《贋地下室》の住人（私立大学英文学科専任講師）に次のように言わせている。「この地下室は、単なる十九世紀ロシアの首都ペテルブルグの特産物ではありません。普遍的なものです。この地下室が全世界そのものです。二人（引用者注：手記者である「俺」と下男アポロン）の関係の滑稽さも、悲惨さも、われわれの生きている現代そのものです」（第一部7）。このような「地下室」の粗雑な文明史的な拡張は、「地下室」から立ち上がったラスコーリニコフというわたしたちの視点とは無縁である。それは帝政ロシア社会の構造を閑却するだけではなくて、地下室の手記者たる「俺」の世界呪詛と自己侮蔑の有毒成分を抜き取ることにもなるだろう。ここであえて強調する必要もないが、「地下室」は一九世紀ロシアの特産物であり、したがって「われわれの生きている現代」にあって「普遍的なもの」でも「全世界そのもの」でもない。

(10)『作家の日記』一八八〇年八月（第三章）のなかで、ドストエフスキーは次のように書いている。「わたしは子供の時分、いちど街道筋で裾のびらびらする制服を着て、羽毛のついた三角帽子をかぶった急使が拳を固めて、馭者の背中を丁々発止と打ち据えていると、馭者は馭者で、汗みどろになってまっしぐらに走っている三頭立ての馬を、気ちがいのように鞭打っているのを見たことがある」。

(11) 周知のように「少女凌辱」のテーマは、『悪霊』でスタヴローギンが引き継ぐが、スヴィドリガイロフとは違ってスタヴローギンは実際にそれを行った人物として登場する。

(12) シクロフスキーはまた、次のように解釈している。ドストエフスキーは、悲惨な窮乏生活を強いられているソーニャやカテリーナの三人の幼い遺児たちを救うために、地主で資産家のスヴィドリガイロフを登場させ、彼らを経済的に支援する救済者の役割を担わせる必要があったのだ、というように。

(13) いつも奇怪な解釈を披歴するジョン・ミドルトン・マリだが、ソーニャについても次のように語り、わたしたちを啞然とさせる。「あれほど感動的な人間であるにもかかわらず、彼女はほとんど実在性を持っていない。また、ドストエフスキーの後期の女性に比べると、ほんのでくの坊にすぎぬ。彼女はキリスト教の自己否定の理想の容器たるにはまだ大きさが足りず、ただ寓話中の人物のように、この世の苦悩を表わすにすぎぬ。彼女の自己放棄がありうべからざるほどの色あいを帯びていても、べつに気にかけるには当たらない」（山室静訳）。ラスコーリニコフもソーニャも「でくの坊」であれば、『罪と罰』という作品もおそらく「でくの坊」と評するほかはないであろう。

Ⅳ　幼児性、その勝利と敗北

1

ドストエフスキーは、『罪と罰』を最後に緻密に構成された長編小説を書くことがなかった。中短編を除く長編小説は意図的にプロットを脱臼させたかのように構成的な破綻が目立つようになる。そうした創作技法上の問題は『悪霊』や『未成年』に至って極大化する。絶筆となった『カラマーゾフの兄弟』も作品構成上の欠陥を抱え込まざるをえなかった作品である。

しかし、わたしたちは、ドストエフスキーの同時代作品、たとえばディケンズやフローベール、ゾラの作品のように緻密に構成され、目立った夾雑物もない動的なプロットを誇る作品と比較し、ドストエフスキーの破綻や欠陥の多い作品を創作技法上の問題としてあげつらう立場に立っているわけではない。なぜなら、ドストエフスキー特有の胸やけを起こすほどの破綻や踏み外しこそ、彼に宿った霊的な存在（革命的精神）の屈折した軌跡をたどることを可能とする症候のようなものだからだ。あるいは、それとは違った言い方をするとすれば、プロットを破綻させかねない作家の激情の噴火、イデーへの過剰な惑溺がなければ、『罪と罰』以降の長編作品のなかに読み解くべきものは、その大半が失われるかもしれないのである。(1)

トルストイは、ドストエフスキーと違って大河を遥か彼方まで一望できるような確乎不動の視点から長編小説のプロットを構想することができた。何という違いだろうか。ただし、それは作家の力量や才能に帰せられる問題ではない。トルストイとドストエフスキーを分かつのは、そこに帰属する大土地所有‐農奴制を基盤とする貴族社会の豊穣で厚みのある文化だった。トルストイの場合、それがどんなに忌まわしい特権性を帯びたものであったとしても大土地所有者たる貴族たちの育んだ文化と生活様式、その歴史的な遺産を受け継いだ世界から出発するほかはなかった。それは骨格のはっきりした世界の枠組みであり、幾世代にもわたる堅牢堅固な構造だった。ドストエフスキーは、そのようなものからは遠く隔たっていた。医者となった彼の父親は一代でモスクワ世襲貴族の末端に登録されたにすぎない。息子は出自からして大土地所有時代の貴族社会の文化的な厚みから放擲された雑階級の人間といってよかった。『戦争と平和』や『アンナ・カレーニナ』のような作品に貫徹している、ある意味で偉大ともいえる不動の視点と無駄のないプロットは、たとえ本心からそれを強く望んだとしてもドストエフスキーには絶対に手にすることができないものだった。繰り返していえば、それは作家としての力量や才能の問題ではなかった。

わたしたちがここでプロットと呼んでいるのは、一言でいえば《出来事の組み立て》のことである。プロットを組成する主体、つまり語り手（必ずしも作者と同一視できない）はどこからでも出来事を立ち上げることができる。が、その主な機能は、さまざまな出来事を統率し、始まりと終わりを持つひとつの完結した物語として読者に理解させることにある。

出来事は、（a）偶然に引き起こされるものと（b）登場人物の感情や発意、性格、思想、行動、人物間の相互作用（愛情、同調、親愛、憎悪、対立関係など）に起因して引き起こされるものに大別される。プロットは、それらが統合される全体の枠組みのなかでさまざまな出来事の継起を価値づけることによって、始まりと終わりをもつ完結した物語の読解可能性を開示する。[2] この場合、語り手は神のような視点（遠近法）に立っているともいえるが、本質的にはただ全知全能をかけて出来事の継起を意味づけようと努めている限定的な主体にすぎず、神のような《一者》（超越者）の視点と同一視することはできない。なぜなら、世界を睥睨する超越者は存在しないからである。また、形式的に複数の語り手がプロットに加担しているような作品、異なった語り手によってプロットがその都度更新され、重畳化される構成をもつ作品では、複数の語り手の外部（メタレベル）に立ってあたかも出来事の継起の全体を統率しているかのような作者が存在するが、彼も同じく神のような《一者》とは没交渉であり、他の語り手と同じく限定的な主体にすぎない。[3]

　プロットのない長編小説もある。それはたとえばジェイムズ・ジョイスの『ユリシーズ』（一九二二年）のような作品である。出来事の継起に前後関係はなく、あるとしてもそれを因果性のある物語体系として整序づけようとする作者の構成意識が極端に希薄なため、カール・グスタフ・ユングがかつて述べたように「どこから読んでもいっこうに差し支えない」作品として読者の前に置かれている（ユング『ユリシーズ――一つの独白――』一九三二年）。もし書き出しから律儀に読み進める奇特な読者がいるとすれば、彼ないし彼女はたぶん挫折を強いられるだろう。実際、この作品の世界では何事も起こらず、したがって始まりも終わりもないのだから、むしろ気儘に任意の章から積極的に読まれるべき作品である。[4]『白痴』（一八六八年）の場合、プロットは比較的単純といってよい。レフ・ニコラエヴッチ・ムイシュキンという旧家の公爵は、二十六歳になるてんかん持ちの青年で、スイスでの療養生活から五年ぶりにペテルブルグに戻ってくる。彼を主人公とする物語の基軸となるのは、二つの捻じれた三角関係である。一つは、ムイシュキンをめぐるアグラーヤとナスターシャの対立、もう一つはナスターシャをめぐるムイシュキンとロゴージンの対立である。前者の三角関係は、ムイシュキンがナスターシャを選ぶことで解消する。アグラーヤはその後、ポーランドから亡命した山師的な伯爵と結婚するが、家族とは音信不通の不幸な境遇に身を投じる。後者の三角関係は、ナスターシャが勝利した段階で終止符が打たれるはずだが、結婚式当日、ナスターシャがムイシュキンから逃れてロゴージンのもとに駆けつけることによって、この三角関係はロゴージンのほうに逆転勝利が転げ込む形でいったん終結する。だが、ロゴージンにとってそれは勝利の凱歌とはならない。というのは、恋敵のムイシュキンのもとから逃げ出したとはいえ、ナスターシャは依然、ムイシュキンの心魂に魅せられたままであるからだ。最後にロゴージンにできたことといえば、恋人をナイフで刺し殺すことだった。彼は殺人罪でシベリア流刑を宣告される。しかし、恋敵のムイシュキンもナスターシャを失って精神に異常をきたし、ふたたび療養所のあるスイスへ帰っていく。

　この作品でドストエフスキーが主題として取り出したものが何かといえば、前作の『罪と罰』と同じく霊的な存在（革命的精神）とそのイデーが現実世界に立ち向かって無残に敗北していく痛ましい姿だった。ただし、主人公が立ち向かった世界は、富める者と貧しき者に分かたれ、ともに虚偽と汚辱のなかに投げ込まれたツァーリ専制下の苛酷な階級社会ではなくて、その社会のなかでももっと身近な人たち、つまり親族や恋人や友人、赤の他人である知り合いの思惑や利害が渦巻く身近な生活空間だった。しかも、それに立ち向かうために主人公が手にする武器は、ラスコーリニコフもそれに属する「無神論者、故郷喪失者、ニヒリスト」たちの神抜きの革命論ではなかった。一人の人間が自分とは異なる他者に対して抱く強烈な感情、しかしながらたんに胸の内に収めただけに終わらず、具体的な行動となって強く働きかけ、少なくとも働きかける以前とは違った関係性の世界をめざす苛烈な意志をもった感情、すなわち、一言でいうなら**憐れみの心**（**同情**）だった。

　前作で暴力革命へのアンビバレンツを抱え込んだ作家が次の長編作品で取り上げるに値するとかん

がえたのが憐れみの心だったというのは奇妙におもわれるかもしれない。だが、ほんとうにそうなのだ。『白痴』の作者は、自分以外の誰かに対する同情と憐憫の感情をもちさえすれば、わたしたちはこの生き難い社会を変えていく確実な一歩を踏み出すことができるのだと信じている。これは、驚嘆すべき稀有な思想ではないだろうか。作者によれば、**「同情こそ全人類の生活にとって最も重要な、ひょっとすると、唯一の法則」**（第二編第五章）なのだ。憐れむ心こそ、わたしたちが手にすることができる最も確実で強力な武器であり、それさえあれば、わたしたちはこの社会で何事かをなし得る存在となるだろう。ただし、ドストエフスキーは信仰心篤きキリスト教徒のようにそれを取り出して語ったわけではなかった。彼は、わたしたちが手にすることのできる武器の宝庫を子供たちの天国的に無邪気な世界のなかに発見したのである。主人公であるムイシュキン公爵は、こうして**子供たちの世界に住まう霊的な存在（革命的精神）**として造型された。わたしたちが『白痴』を読み進めていく過程で理解していくのは、ムイシュキンという青年がたんに無邪気で清純な心をもった人間というだけでなく、子供たちから無尽蔵の養分を吸い取ったイデーを生き、それに殉ずるイデオローグとして造型されている人物であるということだ。このいささか頼りない印象さえ与える青年は、イデオローグとして身近な人々が住まう生活空間のなかへ、ほとんど当惑気味に、あるいは恥じらうように参入し、そこでの人間関係（社会）を組み替えていく使命を意識し、その使命を強力に果たすべく構想された、めざましくも特別な人間なのである。

内外の多くの評家は、ムイシュキン公爵を無邪気でお人よしのおバカさん、あるいは無際限にイノセントな魂を体現する人間のように受容してきた。おそらく世界中の多くの読者もそのように受けとめてきたに違いない。実際、ムイシュキン公爵はどんな相手であれ、わけ隔てなく真率で悪意のないイノセントな魂を発酵させている。エパンチン将軍家を訪ねたムイシュキンと召使とのやりとりは思わず吹き出してしまう滑稽な場面だが（第一篇第二章）、身分の違いや主従関係でしか訪問客への対応を決定できない召使にとって、ムイシュキンは世間知らずの非常識なおバカさん（愚者）である。その召使をはじめ、その後、彼と交流する多くの老若男女も彼をおバカさんとみなしている。底意がない人間など世間にいないと思い込んでいるガヴリーラ・イヴォルギンのような男――辛辣なバルザックであれば、唾棄すべき小人的根性の持ち主とでも形容するだろうこの俗物――は、ムイシュキンの底意を見通せないゆえに苛立つばかりだ。しかし、作品世界のなかで行動するムイシュキン青年は、たんなるおバカさんではない。読者の前に立ち現れているのは、ドストエフスキーが子供たちの世界に発見したイデーを激しく志向し、それに殉じようとする極めて意志的かつ繊細なイデオローグなのである。

2

『白痴』以前の作品でムイシュキンの人物造型につながる人間性を与えられている人物に『虐げられた人々』（一八六一年）のアリョーシャ（アレクセイ・ペトローヴィチ公爵）がいる。確かにアリョーシャは邪心のない天然無垢の心魂をもった青年として造型されている。しかし、彼はムイシュキンのようにそれを武器に周囲の大人たちに感化を及ぼすような若者ではない。だから、その点でムイシュキンのひな型とみなすことはできない。アリョーシャは、自分の意志や判断力をもたず、それゆえ身近な大人（たとえば策謀家の腹黒い父親）の支配から逃れられない、たんに未成熟な青年にすぎず、したがってムイシュキンとは似ても似つかない人物である。

そのアリョーシャよりもムイシュキンに近いのは、『死の家の記録』（一八六二年）に出てくるタタール人の三兄弟の末弟アレイであろう。アレイがムイシュキンの先行者であることは、すでにヴィクトル・シクロフスキーが指摘している。『死の家の記録』の語り手は、アレイとの出会いが「生涯における最良の出会いの一つ」として次のように語っている（第四章「最初の印象」）。「この少年が監獄生活の間じゅうどうして心のこのような柔和さをもちつづけ、自分の中にあのようなきびしい誠実さと素直さと思いやりを育てて、荒んだり、堕落したりせずにいられたのか、とても考えられないほどである」「生まれつきあまりにも美しく、あまりにも神の恵みを受けているために、いつかそれが悪いほうに変るかもしれないなどとは、考えることさえできないように思われる人間がいるものである。いつだって安心して見ていられるような人間」（工藤精一郎訳）。アレイという少年は、ドストエフスキーがオムスク監獄でロシア語の読み書きを教えた実在の人物をモデルとしている。したがって、アレイを祖形にムイシュキンや『虐げられた人々』のアリョーシャが造型されたとかんがえるのが自然だが、作者によってムイシュキンに賦与された特性は、アレイという実在のモデルを越えている。同時に『虐げられた人々』のアリョーシャとの比較も絶している。ムイシュキンは極めて意志強固で繊細なイデオローグと呼ぶしかない人間なのだ。

ぼくは二十七になりますが、まるで子供のようだということは、自分でも承知しています。ぼくは自分の思想を語る権利を持っていません。これはもうずっと前から言っていることなのです。（中略）ぼくはいつも自分の滑稽な態度で、自分の思想や肝心な観念を傷つけやしないかと恐れているのです。ぼくには見せかけの行為というものがありません。ぼくのそれはいつも正反対になるものですから、みんなの笑いを誘って、その観念を傷つけてしまうのです。（第四編第七章、以下『白痴』からの引用はすべて木村浩訳）

イデオローグとしてのムイシュキン公爵がこれまでないがしろにされてきたのは、ドストエフスキー自らが解説したところのあの「完全に美しい人間」ないし「真実美しい人間」[5]という不用意な概念に内外の評家たちが必要以上に引きずられてきたからである。

およそ「美しいもの」（das Schöne）に近づいて、それをほかの言葉に置き換えるのは、簡単ではない。それはまず何よりも感性的な対象として存在している。したがって、見て気持ちのよいものであれば、それはすべて美しいものといってよい。つまり、美は外面性に宿っている。トマス・アクィナスであれば、神がそれを美しく造ったからだと答えるだろう。しかし、それにもかかわらず、美しいものの内実は直接的で確実な手応え（規定性）に欠けているから、それを知覚する人間存在を限定なしに気分づけるある種の特別な力を漲らせることになる。つまり、知覚に基づく悟性の判断（主観性）に従わないものがあるのだ。したがって、美しいものは個別的な主観の圏域を突き破って現実的な猛威をふるうこともある特殊な対象といわなければならない。たとえば、トーマス・マンの『ヴェニスに死す』（一九一二年）という作品のなかにそうした「美しいもの」の超感性的で威嚇的な力の例が示されている。この作品はホモセクショナルな欲望に捕われつづけた作家自身の経験に基づくフィクションだが、異性愛にしろ、同性愛にしろ、美の逃れ難い吸引力に対する作家の苦い内省が作品世界を統率している。主人公はすでに世間的な名声を獲得した初老の作家（グスタフ・フォン・アッシェンバッハ）である。彼は、旅先のヴェニスでギリシャの影像を思わせるポーランド人の美少年に出会い、その抗し難い力に捕縛される。少年は、アッシェンバッハにとって感性的＝主観的な対象であり、そのかぎりで言葉によって記述されるほかはない。だが、少年は言葉では尽くせない存在として作家の前に現れる。少年が作家の前に立っているだけであれば、あくまでも絵画を鑑賞するのと同じ態度をアッシェンバッハから引き出すだろう。しかし、現実はそうならない。感性的な対象を突き破る威嚇的な力が海辺で戯れる少年を介して彼を燃え立たせ、ついには心身を惑乱させる死の暴威となって作家を襲撃するのだ。この禁欲的なブルジョア作家、確乎とした生活基盤をもつ教養豊かな、多くの読者から尊敬される初老の作家は、なぜ自らの死と引き替えにポーランドの美少年に惑溺するのだろうか。少年によって引き起こされる惑乱は、レーニン主義にかぶれたルカーチ・ジェルジュが「些細な、なんでもないこと」と口にしたようなものでは決してない。それはアッシェンバッハがたぶん刻苦して築き上げた文化的教養の王国を破壊し尽くすほどの――もちろん、作者のトーマス・マンは必ずしもそのようにみなしてはいないが――誰とも交換できない絶対的で謎めいた至高の経験となるのだ。

このように感性的な次元と超感性的な次元の両方を包含していることが「美しいもの」の本質をなしているとすれば、「完全に美しい人間」という言葉は、第一次的な感性的対象を欠くだけでなく、あの超感性的なものも中空に揮散しているような空疎な理念である。内部が空洞ゆえにどんな民族、どんな時代にあっても人間の知覚に現前するものとして「それはある」といえないばかりか、そもそも人間存在を気分づける超感性的な力が希薄なのだから、生身の人間の生命感情を鷲づかみして引っ掻き回すわけでもない。したがって、ドストエフスキーがいささか不用意に提出したこの言葉は「完全に美しい心をもった人間」と捉え直すほかはない。「美しい心」であれば、ようやくその内部をイデーで満たすことが可能となる。

ドストエフスキーにとって、その器に盛り込むことができる唯一の存在者は、メシア（救世主）としてのイエス、つまりイエス・キリストにほかならない。『カラマーゾフの兄弟』の「大審問官」の章を取り上げる際にわたしたちはイエスの実存（生きざま）をあらためて取り上げることになるだろうが、イエスの言動は、意志するものとしての人間存在という特殊で個別的なあり方において、人間の「現存在」形式を揺り動かす衝撃力をいまも失わない出来事としてある。ところが、ムイシュキン公爵が正典福音書の記者たちが記述したイエス像に重なるところはほんのわずかであって、彼は福音書の世界から来た人間というよりも、子供たちが遊び集う砂場からやって来た人間なのだ。そんな人間がいるとすれば、私利私欲で離合集散する大人たちの世界では生き難さのスティグマを負わざるをえないだろう。スイスの療養所を出てペテルブルグに戻ってきたムイシュキンは、面会したばかりのエパンチン将軍家の人々の前で自らを次のように語っている（第一篇第六章）。

ぼくは実際、大人と、世間の人と、大きな人と一緒にいるのを、好まないんです。このことはもうずっと前から自分でも気づいていました。嫌いだというのも、つまりはそうできないからなんです。大人と一緒にいると、相手がどんなことを話しても、どんなにいい人であっても、なんだか気が重くなってしまって、一刻も早くそこを逃げ出して、友だちのところへ行けたときは、もうとてもうれしくてたまりません。私の友だちというのはいつでも子供たちでした。でも、それはぼくが子供だからじゃなくて、ただなんとなく子供たちにひきつけられたからなんです。ぼくがその村へ移ったばかりのころ――ええ、たったひとりで山に登って、物思いに沈んでいた時分のことですが――ひとりでぶらぶら散歩していると、ときには、たいていは学校のひけるお昼ごろですが、子供たちが一団となって、袋をぶら下げたり、石盤をかかえたりしながら、わめいたり、笑ったり、ふざけたりして、騒々しく走ってくるのに出会うことがありました。すると、ぼくの心はすっかり子供たちのほうへ飛んでいくのでした。ぼくは子どもたちの一団に会うたびに、なぜだか知りませんが、とても強烈な幸福感を覚えるのでした。

ムイシュキンは、子供のようなイノセントな存在ではない。もはや子供ではありえないことを誰よりも自覚し、それを誰よりも悲しんでいる人間なのだ。しかし、だからといって彼は完全な大人でもない。大人と交われば気が重くなってしまって、一刻も早くそこを逃げ出してしまいたいと思うような人間だ。彼は、結局のところ、**子供たちの天国的な無邪気さに導かれて生の準則を定めることを誓ったイデオローグ**として行動する。誰に対しても権力を行使せず、お互いに遊び仲間として邪気なく自由に交流する子供たちから無尽蔵の活力をもらい受けている青年。彼は子供たちを「かわいい小鳥」と呼んでいる。これに対し、周りの大人たちの世界は、彼の目には権力や命令なしには寸刻も済ませられない恐ろしい世界だ。支配・従属の社会的関係に縛られ、我欲と妄執にとらわれた大人たちは虚栄、驕慢、野心、強欲、計算高い奸計を競い合っている。どんなにいい大人であってもその世界に足を突っ込んでいるから、一緒にいればたちまち気分は重くなる。そんな大人たちの世界を粉砕するために必要なのは、邪気のない子供たちが自由な心魂によって世界を組み替えていく力である。ムイシュキンは子供たちの力を信じており、同時にそれだけが息苦しい人間社会を改変する力となりうることを信じている。彼は「とても強烈な幸福感」を口にしたあと、次のように宣言する。**ぼくの運命はすべて子供たちのためにささげられたのです**、と。

このイデオローグとしてのムイシュキンの力に光を当てたのは、作家のヘルマン・ヘッセである。彼は短いがすぐれた『白痴』論（一九一九年）のなかで次のように述べている。

> 彼は、この柔和な白痴は、他の人たちの生活全体を、思考と感情との全体を、世界と現実との全体を否定する。彼にとっては、現実は他の人たちにとってとは完全に別なものである。他の人たちの現実は彼にとってはまったく影のようなものである。彼は、まったく新しい現実を見、また要求する点で、彼らの敵となる。
>
> 人間の文化から見た最高の現実は、このように世界が明暗、善悪、可否に分類されていることである。しかし、ムイシュキンにとって最高の現実は、あらゆる規定が転換可能であること、反対極が同じ権利をもって存在することの不可思議な体験である。『白痴』は、つきつめれば、無意識界の母権を導入し、文化を揚棄する。彼は法律の制札を打ちこわしはせず、ただそれを裏返して、裏面に反対のことが書かれていることを示すだけである。（高橋健二訳）

ヘッセは、ムイシュキンの力を「他の人々より無意識界にずっと近い直接的な関係を持っている」魔術的思考に求めているが、わたしたちがそれを名指しするとすれば、霊的な存在が強く呼び求めるイデーの力なのである。

ムイシュキン公爵が子供たちの遊び集う砂場からやって来たイデオローグであることを示すために、ドストエフスキーは、第一篇第六章のすべてをスイスでの子供たちとのエピソードに捧げている。このエピソードでムイシュキンと子供たちを結びつけるのは、肺病を患った二十歳のマリイという貧しい女性である。決して美しくはないが、「その眼は穏やかで、人がよさそうで、罪を感じさせなかった」。村の人々も彼女を可愛がっていた。しかし、ある日、彼女がよそ者のフランス人に誘惑され、一週間後にぼろをまとって村に帰ってくると、彼女に同情を寄せる者は誰一人おらず、皆が白い目で見るようになる。子供たちも大人を真似て、マリイをからかい、汚いものを投げつけたりする。マリイの高齢の母親さえもが「わたしの顔に泥を塗った」と娘を排斥し、村人たちの嘲笑と蔑視にまかせる。その母親が死ぬと、教会の牧師さえもが大勢の人前でマリイを侮辱する言葉を放つ。ここまで蔑みの目で排斥された人間はどこで生きていけばいいのか。ところが、マリイという女性は自身を卑しい人間とみなし、村人たちの蔑視と排斥を当たり前のように受けとめる。そんなマリイと村人たちとの関係を変える契機となるのがムイシュキンの施しである。彼は小さなダイヤのピンを売って捻出した八フランをマリイに与える。そして彼女に接吻し、語りかける。「こんなことをするからといってぼくに下心があるわけではないよ。また、接吻したのだって、きみに恋したからでもないんだ。ただ、きみを可哀想に思うからだ。ぼくは、そもそもはじめからきみが悪いとは決して思っていなかった。ただ不幸な女《ひと》だと思っているだけだったんだ」。マリイは目を伏せ、無言のまま、ムイシュキンの前に立っていたが、ムイシュキンが語り終えると、彼の手に接吻する。彼もお返しにマリイの手をとって接吻しようとする。そのとき、村の子供たちが二人を見つけてしまう。そんな出来事があって以来、子供たちのマリイいじめは嵩じて泥をぶつけたり、大声で罵って追いかけたりするようになる。ムイシュキンも見かねて子供たちを相手に喧嘩することにもなるが、マリイがどんなに不幸な娘なのかを彼らに話して聞かせる。最初はもの珍しそうに聞いていた子供たちだが、まもなく彼らもマリイを可哀想だと思うようになる。マリイに会えば気持ちのよい挨拶をするようになるばかりか、食べ物や靴や着物や下着さえ持って行くようになる。ムイシュキンは、子供たちのマリイに対する思いやりのある行動に言及してエパンチン家の人々に次のように説明する。

どうやら子供たちにとっては、マリイに対するぼくの愛情がとても愉快だったようです。ぼくが子供たちをだましたのは、後にも先にもこれがたった一度でした。ぼくは決してマリイを愛しているのではない、つまり、恋しているのではない、ただとても可哀想に思っているだけだなどと言って、彼らを失望させることはしなかったからです。ぼくは、いろいろな点から、子供たちは自分たちで想像し、自分たちのあいだで勝手に決めたようであってほしいと望んでいることを承知していたので、何一つ言わずに、うまく図星をさされたような顔をしていました。それにしても、この子供たちの小さな心はなんとデリケートで、やさしいことでしょう。

その後、子供たちの施しの甲斐もなく、マリイは肺病で命を落とす。子供たちはマリイの屍に花輪をかぶせ、棺を花で飾り、出棺の折には泣きながらあとについていく。ところが、これを機にムイシュキンその人が村人たちに迫害されるようになる。子供たちがマリイと親しくなったことが許せなかったからだ。ムイシュキンは語る。「あとになって万事うまく納まりましたが、そのころは実に愉快でした。なぜなら、この迫害のおかげでぼくは子供たちと前よりもっと仲よくなったからです」。

最初に引用したムイシュキンの発言（「ぼくは実際、大人と、世間の人と、大きな人と一緒にいるのを、好まないんです」云々）はこのあとに続く言葉なのだが、このスイスの寒村で大人たちから迫害されるマリイは、明らかに『ヨハネによる福音書』に挿入された《姦淫の現場を押えられた女》に着想を得ている。全文は次のとおりである（ヨハネ福音書第8章第1〜11節）。

イエスはオリーブ山へ行かれた。朝早く、再び神殿の境内に入られると、民衆が皆、御自分のところにやって来たので、坐って教え始められた。そこへ、律法学者たちやファリサイ派の人々が、姦通の現場で捕らえられた女を連れて来て、真ん中に立たせ、イエスに言った。「先生、この女は姦通をしているときに捕まりました。こういう女は石で打ち殺せと、モーセは律法の中で命じています。ところで、あなたはどうお考えになりますか」。イエスを試して、訴える口実を得るために、こう言ったのである。イエスはかがみ込み、指で地面に何か書き始められた。しかし、彼らがしつこく問い続けるので、イエスは身を起こして言われた。「あなたたちの中で罪を犯したことのない者が、まず、この女に石を投げなさい」。そしてまた、身をかがめて地面に書き続けられた。これを聞いた者は、年長者から始まって、一人また一人と立ち去ってしまい、イエスひとりと、真ん中にいた女が残った。イエスは、身を起こして言われた。「婦人よ、あの人たちはどこにいるのか。だれもあなたを罪に定めなかったのか」。女が「主よ、だれも」と言うと、イエスは言われた。「わたしもあなたを罪に定めない。行きなさい。これからは、もう罪を犯してはならない」。（新共同訳）

ユダヤ旧約律法は、姦淫した女は石で打ち殺せ、と定めている。律法学者たちやファリサイ派の連中は、姦淫の現場を押えた女を当然のごとく断罪し、イエスにも旧約律法の絶対性に額ずくように暗に迫っている。もし同意しなければ、すぐさまイエスへの反撃材料にしようと目論んでいるのだ。イエスという男はこういう連中に心底うんざりしていた。すぐには返答せず、屈みこんで指で地面に何か書き始めた彼の所作はそれを示している。イエスはそのとき、もしかすると蒼天に浮かぶ一筋の雲を地面に描いたのかもしれない。わたしたちはどうしてあの雲のように自由になれないのか、と心のなかで呟きながらだ。お前たちは旧約律法を盾にひとりの人間を抑圧しているだけじゃないか。人間は誰でも何か機縁があれば罪を犯してしまう存在だ。わたしもあなたも例外ではないのだ。それは言わずにイエスは答える。自分だけは律法を忠実に守っている、だから、これまで罪を犯すことはなかったし、これからも絶対に罪を犯すことはないと思っている人間がまずこの女に石を投げつければよいのだ、と。

《姦淫の女》の記事は、共観福音書には採用されておらず、ヨハネ福音書にしか記載されていない。これが実際にあった話なのか、福音書記者の創作なのか、あるいは伝承の一種だったのかはどうでもよいことだ。田川建三は「学説によれば、これは断片的な口伝伝承として伝わっていたのが、後世になって写本にはいりこんだのであって、伝承そのものは非常に古く、イエス自身の歴史的事実にまでさかのぼりうる」と紹介したうえで「イエスの思想をこれほどみごとに解説した作り話は少ない」と論じている（『イエスという男』一九八〇年）。もちろん、作り話であってもなくても、田川がいうようにこれがイエスの思想の陰りを伝える最も優れた挿話の一つであることだけは疑えない。ドストエフスキーもこの挿話に強く惹きつけられた。だからこそ、スイスの寒村にマリイを登場させたのである。ヨハネ福音書と異なるのは、大人たちのむごたらしい迫害の現場に「かわいい小鳥」（子供たち）を参入させたことだ。子供たちは、自分を卑しい人間とみなすマリイを「不幸な女」と思っていたムイシュキンの行動にすぐさま感応する。小鳥である子供たちには牧師や教師らのような村の大人たちとは違って、そうした力が授けられている。村の大人たちは、律法学者たちやファリサイ派の連中がそうであったようにマリイを卑しい人間とみなし、抑圧し、迫害する。ムイシュキンにはイエスのようにパラドキシカルな言説を吐いて計算高い大人たちを蹴散らす力はない。彼にできるのは、邪気がなく「かわいい小鳥」のように自由に交流する子供たちからエネルギーをもらい、子供たちと一緒になって生の準則を立て、それを強く志向する人間として生きていくことである。「**ぼくの運命はすべて子供たちのためにささげられたのです**」というムイシュキンの発言は、そうした志向性を旗幟鮮明にした言葉として受けとめられるべきであり、『白痴』の主人公のイデオロギーに接近するうえで最も注目しなければならない言葉といってよい。

3

ところが、奇妙なことにこの言葉に注目した評家はほとんど一人もいない。評家の多くは「完全に美しい人間」とか「美は世界を救済する」（イポリートが伝えるところのムイシュキンの発言）とかのキャッチコピーの類を取り上げて闇雲に駄弁を弄してきた。「完全に美しい人間」のイメージは、『白痴』のなかでは不完全な具象化のままで終わったと述べたコンスタンチン・モチューリスキーなどはそうした評家の一人である。この感想はムイシュキンを「捉えどころのない存在」とみる彼の読解に十分に見合っている。

こうしてムイシュキン公爵は「かわいい小鳥」から授けられた唯一の武器を手にしてペテルブルグに住む大人たちの世界に降り立つ。ここでわたしたちは、彼の唯一の武器を《**幼児性**》(Infantilität)という概念に置き換えることにしよう。この概念は、社会的に陶冶すべく中長期の訓育を不可欠とみなす近代教育イデオロギーの「児童性」の概念を大きく逸脱するばかりか、ほとんどファンタジーと呼んだほうがふさわしいようなイデーを包み込んでいる。子供は遊び戯れる清純無垢な魂でありながら、エディプス期を通過するや社会的諸関係の網の目に組み込まれる存在であり、その世界で生き残るためにはジャック・ラカンが「象徴的去勢」と名付けたあの惨劇を通過しなければならない。象徴的去勢を敢行し、子供を社会的存在として精錬するのは、もちろん両親や教師ではなく、彼らもそこに組み込まれ、拘束されている社会的権力そのものである。幼児性のイデーは、そうした近代的宿命から自由に逃れ出ている。それればかりか、逆に強制力として立ち現れる社会構成体を解きほぐすのだ。それはドストエフスキーに宿った霊的な存在が夢想し、多くの人間が苦労して社会的な存在へと脱皮する前か後かに払い落としたイデー、真綿のように柔らかで黄金色に輝く繊細な産毛に蔽われたイデーなのだ。ドストエフスキーは次のような言葉を残している。

楽しそうに笑っている子供、これこそ天国からの光であり、人間がついには子供のように清純で素朴になる日の訪れることを告げる、未来からの啓示である。

これは、『白痴』のなかにある言葉ではなく、最後から二番目の長編作品の語り手(アルカージイ・マカーロヴィチ・ドルゴルーキー)が語った言葉である(『未成年』第三部第二章)。ドストエフスキーはさらに『カラマーゾフの兄弟』のなかでイワン・カラマーゾフに次のように言わせている（第二部第五篇第四章）。「**子供が子供でいる間は、たとえば七歳までというのは、人間からおそろしくかけ離れたまるで別の生きもので、別の本性を持っているみたいだ**」。ドストエフスキーが死ぬまでついに手離すことがなかったのは、彼の霊的な存在（革命的精神）が強烈に感じる「天国からの光」であり、彼はそれを実際に楽しそうに笑っている傍らの子供たちから全身に浴びていると確信することができた人間の一人だった。だからこそ、「天国からの光」となった幼児性のイデーが星に届くほどまでに高く噴き上がる作品を書く必要があったのである。

ヴァルター・ベンヤミンは、二十代半ばに書いた短い『白痴』論のなかに次のように書いている。「ドストエフスキーにおいて繰り返し明らかになるのは、ただ子供の精神においてのみ、民族の生命からの、人間の生の高貴な発展が生じるのだということである」（浅井健二郎編訳）。ベンヤミンもまた、幼児性のイデーに魅入られた人間だった。「子供は事物のなかに、霊たちの痕跡を嗅ぎつけ、その霊たちを駆り出す。霊たちと事物のあいだで、子供は何年かを過ごし、その期間、子供の視野に人間たちは入ってこないのだ」（『一方通行路』一九二八年、同）。ドストエフスキーに即していえば、子供たちから放射される「天国からの光」が眩しいほどの光彩を放つ貴重な光源となったものは、これもまた福音書のなかの次のような一節だった。

そのとき、弟子たちがイエスのところに来て、「いったいだれが、天の国でいちばん偉いのでしょうか」と言った。そこで、イエスは一人の子供を呼び寄せ、彼らの中に立たせて、言われた。「はっきり言っておく。**心を入れ替えて子供のようにならなければ、決して天の国に入ることはできない。**

自分を低くして、この子供のようになる人が、天の国でいちばん偉いのだ。わたしの名のためにこのような一人の子供を受け入れる者は、わたしを受け入れるのである。」
（『マタイ福音書』第十八章一〜五節、新共同訳）

ドストエフスキーもまた、「自分を低くして、子供のように」なろうと祈念し、その結果、「天の国でいちばん偉い」幼児性のイデーを獲得したのである。この概念は、『白痴』の世界ではムイシュキンの周りに生きる大人たちが手にする武器とは正反対のものとして差し出されている。つまり、それだけでは不特定多数の人間が関係する社会的な力の場では水鉄砲ほどの非力な武器にすぎず、したがって社会的権力や仕組みを大胆に組み替えていくうえではほんのわずかの力しかもたない。力なき力。しかし、ムイシュキンは、無邪気で悪意のない子供たちの生命の無限の力を受け入れており、それだけが大人たちの世界の仕組みを組み替えて、驕慢、虚栄心、貪欲に引き回される彼らを解放する究極の力であると断固信じている。エパンチン家の客間でてんかんの発作に襲われる直前、彼は次のように語る（第四篇第七章）。

ぼくは一本の木のそばを通り過ぎるとき、それを見ることによって、幸福を感じない人の気持ちがわかりかねます。人と話をしながら、自分はその人を愛しているのだという想いによって、幸福を感じずにいられるでしょうか！　ああ、ぼくはただうまく表現することができないのですが……すっかり途方にくれてしまった人でさえ、これはすばらしいなと思うような美しいものが、至るところ転がっているではありませんか。赤ん坊をごらんなさい、神々しい朝焼けの色をごらんなさい、育ちゆく一本の草をごらんなさい、あなたがたを見つめ、あなたがたを慈しむ目をごらんなさい……。

ここでムイシュキンは熱病に冒されたようにある種の至福の状態について語っている。彼に幸福感をもたらす源泉となっているのは、幼児性によって打倒され、幼児性が勝利する世界の隅々に満ちわたる思いやりや共感なのだ。しかし、生きていくために世の中を忙しく駆け回っている大人たちは、必ずしも思いやりや共感を抱いて人と交わるわけではない。むしろ要件を済ませて早く話を切り上げたいとおもっている。また、一本の木のそばに立ち止まってそれを見る余裕はあったとしても決してムイシュキンのような幸福感にひたることはない。畢竟、大人という「現存在」形式は、幼児性とは正反対の武器を持っていつも競い合っている世界に住んでいる者たちのことである。彼らが手にする武器とは、すなわち、強欲と妄執である。こうして大人の世界ではごうつくばりや虚栄家、計算高いおべっかや太鼓持ち、嘘つき、飲んだくれ、ペテン師などで溢れ返ることになる。ムイシュキンがやがて対面し、互いに言葉を交わす大人たちも程度の差はあれ、すべてそうした人々である。彼らはいずれもムイシュキンの善良で汚れのない心魂を認めても、世知辛い世間には通用しないおバカさん、愚者であるゆえに社会的不適応者とみなす点では同類である。ムイシュキンのようなお人よしはとてもこの世界では生きていけない。彼のような苛烈な意志をもった同情や憐憫は、世の中を泳いでいくうえで役立たないどころか、自分自身を窮地に追い込んでやがては敗残者の列に並ばせる余計な代物だ。それよりも自分の、自分だけの欲望に役立つ武器に磨きをかけるべきだ。彼らはそのように口に出してムイシュキンに敵対するわけではないが、社会的人間として、実際、そのように行動し、そうすることによってムイシュキンに無言の終わりなき戦いを挑んでいる。ムイシュキンは無謀にもそんな大人たちに対抗している。ただし、ドストエフスキーは必ずしもそうした大人たちを一方的に断罪しているわけではない。彼が試みたのは、ムイシュキン公爵と交流することが可能な複数の人物を造型し、世界のなかに彼らを投げ入れ、幼児性が社会的な場でどのように勝利するのかを試してみることだった。

ところで、ムイシュキン公爵は実際、作品世界の内側で勝利することがあったのだろうか？　もちろん、そんなことは少しもなかった。この長編小説は、幼児性のイデーが社会的な利害関係に縛られ、絶えず憎しみや蔑みを産出させてやまない社会の汚濁に流されて敗北し、それが生まれ出た場所（スイスの寒村）へ帰還し、誰にも知られずに静かに円環を閉じる物語にほかならなかった。ドストエフスキーは、感傷性を排して幼児性のイデーがどのようにして敗れ去っていくのかをねっとり絡みつくようなまなざしで執拗に追跡している。

創作ノートによれば、ドストエフスキーは、ムイシュキンのまわりに《子供クラブ》を立ち上げていく構想を抱いていた。子供クラブは第三篇以降に姿を見せはじめ、「長編の結末において発展する」構想だった。「すべての問題、公爵の個人的な問題も、一般的な問題も、このクラブで解決される。そこにはたくさんの感動的な、無邪気なものがある」（一八六八年三月二十一日、米川正夫訳）。しかし、この子供クラブの構想は、スイスの寒村でのマリイと子供たちのエピソードに痕跡をとどめるだけに終わってしまった。この構想どおりに作品世界がつくられていれば、幼児性のイデーに殉ずるイデオローグという、ドストエフスキーがムイシュキン公爵に賦与した特別な個性はより鮮明になっていただろう。いや、そればかりか、幼児性のイデーそのものが社会の汚濁に流されて敗退する物語に代わって、おそらくムイシュキンの死を介して社会とそこに生きる大人たちの世界を浄化する物語が創出されたかもしれないのである。

ドストエフスキーがムイシュキン公爵と交流することができる資格を授かった人間として造型したのは、ナスターシャ・フィリポヴナとエパンチン将軍家の三女アグラーヤの二人の女性、そしてパルフョン・ロゴージンである。彼らのほかにアグラーヤの母のエリザヴェータ・プロコフィエヴナやレーベジェフの長女ヴェーラ、そしてイヴォルギン家の次男コーリャを加えることもできるだろう。コーリャはムイシュキンよりも十歳以上も年下の中学生だが、ムイシュキンが感激して「**ぼくたちが子供だってことは、じつにいいことですねぇ!**」（第四篇第五章）と叫ぶ相手である。彼らは、必ずしも自分で強く意識しているわけではないが、いずれも幼児性への通路が完全に断たれてしまった大人の世界に属さず、あるいは、そういう大人を本能的に嫌悪する資質を授けられているがゆえに、その至高性に手を届かせる能力を持った人々である。

これら登場人物のうち、ムイシュキンの幼児性が最も感応してやまないのが、ナスターシャ・フィリポヴナという女性である。彼女は少女時代に庇護者の立場にあった富豪の実業家、トーツキイに凌辱されて以来、彼の妾として囲われてきた。トーツキイのほうは共同事業主で富も家柄もあるエパンチン将軍の長女アレクサンドラとの縁談を進めるために、イヴォルギン退役将軍の長男、ガヴリーラ（ガーニャ）に七万五千ルーブルの持参金付きで嫁がせて、ナスターシャを体よくお払い箱にしようと目論んでいる。ナスターシャはガーニャとの縁談が各人の私利私欲によって仕組まれたグロテスクな茶番であることを知ったうえで、自分の名の日（命名日）を祝う宴の席で最終的な返事をすることをトーツキイとエパンチン将軍に約束している。ムイシュキンは、宴が催されるその日にガーニャが持っていた彼女の大判の肖像写真を見て、わけもなくショックを受ける。語り手である作者は、写真のナスターシャを次のように記述している。「彼女はきわめてあっさりした、しかも優雅な仕立ての黒い絹の服を着ていた。見たところ髪は濃いブロンドらしく、無造作にふだんの髪形に束ねてあった。その瞳は底知れぬ深さをたたえた暗色で、額はもの思わしげであった。顔の表情は情熱的だったが、なんとなく傲慢な感じがあった。いくぶんやせ気味な顔だちで、どうやら顔色も蒼白そうであった……」。ムイシュキンは「すばらしい美人ですね！」と写真に見惚れて呟いたあと、「顔つきは楽しそうに見えますが、ほんとうはたいへん苦労をしたんでしょう、え？　眼がちゃんとそれを物語っていますよ」とガーニャに語る（第一篇第三章）。一瞬で真実を見抜く力を与えているのは、強欲や我欲とは無縁な幼児性である。彼はこのあと、イヴォルギン家の客間でナスターシャその人と対面すると、「ぼくはあなたの眼を、まるでどこかで見たような気がするんです……」と語る（第一篇第九章）。この初対面では、ナスターシャはムイシュキンに好奇な眼差しを向けるだけだが、それが変わるのは、イヴォルギン家の人々がナスターシャの嫁入りをめぐって対立し、ガーニャの妹、ワルワーラ（ワーリャ）が兄に唾を吐きかけるほどの険悪な争論になったあとである。怒りが嵩じたガーニャは思わず仲裁に入ったムイシュキンの横面を張りとばす。ムイシュキンは両手で顔を覆いながら片隅に退いて、「あなたはきっと自分のしたことを恥ずかしく思うようになりますよ」と言う。ガーニャは呆然と立ち尽くし、ムイシュキンのほうは彼に駆け寄った人々に「なんでもありません」と呟く。このあとの語り手＝作者の記述はこうだ。「ナスターシャもまたガーニャの振舞いとそれに対する公爵の態度に深く心を打たれた。先ほどのあのわざとらしい高笑いとはまったくそぐわないいつも蒼白い彼女の顔が、いまや明らかにある新しい感情にかき乱されているようだった」。彼女（ナスターシャ）はムイシュキンが先に口にした言葉を復誦するように言う。「ほんとうに、あたし、この人の顔をどこかで見たことがあるわ！」。彼女は、夜の宴会でトーツキイとエパンチン将軍が画策するガーニャへの嫁入りについて、ムイシュキンに意見を求め、自分はそれに従うと宣言する。周囲の視線がムイシュキンに集中するなか、彼は「いけません、お嫁にいってはいけません」と訴える。なぜナスターシャはムイシュキンの意見に従うと宣言したのだろうか。もちろん、周りの者には理解できない。エパンチン将軍が不満を爆発させると、彼女は答える。「あたしが生まれて初めて信用することのできたたったひとりの方ですもの。あの方はただ一目見ただけで、あたしを信じてくださったのです。ですから、あたしもあの方を信じているのですわ」（第一篇第十四章）。

二人が相手のなかにそれぞれ探り当てているものこそ、どんなものにも代替不可能な幼児性の光源なのだ。一方は、柔らかい産毛が光を浴びたように黄金色に輝く幼児性であり、他方はすでに原質をとどめないほど深い損傷を受けてしまった幼児性である。しかし、それでも二つの幼児性は相互に烈しく感応し、牽引しあう。作者は読者にそのような読解を要請している。ムイシュキンのほうは粉々になった幼児性の破片を抱えたナスターシャの実存に震えおののく。彼は、ナスターシャが幼児性の遺骸を抱え、ただそれだけを糧に全世界に闘いを挑んでいることを一瞬で見抜く。この闘いは、二重、い、い、い、性を帯びたものとなっている。幼児性を破壊したトーツキイ、そして彼と同類の男たちに対する闘い、さらにトーツキイのような陋劣な好色漢を受け容れる一方、彼女を「汚れた女」「売女」としてみる世間のまなざしに対する絶望的な闘いと、無垢な幼児性を破壊され、その破片を抱えたまま、そこから一歩も進むことができない自分自身を許せずに自己断罪する闘いである。作者は、二重に折れ重なった闘いをムイシュキンに明確に語らせている。ムイシュキンの話し相手は、彼を愛しはじめているアグラーヤである（第三篇第八章）。

あの不仕合わせ人は、自分のことを世界中の誰よりも堕落した、いちばん罪深い人間だと、深く信じきっているのです。ああ、どうかあの人を辱しめないでください。石を投げないでください。あの人はいわれなく辱しめられたという自覚のために、あまりにも自分を苦しめているのです。しかし、あの人にどんな罪があるというのでしょう。ああ、まったく恐ろしいことです！　あの人はひっきりなしに気でも狂ったみたいに、わたしは自分の罪を認めるわけにはいかない、わたしは世間の人の犠牲者だ、放蕩者や悪党どもの犠牲者なのだ、と叫んでいるのです。しかし、口ではどんなことを言おうとも、いいですか、あの人は何よりも自分で自分自身を信じていないんですよ、そして口とは反対に、心の底から自分こそ罪深い人間なのだと思いこんでいるのですから。ぼくがその迷いを追い払ってやろうとしたとき、あの人は実に思い悩んで、その苦しみようときたら、あの恐ろしかった時期のことを忘れないかぎり、ぼくの胸の傷はとうてい癒されそうもないと思われるほどでしたよ。

「ぼくがその迷いを追い払ってやろうとしたとき」というのは、ナスターシャの命名日の宴の場で彼女に結婚を申し込んだことを指している。ムイシュキンは、自分がナスターシャのそばにいれば、彼女の勝算のない二重の闘いを終わらせることができるとおもっている。「あなたにはいかなる点でも罪はないのです。あなたの人生がすっかりだめになったなんて、そんなばかなことがありますか」（第一篇第十六章）。そんなことを言われても、ナスターシャはムイシュキンと一緒になりさえすれば無垢の幼児性を回復できると信じているわけではない。そればかりでなく、彼女を苦しませている瞋恚と自己断罪がムイシュキンの幼児性を解体させるほどに激烈なことも知っている。要するに誰も彼女の闘いを止めさせることはできないのだ。最後にこの闘いを終わらせるものがあるとすれば、それが何であるかも彼女はすでに知っている。自分で自分を噛み殺すか、あるいは自分以外の他人の手を介して自己を殺害するしかないということを。彼女は最終的に後者を選ぶ。それは自殺とほぼ同義である。彼女がアグラーヤとの有名な対決の場（第四篇第八章）を経てムイシュキンとの結婚式を準備するのは、ロゴージンを介して自分を殺すためだ。ロゴージンはナスターシャに操られたかのように彼女の自殺を手助けしたにすぎない。

ナスターシャ・フィリポヴナは、このように無垢で汚れのない幼児性に吸引されればされるほど、ますます自分の生き難さを感じて絶望を増幅させるしかなかった痛ましい女性として造型されている。しかし、ドストエフスキーが造型した女性たちのなかでも最も評家たちをたじろがせてきた女性である。桶谷秀昭のように「このヒロインを正鵠に掴むことができる自信はない」と白旗を掲げた論者もいるほどだ。エドワード・ハレット・カーは、ナスターシャの恋敵となるアグラーヤの人物造形に「ドストエフスキーの全作品のうちでも、いかにも生きいきと描かれている唯一の清純無垢な女性」をみる一方、ナスターシャに関しては「人間らしい人物というよりは作劇上の人物」と評し、ほとんど取り上げるに価しない女性として処理した。カーはたんにナスターシャのなかに「人間らしい」刻印を発見できなかったのではなく、それを探ろうともしなかったようにみえる。読者の多くは、カーの見立てとは違って、ナスターシャという女性が人物造形として十分にアグラーヤに拮抗できる存在であるという確信を手にするだろう。その不幸で痛ましい生い立ちの深淵から激しく噴き上がる狂乱の言動、まなざし、身振り、行為のすべては、わたしたちの胸を掻き乱す。これほど激烈な苦闘にのたうちまわる女性の造型は、『白痴』以前にも『白痴』以後にもドストエフスキーはなしえなかったし、また、一九世紀のほかのどんな作家もなしえなかった。ドストエフスキーの諸作品のなかでも彼女と同じぐらいの強度で存在感を輝かせるのは、おそらく『カラマーゾフの兄弟』のグルーシェンカぐらいだろう。

ナスターシャを死へと追い詰め自己分裂的な二重性を指摘している評家にヴォルインスキーやペレヴェルゼフがいるが、いずれも宗教的なイデーの二極分裂として受けとめている点で共通している。ヴォルインスキーのほうは「疲れ蒼ざめたデーモンの力と渇望に満ちた天使の力」の抗争として。ペレヴェルゼフのほうは彼独自の概念である《二重人（ドヴォイニーク）》の救いのない宿命として。ヴォルインスキーの解釈は、『白痴』を「悪魔的な美と悪魔的な情熱を描いた小説」とみなす彼の観点からは避けられない見方だが、これまで述べてきたことからも明らかなように『白痴』は宗教的なイデーの抗争を描いている作品ではない。ナスターシャは、少女時代にでっぷり肥って少し髪が薄くなった好色な中年の資産家（トーツキイ）に「けがわらしい、恥ずかしい、腹の立つような淫らなこと」（第一篇第十六章の宴の場でナスターシャが皆の前で言い放った言葉）をされた体験を持つ現実の生身の人間であって、そこにデーモンやら天使やらの宗教的幻影が介入する余地はまったくない。彼女の二重性は、女性をエロスの対象に限定づける好色男の猛々しい暴力によって深い傷を受けた女性が抱えざるをえなかった二重性である。一方、ペレヴェルゼフのようにナスターシャを《二重人》の人物造形の一つとして『罪と罰』のラスコーリニコフ、『悪霊』のスタヴローギンやリザヴェータ・ニコライエヴナと同列に置くことは、ナスターシャその人が背負っている実存の痛切な輝きを消すことになってしまう。

内外の評家のなかでナスターシャを精確に読み込んでいるのは、いつもは的外れな論評でわたしたちを啞然とさせるジョン・ミドルトン・マリである。彼によれば、ナスターシャは「終生汚された純潔の化身」であり、「加えられた悪の化身」であって、おのれの傷痕を誇り、苦難を誇りとしている。したがって、ムイシュキンの憐憫は彼女にとっては侮辱にほかならない。「彼女はその悪を赦そうともせず、忘れ去ることもできない。彼女に定められた大きな任務は、おのれの傷を記憶し、切開して、苦痛が堪え難くなるまでその傷口に手を突っ込むことである」（山室静訳）。マリの解釈で最も優れているのは、ナスターシャがアグラーヤ宛てに送った手紙（第三篇第八章）に関するものだ。「ナスターシャは自分の恋仇をではなく、処女時代の彼女自身をムイシュキンと結婚させようとしているのであり、したがって手紙は彼女の古い自我に宛てて書かれている」。ちなみに小林秀雄などは一九三〇年代半ばに書いた最初の『白痴』論（「『白痴』について」一九三四年）で、マリのこの解釈を流用している(6)。マリは、大人の淫蕩な暴力によって汚された純潔性にナスターシャの高貴な苦悩をみており、自分に加えられた無慈悲な暴力への憎しみを慰藉するすべてのもの——その筆頭はいうまでもなくムイシュキンである——を排除しているゆえに、ナスターシャには救いはないと断定している。わたしたちがマリの優れた読解から離れるのは、彼が「純潔性」と呼んでいるものをわたしたちが「幼児性」という概念で把握し、その概念のなかに世界を組み替える力を内蔵したイデーをみるからである。

4

ナスターシャが幼児性の破片を抱えて、ひたすら勝機のない二重の闘いに挑む女性であるのに対し、エパンチン将軍家の三女のアグラーヤは、ムイシュキンの無防備な幼児性のイデーに烈しく魅せられる女性として読者の前に現れる。母親のリザヴェータ夫人は、彼女を「わがままで、いやらしい悪魔、ニヒリストで、変人で、気ちがいで、意地の悪い娘」と難癖をつけているが、同時に「何から何までわたしの絵姿を見ているようだよ」と深い愛情を抱いている。この母と娘は、ムイシュキンのように幼児性のイデーに生きようとする意志的な、しかし完全に無防備なイデオローグと違って、それに対する意志や自覚がないまま、幼児性に魅せられる天性の能力をもった人たちなのだ。長女のアレクサンドラや次女のアデライーダにはそういう能力が授けられていない。彼女たちは、語り手である作者が第四篇第一章で語る《枠にはまった人々》に属する女性たちである。ムイシュキン公爵を無邪気で正直なおバカさんとみる点でアグラーヤと異なっているわけではないが、その観点にとどまって、アグラーヤのようにムイシュキンのイデーの力に引き寄せられることはない。「ぼくはこの社会において余計者なんです」とエパンチン家の別荘に集まった人々の前で語るムイシュキンに対し、アグラーヤは次のような抗議の声をあげる。わたしたちは、作者がその際、アグラーヤに「その瞳は火花を散らしていた」という表現を与えていることに注目すべきである。

ここにいる人はみんなみんな、あなたの小指ほどの値打ちもないのです、あなたの叡智にも、あなたの感情にも！　あなたは誰よりも潔白で、誰よりも高潔で、誰よりも立派で、誰よりも善良で、誰よりも賢いかたなんです！……ここにいるのは、あなたがいま落としたハンカチをかがんで拾い上げる値打ちすらない人たちなんです……なんのためにあなたはご自分を侮辱して、誰よりも低いところにご自分をお置きになるのです？（第三篇第二章）

ふたたび繰り返せば、三姉妹のうち、アグラーヤだけが無邪気で正直なおバカさんのなかに至上の価値を発見する天性の資質を賦与されている。至上の価値とは「誰よりも潔白で、誰よりも高潔で、誰よりも立派で、誰よりも善良で、誰よりも賢い」何ものかである。『白痴』以前の諸作品にアグラーヤの祖形を求めるとすれば、それは『虐げられた人々』のカチェリーナ・フョードロヴナだろう。同作品の語り手である「私」（イワン・ペトローヴィチ）は、十七歳になるカチェリーナ（カーチャ）について、次のように語っていた。小笠原豊樹訳から引用する。

カーチャはまだほんの子供だが、なんといおうか、ふしぎな子供、信念にあふれた子供なのである。この娘には確固とした原則があり、善と正義に対する生まれながらの熱烈な愛情があった。もしもこの娘をほんとうに子供と呼べるならば、カーチャはわが国の家庭にかなり多く見受けられる、もの思う子供の部類に属していた。この娘がすでに多くのことについて自分の判断を持ちあわせていることは明らかだった。（中略）この娘の心は燃え立ちやすく、感受性が強かった。ある場合には、この娘はまるで自己抑制の能力を軽蔑しているようであり、何よりもまず真理を第一として、実生活上の我慢ということを一時的な偏見であるとみなし、そういう信念をひけらかしているようだった。これはとくに若者に限らず、情熱的な人間にはありがちの傾向である。だが、その傾向はまたカーチャに一種独特の魅力を与えていた。この娘は思索や真理追求が大好きなのだが、それは学問的というよりはむしろ子供っぽい奇行であり、人はこの娘を一目見るなりその風変わりな点を愛したり、大目に見たりするようになる。（第三部第九章、傍点はドストエフスキー）

アグラーヤもまた、彼女を子供とみなせば、「善と正義に対する生まれながらの熱烈な愛情」をもった「もの思う子供」の部類に属している。その生まれながらの特性ゆえに、彼女は無意識のうちに、それと自覚することもなく、ムイシュキンの幼児性のイデーにすぐさま感染してしまうのだ。もし『白痴』の作者がアグラーヤだけに賦与しているものがあるとすれば、それは自分の気持ちを素直に表出することができないシャイな性格、それと並んで茶目っ気に溢れたいたずら好きな幼児性である。彼女は皆の前では「あたくしはたとえどんなことがあっても、あなたとは結婚しませんからね！　いいですか、たとえどんなことがあっても決して結婚しません！」とヒステリックにわめき散らしながら、ムイシュキンへの熱烈な愛情を止めることができない。将棋やトランプ遊び、そしてあのハリネズミのプレゼントを経てムイシュキンとの婚約に至る第四篇第五章のドタバタ劇の明朗快活さはすべてアグラーヤのこうした天性の資質（「ものを思う子供」）から発している。アグラーヤ自らがムイシュキンに首ったけにもかかわらず、本心を明かさずに「わたくしと結婚したいのか、どうか」の決断を迫って、ムイシュキンから強引に結婚の意志を引き出す彼女のやんちゃぶりはわがままな子供のようだが、底抜けに天衣無縫でもある。それはカーチャと同じく「善と正義に対する生まれながらの熱烈な愛情」の発露なのだ。モチューリスキーはそこに「気まぐれな、苛立たしい幼児性」をみたが、一面的である。「ドストエフスキーの全作品のうちでも、唯一の清純無垢な女性」と評したカーのほうがまだアグラーヤの天性の資質に歩み寄っている。ただし、カーも「女性性」一般からアグラーヤの特性を引き出し、あたかも美人画を鑑賞するような態度に終始して眺めているのであって、ムイシュキンの無防備な幼児性のイデーに感応し、それに強く共感を示す非性的な（エロス的な存在を越えたところの）人間をみているわけではない。重要なのは、ドストエフスキーが「清純無垢な女性」の造型に成功したことではなく、ともに幼児性のイデーに魅せられた女性でありながら、二重の闘いを強いられて自らを噛み殺すナスターシャの対極にアグラーヤを立たせたことである。そのためにムイシュキンは作者によって窮地に追い詰められることになるのだが、二人の女性の間にある埋め難い裂け目を目の当りにして彼が最終的に選ぶのは、「ぼくはあなたひとりを愛しているのです」と彼が告白したところのアグラーヤではなく、ムイシュキン自らが「少しも愛してなんかいません」とアグラーヤに言明したところのナスターシャだった。

しかし、ムイシュキンはなぜ、アグラーヤではなく、ナスターシャを選ぶのか？アグラーヤとナスターシャの対決の場（第四篇第八章）は、それに対する作者の回答だが、一言でいえば、幼児性のイデーがアグラーヤへの愛情よりも勝算のない闘いに挑むナスターシャへの憐れみを優先させるようにムイシュキンに命じたからである。スイスの村で貧しく不幸なマリイを深く憐れんだそのままに。ムイシュキンの争奪をめぐって二人の女性の本音がぶつかり合って異常に白熱化するこの対決の場で、アグラーヤがナスターシャに向かって次のようにまくしたてるとき、彼女はそれと知らずに自らを敗北に追い込んでいるのだ。

あなたはあのかたを、あんな純朴なかたを愛することができなかったばかりか、ひょっとすると、心の中であのかたを軽蔑して笑っていらしたのかもしれません。あなたはただご自分の汚辱だけしか愛することができなかったのです。自分は汚されている、自分は辱しめられている、という考えだけしか、愛することができなかったからです。

アグラーヤの洞察は間違ってはおらず、真実をついている。しかし、それこそ無慈悲な明察というべきであって、だからこそムイシュキンは哀願と非難の色を浮かべ、ナスターシャを指さしつつ、アグラーヤに向かって強く抗議しなければならない。「**ああ、こんなことがありうるでしょうか！だって、この女《ひと》は……実に不幸な人じゃありませんか！**」。この言葉こそ、幼児性のイデーに命を捧げたイデオローグの絶叫であり、語り手である作者の思想の集中的な表現である。ただし、誤解してはならない。ムイシュキンの選択は必ずしも憐憫が愛情を打ち負かしたことを意味しない。そもそもアグラーヤに寄せるムイシュキンの愛情は、健常な成人男性が成人女性に寄せる愛情とは似て非なるものだ。作品冒頭（第一篇第一章）でロゴージンに「あんたは女好きかね？」と訊かれたとき、ムイシュキン自身は「生まれつきの病気で、まったく女というものさえ知らないんですから」と釈明しているが、彼の愛情は、成人した男女の欲望を一切知らずに、至福の、快楽の絶頂へ駆り立ててやまぬ幼児的な愛情なのだ。エパンチン将軍のような世俗的な男性にとっては、所詮、それはこの世で不可能な愛である。だから、彼はムイシュキンをたんに性的不能者のようにみている。「わたしにとって娘の幸福が……結局のところ、きみはその幸福を……なんと言ったらいいのかな……与える能力があるのかね？」（第四篇第五章）。幼児性のイデーに自己のすべてを捧げたムイシュキンにとって、欲望の主体たる男女の激情は想像も及ばないことである。エパンチン将軍のようにムイシュキンを性的不能者と疑ってかかるのは、たんに幼児性を抑圧した大人だからである。その視点に立てば、ナスターシャをめぐるムイシュキンとロゴージンの関係は対立しているようにみえるが、実際はそうではなく、ムイシュキンとロゴージンとのあいだには本質的な反目も敵対関係もない。

ナスターシャの狂乱に操られるように彼女を殺害して十五年のシベリア流刑を宣告されるロゴージンという男は、『白痴』のなかで最も謎めいた人物のようにみえる。それは、彼がムイシュキンの幼児性に感応する能力を賦与された唯一の成人男性として『白痴』の世界に生かされている一方で、性的な存在たるかぎりでナスターシャへのファナティックな愛情に翻弄される個性を与えられているからである。作品冒頭の列車のなかでムイシュキンが女というものを知らないと打ち明けると、「神さまは、おまえさんみてえな者をかわいがってくれるのさ!」と叫ぶロゴージンには女性への欲望や情熱に振り回される自己への苦い省察がある。しかし、たとえどんなに苦渋に満ちた内省が伴うとしても彼はムイシュキンのようにナスターシャと向き合うことはできない。彼は、性的に成熟した成人男性としてナスターシャの魅力に眩惑されてしまった男だからだ。「俺たちがあの女に惚れるのだって、やり方はまるっきり違うだろう、つまり、すべての点で違っているのさ。たとえば、あんたはかわいそうだから好きだと言ってるけれど、俺にはそんなものはこれっぽっちもないんだからね」(第二篇第三章)。そのかぎりでナスターシャもまたエロス的な存在としてロゴージンに対している。しかし、ナスターシャは圧倒的な美貌と肉体で男を虜にする成熟した女性である前に、すでに述べたような二重の闘いを強いられた宿命の女であって、その闘いを解除できなければ、狂気に至るような女性なのである。彼女を自分のものにするためにはその闘いを何としても止めさせなければならない。ロゴージンにはそのことがわからないし、わかったところでできもしない。そのため、嫉妬心からムイシュキンへの殺意を育むが、それが爆発することなく萎縮するのは、性的な存在規定から外れたムイシュキンの幼児性に感化された人間でもあるからだ。彼はムイシュキンから逃亡するナスターシャを飽くことなく何度も受け容れるが、もちろん、恋敵のムイシュキンに完全な形で勝利することはない。彼はその都度、そばにいても合一が叶わず、肉体を置き去りにして離れていく恋人を発見するほかはない。

語り手である作者のドストエフスキーは、婚約に至るドタバタ劇のなかにムイシュキンがロゴージンのような男とは違って性的な激情の世界から放逐された青年であることを読者に対して心にとどめるよう注記している（第四篇第五章）。

自分はふたたび自由に、アグラーヤのところへ遊びにきて、彼女と言葉を交わし、彼女と一緒に座り、彼女と一緒に散歩できるということだけでも、彼にとっては疑いもなく幸福の絶頂であった。そして、一生涯それだけで満足していたかもしれないのだ！

アグラーヤは、幼児性のイデーに魅せられるだけでなく、幼児性の世界のなかで充足する成人男女の全一的な和合と幸福を信じえただろうか。作者がアグラーヤの言葉として読者に伝える最後の言葉は「ああ、どうしよう」という絶望の叫び声だ。このとき、アグラーヤはナスターシャの絶望に拮抗するほどの、幼児性の世界から放逐された者の失墜感におののき、ぶるぶる震えている。

5

ドストエフスキーは、『白痴』という作品でも必ずしもプロットを支えるための物語素として機能しないアネクドート（逸話）や登場人物の饒舌な小話を酔狂者のように挿入し、プロットをいたるところで脱線させている。ムイシュキンに絞って挙げれば、エパンチン家の召使や令嬢たちに語るギロチンや死刑囚の話（第一篇第二章・第五章）は、公爵の固有なイデーを解き明かす秘儀的な素材ではないし、プロットに不可欠な物語素でもない。また、エパンチン家の夜会で二度目の発作を起こす前のムイシュキンの「ローマ・カトリック」ならびに「社会主義」に対する猛り狂った批判（第四編第七章）——この現代イデオロギー批判について、わたしたちはたぶん『カラマーゾフの兄弟』のなかの叙事詩「大審問官」を俎上に載せる際に取り上げることになるだろう——は、プロットから完全に独立しているばかりでなく、そこに幼児性のイデーと交錯する精神が一瞬も明滅しないゆえにまったく余計なものとみなすほかはない。また、これらの小噺やアネクドートが物語の流れやプロットを意図的に骨折させるパラバシス（parabasis）の効果を狙ったものとみなすこともできない。わたしたちは、個人の力では解き難い社会的矛盾を一身に背負って迷妄錯誤の言説を繰り出す『作家の日記』のイデオローグをそこに見出すばかりだ。しかし、すでに述べたように、それらを無駄な夾雑物として廃棄処分すれば、霊的な存在（革命的精神）の屈折した軌跡をたどることを可能とする症候をわたしたちは見逃すかもしれないのだ。

プロットから独立した物語素として最大級の分量を誇るのは、イポリート少年が朗読する手記である。それは第三篇第五章の途中から始まり、第七章まで続いている。わたしたちはこの長大な手記の内容をどのように消化すべきだろうか？　イポリートは肺病で余命いくばくもない十八歳の少年だが、物語を進行させるうえでほんの些細な役割しか与えられていない脇役の一人にとどまる。ところが、彼はレーベジェフの別荘で開かれたムイシュキンの誕生日の祝いに集まった人々の前で自殺を決意して書き上げた手記を堂々と読み上げていく。手記の話題は多岐にわたる。褐色の殻をもつ長さ十七センチの醜悪な毒虫に驚愕する夢の話に始まって、同じ下宿の階上の住人スリコフに対する侮蔑と奇妙な憐憫の情、失業した青年医師の社会復帰を手助けした話、ロゴージンの家宅で見たハンス・ホルバイン・ジュニアの模写（『イエス・キリストの屍』）の感想、ロゴージンの幻影に憤怒の念にかられ、思わず飛びかかろうとした半覚醒時の出来事、そしてピストル自殺という「断固たる決意」を固めたこと……。これら素材の雑駁な組み合わせが若くして死ななければならない未成年の自意識の混濁を象徴しているのだと受け取ることも可能だが、その大半は『白痴』のプロットから浮き上がっているがゆえに読者の注意を逸らせる効果しか生んでいない。なかでもホルバインの絵に関する感想は、イポリートを介して語らせる必然性をまったく欠いている。作者のドストエフスキーは、ホルバインの絵を見て衝撃を受けるほどの人物造形を芥子粒ほども賦与していないからだ。

イポリートという少年は、『白痴』の世界では病によって命数を限られた未成年の自意識家として登場している。作者の人物造型はそれ以下でもそれ以上でもない。(7)おそらく、作者もそんなことは十分承知だったに違いない。彼はただ、ホルバインの絵から受けた圧倒的な印象とそれによって掻き乱された想念だけは、どこでもいいからとにかく書き残さねばならない、という衝動を抑えることができなかった。作者は最初、それを第二編第四章に挿入した。ロゴージン家の陰気な邸宅の広間に飾っている「立派な模写」に気づいたムイシュキンにロゴージンが問いかける。「あんたは神を信じているかね、どうかね?」。ムイシュキンはそれには答えず、「きみは変なことをきくねえ」と話を逸らす。ロゴージンは『キリストの屍』を見るのが好きだと告げる。これにはムイシュキンが驚いて叫ぶ。「あの絵をだって! いや、人によってはあの絵のために信仰を失うかもしれないのに!」。ロゴージンは相槌を打って呟く。「そうでなくても、失われかけているよ」。おもうに読者にとってはこれで十分だったのではないだろうか? しかし、ドストエフスキーは、この二人の対話では欲求不満になるしかなかった。語り尽くされるべきものが、いや、まだはっきりと言葉にできない想念が作家の頭のなかに渦巻いていた。彼がバーゼル美術館でホルバインの作品を見たのは、『白痴』起稿前の一八六七年八月だが、それから受けた強烈な印象は第二編第五章に尽くすことはできなかったので、プロット上の要請から逸脱し、また人物造形上の必然性を欠くイポリートの手記のなかに紛れ込ませたのである。ここでは、ホルバインの絵がドストエフスキーの霊的な存在に強烈な衝撃を与えたことを指摘することだけが重要である。当時、結婚したばかりの二番目の妻、アンナ・ドストエフスカヤは回想録のなかによく知られた以下の記述を残している。

ジュネーヴへむかう途中、夫がだれかから聞いていた美術館の絵を見るためにバーゼルに一泊した。その絵はハンス・ホルバインの作で、非人間的な虐待を受けて十字架からもうおろされ、腐朽するにまかせられているイエス・キリストを描いたものだった。膨れ上がったその顔は傷で血みどろになり、おそろしい様子をしていた。フョードル・ミハイロヴィチはその絵に強い感動を受けたらしく、打たれたようにその前に立ちつくしていた。けれども、わたしはそれを眺めていられなかった。その印象はあまりになまなましく、それに特に体の具合もよくなかったから、わたしは隣の部屋に出て行った。それから十五分か二十分経って戻ってみても、夫は釘づけになったように元の場所に立ちつくしていた。興奮したその顔には、何度もてんかんの発作の最初の瞬間に見たことのある例のおどけた表情が見られた。今にも発作が起こるかと思いながら、わたしはそっと彼の手をとって別の部屋に連れ出し、ベンチに掛けさせた。幸いそれは起こらずにすんだ。（松下裕訳）

ドストエフスキーが微動もできないほど絵の前に立ち尽くしたのは、共観福音書よりもヨハネ福音書に深い愛着と共感を示してきた彼の奇跡信仰が根底から突き崩されたからだ。「こんな死体を目の前にしながら、どうしてこの受難者が復活するなどと信ずることができたろうか？」。これはイポリートが手記に書き付けた言葉だが、もちろん、作者たるドストエフスキーの抑え難い疑問だった。わたしたちは、その声の響きに彼の奇跡信仰が絵の前で音もなく粉々に砕け散っていく酷薄な場面を想像することができる。オムスクでの刑期を終えた一八五四年二月、彼はナターリヤ・フォンヴィージナ宛てに「わたしは棺を蔽われるまで不信と懐疑の子です」と書き送ったが、それから十三年後、ヨハネ福音書の精髄たる奇跡信仰は粉々に打ち砕かれ、それと同時に不信と懐疑はさらに増幅した。そのようにいってもよいほど、ホルバインの絵の衝撃力は絶大だったのである。わたしたちは、増幅された不信と懐疑が彼の霊的な存在（革命的精神）の方位を決定したことを最後の長編作品のなかで確認するだろう。

イポリートの自意識で膨れ上がった長大な手記が幼児性のイデーを生きるムイシュキンの実存とわずかに交錯するのは、イポリートが手記の終わりに読み上げた次のような言葉だけである（第三篇第七章）。

きみたちの自然も、きみたちのパーヴロスクの公園も、きみたちの日の出も、日の入りも、きみたちの青空もきみたちの満ち足りた顔も、ぼくにとってなんだというのか？　すべてこうしたいつ果てるとも知れぬ喜びの宴が、ぼくひとりを余計者と見なしていままさにその幕を開けようとしているのではないか。いまぼくのまわりで日光を浴びながら、うなっているこのちっぽけな一匹の蝿すらも、この宴とコーラスの一員であり、自分のいるべき場所を心得、それを愛して幸福でいるのに、ただぼくひとりだけは除け者にされているのだ、いまはこういうことを一分ごとに、いや一秒ごとに切実に感じなければならないのだ、いやでも痛切に感じさせられるのだ。

作者のドストエフスキーは、手記の朗読を終えたイポリートを次のように記述する。「病気のために衰弱したこの十八歳の少年の姿は、それ自体、枝からもがれて震えている一枚の木の葉のように弱々しく見えた」。イポリートの朗読を聞かされたまわりの人間は、混ぜ返して半畳を入れたり、些末な事柄にこだわったり、他人行儀で冷ややかな分析や皮肉を浴びせる。が、ムイシュキンだけはひとり沈黙する。イポリートの自殺未遂、それに続く失神のあと、アグラーヤに来るようにいわれていた公園まで歩いたムイシュキンは、イポリートの《一匹の蝿》の一節を反芻する。それは彼の胸を強く打ったのだ。この一節から彼はスイスで治療を受けた最初の年の「とっくの昔に忘れていた一つの思い出」に想到する。それはある晴れた日のこと、彼は山に登ってあちこち歩き回った。眼前には光り輝く青空があり、下のほうには湖が見える。四方には明るい地平線が無限に広がっている。彼は果てしない空の青に向かって両手をさし伸ばし、さめざめとむせび泣く。「彼は長いこと、この風景に見とれながら苦しみを味わっていた」。作者はそう書いたあと、ムイシュキンを苦しませた想念を次のように記述している（第三篇第七章）。

どんな草もすくすくと成長し、幸福なのだ。すべてのものにおのれの進む道があり、すべてのものがおのれの道を心得、歌とともに去り、歌とともにやってくるのだ。それなのに、ただ自分ひとりだけはなんにも知らず、なんにも理解できないのだ、人間も、音響も、わからないのだ。自分はすべてのものに縁のない赤の他人であり、除け者なのだ。

ムイシュキンはこの時点ではまだ村の子供たちが協働してマリイという女性を助け、支えていく友愛と思いやりの勝利を確信したイデオローグでは少しもなかった。すべてのもの、世界とそこに住む他の人間たちには「縁のない赤の他人」であり、「除け者」にすぎないという自己意識に苦しむ病者にすぎなかった。彼はかつて自分がそうだった不幸な自己意識が余命いくばくもないイポリートの内面に貼りついていることに衝撃を覚えて、イポリートを憐れみ、同情したのだ。第四篇第五章のなかで死期が迫ったイポリートがムイシュキンに「どうしたらできるだけ人の役にたつ死に方ができるでしょうか、さあ、教えてください！」と訊く。それに対し、ムイシュキンは静かに次のように答える。「**どうか私たちのそばを素通りして、私たちの幸福を許してください！**」。エドワード・ハレット・カーは「これこそ文学における偉大な答えの一つである」と述べているが、わたしたちの言葉に言い直せば、これこそ、イポリートのように若くして死んでいく人間を前にして幼児性のイデーが絞り出すことができる最も人間的な、そして真に慎ましくも倫理的な言葉なのである。

6

『白痴』が発表された当時、ロシア国内での評判はよいとはいえず、むしろ否定的な評価が多かった。「批評家たちは、この頭痛がしてくるようなこみ入った小説にあきれかえって閉口してしまい、分析したり、批評したりすることさえ放棄してしまう。その作品に関する記事を掲載するのも拒み、いきりたって憤慨する者まであらわれる」（アンリ・トロワイヤ『ドストエフスキー伝』、村上香住子訳）。作者自身もうまく書けたとは思わなかった。姪のソーニャ・イヴァーノヴァ宛ての手紙（一八六九年二月六日付、ユリウス歴では一月二十五日付）でドストエフスキーはこう語っている。「あの小説にはわたしも満足していません。あれはわたしのいわんと欲したことを、十分の一も表現していません。とはいうものの、わたしはあの小説を否定するものでなく、今でも自分の失敗に終わった想を愛していいます」。十分の一も表現できていないという言いまわしはドストエフスキーの常套句であって、彼は『カラマーゾフの兄弟』でゾシマ長老を描いた第二部第六篇（ロシアの修道僧）についても同じ言い方をしている。作者の自己評価はどうあれ、『白痴』は、未完に終わった『カラマーゾフの兄弟』を除外すれば、ドストエフスキーの最高傑作であることに疑問の余地はない。幼児性のイデーに生きるムイシュキン公爵の独創性は必要にして十分に彫琢されており、彼の言葉づかいや立ち振る舞いは、幼児性の永遠の光を放って欲得ずくの罪業の世界をその都度更新しつづけている。彼のイデーに感応する二人の女性もこれほど生彩に溢れ、強烈な個性を賦与されてわたしたちの記憶に深く刻まれる一九世紀文学のヒロインはいない。エンマ・ボヴァリーやナナといった身勝手で俗臭ふんぷんたるヒロインとは違って、ナスターシャやアグラーヤは、その高貴な心魂においてわたしたちを魅了してやまない。

彼女たちに比肩できるのは、おそらく『アンナ・カレーニナ』のヒロインただ一人であろう。

それでなくとも『白痴』にはどんな作家の想像力も及びもしないあの鎮魂の場、ナスターシャの亡骸の前でムイシュキンとロゴージンが一夜を明かす場面がある（第四編第十一章）。厚いカーテンで仕切られたロゴージンの寝台の上に眠るように横たわるナスターシャ。ムイシュキンに「ナスターシャはどこにいるんだい」と訊かれたロゴージンは、カーテンを持ち上げて、ムイシュキンのほうを振り返る。

「入れよ！」彼は先へ入れというふうに厚いカーテンの向こうを顎でしゃくってみせた。公爵は中へ入った。

「あそこは暗いね」彼は言った。

「見ろよ」ロゴージンがつぶやいた。

「よく見えないけれど……寝台だね」

「もっとそばへ寄ってみろよ」ロゴージンは低い声ですすめた。

公爵は一歩、また一歩と近づいて、立ちどまった。彼は突っ立ったまま、一、二分の間、じっと瞳をこらして見つめていた。二人とも寝台のそばに立ちつくして、一言も口をきかなかった。公爵の心臓は激しく搏って、その鼓動は死のような部屋の沈黙のなかで聞きとれるかと思われるばかりであった。だが、彼の目はようやく闇になれて、寝台がすっかり見わけられるようになった。寝台の上には、誰かがまったく身動きもせずに眠っていた。

ムイシュキンはナスターシャがすでに死んでいることを知って激しく身を震わせる。寝台のそばから離れた彼はロゴージンに恐怖心を抱くこともなく、「きみがやったの？」と訊くだけだ。ロゴージンは「ああ……俺だよ」と認め、目を伏せる。作者はそのあと、「五分ほど沈黙がつづいた」と書いている。この五分間は、ムイシュキンとロゴージンが差異を打ち消しあって個体性を熔解させるのに必要な特別な時間である。それは、苛酷な現実世界のどこにも自己解放の契機をもつことができなかったナスターシャに対して手痛い敗北を喫したという点で、彼らはもはや相手を区別することができなくなるまでの時間である。ムイシュキンの敗北、それはナスターシャの救出に失敗して対象を喪失した幼児性のイデーの敗北であり、ロゴージンのそれは自分の部屋に屍骸を置くことによってしか対象を所有できなかった欲望の主体の敗北である。彼らにできることは、もはや何もない。彼らが唯一できたことは、死んだナスターシャのそばで一晩を明かして彼女を誰にも引き渡さないことを誓い合ったことぐらいだ。「いまのところは、あれをそこにそのまま寝かしとこうじゃねえか、俺たちのそばに、俺とおまえのそばにな……」。ロゴージンの提案にムイシュキンは「ええ、そうですね！」と相槌を打つが、激しい震えは止まらない。ロゴージンは長椅子からクッションを外し、カーテンの入口のそばに敷き、急ごしらえの寝床を作る。ムイシュキンをそこに寝かし、そして自分も横になる。このあとに続く二人の会話はいたってとりとめもないもので、殺人という陰惨な現実に直面した人間の苦悩と決して交わることのない深い感情が支配している。ムイシュキンにはナスターシャをあやめたロゴージンをなじる気持ちなど微塵もないのだ。彼は、ロゴージンとナスターシャがトランプ遊びをしたことを話題にして「そのトランプはどこにあるの？」と訊く。ロゴージンからトランプを受け取ったムイシュキンの胸を「もの悲しい慰めのない感情」が押しつぶす。

彼はふいにその瞬間、いや、ずっと前から自分が言わなくてはならぬことは何もしゃべらず、しなくてはならぬことを何もしないでいるのを痛感した。いま自分が非常な喜びをもって手にしているこのトランプも、いまとなってはもうなんの役にも立たぬことを悟った。彼は立ち上がって両手をうった。ロゴージンはじっと横になったまま、彼の動作が耳にも目にも入らないといった様子だった。だが、その目は闇をとおしてらんらんと輝き、大きく見開かれたまま、じっと動かなかった。公爵は椅子に腰をおろして、恐怖にかられながら、じっと彼の顔を見つめていた。

この場面全体を支配する夜の静けさと希薄な現実感にこそ、ドストエフスキーの不滅の作家性が宿っており、彼以外のどんな作家も表現することができなかったある偉大な感情が支配している。並みの作家であれば、死んだナスターシャのそばで嗚咽するムイシュキンを描いたかもしれない。ドストエフスキーはその代わりに「彼はふいにその瞬間、いや、ずっと前から自分が言わなくてはならぬことは何もしゃべらず、しなくてはならぬことを何もしないでいるのを痛感した」と記述する。しかし、ドストエフスキーは、幼児性のイデーに命を捧げたイデオローグたるムイシュキンに言わせなければならないことはすべてしゃべらせてきたし、しなくてはならないことはすべてそのように行動させてきたのではなかったか？　それにもかかわらず、ナスターシャを救うことにかけて彼はあまりにも非力で役立たずのイデオローグにすぎなかった。わたしたちはそのような了解に導かれる。この場面では、ムイシュキン自身が完膚なきまでの敗北を自覚しているからこそ、もはや何も話せないし、何も行うことができないのだ。この夜の静けさの内側で、声を失った、それこそ慰めのない慟哭の音楽が響いている。彼のそばには欲望の対象を喪失して疲弊したロゴージンがいる。夜が白み始めると、彼は大声でとりとめもないことを呟き、叫び声をあげたり、笑い出したりする。

公爵は震える手をさし伸べて、そっと彼の頭や頬を撫でたりするのであった……それ以上、彼は何一つすることができなかった！　彼自身も震えがおこって急にまた足がきかなくなったような気がした。何かしらまったく新しい感覚が、無限の哀愁となって彼の胸を締めつけるのであった。そうしているうちにも、夜はすっかり明けそめた。ついに彼はもうまったく気力を失って、絶望に打ちのめされたかのように、クッションの上へ身を横たえた。そして、じっと動かぬロゴージンの蒼ざめた顔へ自分の顔を押しつけた。涙は彼の目からロゴージンの頬へ流れた。だが、彼はおそらくそのときもはや自分の涙を感ずる力もなく、またそれについて少しも覚えがなかったのかもしれなかった……少なくとも、それからだいぶ時間が経ってから、ドアがあいて、人々が入って来たとき、この人殺しはまったく意識を失って、熱にうかされていた。公爵はその脇の寝床の上にじっと座って、病人が叫び声やうわごとを発するたびに、急いで震える手をさし伸べ、まるで彼をあやしなだめるように、そっとその頭や頬を撫でているのであった。

ムイシュキンに宿った幼児性のイデーとは、どんな人間に対しても邪気や下心なく接すること、たとえ相手が人殺しであったとしても、いや人殺しであればなおさら深く同情し、憐れむことに尽くされている。それこそが強欲と妄執に基づく尊大さ、虚栄、驕慢、奸計、淫蕩などで干からびた世界を絶えず更新していくと信じている。震える手をさし伸べて、あやしなだめるように殺人者のロゴージンの頭や頬を撫でるのも、すべてそのためである。

註

Ⅳ　幼児性、その勝利と敗北

（1）原久一郎は『貧しき人々』（岩波文庫）の訳者あとがきでドストエフスキーの後期長編作品の多くが「なめらかな自然の調節」や「鏡中投影の明澄さ」を欠いているのは、「実生活におけるあまりにも恵まれない諸条件の堆積の結果」によるものだとみなしている。つまり、生活上の悪条件のせいで「余計な溶岩のようなものや、スティッフリングな煙霧のようなものや、騒々しい飛沫のようなもの」が目立つことになったとかんがえている。しかし、これはまったく異質の営為とみなすべき実生活と創作活動を同一視する思考、ないしは両者の間に並行関係をみる安易な思考法である。たとえドストエフスキーがトルストイのように経済的に恵まれた生活環境にあったとしても、『罪と罰』以降の後期作品を特徴づける夾雑物の多さやプロットの破綻は避け得なかっただろう。

（2）プロット（plot）という用語の字義的な意味は「the series of events that form the story of a novel, play, film/movie, etc.」（オックスフォード現代辞典第九版）、「the plan or main story of a play or novel」（ウェブスター辞典）などであるが、古典的な定義はアリストテレスの《ミュートス》（muthos）に関する考察にある。つまり、ミュートスとは「諸々の出来事の組み立て」であるが、アリストテレスはそれを悲劇（トラゴーディアー）の最も重要な要素とみなした（『詩学』）。プロットの語源はわからないが、「出来事の組み立て」という点でプロットはミュートスであり、アリストテレスはそのように述べてはいないけれども、プロット＝ミュートスがなければ、始まりと終わりを持つ完結した物語への理解可能性は奪われるのである。

（3）ウィリアム・フォークナーの『アブサロム、アブサロム！』（一九三六年）のような作品は、一読するとあたかもメタレベルに立ってすべてを見通す語り手がいるような印象を与えかねないが、実際はそうではない。作者は、神のような超越的な語り手がいない場所に立ってトマス・サトペンと彼を取り巻く人々の物語を複数の語り手に分担させるほかはなかったのだ。そうでなければ、複数の語り手による語りの構造はたんに意匠を凝らした奇抜な技法による建築物にすぎない。

（4）ジェイムズ・ジョイスを語る場所ではないから、わたしたちはそれ以上のことについて述べるのはやめにするが、プロットのない長編小説を書く羽目になったジョイスのような小説家はなんと惨めで呪われた存在だろうか。

（5）この言葉は、『白痴』を論ずる評家によって必ずといってよいほど一度は言及されてきた。ドストエフスキーは、一八六八年一月十二日（ユリウス暦では一八六七年十二月三十一日）付のA・N・マイコフ宛ての手紙で「完全に美しい人間」（フパルネー・プレクラースヌイ・チェロヴェーク）、一八六八年一月十三日（同一月一日）付の姪ソーニャ宛て手紙で「真実美しい人間」（ポロジーチェリノ・プレクラースヌイ・チェロヴェーク）を描くことが長編の主要な狙いだと説明している。

（6）小林秀雄は「『白痴』についてI」のなかで次のように言っている。「アグラーヤ宛ての手紙は確かにアグラーヤに宛てたものだが、ナスターシャの話しかけてゐるものは、実は彼女自身の幼年時の姿に過ぎない」。小林は「『白痴』についてI」執筆時にマリのドストエフスキー論を参照しているにもかかわらず、アグラーヤ宛ての手紙を取り上げたマリの言説に言及せずにそのように書くのである。すでに誰かが指摘しているのかもしれないが、これは流用といわれても仕方がないところだ。

（7）秋山駿は『内部の人間』（一九七二年）という評論集で『白痴』に登場する諸人物のなかからイポリート一人を取り上げ、彼を「内部の人間」として執拗に語りつづけた批評家である。「内部の人間」とは自意識で内面の世界を塗り固めた人間のことだが、秋山駿はそこに無用の存在、不確実な人間の実存を発見し、それを顕揚した。これはロマン主義的な視点である。彼が次のように語るとき、彼はドストエフスキーの作品を自意識の悲喜劇の平面に押し込め、文学の産出力を逆に弱めてしまうのだ。「ドストエフスキーの主人公は全部、ほとんどキェルケゴールのように、人間とは自己である、自己とは自己自身に対する関係である。いわば、現実的にいえば意識的生存のことである、と必ずいったであろう。彼らは例外なく、意識家というより、むしろ、ほとんど人間の意識それ自体であるような存在である」（「イッポリートの告白」）、「ドストエフスキーの主人公は、全ての者が、過熱な意識は明らかに一つの病気であるという、地下生活者の独白の上に創られたものだが、あたかも意識自体が、その生の生地自体で存在するような刻印を打たれた者として、ムイシュキンは独特なのである」（「意識のリアリズム」）。『地下室の手記』の「俺」をたんに自意識家とみて、その世界からその後のドスエフスキーの作品を読解する点で、秋山駿は小林秀雄の批評の限界をそのまま継承している。すでに本論Ⅲで述べたように『地下室の手記』の「俺」は、現実的な社会的諸関係に規定された社会的意識としてのたうっている。人間は、秋山の語るように「自己自身に対する関係」意識として社会のなかで生息しているわけではない。また、そのような意識として他者との関係を取り結んでいるわけでもない。むろん、他者も「人間の意識それ自体であるような存在」として存在している何かではない。人はすべてそこに内属する共同社会の社会的諸関係に規定された存在であり、現実的な必要に迫られてはじめて他者と出会い、望むにしろ望まないにしろ、相互に働きかけていく存在である。

V　障害としてのイデオロギー批判

1

『白痴』の次にドストエフスキーが書いた長編小説は、『悪霊』（一八七三年）という作品である。アンドレ・ジイドは、この作品について「大小説家のもっとも力強い、もっとも見事な著書だ」と評価した。また、わが国の昭和前期の作家、横光利一になると、「読み進んでいくうちに、これは世界に於ける最高の傑作だと思い始めた」との感想を記している。横光はシェイクスピア、ゲーテ、スタンダール、バルザック、トルストイなどの名を挙げ、彼らも『悪霊』のドストエフスキーに比べれば「一段下の世界である」と評し、プルーストやジョイスも「ドストエフスキーには及ばない」と興奮気味に語った。個人はどんな評価も自由に行うことができるし、それを自由に表明することができる。ところが、横光がその読後感を綴った『悪霊について』（一九三三年）という短いエッセイは、傑作の所以を語ろうとしながら「脈絡なき進行」や「半狂乱の姿ばかり」の人物の性格の怪異さを挙げて、結果的に作品の欠陥をあげつらった珍妙な文章になっている。

私は作者の心の置き所をこの作中で考へることが出来ない。心の置き所といふ都合の良い場所は私はあるものだとは思わないが、それにしてもいかなる作でも構想にさいしての作者の心の置きどころは見受けられるにも拘らず、この作に限ってそれがない。いや、あるにはあるが、作者は作者の精神のごとく最初から終りまで移動しつづけてゐるためにないのである。全く作者はただ書いたのだ。他の大作家のやうにうるさくなるとあきらめてしまって自分の胸の上で王手をするやうなことはしなかっただけなのである。現実に王手はない。この作の優れた第一の主要なことは、作者が心の置き所を探ろうとしつづけて終ひに発見することの出来なかったところである。

『悪霊』という作品に過大な評価を与えた横光自身がここでは自ら下した評価に困惑したもう一人の自分を曝している。作者はついに「心の置き所」を発見できなかった、という言い方は、この作品の傑作たる由縁を掬いあげる言葉の意図から逸れて、作品を統率しているはずの作者が確固たる不動の場所に立たずに終始さまよいつづけ、その結果、作者の創作意図も混濁し、不透明なものになったと難癖をつけているようなものだ。そんな言い方はせずに横光は読後直後の興奮が静まった時点でただ実作者としての疑問を提出すればよかったのだ。小説作品には作者の「心の置き所」があるものだ。しかし、『悪霊』にはそれがない。だから、わけがわからない作品になってしまった、と。実際、この作品は、プロットの破綻や欠陥が目立ち、それに引きずられるように作者の思想は混濁し、十全といえるほどの表現を獲得することがなかった作品なのである。

プロットの破綻は、「語り手」の分裂として露呈している。この作品は、作中人物の一人である「私」（アントン・ラヴレンチエヴィチ）が「奇怪極まりない」一連の出来事がすべて終わった時点から叙述を開始しているのだが、叙述の途中（具体的にいえば第二部第一章第三節）から作者が「私」に代わって語り始めるのである。ここでは、最もわかりやすい例を挙げておこう。ピョートル・ヴェルホヴェンスキーと秘密結社の「五人組」、さらにそのシンパたちの秘密の会合を描いた第二部第七章がそれである。語り手の「私」はあたかもその会合に参加していたかのような記述を差し挟んでいるが、叙述形式は「私」がその会合には参加していないことを示している。いや、「私」がそこに参加しているとみなしても、ここでの叙述は、「私」という特定個人（一人称）の視点では絶対に不可能な記述に満ちており、その場面を記述しているのが「私」とは別の語り手と結論づけるほかはないのだ。その別の語り手とは、すなわち、作者たるドストエフスキーである。ただし、それ以降、語り手が「私」から作者に完全に移行するのでもない。再び「私」が語り手として復帰することもあれば、「私」と作者がほとんど融合し、区別がつかないことにもなる。

「語り手の分裂」問題にまともに言及したのは、エドワード・ハレット・カーである。また、カーのドストエフスキー論（一九三一年）をもとにドストエフスキーの評伝を書いた小林秀雄もその『悪霊』論（一九三七年、ただし未完）のなかでこの問題に触れている。「G或はアントン・ラヴレンチッチと呼ばれるこの作品の語り手《わたくし》なる男が物語の進行につれて曖昧になって行く様は逃れぬ筈だ」。ただし、小林にしろ、カーにしろ、語り手の分裂をプロットの破綻と関連づけて綿密に論じているわけではない。

この作品の欠陥は、語り手の分裂に起因するプロットの破綻以外にもある。ワルワーラ夫人とステパン・トロフィーモヴィチ・ヴェルホヴェンスキーを除くと、この小説に登場する主要人物の多くがどこか謎めいていて幽暗な面をもっており、読者はほの暗い場所に迷い出たような気分に閉ざされることだ。なかでも作者が試行錯誤を繰り返すなかで「ほんとうの主人公」に位置づけたニコライ・スタヴローギンが謎の塊のような人物として読者の前に差し出されている。また、シャートフやキリーロフといった青年たちもそうだ。彼らは作者のイデーの尖端に手をかけた人物として造型されているのだが、その内実はひどく混濁しているために、この作品への近寄り難さを強めるとともに、この作品を論じる内外の評家たちにあれやこれやの際限のない駄弁を吐き出させることになった。

プロットの破綻や主要人物の造型上の問題を抱えた『悪霊』の世界のなかに踏み込んでいくのは、喩えてみればオールなしにボートに乗り込むようなものだ。作者の「心の置き所」はどこにあるのか？　作者はいったいぜんたい何を読者に伝えようとしているのか？　広い湖に出た読者は、横光利一がそうだったように作者の混濁した思想表現の怒濤と熱風に翻弄されるほかはない。

それにもかかわらず、『悪霊』という作品は、日本ではピョートル・ヴェルホヴェンスキーと非合法の政治的秘密結社「五人組」によるシャートフ殺しに類似した事件が起きたためにそのアクチュアリティーが過度に持ち上げられる特別な作品になった。一九七二年に発覚した連合赤軍の同志リンチ殺人事件（内部粛清事件）がそれである。

当時、たとえば作家の大江健三郎は次のように語っていた。

> そこでピョートルは、さまよえるピョートルとでもいうか、いまなおわれわれの時代にも歪んだ顔をさらして生きている。たとえば、こんどの事件が起こると、確かにわれわれはそこにさまよっているピョートルを発見するのです。赤軍事件を見るとすぐに誰もあすこにピョートルがいると考える。かさねていえばしかし、いったんわれわれがドストエフスキーを経験したのである以上、ここにピョートルがいると発見する瞬間に、実はわれわれの想像力によってスタヴローギンやキリーロフをもなお今日の時代に背負っている。シャートフもスチェパンをも背負っているということを、同時に発見するようにして赤軍事件とそれを生むわれわれ自身の時代を考えはじめ、総体としてとらえてゆこうとするのでなければなるまいと思うのです。（埴谷雄高との対談「革命と死と文学」、傍

点は引用者）

このなんとも奇異なリズムをもつ日本語で綴られた大江の発言は、一九七二年当時、どのように受け止められたのだろうか。[1] 連合赤軍事件のなかにピョートル・ヴェルホヴェンスキーがいるとかんがえるばかりでなく、「われわれの想像力によって」スタヴローギンやキリーロフやシャートフをも「なお今日の時代に背負っている」とかんがえる日本人が大江健三郎のほかにもいたのだろうか。俄かには信じ難い。大江の発言は、当時にあっても誇大妄想的な言いまわしのように響いたのではないか。[2]

『悪霊』のなかのシャートフ殺しと連合赤軍の内部粛清事件に共通するのは、政治的同盟員の殺害という極めて特殊な、しかし非合法の政治組織にはありがちな事件である。ただし、後述するように、それを正当化する当事者の論理も彼らを取り巻く政治的な文脈もまるで異なっていた。

『悪霊』で描かれたピョートル・ヴェルホヴェンスキーと彼が主宰する非合法組織の「五人組」は、一八六九年十一月にモスクワで起きたネチャーエフ事件に触発されたドストエフスキーの批判的な構想力が生んだ政治結社である。それはセルゲイ・ネチャーエフが実際に組織した「五人組」を下敷きにしている。彼がネチャーエフ事件に嗅ぎつけたのは、無神論的なラディカリズム——ドストエフスキーの用語では「ニヒリズム」——だった。それは、近代ロシア社会に宿った霊的な存在（革命的精神）の極めて特殊ロシア的なイデオロギーであり、一言でいえば神抜きの革命思想にほかならなかった。だからこそ、それを撃つべく、ドストエフスキーは『悪霊』という作品のなかにピョートルと「五人組」のシャートフ殺しの物語を導入し、全精力を注いで否定しようとしたのである。これに対し、連合赤軍は、世界資本主義が新たな再編期を迎え、高度消費社会への開口部を穿ちつつあった一九七〇年代初めの特殊日本的な状況のなかで「銃による殲滅戦」（テロリズム）を掲げた極左集団だった。非合法の革命集団という点で両者に違いはないが、ピョートルと「五人組」に象徴される神抜きの革命思想には相互承認の手続きを欠いた帝政ロシア社会が強いる不可避な道筋が刻印されていた。ところが、連合赤軍が掲げた「銃による殲滅戦」の革命路線には暴力革命を志向する極左集団がたどった迷妄と錯誤を除いてどんな道筋もなかった。もちろん、どんな時代であれ、状況の真実が多くの人々にとって動かし難いものとなるのは、時の流れというあの蒸留作用によってではあるが、しかし、当時においてさえ、連合赤軍の武装化路線が途方もなく現実離れした、視野狭窄的な政治路線であったのは誰の目にも明らかだった。その迷妄ぶりは、《革命戦士の共産主義化》という自己催眠的な規律を組織内部に持ち込んで、党員を一人ずつ締め上げていったところによく表れている。その倒錯した論理は、後述する『悪霊』のシャートフ殺しの論理とは似て非なるものだ。確かに政治的同盟員の殺害という事件性において作中のシャートフ殺しと連合赤軍の粛清事件を区別すべきものはない。が、それを導出する論理と状況はまるで違っていたので、両者を同列に置いて語るのは、異なった民族の二人を両人とも腕が二つあるという理由で同一民族とみなすのと同じくらい馬鹿げている。当時の大江健三郎のように連合赤軍の粛清事件を「われわれ自身の時代」に安易に連結し、かつ連合赤軍事件とのアナロジーで『悪霊』の登場人物たちを語るのは、『悪霊』という作品理解の障害となるばかりでなく、連合赤軍事件の本質批判からも遠ざかることになる。(3) わたしたちは、ドストエフスキーの批判的な構想力が創造した個々の人物について順次取り上げていくが、それは結果的に連合赤軍事件とのアナロジーで読んできた「われわれの想像力」なるものを廃棄処分することになるはずである。(4)

2

『悪霊』という作品は、当初のプロットが破綻した結果、二つの物語が捻じれて折り重なるように構成されている。この作品に困惑と抵抗を感じる読者がいるとすれば、その原因はもっぱら作者のストーリー・テリングの拙さにある。なぜ、そうなってしまったかはあとで触れよう。ここでは最初にピョートル・ヴェルホヴェンスキーと「五人組」に象徴される無神論的ラディカリズムへの、瞋恚に燃える作者のイデオロギー批判をモチーフとした物語を取り上げることにする。

起稿は、ネチャーエフ事件が起きてから一カ月ほど経った一八六九年暮れだが、それから三カ月後のニコライ・ストラーホフ宛ての手紙（一八七〇年四月五日、ユリウス暦では三月二十四日）では、次のように宣言している。

いま『ロシア報知』のために書いている作品には、大きな望みをかけています。しかし、それは芸術的な面からではなく、傾向的な意味合いなのです。たとい芸術的な面を犠牲にしても、若干の思想を吐露したいのです。小生の理知と心情に鬱積したものが、小生を引きずっていくのです。よしやパンフレットになっても、すっかり吐き出してしまいます。小生は成功を予期していますが、しかし誰が成功を予期しないで書くものですか。（米川正夫訳）

「パンフレット」という言葉は、ネチャーエフ事件に象徴される無神論的ラディカリズムを徹底的に糾弾する政治的パンフレットといったような意味に理解できる。ドストエフスキーは、一八六〇年代の無神論的ラディカリズムが一八四〇年代のいわゆる「西欧派」の自由思想から派生した鬼っ子と見定めて、四〇年代の自由思想家の象徴たるステパン・ヴェルホヴェンスキーとその息子のピョートル・ヴェルホヴェンスキーを首領とする六〇年代の急進主義者たちとの対比を通じて、両世代の霊的な存在（革命的精神）とそれが差し出すイデーに痛撃を与えるつもりだった。一八七〇年十月二十一日（ユリウス暦では十月九日）の日付を持つマイコフ宛ての手紙は、起稿時の動機をさらによく説明している。

文化的ロシア人を襲った病気は、われわれ自身が想像していたよりはるかに強く、事はベリンスキーやクラエーフスキー一統で終わりを告げていなかったのです。ところが、そこで福音使徒ルカの証明したことが起こりました。悪霊が人間にとりついていて、その数は無数でした。彼らは主に乞うて、願わくは豚に入らんことを許せといったので、主はそれを許しました。悪霊は豚の群れに入ったところ、全群が崖から湖に飛び込んで、ことごとく溺れてしまいました。付近の住民たちが、その出来事を見に馳せ集まった時、前に悪霊に憑かれていた男がちゃんと正気に返って、着物をきて、イエスの足もとにすわっているのが目に入りました。そこで、これを見た人々は、悪霊につかれた男の癒ったことを話した、というわけです。ロシアでもちょうどそれと同じことが起こったのです。**悪霊がロシア人のなかから出て、豚の群れ、つまりネチャーエフやセルノ・ソロヴィヨーヴィチなどに入ったのです。その連中は溺れてしまったし、さもなくば、間違いなく溺れてしまうでしょう**。ところで、悪霊が離れて癒った男は、イエスの足もとにすわっています。それは当然そうあるべきだったのです。貴き友よ、どうか銘記してください。おのれの国民と国民性を失ったものは、父祖の信仰も神も失ってしまいます。さて、そこで、もしお望みとあらば申しますが、つまり、これが小生の長編のテーマなのです。（米川正夫訳）

ネチャーエフとともに挙げられているセルノ・ソロヴィヨーヴィチなる人物は、本論Ⅲのなかでも紹介したが、ゲルツェンがロンドンで発行する『コロコル（鐘）』をロシア国内に非合法に持ち込んでいた急進左派の一人だった。ドストエフスキーはここで二つのことを強調している。一九世紀ロシア社会に着床した霊的な存在（革命的精神）は、「ベリンスキーやクラエーフスキー一統」――その系譜にゲルツェン、オガリョーフ、チェルヌイシェフスキー、ザイチュネスキーなどの名も加えることができるだろう――を経て、ネチャーエフのような新世代を生むに至ったこと。次に《悪霊》とは彼らに宿った霊的な存在のことであり、《悪霊》に憑りつかれた彼らは、おのれの国民と国民性を失い、父祖の信仰も神も失い、やがてルカ福音書に誌された豚のように自滅するだろう、と。ドストエフスキーは、六〇年代の無神論的なイデーの発現を短兵急に攻め立て、あらんかぎりの罵倒と嘲笑を浴びせるつもりだった。創作ノートでもその事実を確認することができる。しかし、皮肉なことにロシアのその後の歴史は、ドストエフスキーの展望とは逆のコースをたどった。近代ロシア固有の霊的な存在とそのイデーは、野豚のように逞しく成長し、政治権力の力ずくの奪取と独裁権力の樹立をめざすボリシェヴィズム（レーニン主義）へと練り上げられ、七十年余の間、ツァーリ専制以上の強権支配と息が詰まる苛酷な抑圧的監視社会への通路を開いた。レーニンとボリシェヴィキが勝利する約半世紀前、ドストエフスキーは、霊的な存在の方位を「**ロシアの国民性、父祖の信仰、神**」へと定めるだけでなく、その思想的な価値と正当性を『悪霊』という作品で深化させ、定着させようと企図したのである。

ドストエフスキーは、マイコフ宛ての手紙のなかで二流の社会学者のような自信たっぷりの口吻を弄している。しかし、執筆当時もその後も問題はそれほど単純ではなかったことは、『悪霊』はむろん、その後の『カラマーゾフの兄弟』の表現世界が雄弁に語っている。実際、「父祖の信仰」も「神」も絶対的で強固なイデーとして作家の前に聳立しているわけでは少しもなかった。また、『悪霊』の世界のなかにしっかり定着できたわけでもなかった。「**わたしはもう、ロシアの神なんてまったくあてにしちゃいません**」。これはツルゲーネフをモデルとする作中の大作家、カルマジーノフが口にする言葉（第二部第六章第五節）だが、その詠嘆の半分以上は作者のものだ。

「五人組」の首領であるピョートル・ヴェルホヴェンスキーのモデルとなったのは、すでに述べたようにセルゲイ・ネチャーエフである。ネチャーエフは、バクーニンやオガリョーフから資金と協力を得て、「世界革命同盟」という架空の左翼団体のロシア代表部の頭目としてモスクワで秘密結社を主宰するが、組織内部での相互不信が高まり、メンバーだったモスクワの農業大学の学生（イワン・イヴァーノフ）を殺害する。ネチャーエフはこのとき、まだ二十二歳の若者だった。ネチャーエフの評伝を書いたルネ・カナックは、ネチャーエフとピョートル・ヴェルホヴェンスキーに相似点はなく、後者はドストエフスキーの極端に偏った先入観で描き出されたと述べている。ネチャーエフを念頭に置かずに『悪霊』を読めば、ピョートル・ヴェルホヴェンスキーという青年は、ネチャーエフ事件のなかに作者が嗅ぎつけたニヒリズム（無神論的ラディカリズム）をくさすために、ただそれだけのために作者によって造り出された機械仕掛けの人形のように読者の前に差し出されている。作者は自ら告白しているように「上から見おろすような態度」でピョートルを造型したのだ。作者は同時にピョートルに「二重スパイ」として解釈できる暗示もつけ加えた(5)。

もしドストエフスキーが熱狂を冷ましてネチャーエフ事件の本質と向き合っていたならば、ピョートルの人物造型はいまとは少し違ったものになっていたはずだ。ルネ・カナックの評伝に描かれたネチャーエフの内面には、近代ロシア社会の矛盾と病理が培養した霊的な存在（革命的精神）とそのイデーを担う人間の偉大と悲惨がある。ところが、ドストエフスキーが造型したピョートルという青年は、人間の偉大と悲惨をあざ笑い、闇雲な破壊衝動と奸計によって世界を攪乱できさえすればそれでよいとおもっているような人物にすぎない。彼が指導者として持ち上げるスタヴローギンに向かって彼は言う。「そうして動乱時代が始まるわけです！　世界がいまだかつて見たこともないような動揺が生まれるんです」（第二部第八章）。『罪と罰』の青年は「よりよき未来のために現在を破壊せよ」と宣言したが、ピョートルはよりよき未来を一言も口にすることはない。「ぼくはペテン師ではあっても、社会主義者じゃないんですから」。彼は現実のネチャーエフがそうだったように作中で「五人組」を差配するリーダーだが、シャートフを殺害した直後も「みなさんが歩み出すべき一歩は、さしあたりすべてを破壊することにあります」と演説し、非情な人間というよりはたんに感情を持たないロボットのように振る舞うだけだ。その点で「凡そ思想というものに縁のない革命のロボット」と評した小林秀雄の言葉は、的を外しているわけではない。ロボットでないとすれば、喜色を満面にたたえて秩序攪乱をたくらむ一種のポルターガイスト（騒霊）のような存在といっていい。破壊の先に何があるのか、そんなことは知らない。たぶん、現状よりはいくらかはましだ。ドストエフスキーがしばしば使った言いまわしを借用すれば、「あとは野となれ山となれ」式の闇雲な破壊衝動に突き動かされた神出鬼没の謀略家、これが『悪霊』のなかで描き出されたピョートルのすべてである。スタヴローギンを利用するために彼の前で額ずくピョートルの内面性は、たとえばシェイクスピアがイアーゴーに授けたあの陰湿な矜持と孤独の境涯とも無縁だ。神抜きの革命思想に対するドストエフスキーの瞋恚と憤激の強度がピョートルという人物造型から人間的な陰影をことごとく消去してしまった。

そのピョートルが率いる「五人組」の理論的支柱となっているのは、シガリョーフという青年である。だが、ピョートルと同様、この人物も政治綱領を棒読みするロボットのような人物として造型されている。足の悪い高校教師がシガリョーフ理論を解説するところがある（第二部第七章第二節、以下『悪霊』からの引用は亀山郁夫訳を使用）。

彼が提案しているのは——人類を平等ならざる二つの部分に分断することです。つまり、人類の十分の一は、個人の自由と、残りの十分の九に対する無限の権利を享受します。残りの十分の九の人間は個性を失い、家畜の群れのようなものに変わり、絶対的な服従のもとで、何世代かにわたる退化をかさね、原初の無垢を獲得しなければならない。

このシガリョーフ理論は、世界史に登場する人間を非凡人と凡人に区分したあのラスコーリニコフの《非凡人の思想》と似ているようでいて内実はまったく違う。ラスコーリニコフの霊的な存在（革命的精神）は、「よりよき未来」を実現するためには「勝手に法を踏み越える権利」が非凡人にはあるのだと宣言した。これは、すでに述べたようにツァーリ専制下でのテロリズムの正当性を積極的に主張したのも同じだった。これに対し、シガリョーフ理論が問題にするのは、ツァーリズム打倒後の独裁権力論である。そこにはテロリズムの正当性をめぐるかまびすしい議論——あのラスコーリニコフとポルフィーリーとの論戦に並々ならぬ緊張感を与えていたもの——などはすでに跡形もなく消えている。テロリズムの行使によって政治権力を握った「十分の一」が「残りの十分の九」に対する無限の権利を占有する独裁型社会のヴィジョンがポンチ絵のように主張されているのだ。この理論は、現在からみると、近代ロシア社会の権力構造をなぞっただけのようにみえる。実際、帝政ロシアは、総人口の「十分の九」（農民大衆）に対して「個性を失い、家畜の群れのような」隷属関係を強いて支配共同体を形成していたからである。シガリョーフを「フーリエ並みの天才」と持ち上げるピョートルは、ツァーリ専制体制とそのイデオロギーを無化するどころか、暴力革命によってツァーリ専制国家の権力と寸分も違わない独裁権力を夢見て熱狂している。

> そして、大地がうめき始めるんです。《新しく、正しい掟が生まれている》とね。そうして海は波立ち、バラックみたいな小屋はばらばらと崩れ、ぼくたちはそこで考えてやる。どうやって石造りの建物を建てればよいのか、と。これが最初の最初なんです！　ぼくたちが打ち立てるのです、ぼくたちが、ぼくたちだけが！（第二部第八章、傍点は引用者）

これがドストエフスキーの憎悪と侮蔑の対象となった「ニヒリスト」、一八四〇年代の「西欧派」左派グループの嫡子たる無神論的ラディカリズムの正体なのだ。ドストエフスキーは顔を真っ赤にさせてそう弁じたてている。ピョートルに象徴されるロシアのニヒリストたちは、あらゆる既存の諸価値を十把ひとからげに否定して自己権力の暴徒と化す無神論者にすぎない。ドストエフスキーは「小生の理知と心情に鬱積したもの」を吐き出す形でそのように批判した。

だが、こうしたニヒリストに対する作者の批判作業がどのように行われたのかといえば、それは「大《ポーチ》地《ヴァ》」と「民衆《ナロート》（農民《ムジーク》）」と「キリスト」がごた混ぜになった大鍋のなかで行われるほかはなかったのである。『悪霊』を読む読者は、ぐつぐつと煮えたぎる大鍋のなかの思想がさまざまな人物の内部に卵を産み付けているのを確認するが、それらはシガリョーフ理論を喧伝するピョートルの熱狂と同じくいつもざわついて、落ち着きなく、気ちがいじみていた。

3

H・カレール＝ダンコースは、最後のロシア皇帝となったニコライ二世を取り上げた著作（『蘇るニコライ二世　中断されたロシア近代化への道』）のなかで一八四〇年代の「西欧派」について次のように述べている。

> ……西欧派は彼らなりに未来とこれまた理想化された西欧を夢見る。スラヴ派に比べれば、多種多様な見解を持つ彼らは、ロシア特有の性格といった考え方を拒否し、西欧型モデルの枠内での近代化を唱える。彼らの目には、ピョートル大帝はロシアに偉大な進歩をもたらしたのであり、中断された大帝の努力を再開し、ロシアを変革して西欧という共通の宇宙に合体することが望ましいのだ。このような総合判断に立って、西欧派は二つのグループに分かれる。穏健派は、彼らの第一の任務は、社会を教育し、変化に備えさせることにあるべきだと確信している。一方の急進派は反対

にゲルツェンやバクーニンのように革命こそロシアの変革を目指す全ての運動にとって緊急の目標であるべきだと考える。（谷口侑訳）

一八三〇年代から四〇年代にかけて、ロシアの「西欧派」知識人に圧倒的な影響を及ぼしていたのは、すでに述べたようにヘーゲル哲学である。ドストエフスキーがオムスクでの四年の懲役を終えた直後の一八五四年二月、兄ミハイルに宛てた手紙のなかでコーランとカントの『純粋理性批判』とともにヘーゲルの哲学史を送ってくれるように頼んだことはよく知られている。ドストエフスキーは「ぼくの未来は、すべてこれにつながれているのです」（二月二十日付）とさえ書いた。ここでダンコースが述べている「急進派」を形成したのは、いずれもヘーゲル左派経由の目的論的な歴史理論に感銘を受け、その影響にあったゲルツェン、オガリョーフ、バクーニン、チェルヌィシェフスキーなどだ。ゲルツェンは「ヘーゲルの哲学は革命の代数学である」と語った。彼は『過去と思索』のなかで次のように書いている。

『論理学』の全三部、『美学』の一部と二部、『エンチクロペディー』のすべての節が幾夜にもわたる必死の論争の対象となった。（中略）ベルリンやその他のドイツの県や郡の町々で出版される、まったく取るにも足りないすべての小冊子が、ただそこにヘーゲルについて言及されているというだけで取り寄せられ、数日のうちに穴があき、しみだらけになり、とじ目が切れるほどに読み返されるのであった。（金子幸彦・長縄光男訳）

しかし、彼らはその後、一八四八年のヨーロッパ革命の敗北に対する失望や反省、さらに亡命したバクーニン経由のフランス社会主義を学ぶことによってヘーゲルの目的論的な史観から距離を置く。クロポトキンは『ロシア文学の理想と現実』のなかで「西欧派」左派グループの転回の核心について次のように語っている。

西ヨーロッパの過ちをロシアは繰り返す必要はない。その反対にこれら先進諸国の経験に学んで、ロシアの共同土地所有制や地方に見られる自治や村々における農村共同体(ミール)の自治を失うことなく、産業発展の時代に到着することができれば、これは測り知れないほど大きな利益となろう。(高杉一郎訳)

ここで「西ヨーロッパの過ち」というのは、具体的には代議制度によって地主やブルジョア中産階級が途方もない権力を手中にしたことや官僚主義的中央集権によって政治的自由が制限されることになった状況を指している。こうして後進国ロシアが文化的にも政治的にも圧倒的な優位に立つ西欧を追うヴィジョン――この裏面にはロシア社会の泥沼のような停滞と政治的経済的後進性がもたらす惨めな現実意識がべったり張りついている――から転回し、ロシア的な後進性とみなされていた土地の共同所有やミール共同体の自治制度を生かした革命思想へと舵を切ることになる。だが、ここで「西欧派」左派グループは新たな困難にぶち当たる。つまり、いったい、誰が革命主体となるのかという困難な問題に。彼らが発見したミール共同体に生きる農民たちは、彼らが何世紀もの間、そこに置かれてきた世界を「社会主義の基礎」として捉え返すことはなかったし、西欧派の知識人のように西欧世界を乗り越えるべき跳躍台としてかんがえる思考法ももたなかった。この問題に対する正解はどこにもなかった。少なくともレーニン率いるボルシェヴィキが現れるまでは。正解をもたずに行動したのが第二次「土地と自由」を中心とする一八七〇年代のナロードニキ運動である。「土地と自由」の分派理論はその後、さらに急進化し、秘密結社主導のテロリズムを容認する「ナロードナヤ・ヴォーリヤ（人民の意志）」派を生む。ナロードニキの活動は『悪霊』発表後に活発となってくるが、『悪霊』執筆前にすでに秘密結社型の革命組織とテロリズム容認のイデオロギーが六〇年代前半のザイチュネスキーなどに胚胎していたことはすでに指摘した（本論Ⅲ - 4）。奇妙なのは、ザイチュネスキーの理論をより厳密にしたピョートル・N・トカチョーフのジャコバン主義に対して「人民の意志」派が一定の距離を保ち続けていたことである。ちなみにトカチョーフを絶賛に近い形で再評価するのは、あのレーニンである。しかし、それはまた別の問題だ。

ここであらためて指摘したいのは、次のことである。「人民の意志」派を含むナロードニキ運動の世代は、一八四〇年代の「西欧派」左派グループの胎内から生まれ落ちた子供たちであること、また、ナロードニキ運動の過激な分派理論の源流も「西欧派」左派グループのなかに胚胎していたこと。次に掲げる文章は、『悪霊』を論ずる内外の評家がしばしば取り上げてきたものだが、ドストエフスキーはこのことを誰よりも見通していた。

諸君は疑いもなく、わたしに向かってきみはネチャーエフ党の人間ではなくて、たんに「ペトラシェフスキー党」の一人にすぎないと抗弁されるに相違ない、それはわかりきっている。それならペトラシェフスキー党でも構わない。（中略）しかし、いずくんぞ知らん、ペトラシェフスキー党もネチャーエフ党になり得るのである。もし事態がそんなふうに転回したら、「ネチャーエフ式」の道程をたどるようになったかもしれない。もちろん、その時は、いかにして事態がかく転回し得るかを、想像できなかった。当時は時代がまったく別だったのである。(中略)おそらく、わたしはネチャーエフ式の人物には金輪際なることができなかったと思うけれども、ネチャーエフ党の一員には決してならなかった、とは保証できない……わたしの若い時代だったら、大いになったかもしれない。(『作家の日記』一八七三年「現代的欺瞞の一つ」、傍点はドストエフスキー、米川正夫訳)

「ペトラシェフスキー党もネチャーエフ党になり得るのである」とドストエフスキーが語ったように、「ペトラシェフスキー党」から「ネチャーエフ党」への転回は、近代ロシアのようなツァーリ専制体制のもとでは不可避な行程だった。というのは、「ペトラシェフスキー党」では、ツァーリ体制に引っ掻き疵をつけることしかできなかったからだ。「ネチャーエフ党」はそれに代わって暴力(テロル)による専制打倒をめざす政治党派として登場する。暴力によってツァーリ体制を打倒する政党が支配権力に対抗するためには、いずれにしても非合法の秘密結社型の組織形態を採らざるをえない。これが「ネチャーエフ党」、そして七〇年代末の「人民の意志」派だった。非合法活動の展開が必然的に組織内部に孕むのは、生命を賭した権力との闘いゆえに組織への絶対的忠誠と自己犠牲、つまり組織防衛を至上とする党派的な共同性の論理である。これが「ネチャーエフ式」の組織論であり、内部粛清を正当化する理路もそこから必然的に生まれる。一八六九年に起きたネチャーエフ事件は、それが顕現したものにほかならない。ただし、ドストエフスキーが「ネチャーエフ式の人物には金輪際なることができなかったと思うけれども、ネチャーエフ党の一員には決してならなかった、とは保証できない」と書くとき、彼は非合法組織の共同性の力学に対してはあまりにも無頓着で無防備だったといってよい。なぜなら、「ネチャーエフ党の一員」になった段階で「ネチャーエフ式の人物」になるのは避けられず、両者を本質的に分かつものはないからだ。さらにいえば、ドストエフスキーは、ネチャーエフ事件のような内部粛清論に歯止めをかけることに特別の注意を払うこともしなかった。彼は作中の「五人組」のメンバーの一人であるヴィルギンスキーに「こんなはずじゃない、こんなはずじゃない、全然違う！」と感極まる全否定の叫びをあげさせた。ネチャーエフ事件に対しては、論理よりも感情を優先させて応戦したというべきだろう。組織防衛のためには密告のおそれがある同志は殺害すべし、という理路は、非合法組織の共同性が孕む病理であり、洋の東西を問わず、非合法の政党がそれを無化する地平に躍り出たためしはない。なぜなら、同志殺害を止めるには組織の自己解体を内部に繰り込む以外に方途はないからだ。繰り込むことができなければ、非合法組織は、組織の存続・防衛を絶対化する教理と人間の自由と価値を扼殺する厳格な規律を抱え込むほかはない。ドストエフスキーの語る「ネチャーエフ党」、『悪霊』のなかで描かれた「五人組」、七〇年代末からテロル活動を容認した「人民の意志」派、さらにザイチュネスキーとトカチョーフを経てレーニン的な前衛党（ボリシェヴィキ）に至る政治党派はすべてそのような教理と規律の強制力を無化することはできなかった。その強制力からくる極端な息苦しさと暗さは、その後のロシア革命運動、さらにロシア・マルクス主義の影響下にあった日本と世界各国の革命運動を拘束するとともに、政治革命後の自己権力論を絶対化する道筋を準備した。

ここで一つ付け加えなければならないことがある。ドストエフスキーはもっぱら「**ロシアの国民性、父祖の信仰、神**」というイデーを拠り所に無神論的ラディカリズムに対する熱狂的な批判を行った。

しかし、その彼は同時にゲルツェンやチェルヌイシェフスキーが顕揚した土地の共同所有やミール共同体の自治制度の伝統をめぐって、むしろゲルツィンら以上にロシア的共同体が置かれているところのその社会的形態に注目していたのである。シベリア流刑とその後の兵役生活を終えた三年後、兄ミハイルとともに創刊した『ヴレーミャ（時代）』の一八六二年二月号でドストエフスキーは次のように書いていた。

わが民衆はあらゆる不利な事情にもかかわらず、今日まで村落共同体の生活形態を保存し、かつ西欧のアソシエーションの原理を知らないままに、早くもアルテリ（労働組合）というものを所持していた。それを懐疑派たちは忘れているのだ。西欧の社会評論家は長い探索の後に、ようやくアソシエーションというものに決定して、そこに資本の専制から労働を救う可能性を発見した。しかし、西欧においては、この共同体的原則はまだ生活の中に溶け入っていない。これが生きて働くのは、未来のことにすぎない。……しかるにロシアでは、それはすでに生活によって与えられたものとして現存しており、さらに大きく発展するために、ただ都合のよい条件を待っているだけである。何よりも重大なことは、民衆が幾世紀の間も、いかに頑強にその社会制度を守ることに努め、とにかく守り終せたという事実に注意を払うことである……この現象は、わが民衆が政治的生活の能力を持っている証拠でなくて、はたしてなんであろうか。（「理論家の二つの陣営——『ジェーニ』およびその他若干について」、米川正夫訳）

ロシアの村落共同体（ミール）のなかに人間性の解放と決して逆立することがない共同生活の理想

的な原理（アソシエーション）をみていた点で、ドストエフスキーとゲルツェン、チェルヌイシェフスキーとの間に大きな違いがあるわけではなかった。両者を分かつのは、それを腐蝕させずに高次の次元で実現するうえで不可欠となる方法意識の有無だった。ミール共同体の伝統的な原理を活かすためには、言い換えれば、**アソシエーションに基づく新しい社会関係を創出するためには、政治革命（帝政打倒）が不可欠である。**ゲルツェンはそのようにかんがえてこう述べた。「現在のごとき専制政治が今後さらに一世紀続いたとしたら、ロシア民族のもつすべてのよい素質は消えてしまうだろう」（『ロシアにおける革命思想の発達について』、金子幸彦訳）。これに対し、ドストエフスキーは政治革命の観点を斥ける方向へ方位を定めた。彼にとってミール共同体の問題は最後まで「ロシアの大地」と叫んで立ち上がるイデー、わたしたちが《大地主義》と呼んできたものと切り離せないものであり、この大地主義はツァーリ体制の揚棄を必然化するものではなかったから、ゲルツェンらの主張する政治革命は斥けられるほかはなかったのである。

ドストエフスキーが「ポーチヴァ（大地）」と口にするとき、それはもっぱらロシアの民衆――圧倒的多数の農民、都市労働者ばかりではなく、極貧の生活に沈み、売春婦として生計を立てる『罪と罰』のソーニャや金のためなら平気で人殺しを代行するフェージカのような極悪の犯罪者も含まれる――の忍従と苦悩を受けとめ、**恩寵をほどこすキリストのイメージを空間的に拡張した宗教的な概念**に近づいている。それを検証するために、わたしたちはドストエフスキーが「大地」と「民衆」と「キリスト」をごた混ぜにしてぐつぐつと煮込んだ大鍋の中に飛び込まなければならない。すなわち、マリヤ・レビャートキナ、シャートフ、そしてキリーロフの三人のなかに。

だが、その前にピョートル・ヴェルホヴェンスキーの父であり、一八四〇年代の「西欧派」の思想圏に生きていたステパン・ヴェルホヴェンスキーの生涯に対する作者の屈折した表現を取り上げよう。彼こそは『悪霊』の叙述構成の破綻と思想的な停滞にもかかわらず、最も生き生きと活写された人物なのだが、彼を取り上げるのはそうした理由だけではない。彼が最後にたどり着いた場所に、わたしたちはドストエフスキーの苦し紛れの転回をみるのである。

4

ステパン・ヴェルホヴェンスキーは、息子のピョートルとともに作者がネチャーエフ事件に着想を得て最初に構想したプロットの主要人物であり、その後、ストラーホフ宛ての手紙のなかで「興味ある人物ではありますが、ほんとうのところは主人公の名に値しません」(一八七〇年四月五日)とみなした人物である。それに代わってスタヴローギンが主人公の地位に躍り出る。しかし、それにもかかわらず、『悪霊』のなかでほぼ完全な造型を達成し、全一的な肉体と精神をもち、同時に独特の陰影をもつ人物として読者を捉えて離さない人物となるのは、スタヴローギンではなくて、ステパン・ヴェルホヴェンスキーなのである。実際、ステパンの造型と拮抗できるのは、彼の庇護者であるワルワーラ夫人を除いて一人もいない。後年のドストエフスキーは、『作家の日記』(一八七六年七月・八月号)のなかで「一八四〇年代の理想主義者の典型」たるステパンという人物を深く愛し、尊敬しているとまで述べているが、それは悪戦苦闘して執筆した『悪霊』のなかで作者が結果として十分な愛情を注ぐことができた人物がステパン以外にいなかったことを示している。

作品のなかでステパンの人となりを語って飽きないのは、彼に私淑する語り手の「私」である。「一世代前のロシアのきら星のごとき著名人の仲間の一人であったことは争う余地がない」「チャーダーエフ、ベリンスキー、グラノフスキー、さらには当時外国にあって活躍を始めたばかりのゲルツェンらの名前と、ほとんど並び称されたこともある」（第一部第一章第一節）。ステパンは、「西欧派」に属する進歩的な自由主義者だったゆえに、若かったころのワルワーラ夫人にとっては「夢のような存在」だったが、作品世界の幕が開く時点で語り手が伝えるような「西欧派」の言説は、ほんのわずかしか聞きとることができない。

ロシアじゃ、すべての原因が怠慢にある。（中略）世論を手に入れるには、何よりもまず労働が、自分自身の労働が、自分の手で事業を始めることが、自分で実践を積むことが必要だってことが、わからないいんでしょうか？　ただじゃ何ひとつ手に入らないんですから、自分の意見だって、仕事をしてはじめて持てるんです。ところが、ぼくたちロシア人は絶対に働こうとしない。だから、ぼくたちに代わって意見を持つのは、ぼくたちに代わって働いてきた連中、つまり過去二百年ぼくたちの教師を務めてきた相も変らぬヨーロッパ、相も変らぬドイツ人ってことになるわけです。（第一部第一章第九節）

「自分の意見だって、仕事をしてはじめて持てる」と主張するステパンその人が無為徒食の人である。約二十年の間、大地主であるワルワーラ夫人の食客に甘んじてすっかり老いぼれてしまい、やることといえば浴びるほどの飲酒やカード遊びにすぎない。ワルワーラ夫人にとって彼はいまや夢の残骸でしかない。彼女の言葉。「浅はかで、腰抜けで、残酷で、エゴイストで、それに下品な習慣まで見つけてしまっている、女の腐ったような男」。語り手の「私」は「西欧派」だったステパンが実際に浅はかで腰抜けのエゴイストにすぎなかったことを示すエピソードを紹介している。農奴解放令が発布される前後に農民一揆の噂が持ち上がると、ステパンは動揺し、「私」を含む周りの人々を驚かす。「彼はクラブで、軍隊をもっと投入しろ、他の郡から電報で呼び寄せろとわめきたてた。かと思えば、県知事のもとに駆けつけ、この事件に自分は何も関与していないなどと力説したり、昔の記憶をネタに自分を事件の巻き添えにしたりしないでくれと頼みこんだり、自分のこの上申について即刻ペテルブルグのしかるべき筋に書き送ってはどうかなどと提案した」。このようなカリカチュアは、「西欧派」の第一世代に対するドストエフスキーの嫌悪と侮蔑に発している。ワルワーラ夫人もステパンに対する軽蔑や憎しみを隠そうとしない。しかし、それに混じって彼女の心には「何かしらやむにやまれぬ愛情」がひそんでいたと語り手の「私」は記述する。だが、この「私」は次第に作者と区別が難しくなり、「西欧派」の自由主義者たるステパンを徹底的にカリカチュアライズする作者その人が「私」を押しのけて、ワルワーラ夫人と同じようにステパンに対する捻じれた愛情と共感を表出するのである。その愛情と共感は、ステパンの最後を描く第三部第七章で絶頂に達する。

以下に引用するのは、旅先で病に斃れたステパンが彼を心配して駆けつけたワルワーラ夫人に対してフランス語で「これまでずっとあなたを愛してきました」と告白したあとのシーンである。これはまた、血なまぐさい『悪霊』全編のなかで唯一、穏やかで高貴な精神の光が降りそそぐシーンでもある。

「あの葉巻、覚えていますか？　あの葉巻ですよ、あの晩、窓のところで吸っていたでしょう……月が照っていましたわね……あのあずまやのあと……スクヴォレーシニキの？　覚えてらっしゃる、覚えてらっしゃる？」夫人は椅子からさっと立ち上がると、枕の両端をつかんで相手の頭ごと揺さぶった。「覚えてらっしゃる？　どうしようもなくからっぽで、恥さらしで、意気地なしで、いつまでも、いつまでたっても、からっぽな人！」大声で叫びたいのをぐっとこらえながら、夫人は凶暴なささやき声で言った。やがて彼を放すと、両手で顔をおおい、どすんと椅子に腰をおとした。「もういいわ！」体を起こし、夫人は断ちきるように言った。「二十年は過ぎてしまいました、もう戻せません。こっちもばかなのよ」。

『悪霊』のプロットから独立した別の物語を考案するのはさして困難ではない。それは、二十年に及ぶステパン・ヴェルホヴェンスキーとワルワーラ夫人とのすれ違いの、いささか滑稽なロマンスに焦点を絞った物語である。それに基づいて語り手の言葉を再構成したならば、たぶん、わたしたちの前にはどす黒い血糊が飛び散った陰惨極まりない作品とはまったく異なる作品が現れたはずである。それは、やり直すにはもはやすべてが手遅れとなった男女の愛惜と悔悟の涙に濡れたメロドラマとなるだろう。ドストエフスキーはデビュー作の『貧しき人々』以来、メロドラマの名手だったが、ネチャーエフ事件に触発されて頭に血がのぼったドストエフスキーにそんな物語とプロットは浮かぶはずもないし、たとえ思い浮かんだとしても、現在の『悪霊』に記述されたようなステパンの最後の描写はなかったに違いない。二つのプロットの間を右往左往した作者は、ステパンのもとに聖書売りの女性（ソフィア・マトヴェーエヴナ・ウリーチチ）を登場させたうえで、死に瀕した彼を偉大なるもの（神という一者）の足もとに跪かせ、驚くべきことに「西欧派」からの転回を記述するのである。聖体拝受の儀式のあと、ステパンは病床から「みなさん」と呼びかける。「神がもうわたしにとって欠かすことができないのは、神こそが永遠に愛することのできる、たったひとつの存在だからなんです」。これに続く言葉は次のとおりである。

このぼくよりも、はかりしれず公正で、幸せな何かが存在しているとたえず考えつづけるだけで、このぼくのからだ全体はもう、かぎりない感動と、それに――栄光で――満たされているんです。（中略）人間存在のすべての掟というのは、人間がつねに、はかりしれず偉大なものの前でひれ伏すことができる、という一点にあるのです。人間から、このはかりしれず偉大なものを奪い去ってしまえば、彼らはもう生きることをやめ、絶望にくれたまま死んでしまうでしょう。はかりしれず限りないものは、人間にとって、彼らがいま生息するこの小さな惑星と同じように、不可欠なものなのです……みなさん、みんな、みんな、偉大な思想、万歳！　永遠のはかりしれない思想、万歳！　人間はだれでもすべて、偉大な思想を体現するものの前でひれ伏すことが必要なのです。

死の間際の転回を捻出せざるを得なかったドストエフスキーに、わたしたちは熱に浮かされて混乱した思想表現の痕跡をみる。彼はこの現実世界から抜け出る出口を求めて迷路のなかを這いずり回っている。ほんとうは現実世界とは別の世界に通じる出口などはどこにもなかったにもかかわらず、ドストエフスキーは、それを見出さないことには少しも生きた心地がしなかったのだ。

次にわたしたちが取り上げるのは、シャートフ、マリヤ・レビャートキナ、キリーロフの三人だが、彼らの造型に作者のごった煮の矛盾だらけの思想表現はさらに増幅される。

シャートフは、ピョートルと「五人組」の無神論的ラディカリズムに嫌気がさした転向者として描かれているが、転向後は神を一民族の総合的な人格とみる民族原理主義者というべきファナティックな人物として造型されている。その彼もまた矛盾に引き裂かれた人間だ。彼はスタヴローギンを相手にこう主張する（第二部第一章第七節）。

神とは、一民族の始まりから終わりまでを代表する、民族全体の総合的な人格なのだ。すべての民族ないし多くの民族は、つねに独自の神をいただいてきた。神々が共通なものとなりはじめるのは、それぞれの民族性の滅亡の徴である。神々が共通のものになるとき、神々は死に、神々への信仰も自らの民族とともに死んでいく。民族が強くなればなるほど、その神はより独自のものとなる。

神と民族は合体し、心情と論理の両面から切り離せないものとしてシャートフに表象されている。彼を宗教的な民族主義者からファナティックな民族原理主義者にするのは、《偉大な民族》というイデーである。彼によれば、偉大な民族とは、「真の神をもつことができ」「自分たちだけが有能で、自分たちの真理によってすべてを復活させ、救済する使命があると信じることができる」民族である。そうした信念をもつ民族は、諸々の民族のなかの一民族である。それがロシアの民族であり、彼らと一体化したロシアの真の神である。シャートフは、各民族がそれぞれ特有の神をもち、その神が独自なものであればあるほど、各民族も強くなるというテーゼを提出しておきながら、唯一の、真実の神と信仰をもつ《偉大な民族》のイデーを持ち出すことによってこのテーゼを自ら棄却している。しかし、そんなことはどうでもよいことである。取り上げるに値するのは、「自分たちの真理によってすべてを復活させ、救済する使命がある」と思い込んでいるシャートフの宗教的な熱狂の烈しさ（ロシア・メシアニズム）である。それは確かに作者たるドストエフスキーの内面にも燃え盛っていた。[6]しかし、彼がシャートフを介して頑迷で排他的なロシア民族主義を顕揚しているようにみえようともそれほど意味があることではない。というのも、シャートフは作品の登場人物として偏狭な民族主義者の論理を振り回して行動しているわけでは少しもないからだ。わたしたちは、シャートフの激烈な熱狂性のなかにドストエフスキーの霊的な存在（革命的精神）が**政治革命を棄却する一方、社会革命という軌道からも大きく逸れて、現世に生きる人々の《救済》のイデーに吸引されていく**転回の弧線をみるのだ。ただし、そこでも作者は遅疑逡巡にのたうっている。シャートフは舌をもつれさせてつぶやく。「ぼくが信じているのは、ロシアです。ロシア正教を信じています……。キリストのからだを信じています……。新しい再臨はロシアで起こると信じています……。ぼくが信じているのは……」。ここで「……」を多用する作者の逡巡と迷いは明らかであろう。

マリヤ・レビャートキナという女性の造型もまた、《救済》のイデーに強く吸引されていくドストエフスキーの転回を示している。

マリヤ・レビャートキナは、スタヴローギンが「なんとかして、それもできるだけ不快に自分の人生をぶち壊してやろう、という考え」（「スタヴローギンの告白」）から結婚した足の悪い女性である。その婚姻関係がスタヴローギンの母親や恋人のリザヴェータ・ニコライエヴナをはじめとする周囲のものには秘密にされている事実がプロットの重要な要素になっている。しかし、それよりも重要なのは、彼女が作者によってあの大地信仰を注入された女性として造型されていることだ。ただし、彼女の大地信仰は、スタヴローギンとの関係と切り離してもいっこうに差し支えのないものである。マリヤに初めて会った語り手の「私」は、第一印象を次のように記述する（第一部第四章第五節）。

年のころ三十前後とおぼしき、病的に痩せほそった女の姿をみとめることができた。くすんだ色合いの古い更紗のワンピースに身を包んでいたが、長い首にはショールも巻かず、まばらな黒っぽい髪が、頭のうしろで二歳の赤ん坊のこぶしほどの大きさに束ねられていた。（中略）出っぱり気味の狭い額には、白粉でも隠せない三本の長い横皺がかなり鋭く刻まれていた。

内外の評家たちの多くがスタヴローギンに対して的外れの評言を繰り出しているのに対し、マリヤ・レビャートキナに注目した評家たちの見解に大きなずれはなく、的外れとおもわれる批評もない。ドストエフスキーは、彼女を大地信仰に憑かれた「ユロージヴァヤ」（神がかった狂信者）の系列に属する女性として明確に造型している。そんなマリヤはシャートフに昔話をする。彼女が尼僧院にいたころの話だ。予言の罪で懺悔の刑についていたある老婆が「聖母さまって、いったいなんだろう？お前さん、どう思う？」と訊く。マリヤは「大いなる母、人類の希望です」と答える。そこで老婆は語る。

そうさ、聖母さまっていうのは大いなる母だし、この潤った大地なのさ、そこにこそ人間にとっての大きな喜びがあるんだ。だから、この地上のどんな悲しみだって、どんな涙だって、私たちには喜びになる。自分の涙でさ、この大地の深さ三十センチも潤してやれば、何もかもがたちまち、喜ばしいものに感じられてくる。いいかい、お前さんにはこれ以上、もうどんな悲しみだってありゃしないんだ、これがわたしの予言だよ。

ここで老婆が語る「聖母さま」は、正統的なキリスト教団の聖母マリヤに包摂されるような観念ではない。それはロシアの「潤った大地」という概念に重ねられている。お婆さんに触発されたマリヤはそれ以来、地面に接吻するようになる。「わたしは、お祈りのさいに、床につくぐらい深々とお辞儀をしてね、そのたびごとに地べたにキスするようになったの。キスしながら泣くの」。『罪と罰』のソーニャも老婆やマリヤ・レビャートキナの「大地＝聖母」信仰に連なるユロージヴァヤだったことを思い起こそう。「十字路に行って、そこに跪いて、あなたが汚した大地にキスするの」とラスコーリニコフに告げるのは、その作品ではたまたまソーニャ一人でしかなかったが、彼女の背後には「大地＝聖母」信仰に生きる老婆やマリヤ・レビャートキナといった大勢のロシア人女性が控えていた。

『ドストエフスキーと女性たち』という著作で中村健之介は、マリヤ・レビャートキナの口ずさむ歌（りっぱなお家はいりません／わたしはこの庵に残ります／わたしはここで世を捨て／あなたのことを祈ります）がピョートル大帝によって排斥され、修道尼となった帝妃エヴドキヤの歌であることを示したうえで、「マリヤの身をおく世界が西欧化の化身ピョートル大帝から斥けられた者たちの世界であることを暗示している」と述べている。しかし、尼僧院の老婆やマリヤ・レビャートキナのなかには反西欧化の徴候よりももっと古層の時代まで遡ることができる共同感性がある。「聖母さまっていうのは大いなる母だし、この潤った大地なのさ」。このように語られる「大地＝聖母」信仰は、キリスト教がロシアに移植される時代よりさらに時間を遡った悠久の土俗的な宗教感情である。もっといえば、数千年の間、大きな変化もなく堆積し、人間の生老病死を呑み込んできたアジア的な古層の共同感情に根ざした信仰なのだ。

井桁貞義は『ドストエフスキイ　言葉の生命』（二〇〇三年）という著作で「〈母なる大地〉への崇拝は古代ロシアでは十一世紀に成立した『原初年代記』のウラジーミルの信仰告白の中などから見られ、その後の英雄叙事詩や民話、ことわざ、儀式などフォークロアに多く見ることができる」と指摘したうえで、『スラヴ諸民族の詩的自然観』（一八六五～六九年）を著したアファナーシエフの次の言葉を紹介している。「庶民たち、教養のない人々は古い叙事詩の伝説によって育っており、彼等にとって大地とは決して魂を持たぬ存在ではなく、感情と意志を持つものと考えられていた。勇士たちは凶暴な龍を撃つ時、その血にまみれそうな危険に直面して次のように大地に願う。『おお、潤える母なる大地よ、四方に割れて龍の血を飲み干してくれ』――すると大地は割れて血の流れを飲みこんでしまうのである。分離派の無憎派やニェトーフシナ派たちは極く最近までストリゴーリニキ派を受け継いで、天を仰ぎ、また大地に伏して罪の告白を行った」。ドストエフスキーがアファナーシエフの大著を読んでいたかどうかはわからないが（おそらく読んでいただろう）、古代ロシアからあった民衆の「大地＝聖母」信仰に与して愛と赦しの聖母マリヤに包摂されない古代アジア的な宗教感情に貫かれたマリヤ・レビャートキナの造型に全力を尽くそうとしたことだけは確かだ。このとき、ドストエフスキーには、ピョートル・ヴェルホヴェンスキーや五人組の無神論的ラディカリズム（政治革命）、さらにピョートルが政治革命後の最高権力者として想定するスタヴローギンに拮抗できるのは、マリヤ・レビャートキナの「大地＝聖母」信仰、イデーとしての「ロシアの大地」しかないようにおもわれた。実際、ドストエフスキーは、マリヤにそうした役割を振り当て、第二部第二章第三節ではスタヴローギンと対決させ、彼を徹底的に愚弄し、面罵している。

だが、アジア的な共同感性や宗教感情というものは、霊的な存在（革命的精神）と違って闘争や反抗を知らない。それは黙して忍従の呻き声をあげる偉大な共同感性であり、百億光年も離れた星さえ包摂する悠久の宗教感情である。これがドストエフスキーの霊的な存在（革命的精神）の前に大きく立ち塞がって、**血と暴力による力ずくの革命によらない人間解放（救済）のイデー**を育むことになった当のものである。

5

最後にキリーロフを取り上げよう。彼は一言でいえば矛盾を抱えて錯乱した精神である。神を否定する一方、神を求めている。彼の思想はこれまで「人神思想」として紹介されてきたが、「人神」という概念そのものに錯乱が集中的に表現されている。彼はまた、作者と同じくてんかん気質の人間だが、ただし、てんかん気質と人神のイデーとの関連について、語り手の「私」ないし作者が直接触れているわけではない。順を追って彼の言説をみていこう。

（a）生命とは痛みだし、生命は恐怖だし、人間は不幸です。いまはもう痛みと恐怖ばかりです。いま人間が生命を愛しているのは、痛みと恐怖を愛しているからです。それに、そういうふうに作られている。生命はいま、痛みや恐怖と引きかえに与えられている。いっさいの欺瞞がそこにある。いまのところ、人間はまだ人間になっていません。いずれ新しい人間が出てきます。幸福で、誇り高い人間がです。生きてようが生きていまいがどうでもいい人間が、新しい人間ってことになる。

痛みと恐怖に打ち克つことのできる人間が、みずから神になる。（第一部第三章第八節）

（b）葉っぱって、すばらしいですよ。なにもかもすばらしい。人間が不幸なのは、自分が幸福だってことを知らないからです。たんにそれだけの理由です。それだけのことなんです。ほんとうに！　それがわかれば、人はたちまち幸福になれる。その瞬間から。赤ん坊の頭をかち割っても、いいことなんです。かち割らなくともいいことなんです。なにもかもがいいことなんです。（中略）人間って、ほんとうによくない。だって、自分たちがすばらしいことがわかってないんですから。それがわかってれば、女の子に暴行なんか働きません。自分たちがすばらしいってことにきづかなくちゃいけない。そうすれば、みんなすぐにいい人になる、それこそ一人残らずね。（第二部第一章第五節）

（c）瞬間があるんです。ものの五秒か六秒しか続かない、が、突然、完全に獲得された永遠の調和の存在を感じることができる。それはもう、地上のものじゃない、といって、天上のものと言ってるわけでもない、この地上の姿をした人間には、とても耐えきれないもののことを言っているんです。こうなるともう、肉体的に変化するか、死ぬしかない。あれはね、明晰で、文句のつけようのない感覚なんです。まるで、突然、全自然を感じて、思わず言葉が出てくる。『そう、これが真実なのだ』って。（第三部第五章第五節）

（d）ぼくはおそろしく不幸だ、なぜかといえば、ものすごく怖れているから。恐怖とは、人間の呪いのことだ……でも、ぼくは我意を主張する、ぼくには、自分が神を信じていないことを信じきる義務があるから。ぼくは、はじめ、終え、ドアを開ける。そして救う。このことだけだ、すべての人間を救い、次の世代において肉体的に生まれ変わらせることができる方法は。なぜかといえば、ぼくが考えたかぎり、いまのこの肉体のかたちで、人間は、昔の神なしではどうしても生きていくことはできないから。ぼくは三年間、自分の神としての属性を探し求めてきて、見つけた。ぼくの神の属性とは、我意なんだ、とね！　我意こそ、ぼくが不服従と新たな怖ろしいぼくの自由を最高のポイントで示すことのできるすべてだ。（第三部第六章第二節）

キリーロフの話し相手はそれぞれ（a）が語り手の「私」、（b）がスタヴローギン、（c）がシャートフ、（d）がピョートルである。このうち、（c）は突発的な身体感覚の変化による至高体験を語ったもので、キリーロフがてんかんの初期的症状（ただし、痙攣の症状は記述されていない）をもった人間として造型されていることがわかる。この（c）を除く各言説は飛躍と急激な転換、それに熱に浮かされたようなテンポと声調によって操作されており、一読しただけではわかりづらいが、キリーロフの孤独な思念の隘路は十分に表現されている。

（a）での「痛みや恐怖なしに人間の生命は考えられない」「人間はまだ人間になっていません」というキリーロフの考えは、有史以来の人間の実存の制約に対する彼なりの歴史認識を示している。（b）では実存の制約を一挙に解除し、人間の解放（キリーロフ風にいえば人間が人間になること）を実現する方途があることを主張している。それは社会革命といった手段によらずに、制約を受け、厄災に満ちた実存であるがゆえに人間とその生命はすばらしいのだという啓示（思考転換）に全身を委ねることである。啓示は「葉っぱって、すばらしいですよ」というほとんど無内容というべき思考転換に集中的に表現されている。しかし、（d）では、そうした啓示による革命はすぐに棄却される。キリーロフ自身、「痛みや恐怖」に強く囚われ、それに打ち克つことが難しく、したがって不幸な意識から抜け出せないからだ。こうしてキリーロフは制約と厄災の実存ゆえに「昔の神なしではどうしても生きていくことはできない」ことを再認識せざるを得ない。思考の堂々めぐりである。これを断ち切るためには（a）の「生きてようが生きていまいがどうでもいい人間」に自分がなることである。ほんとうにどうでもいいのであれば、自分を殺すこともできる（キリーロフ風にいえば我意の主張）。これが「昔の神なしではどうしても生きていくことはできない」実存への／からの「不服従と自由」（キリーロフ風にいえば新しい人間）の実現であり、「昔の神」に頼らず、自ら「神」になることである。

ここで読者の多くは、キリーロフが自ら「神」になるという人神思想をつかんで、「昔の神」を否認したと受けとめるかもしれない。しかし、事態はそれとは真逆である。彼は自ら神になると宣言するまさにそのとき、「神」という概念に最も強く牽引されており、そこに没入すべく「痛みや恐怖」に囚われた自己意識を滅却させようとしているのだ。同時に、キリーロフの人神思想には「救世主キリスト」の復活が賭けられている。（d）の発言の直前に彼はピョートルに「熱に浮かされたような恍惚とした面持ちで、灯明が明々とともる救世主キリストの聖像を指さして」語る。

いいか、この男は、全大地で最高の人間であり、全地球が生きていくための目的をかたちづくっていたんだ。惑星全体が、そこにあるすべてをひっくるめ、この男がなければ、狂気そのものなんだ。その男ほどの人はこれまで決して現われなかったし、これからも現われないだろうという点が、まさに奇跡なんだ。で、もしそうであるなら、自然の法則が、その男をも憐れまず、みずからの奇跡さえも容赦せず、その男をも偽りのなかで生き、偽りのために死ぬことを強いたとしたら、それはつまり、惑星全体が偽りであり、偽りと愚かな嘲笑のうえに立っているという話になる。（第三部第六章第二節）

このほとんど狂気じみたキリーロフの発言には「自然の法則」が救世主キリストの真理を嘲笑し、偽りの真理に捻じ曲げてきたのだ、という世界認識が込められている。キリーロフが口にする「自然の法則」は、カール・マルクスが人類史を貫徹するとかんがえていた「自然必然性」とほぼ同じ概念とみなすことができる。マルクスは次のように述べている。

未開人が自分の欲望を充たすために、すなわち彼の生活を維持し再生産するために、自然と闘わねばならないように、文明人もそうせねばならず、しかもいかなる社会形態においても、可能ないかなる生産様式のもとにおいてもそうせねばならない。文明人の発達とともに、この自然必然性の国も拡大される。諸欲望が拡大されるからである。しかし、同時に、諸欲望を充たす生産諸力も拡大される。この領域における自由は、ただ次の点のみにある。すなわち、社会化された人間、結合された生産者が、盲目的な力に支配されるかのようにこの自然との物質代謝によって支配されるのではなくて、この物質代謝を合理的に規制し、自分たちの共同の統制のもとに置くという点に、すなわち最小の力の支出をもって、かつ自分たちの人間性に最もふさわしく、かつ最も適合した条件のもとで、この物質代謝を行うという点のみにある。しかし、これは依然としてなお必然性の国で

（『資本論』第三巻第七編第四十八節、鈴木鴻一郎訳）

ある。

救世主キリストの真理は、マルクスの述べる「自然必然性」の前では涙とともに敗退を余儀なくされるイデーであり、吐息のようなむなしい祈念に終わるほかはなかったものだ。そのことがキリーロフには許せない。キリーロフの「我意」とは、キリストの真理を敗退に追い込む自然必然性に対し、人類史の只中における人間として徹底抗戦するという意味で一つの霊的な存在（革命的精神）を体現している。わたしたちは、そこにもドストエフスキーの転回とその方位を確定づけた障害があったのだとかんがえる。このキリーロフの形而上学的なイデーの運動もまた、『カラマーゾフの兄弟』のイワン・カラマーゾフに継承されるだろう。ただし、より強力に、かつより稠密な理路を尽くして。

キリーロフという人間はほとんど異様である。一九世紀の西欧のリアリズム小説のなかにその類型を探し出すのは難しいばかりか、これほど形而上学的なイデーに囚われた人間が小説作品のなかに造型された例もほかにない。キリーロフこそ、ドストエフスキーに宿った霊的な存在だけが創造し得る想像上の特異な人間だった。同じ想像上の産物であるとはいえ、スタヴローギンは後述するように心魂の廃疾という点でわたしたちにとって身近な存在である。これに対し、キリーロフはドストエフスキーの霊的な存在が鋭く軋みながら転回し、**現世の秩序と人間に向けて救済のイデーが絞り出した亡霊的な存在**なのだ。その意味でどこまでも形而上的な存在である。しかし、彼もまた、社会の場に自ら参入し、そこでさまざまな制約を受けつつ厄災に満ちた実存として生きていくことも可能だったはずだ。なにしろ、「最高にすぐれた建築技師」（第一部第三章第四節にあるリプーチンの人物評）でもあるのだから。だが、ドストエフスキーにはそのように造型する意図も関心もなく、救世主キリストの真理の実現をめぐって猛り狂い、もがき苦しむのである。ただし、作者は第一のプロットを動かすためにキリーロフを利用することも忘れなかった。キリーロフは、ピョートルの奸計に乗って彼の口述のままにシャートフ殺しの遺書を筆記し、それに署名する。「待て！　ぼくはこの上のほうにべろを出した人間の面を描きたい」などと子供じみた戯言を口にしながら。作者は自然必然性に抗してキリストの真理を顕揚するイデーをキリーロフに注入しておきながら、一方でシャートフ殺しの首謀者であるピョートルに都合のよい遺書を書かせることによって彼から真正な形而上学の価値を切り下げてしまった。キリーロフにふさわしい行動は断じてそんなものではなく、ピョートルの奸計を断固粉砕し（ピョートルの口述に従った遺書の作成を断固拒否し）、彼をピストルで撃ち殺し、その後に自殺するという選択だったはずである。それ以外にキリーロフを『悪霊』のなかに登場させる意義はなかったはずである。

エドワード・ハレット・カーは、キリーロフがピョートルの口述どおりに遺書を書いて署名する場面に注意を向けた評家の一人である。「ピョートルによって口述された遺書に署名するキリーロフの場面のすべて、いや虚無主義者との関係のすべてが道徳的にはっきりしない。それはこの節の単なる埋め草であり、『悪霊』の多くの欠点の一つである」（松村達雄訳）。人間は、倫理的な次元ではふだん彼が何をかんがえているかが問題とされるべきではなく、彼がとる行動によって問われなければならない。作者がキリーロフをしてピョートルの奸計を受け入れさせたのは、策謀家であるピョートルの残忍性を強調するプロット上の要請に従ったからである。その結果、カーの言い方に倣えば、「道徳的にはっきりしない」場面となってしまった。

註

V 障害としてのイデオロギー批判

（1）埴谷雄高とのこの対談は『世界』一九七二年六月号に発表される一方、大江の評論集『壊れものとしての人間』講談社文庫巻末に大江の発言部分が付録として採録された。

（2）一九五〇年生まれの「全共闘世代」である横尾和博は『村上春樹とドストエーフスキイ』（一九九一年）という本のなかで「（連合赤軍の）この同志リンチ殺人事件は、私たちにドストエーフスキイの『悪霊』の世界を想起させ、「革命」の暗部を否応なくみせつけたのであった」と回想している。この場合、『悪霊』の世界とはたんにピョートルと五人組によるシャートフ殺しを指しており、同志殺害という点で連合赤軍事件との類似性を語っているだけである。それは、スタヴローギン、キリーロフ、シャートフなどを事件当時の「われわれの時代」と連結する大江健三郎の「想像力」とは一線を画しており、大江の特異な発言と峻別しなければならない。

（3）連合赤軍の大量リンチ殺人事件については、三上治が当時の独立左翼（新左翼）との対比で以下のようにまともな本質規定と批判を行っている。「赤軍派から連合赤軍にいたるプロセスは、テロリズムに変質した運動であり、大衆的な反権力闘争を志向してきたものとは、別の系譜のものだというべきであると思う。左翼運動が一九六〇年安保闘争の流れの中からめざしてきた運動は少数の非合法メンバーによる爆弾闘争とは縁もゆかりもないものだった」（『1970年代論』二〇〇四年）。また、連合赤軍が捻り出した《革命戦士の共産主義化》という命題のなかに三上は「死の衝動」を嗅ぎつけ、二人の同志を殺害した印旛沼事件（一九七一年八月）以降、連合赤軍のメンバーが「自らも死ぬということにおいて他者の殺害と対等になろうとした」と述べている。（「生死を超えるという幻覚の果てに」、『宗教を読む』情況出版所収）。しかし、「他者の殺害と対等に」なること、すなわち、同志殺害に釣り合うおこないなどはどこにもないというべきである。あったとしても、それはあのマクベス夫人が手に染み込んだ血痕を消そうとして「この手の臭いは消えやしない！」とささやく錯乱の行為と同じく呪われた行為である。三上の語るように連合赤軍のメンバーが「自らも死ぬ」衝動に局限されるほかはなかったとすれば、彼らの「銃による殲滅戦」（テロリズム）の論理は、あらかじめ希望の地平を遮断した政治路線でしかなかった。このように三上治が「死の衝動」を嗅ぎつけたのに対し、小阪修平は「共産主義化が要求されたのは、内戦の現実がないところで、銃によって敵を倒せる兵士をつくるためだった」（傍点は引用者）と述べ、殲滅戦の心理的空隙を埋めるために編み出された集団的な呪文として《共産主義化》の命題を把握している（『思想としての全共闘世代』二〇〇六年）。小阪の理解は全共闘世代による最も優れた観点である。

（4）大江健三郎はこの誇大妄想的な発言から二十数年後に発表した長編三部作『燃えあがる緑の木』（一九九三〜九五年）のなかであらためて連合赤軍の内部粛清事件を取り上げている。四国の地元の高校から東京理科大に進学したが、大学紛争に巻き込まれて頭に傷を負った「孝子さん」（タカチャン）という女性が一時的に健康を恢復し、「リンチ殺人の責任を問われている女性指導者と、山岳ベースの武闘訓練で殺された女子学生と、つまりあの事件に関わったすべての女性たちのために、関西で救援活動を組織したい」と思い立つ。これに対し、「オユーサン」という別の女性（注・作者本人がモデルであるK伯父さんの妻）が「生き残っている人たちはわかりますが、殺されてしまった人たちのことは、どのようにして救援するんですか、タカチャン」と訊ねる。それに対する孝子さん（タカチャン）の答えはこうだ。「彼女らのめざした革命運動が、彼女ら自身死ぬほかないところに押し出した局面までもふくめて、なにもかも正しかった、絶対に正しく、人間的に美しくさえあったと、証明することによってですよ」。しかも、作者は「本当に原理的なマルクス・レーニン主義者ならば、それを証明することができる」と語らせている。わたしたちはその会話をつくり出した作者の想像力に唖然とするほかはない。連合赤軍事件をモチーフとした小説はいくつも作られたが、これほど稚拙な論理と迷妄を連結させた発言を登場人物に行わせた日本の作家は『燃えあがる緑の木』の作者以外、おそらく一人もいないだろう。わたしたちは、連合赤軍のメンバーがめざした革命運動が「孝子さん」（タカチャン）の主張するのとは逆になにもかも間違っていた、絶対に誤っており、許し難いほど醜怪であったと立言すべきなのだ。革命運動をめざしながら死んでいった若者たちに対する人間主義的な共感ともいうべき、差異をすべて消去するような平板な作者の世界認識がここでは登場人物のひとりよがりの大仰な語り口となっているのである。

（5）第二部第六章第三節で県知事フォン・レンプケーはピョートル・ヴェルホヴェンスキーに向かって「聞いた話ですが、あなたは帰国に際し、懺悔のようなものを、しかるべき筋に……表明したらしいですね？」と訊ね、ピョートルは「まぁ、いろいろありました」と答えている。内外の評家でピョートル＝「二重スパイ」説を主張しているのは、『『悪霊』の謎　ドストエフスキー文学の深層』（一九九三年）の清水正である。「ピョートルにただよっていたうさんくささは、彼が秘密警察の回し者でもあったということ、革命運動の首魁と見せて、実は当局のスパイであったところにある」。しかし、『悪霊』という作品を読み解くうえでこの二重スパイ説はそれほど重要な指摘とはならない。作者はピョートルの「うさんくささ」を二重スパイの性格に探って、それを非難しているわけではないからだ。また、二重スパイ説の暗示がプロットを展開するうえで重要な物語素として機能しているわけでもない。

(6) ドストエフスキーは本文でも取り上げたA・N・マイコフ宛ての手紙(一九七〇年十月二十一日)のなかで次のように語っていた。「ロシアの使命は全部を挙げて、正教にあり、かつキリストを失った盲目の西欧人類を照らすべき東方からの光にあります。ヨーロッパの不幸の全部は、――全部です、いっさいの例外なしに全部です、――ローマ教会とともにキリストを失って、その後、キリストなしでもすまされると決めたことから起こったのです」。ここでドストエフスキーが自ら強調した「東方からの光」こそ、光源たるロシア・メシアニズムである。

Ⅵ　モンスターの創造——革命でもなく、反革命でもなく

1

『悪霊』構想時に作者の頭を占めていたのは、ネチャーエフのような霊的な存在（悪霊）に憑かれた一八六〇年代のイデオロギー批判だった。ところが、書き進めていくにつれ、当初のイデオロギー批判一点張りでプロットを持続させることができなくなってしまった。あるいは、次のように述べたほうがいいかもしれない。悪戦苦闘している作家の頭に新たな着想が芽生えた。当初の主人公だったヴェルホヴェンスキー親子に代わって、六〇年代の急進主義者の一人にすぎなかったスタヴローギンが作者の表現意欲を刺激してやまない主人公にのし上がってきた。ニコライ・ストラーホフ宛ての手紙（一八七〇年四月五日、ユリウス暦では三月二十四日）で「たとい芸術的な面を犠牲にしても、若干の思想を吐露したい」と語った作家は、それから約半年後の十月二十一日（ユリウス暦では十月九日）の手紙でその間の経緯を次のように説明している。

　初め、というのは昨年末のことですが、小生はこの作品を無理に頭から絞りだしたもの、こしらえたものというふうに感じて、上から見おろすような態度を取っていました。それから後、真のインスピレーションが小生を訪れました、——小生は急にこの作品が好きになり、両手で抱き取るようにして、——さあ、それから今まで書いたものを消しにかかりました。その後、夏になって、またもや変更です、小説のほんとうの主人公の位置を要求する新しい人物が現れて、そのために今までの主人公（興味ある人物ではありますが、ほんとうのところは主人公の名に値しません）は、第二義以下の位置に押しやられました。新しい主人公がすっかり小生をとりこにしてしまったので、またもや改竄に着手しました。（米川正夫訳、傍点は引用者）

こうしてスタヴローギンが「ほんとうの主人公」として前面に出てくると、ネチャーエフ事件をなぞった出来事を中軸とするプロットにあまり関わりをもたない人物たちがスタヴローギンに吸い寄せられ、別の物語に組み込まれていくことになった。さまざまな人物や事件、エピソードを盛り込んだ従来のプロットは破綻し、スタヴローギンを主人公とする物語がせり上がっていく。その新しい物語はピョートル・ヴェルホヴェンスキーと五人組の物語と合流して一本の大河になるのかといえば、そんなことは少しもなく、それぞれがダムの貯水池のように堰き止められる。「主人公」格の二人の青年、つまりスタヴローギンとピョートル・ヴェルホヴェンスキーは、物語の表層では主君と臣下のような親密な関係を結んでいるようにみえながら、プロット的には完全に切り離された疎遠な関係に置かれている。実際、「五人組」を領導する陰謀家のピョートルは、スタヴローギンを教祖のように崇めながら、スタヴローギンの悲劇には本質的な意味では一切関与しない人物なのだ。かたやスタヴローギンもシャートフ殺しの論理を案出するピョートルのイデオロギー（無神論的ラディカリズム）になんら加担せず、極端にいえばピョートルと「五人組」を軸とするプロットから完全に独立した人物として読者の前に姿を現している。彼が主人公となり、他の登場人物が組み込まれていく物語とは、一言でいえば、**プシュドー・ロマンス（擬似的な恋物語）**である。その悲惨な恋物語のなかで彼は比較を絶したモンスターの生命を授かっている。ドストエフスキーがこの作品と悪戦苦闘していた当時の精神病理学の知見が不十分で、スタヴローギンを作家の想像力の純粋な産出とかんがえるならば、このモンスターの創造にこそ、ドストエフスキーの天才的な直観と洞察をみることができるかもしれない。しかし、後述するようにスタヴローギンの人物造型は、作家の想像力によるものでもなければ、天才的な直観把握によるものでもなかった。

作者は、スタヴローギンの物語の根底に無神論的ラディカリズム（政治革命）を批判したのと同じものを見定めている。つまり、「おのれの国民と国民性を失ったもの」や「父祖の信仰も神も失ったもの」がそれである。実際、シャートフを介してそのように批判している。しかし、作者が実現したスタヴローギンの形象には本人の意図を越えたものが実現した。この作品を手にした読者なら誰もそれに気づかざるをえない。というのも、スタヴローギンの物語をロシアの国民性や父祖の信仰の喪失という社会的文脈で読み進めていくのはひどく困難だからだ。作品の叙述と表現に従っていくかぎり、作者はむしろロシア的な状況そっちのけでこの青年の魂の最深奥に不気味な畸形性を与えることに熱中している。その結果、彼は**一九世紀の人間学の枠をはみ出す一種のモンスター**として造型されることになった。読者の多くも、実際、モンスターたるスタヴローギンの強烈で謎めいた畸形性に惹きつけられるのである。

『悪霊』という難解な小説の最大の謎は、ひとえにスタヴローギンの人物造型にある。そこでわたしたちがあらためて問わなければならないのは、次の問いである。スタヴローギンという青年は、いったい何者なのか？　なぜモンスターとみなすしかない存在として造型されることになったのか？　そしてこれが最も切実な問いとなるが、作者はなぜそれほどまでにモンスターたるスタヴローギンの造型に熱中したのか？

スタヴローギンは、彼が自死する前に書いたダーリヤ宛ての手紙の中で次のように語っている（第三部第八章）。

以前いつもそうであったように、ぼくはずっとよいことをしたいと願うことができるし、そのことで満足を感じることもできる。それとならんで、悪いことも望んでいるし、そのことで満足を感じている。でもそのいずれの感情も、依然として、つねにあまりに底が浅く、たいへんにはではあったことが一度もないのです。ぼくの欲望はあまりに弱々しく、導くことができません。

引用した文章は奇妙な日本語（亀山郁夫訳、以下『悪霊』からの引用は亀山訳を使用）になっているが、誤植ではない。これは、スタヴローギンがロシア語を正しく駆使することができず、リテラシーに欠損を抱えた青年の一人として設定されており、ロシア語の不完全さを日本語に反映させた結果である。作者のドストエフスキーによれば、ロシアのニヒリスト、無神論的急進主義者どもは「故郷喪失者」であるがゆえにロシア語を正しく話せない連中なのだ。ちなみに江川卓訳では次のようになっている。

私はいまもって、いや、以前も常にそうだったが、善をなしたいという欲望をいだくことができ、そのことに満足感をおぼえる。と並んで悪をなしたいという欲望もいだき、そのことにも満足感をおぼえる。しかし、そのどちらの感情も依然として常に底が浅く、かつて非常にのあったためしがない。私の欲望はあまりに力弱く、導く力がない。

この手紙のなかでスタヴローギンは自分が善悪＝正邪の判断ができる人間のように語っているが、真実はその反対で、善悪の判断ができない人間たることを告白している。善をなしたいという欲望も悪をなしたいという欲望も同時にもつということは、結局、善悪に対する判断力が剥落していることに等しい。「善をなしたいという欲望」は、**悪に対する否定の力**が働いていなければならず、逆に「悪をなしたいという欲望」は**善に対する否定の力**が働いていなければならないが、二つの欲望が同時に存在するという事態は**二つの否定の力が相殺しあっている状況**にほかならない。この事態はもっと簡潔な言い方で示すことができる。人は善悪を内面につくり出さないかぎり、善悪のいずれもなしえない存在である、と。したがって、ある人間が「わたしは気づいてみたら善を行っていた」と述べたとすれば、それは虚偽の陳述である。でなければ、ナンセンスな戯言である。善をなすとき、彼はいずれにしても渾身の力で悪を否定しなければならず、実際、そのように行為するほかはない。悪をなす場合も同じである。爆発的な怒りの発作に襲われて人を殴りつけるとか、ナイフで刺し殺すとかする場合、彼は怒りの情動におのれを委ねて瞬時に善をなきものにするのだ。スタヴローギンの場合、彼の欲望は、二つの否定の力が相殺されて《無》に落ち込む。だからこそ、彼は「あまりに力弱く、みちびく力がない」という無力感に苛まれ、善の所業にも悪の所業にも関心を示すことができず、蠟人形のように無表情にやり過ごすのである。ヘーゲルは、『精神現象学』の「自己を確信する精神——道徳」というタイトルをもつ項目のなかで「実際に悪がおのれの悪を認めるのは、自分が公認の規範には従わず、自分の内面の掟と良心にもとづいて行動するのだ、と主張することによってである」と語っているが、そもそもスタヴローギンにあっては掟や良心のような自分独自の内面性（規範）は腐乱している。「スタヴローギンの告白」の異稿には次のような文章も含まれている。[1]

……そのとき、お茶の席につき、彼らとおしゃべりをしながら、生まれて初めて自分について厳しく定義づけることができた。つまり、自分は悪と善のちがいがわからないし、感じてもいない、感覚を失ってしまっただけでなく、悪も善も存在しない——あるのは、迷信だけで、私はこの迷信から自由になれるが、もしその自由が得られたら、破滅する。

スタヴローギンという青年をその生誕から死まで苛んだものとは、プラトンが『国家』で告発するような「邪悪な魂」ではないし、またヘーゲルがマクベスにみたような「人間的自然のあらゆる聖なるものを蹂躙し、殺戮した人間の運命」(『キリスト教の精神とその運命』、木村毅訳)でもない。それは一言でいえば、欲望に内在する**否定の力の弱さ**にほかならず、意志的な鍛錬や矯正では治ることのない病いなのである。否定の力の弱さは、彼の心魂を徹底的に蝕んだ。読者は「悪と善のちがいがわからない」と書くスタヴローギンをそのとおりに受けとめ、理解すべきである。善悪に対する判断力の剥落と圧倒的な無力感。母親のワルワーラ夫人は「あの子がなにがしか、絶え間ない不安に苛まれていることや、変わった好みに対する嗜好があること」に気づいているが、息子の実存を貫く圧倒的な無力感がその内面を破砕し、**生命感覚を腐乱させていること**には気づいていない。その彼女がたまたまのぞいた息子の寝姿は、次のように記述されている(第二部第一章第四節)。

青白く、けわしい顔をしていたが、まるで凍りついたようにぴくりともしない。眉を軽くゆがませ、額には八の字のしわができている。それはまさしく、血の通わない蠟人形そのものだった。夫人は息を殺すようにして、三分間ばかり立ちつくし、息子の姿を見下ろしていたが、ふいに恐怖にかられた。

ドストエフスキーの表現は身震いするほど雄弁で鋭利だ。ワルワーラ夫人が恐怖にかられるのは、息子が「血の通わない蠟人形」、つまり、死んだのも同然の**心魂の廃疾者**であることを身体感覚として受け入れたからだ。この青年は母にとってさえおぞましく、不気味な存在なのだ。このおぞましさ、不気味さは、無力感を宿痾のように抱え、正邪に対する判断力を持たず、どんな出来事にも人間的な関心や共感を示すことがない彼の心魂から発している。「血の通わない蠟人形」という言い回しは、信頼に足る明確な人間の顔をもたないことの譬えであり、個性と呼ぶべき人間的な形相を欠いた内面を摘出している。そこにあるのは、ひやっとする不気味な感触であって、愛着を抱かせる何かが剥落しているのだ。この不気味さは、同時に語り手（ここでは作中の「私」）が記述するその顔貌によっても増幅されている。「一見したところ、絵に描いたような美男子なのだが、それでいて、どこか人に嫌悪感を抱かせるところがある」（第一部第二章第一節）。

次に語り手（ここでは作者）は、シャートフの口を借りて、スタヴローギン問題の本質を立ち上がらせている（第二部第一章第七節）。シャートフは全身を震わせてスタヴローギンに言う。「なぜ、悪はけがらわしくて善は美しいのか、ぼくにもわかりません。でも、この違いの感覚が、なぜ、スタヴローギン的な人間のなかでは磨滅し、失われていくのか、ぼくにはわかります」。シャートフの答えはこうである。「あなたが善と悪の判断を見失ったのは、自分の民族を理解することを止めてしまったからです」。

シャートフは、ピョートルと「五人組」の活動から離脱した転向者としてこのあと密告を怖れたピョートルたちの手で惨殺される運命にあるが、スタヴローギンと対峙する彼は、あの大地信仰に目覚めた一人として、さらにそのイデーを急進化させ、過激な「ロシア民族」主義者として振る舞っている。だから、作者がシャートフに「自分の民族を理解することを止めてしまったから」と言わせるのは無理なこじつけではない。が、繰り返せば、その説明は、わたしたちを到底納得させるものではない。ドストエフスキーは、ロシアの大地や民族性から離れて破壊活動や理想主義に疾走した他の登場人物たちにスタヴローギンのような畸形性を賦与することはなかった。ただ一人、スタヴローギンのみがモンスターたる畸形性の生命を授けられ、その実存と交叉した人たちを誤らせ、腐乱させるのだ。

2

ヨーロッパ文学史のなかにスタヴローギンと同型の人物を見つけ出すのは難しい。彼の形象に人間心理のデモーニッシュな暗黒面やニヒリズムの歪んだ哲理を読み込んだり、近代ロシアのイデオロギーの刻印をみたりするのは的外れだ。これまでの評家のうち、スタヴローギンに対して最も的確な評言を下したのは、ウォルインスキーである。

『悪霊』研究の古典となった一九〇四年の著作で、彼はスタヴローギンのなかに「人間的感情の脈動の欠如」をみて、「スタヴローギンの神経は何ものをも感ぜず、世界へ接触する彼の全機能は閉ざされている」「スタヴローギンは不具者である。生きた感情をもたぬ人間として心理的に不具者たるのみならず、生理的にも不具者なのである」と述べた。この評言は、まるで精神鑑定士の診断のようだ。また、作家のウラジーミル・ナボコフは、スタヴローギンを「道徳的狂気」に堕ちた精神病質者とみなした。ウォルインスキーやナボコフの見立ては、従来のその他の評言――たとえば、「意志の権化」（ジョン・ミドルトン・マリ）、「知力と頭脳の力の権化」（レオニード・グロスマン）、「あらゆる地下的な関係の統合」（ルネ・ジラール）、「スヴィドリガイロフの生れ変り」（小林秀雄）、「自己意識の泥沼」（桶谷秀明）、「ファウスト的デーモンを負ったニヒリスト」（清水孝純）、「エゴイストの巨魁」（森和朗）等々の見当違い――に比べれば、正鵠を射たものだ。スタヴローギンという青年は何者か？

正邪を判断する主観的能力が損なわれた心魂の廃疾者、それが答えである。スタヴローギンが圧倒的な存在感を与えるのは、彼が何よりもわたしたちにも身近な精神の廃疾者だからだ。作者が造型したスタヴローギンの畸形性には、近代ロシア社会の矛盾と病理をはるかに突き抜けた、背筋が寒くなるようなおぞましさが呪われた血のようにべったり付着している。『悪霊』の翻訳者でもある亀山郁夫は、『ドストエフスキー　謎とちから』（二〇〇七年）のなかで「わたしは、スタヴローギンに現代に生きるすべての人間の原型を見る思いがする。スタヴローギンは、もはや一九世紀ロシアの小説の主人公ではない。わたしたちすべてがミニ・スタヴローギンと化しているのだ」と述べているが、スタヴローギンを「現代に生きるすべての人間の原型」とみるかどうかはともかく、近代小説の肥沃な人間学を腐蝕させる精神の病いを先取りしたモンスター像が一九世紀の作家の手によって創造されたことだけは確かである。(2)

しかし、作者はなぜ心魂の廃疾者たる主人公の造型に熱中したのだろうか。その答えを探る前に、わたしたちはもう少しスタヴローギンに賦与された不具廃疾にこだわってみたい。

精神病理の知見からスタヴローギンの人間的な畸形性（不具廃疾）に言及することは、おそらくそれほど困難なことではないだろう。しかし、作者は、スタヴローギンの人間性に対してもっぱらイデオロギー的な観点から接近し、すでに紹介したようにロシアの土着的な根源性――つまり、国民性、父祖の信仰、神、大地で表象されるもの――との切断に求めたのである。ところが、スタヴローギンと同様にそうした根源性を失って暗躍するピョートルやリプーチン、シガリョーフたちには決してスタヴローギンのような悲劇的な相貌を授けることはしなかった。作者は自分の創作上の意図を越えて想像上のモンスターを造型してしまったようにみえる。

もしドストエフスキーが二〇世紀の精神医学の知見を手にしていれば、スタヴローギンの悲劇的な始源をスクヴォレーシニキの邸宅を舞台とする彼の乳幼児期からの家族史に求めたに違いない。語り手である「私」がその家族史の内部に入り、スタヴローギンのアドレッセンスに探りを入れた言葉を記述しているのは、第一部第二章第一節のわずかな箇所にとどまる。以下、引用する。


ステパン・ヴェルホヴェンスキー氏が養育者として招かれたのも、まさにこの息子（引用注：スタヴローギン）のためであった。当時、少年は八歳ぐらいで、軽佻浮薄な父親のスタヴローギン将軍は、すでに当時母親のワルワーラ夫人と別居状態にあったので、子どもはもっぱら女手ひとつで育てられた。ここはひとつ正当に評価してやらなくてはならないところだが、ヴェルホヴェンスキー氏はもののみごとに教え子を手なずけてしまった。

少年は、母親が自分をひどく愛してくれていることは知っていたが、彼のほうは母親のことなどたいして愛していなかったと思う。母親は息子とあまり口もきかず窮屈な思いをさせることもめったになかったが、それでも少年は、自分をじっと見守っている母親の視線を、なぜか病的なほど肌身に感じていた。もっとも、子どもの教育や精神面での成長となると、母親はひとりヴェルホヴェンスキー氏にまかせきりだった。

ただこの教育者は、自分の教え子の神経を、いくぶんなりとも狂わせたと見るべきふしがある。数えで十六になったとき、少年は学習院に入れられたが、そのときの彼はといえば虚弱体質で、顔も青白く、妙にひっそりと考えこんでばかりいた。（中略）ヴェルホヴェンスキー氏は、友だちの奥深い心の琴線に触れ、まだぼんやりとしたものながら、あの永遠に消えることのない神聖な憂いの最初の感覚を、少年の心のうちに呼びさますことができた。

また、母親のワルワーラ夫人が息子の来歴に触れ、「……ニコライはこれまでいくつか不幸な目にあい、いろんな変転を経験しています。そういったことが、あの子の精神状態に影響を与えたのかもしれません」という言葉がある（第一部第三章第六節）。しかし、いずれにせよ、こうしたアドレッセンスの記述だけでわたしたちがスタヴローギン的な問題の核心をつかむのは、ほとんど不可能といわなければならない。

エリク・H・エリクソンは、よく知られているように人間が社会共同体に順応していくための発達段階を八つに区分し、このうち、乳幼児期（零歳から四歳ごろまで）の三つの段階を最も重要なものと位置づけた。エリクソンによれば、乳児期（口唇・感覚期）では、生存に対する基本的な信頼感と不信感との葛藤を解決する過程で自我の統合への第一歩を踏み出す。幼児期前期（筋肉・肛門期）では、自由に選択する自律の力が芽生えていくと同時に恥や疑惑の念の基礎が形成される。幼児期後期（運動・性器期、フロイトのいわゆる「男根期」）では、母親（あるいは父親）に対する排他的で前性器的な愛着から離れる宿命的な分裂の過程で自発性と罪悪感が形成されるとともに、わたしたちが「良心」と呼ぶ心魂の原質が形成される。ただし、各段階の葛藤をエリクソンはそれぞれ一回限りの出来事として設定しているわけではない。また、葛藤がたとえば乳児期における基本的な信頼感の獲得へとすべて予定調和的に結実するとかんがえられてもいない。子供に与えられた両親や家庭環境や外部的諸条件によって絶えず葛藤が続くこともあれば、いったん基本的な信頼の感覚が獲得されても新たな葛藤関係に侵害されることがある。彼は、乳幼児期の内面的な葛藤と良心の原質について次のように述べている。

人間の良心の一部分が一生涯を通じて小児的のままであるという事実は人間の悲劇の核心をなすのである。なぜならば、子どもの超自我は原始的で、残忍で、かつ妥協を知らない。そのことは、子どもが自己抹殺ともいえるほどの激しさで自己を抑制し、制限する事実に観察することができる。それは、親が子どもに要求したいと思うよりもはるかに厳しい服従を発達させたり、また、子どものこの新しい良心に親自身は従っているようには見えないという理由から、子どもが深刻な退行や執拗な恨みを発達させる事実などにも見ることができるのである。人生における最も深刻な葛藤の一つは、超自我のモデルであり、またその執行者であった親が、子ども自身にとって最早許すことができないような罪を犯し、しかも罰せられずにうまく逃げようとしている（何らかの形で）のを知った時のその親に対する憎しみである。このように、猜疑心と回避性が、道徳的伝統を伝える器官である超自我の、全てか、さもなければ無という妥協を許さない特質と結びつくとき、道徳的な人間（道学的なという意味での）は、彼自身の自我や彼の仲間の人間の自我にとって、非常に危険な存在となる可能性をもつ。（『幼児期と社会Ⅰ』、仁科弥生訳）

エリクソンの乳幼児期に対する考察は、わたしたちに次のことを教える。「人間」という名の動物は、その生誕時点では「人間」とは呼べず、十数年に及ぶ幼態成長を課せられた未熟な生命体である。彼または彼女は、いずれ成人となって自分とは異質な他者が集まる苛酷でよそよそしい共同性の世界に駆り出されてそこで生きていくほかはない社会的存在である。そのためにはその世界に必要とされる社会的能力や共生感覚をそれまでに身につけねばならない。しかし、それ以前にも、つまり、「人間」とはとても呼べない乳幼児期――フロイトはよく知られているように「小さな原始人」の時期とみなした――に決定的ともいえる心魂の原質が形成され、しかもその形成の現場では母親（と父親）が決定的ともいうべき影響力を及ぼす一方、乳幼児の自分は圧倒的に受け身の態勢にあって無情なほど非力でありながら、誰でもない自分の心魂の原質を獲得するのである。

この母（父）と子の間で火花を散らせる葛藤のプロセスは、理不尽な宿命と呼ぶべきではないのか？

乳幼児期の惨劇の前に、それに先行する十カ月の胎児期のドラマを組み入れるとすると、宿命の理不尽さはさらに苛酷なものとなる。吉本隆明は、『母型論』という本で《胎内での母子の内コミュニケーション》という独自の概念を提出して次のように述べている。

母胎のなかで羊水にかこまれ、母親から臍の緒をとおして栄養を補給される、いわば二重の密閉環境のなかで、生命維持の流れは母から子へじかにつながっている。外の環界の変化を感じて母親の感情が変化すると代謝に影響するため、母と子の内コミュニケーションは同体に変化する。母親が思い、感じたことはそのまま胎児にコミュニケートされ、胎児は母親とほとんどおなじ思いを感じた状態になる。これは完全な察知の状態にとてもよく似ている。これが胎乳児の無意識の核の特徴になるといっていい。ただ母から子への授受がスムーズにのびのびと流れるかどうかは、べつのことだといえる。母の感情の流れは意識的にも無意識的にも、すべて無意識になるよう子に転写される。わたしたちはここで感情の流れゆくイメージを暗喩として浮かべているのだが、母から子への流れが渋滞し、揺動がはげしく拒否的だったりすれば、子は影響をそのまま受ける。影響の仕方は二極的で、一方では母の感情の流れと相似的に渋滞、揺動し、拒否的であったりと、そのまま転写される。だがこの拒否状態がすこし長い期間持続すれば、あるいはもう一方の極が子どもにあらわれる。ひとことでいえば無意識のうちに（もともと無意識しか存在しないのだが）母からの感情の流れを子が〈作り出し〉、流線を仮構することだ。後年になって人が病像として妄想や幻覚を作るのは、この母からの感情の流れを〈作り出す〉胎乳児の無意識の核の質によるものとかんがえられる。

ここでスタヴローギンに引きつけていえば、胎・乳幼児期の無意識の核の質を指定できなければ、わたしたちがスタヴローギンのモンスター的な病疾に近づくことはほとんど不可能なのである。そもそも胎児期の無意識の核に接近できる確かな方途があるわけではないので、病疾の謎は謎のまま放置せざるをえない。が、少なくともここでは母親との十全な接触を阻まれて生エネルギーの自然な備給が断たれた結果、生命感情の自然な発露が困難になってしまった宿命的な人間のタイプを想定することができる。もっと勝手な想像を働かせれば、こうだ。スタヴローギンは生まれ落ちたその日から絶え間のない腐朽を抱え込まざるをえなくなる以前に、もしかすると母胎にいる間にすでに母から小さな生命体への豊かな流れが堰き止められるか、あるいは渋滞していたのではないかというように。もちろん、このような勝手なイメージの拡張は、スタヴローギンの形象から逸脱しているが、逆にいえば、こうした乳幼児期の問題（それに先行する胎児期も含めて）に触れることもなしにスタヴローギンの怪物性が造型されているために、作者が提出したスタヴローギンの人間性——もう一度繰り返せば、おぞましいほど希薄な生命感覚、正邪の判断力の喪失、他者への共感、同情、憐れみの欠如——は、誰にとっても大きな謎にとどまるのである。作家の武田泰淳は「ドストエフスキーがスタヴローギンを完全に形象化しえたかどうかということは疑問だ」と語った（埴谷雄高、高堂要との座談会での発言）。「実際に僕らが読んで、ほんとにスタヴローギンが存在できるかどうか、自分に納得させることはできにくい」と。人間として存在できないとすれば、スタヴローギンは近代小説にまったく類型をもたないモンスターということになる。武田のこの感想は、スタヴローギンに対して内外の評家たちが示した的外れの本質規定よりも数等優れたものといってよい[(3)]。

ここで作者の想像上のモンスターに接近するために、わたしたちは以前取り上げたラスコーリニコフの夢、あの鞭打たれて死んでしまう老馬の悪夢（『罪と罰』第一部第五章）を参照しよう。夢のなかで少年のラスコーリニコフは、酔狂の大人たちに虐殺される老馬を見て「お父さん！　どうしてあの人たち……あんなかわいそうなお馬さん……殺しちゃったの！」と泣きながら叫ぶ。わたしたちは、この老馬の悪夢を取り上げたとき、夢のなかの少年が至高の生命感覚──驚愕、恐怖、畏れ、憐れみ、悲しみ、喜悦、至福感──が永続的に爆発するような、ある絶対的な光の環のなかに立っている、と述べた。もしもその夢の主人公が少年時のスタヴローギンであれば、ラスコーリニコフのように泣いて叫ぶことは絶対にないと断言できる。彼にふさわしいのは、蒼白い顔面に大人のような冷ややかな微笑を浮かべて老馬虐待の現場を黙って観察する形姿である。少年のスタヴローギンがすでに心魂の廃疾者であったに違いないという観点は、ドストエフスキーが作品世界に創造したスタヴローギンの怪物性をみれば、まったく正当なもののようにおもわれる。

　スタヴローギンの怪物性に類似した人物をドストエフスキーの他の作品に求めれば、すぐに『カラマーゾフの兄弟』のスメルジャコフが思い浮かぶ。白痴の乞食女の腹から生まれた父なし子と蔑まれてきた彼は「ぼくとしちゃ、この世にまるきり生まれつかずにすむんでしたら、まだ胎内にいるうちに自殺したかったですよ」（傍点引用者）と自分の出生を呪っている青年だが、少年時代は猫を吊るしてなぶり殺すことに熱中する子供だったと記述されている。しかし、このスメルジャコフが小ぶりのスタヴローギンであるわけがない。彼は卑小で狡猾なリアリストという点でそのまま人間の「現存在」形式のカテゴリーに収まっており、肝胆を寒からしめるスタヴローギンの怪物性とは無縁だ。

モンスターたるスタヴローギンの造型に熱中した作者に啓示を与えたものがあったとすれば、それは精神医学の知見でもないし、作者が目を凝らして読んだ新聞報道のさまざまな殺人事件でもない。ドストエフスキーの創造力を刺激してやまなかったのは、たぶんパウロ書簡のなかの次のような一節である。

3

わたしは、自分のしていることが分かりません。自分が望むことは実行せず、かえって憎んでいることをするからです。もし、望まないことを行っているとすれば、律法を善いものとして認めているわけになります。そして、そういうことを行っているのは、もはやわたしではなく、わたしの中に住んでいる罪なのです。わたしは、自分の内には、つまりわたしの肉には、善が住んでいないことを知っています。善をなそうという意志はありますが、それを実行できないからです。わたしは自分の望む善は行わず、望まない悪を行っている。もし、わたしが望まないことをしているとすれば、それをしているのは、もはやわたしではなく、わたしの中に住んでいる罪なのです。それで、善をなそうと思う自分には、いつも悪が付きまとっているという法則に気づきます。「内なる人」としては神の律法を喜んでいますが、わたしの五体にはもう一つの法則があって心の法則と戦い、わたしを、五体の内にある罪の法則のとりこにしているのが分かります。わたしはなんと惨めな人間なのでしょう。死に定められたこの体から、だれがわたしを救ってくれるのでしょうか。(「ローマの信徒への手紙」第7章15~24節、新共同訳)

このパウロ書簡が語っているのは次のことである。わたしという人間は自分が望んでいることが何であり、自分が望まないことが何であるかを確実に知っている。しかし、現にそうであるところのわたしは自分が望むことを実行しないばかりか、自分が望まないことを実行するような存在である。「わたしは自分の望む善は行わず、望まない悪を行っている」という言表は、わたしという人間は分裂していると語っているのと同じだ。だが、人間はすべてそのような存在であり、善（神の律法）と悪（罪の法則）に引き裂かれずに生きる人間はいない。聖パウロはそう語っている。カール・バルトはこのように引き裂かれた人間、調和を失った人間存在に「宗教的なるもの」の現実性——もちろん、これは可能性と言い換えてもよいのだが——をみた。「自分自身と同一でありうるのは、ただ神と自分が一致しているのかという大問題にまだ目覚めていない者だけであろう。われわれはすべて、われわれが自分自身と同一ではないことを、またそれとともに、われわれがどれほど深く神によって動揺させられているかを、われわれの行為と態度の全体において、十分明瞭に明らかにする」（『ローマ書講釈』、小川圭治・岩波哲男訳）というように。これに対し、ニーチェは周知のように人間に内在する《罪》という概念を作り上げて「人間の価値低下」をもたらした聖パウロの暗くて宿命的な人間学を蛇蝎のごとく嫌悪した。そしてすべての人間を内面的な困窮状態に突き落としたのだとパウロの神学を罵倒した。ドストエフスキーがやったことは、ニーチェが聖パウロに対して行ったこととはまったく違っていた（ニーチェのパウロ神学批判については『カラマーゾフの兄弟』を論じる際にふたたび取り上げる機会があるだろう）。ドストエフスキーはパウロ書簡を読んで「罪の法則」を語るパウロの人間学と同質の内面性をスタヴローギンに与えたのである。先に引用したスタヴローギンのダーリヤ宛ての手紙にあったあの奇妙な言い回し、「ぼくはずっとよいことをしたいと願うことができるし、そのことで満足を感じることもできる。それとならんで、悪いことも望んでいるし、そのことで満足を感じている。でもそのいずれの感情も、依然として、つねにあまりに底が浅く、たいへんにはではあったことが一度もないのです。ぼくの欲望はあまりに弱々しく、導くことができません」と語るスタヴローギンは、パウロが語る特異な罪の法則の成就にあたっている。パウロ神学の前提となっている人間学がどこまでも鬱屈して病的なほど暗い認識に裏づけられているのであれば、スタヴローギンは心魂の廃疾という内面性をもつほかはなかったのだとかんがえられる。

ところで、ここでの問題は、なぜそんな人物を造型する必要があったのかということだ。この問いに対してはいくつもの回答があるだろうが、わたしたちの答えはこうである。ドストエフスキーは、聖パウロが書簡で語った宿命的な人間学からスタヴローギンの内面性を造型した。聖パウロの分裂した人間の内面性をなんとしてもスタヴローギンに注入する必要があったからだ。なぜか。ドストエフスキーに即していえば、スタヴローギンの内面性が作品内部で表現している意味は、次のようなものだったからである。

わたしという人間は自分が望むよきことを知っている。自分が望むよきこととは、「よりよき未来」の実現である。そのためにはまず専制国家を打倒しなければならない。ほんとうにそうなのだ。しかし、それはあの無神論者、故郷喪失者、ニヒリストの連中が行う神抜きの革命（暴力も辞さない政治革命）ではない。大地とイエス・キリストの道をたどることでようやく達成できる革命である。ところが、わたしは自分が望んでいるよきことを行わない。つまるところ、わたしは専制国家を打倒すべく行動しない。同時にそうする自由がわたしには奪われている（わたしは皇帝直属官房第三課からいつも監視されている)。それとは逆に、自分が望まないことをわたしは行っている。つまり、祖国の専制国家に服し、それに従属している。わたしは決して自分でそれを望まないのだが、実際、わたしは自分が望まないことを行っているのだ。このように現にそうであるわたしは、聖パウロがそうであったように分裂した人間である。わたしという人間はなんと惨めな存在であることか。

「なんと惨めな人間なのでしょう」という聖パウロの嘆きはそのままドストエフスキーの嘆きだった。そして彼は自分が現にそうであるところの「惨めな人間」をスタヴローギンという稀代のモンスターを介して表現したのである。つまり、スタヴローキンの内面こそ、社会的に掣肘を加えられて身動きのとれない生身のドストエフスキーの社会病理的な自己像なのである。なお、念のために一言付け加えると、ドストエフスキーにあっては、奇妙なことに政治的な専制国家とツァーリ(皇帝)ははっきり区別されている。もっと正確にいえば、彼は両者を水と油のように切り離すのだ。わたしたちは本論Xのなかでそれをあらためて取り上げるだろう。

ドストエフスキーは、ミハイル・マイコフ宛ての手紙(一八七〇年十月二十日、ユリウス暦では十月八日)で「小生はこれ(引用者注:スタヴローキンのこと)を自分の心の中からつかみだしたのです」と語っている。

この「惨めな人間」の内面性がロシアの大地や民衆をめぐる際限のない思案にドストエフスキーを投げ入れる尽きせぬ源泉となったのである。

4

成人したスタヴローギンは、自分の宿痾となった怪物性をおのれの意志の力で打ち負かすことができない。彼は、性格悲劇を演ずるデモーニッシュな人間ではなく、心魂が致命的な損壊を受けた呪われた精神病者である。

作者のドストエフスキーは、病者としての彼の痛ましい悲劇を二つのドラマとして描き分けた。一つは、いわゆる「スタヴローギンの告白」と呼ばれている「チーホンのもとで」の章に記述された少女マトリョーシャ凌辱の出来事として。もう一つは、作品世界に登場する複数の女性たちとの、謎が多く濃霧がたれこめたようなあの**プシュドー・ロマンス**（**擬似的な恋物語**）として。病者スタヴローギンとのロマンスのなかに巻き込まれるのは、リザヴェータ・ニコライエヴナ、ダーリヤ（ダーシャ）、マリヤ・レビャートキナ、そしてスタヴローギンの子を産むマリヤ・シャートフの四人である。いずれもそれは愛の不可能性を宿命づけられたプシュドー・ロマンスと呼ぶべき男女の関係性の世界として描かれている。ただし、後述するようにスタヴローギンと女性たちとの恋物語の真相は霧に包まれ、思わせぶりな表現や意味ありげな暗示で表出されるだけである。

少女マトリョーシャ凌辱の出来事は、呪われた精神病者たるスタヴローギンの内面の荒廃を明らかにする、必要にして十分なエピソードとなっている。ただし、作者は「スタヴローギンの告白」を介して彼がそれでも救済されるべき余地のある人間であることを読者に示そうとした。

具体的にみていこう。十四歳のマトリョーシャを凌辱し、少女が自殺するのを傍観するスタヴローギンは、おのれの怪物性に淫し、そこに性的な法悦さえ感じる青年である。彼は書きつける。「思うに、この出来事は、彼女（引用者注：マトリョーシャ）には、最終的に死ぬほどの恐怖をともなう、かぎりなく醜悪な行為と思われたにちがいない。（中略）おそらく彼女は、しまいに自分は死に値する信じられないほどの罪をおかした、『神さまを殺した』と思っただろう」。十四歳の少女が実際に「かぎりなく醜悪な行為」「神さまを殺した」と思ったのかどうかはわからない。スタヴローギンにとって重要なのは、「そうであったにちがいない」という彼の確信だけである。なぜならば、正邪の判断力を奪われ、生命感情の大きな流れを断たれたモンスターにとって、罪悪感にもがき苦しむ他者を想像し、実際にそのようなものとして観察することがそのまま性的な法悦に近い快楽であり、心魂の廃疾がもたらす何かであるからだ。このあと、マトリョーシャは、自分を突き放すスタヴローギンの冷酷な態度に全力を挙げて抗議する。「彼女はふいに、私に向かってなんども顎をしゃくりだした。相手をひどく責め立てるときに、顔を縦にふるあのやり方である。それからいきなり、私に向かって小さなこぶしを振りあげ、立っているその場所から私を脅しはじめた」。絶望したマトリョーシャは、鶏小屋のような納屋に入る。それを見届けたスタヴローギンは、彼女が自殺するだろうとの予感を抱く。が、どんな行動にも出るわけではない。彼の心魂からは自殺阻止の行動へ駆り立てる力が一切削げ落ちている。それでも彼にはマトリョーシャの自殺幇助に等しい行動を自分がとっていることだけは明晰に意識されている。

マトリョーシャが納屋に入って縊死するまでの間、スタヴローギンは「ゼラニウムの葉に止まっている赤みを帯びた蜘蛛」を眺める。蜘蛛といえば、わたしたちは、『罪と罰』のなかでスヴィドリガイロフがラスコーリニコフに語ったあの《永遠》のイメージ、「隅から隅まで蜘蛛の巣が張っている、田舎風の煤けた風呂場」を思い起こすのだが、ここでの「赤みを帯びた蜘蛛」とは、スヴィドリガイロフの蜘蛛が《淫蕩》のメタファーとなっているのに対し、スタヴローギンの精神の病い、すなわち**人間的な生命感覚の流れが滞り、**そのために**他者との共生感覚が根こそぎ剥落してしまった実存**の暗喩となっている。その後、この赤い蜘蛛は長い間、スタヴローギンの記憶に刻まれ、自殺する前に死力を振り絞って抗議したあのマトリョーシャの幻影を彼のもとに召喚する。彼がそれを見るのは、ドイツのある田舎町のホテルに逗留したときのことである。「私は目の前に見た、私はげっそりと痩せこけたマトリョーシャを見たのだ。熱に浮かされたような目をし、私の部屋の敷居に立っていたあのときと寸分違わない、顎をしゃくりながら、私に向かってあの小さなこぶしを振りあげた、あのマトリョーシャを」。スタヴローギンの心魂は、死ぬ以外に安堵も平安も慰藉も得られないほど損壊しているが、作者のドストエフスキーは、マトリョーシャの幻影に脅かされるスタヴローギンの内面に寄り添うことによって、彼にもまだ良心の残基が残っていることを読者に差し出そうとした。スタヴローギンは、ドイツのホテルの一室で見たマトリョーシャの幻影を思い出しながら、次のように書き進める。

私にとって、あれほど苦しいことは一度もなかった！　私を脅しながら、むろん自分だけを責めさいなんだ、まだ分別もできていない、無力で、十歳の生きもののみじめな絶望！　一度として、まだ私の身にそのようなことが生じたことはなかった。私は身じろぎもせず、時を忘れ、夜ふけまで座っていた。それが良心の呵責、ないしは悔悟と呼ばれるものだろうか？　私にはわからないし、今なお答えようにも答えられない。

この記述のなかにある「一度として、まだ私の身にそのようなことが生じたことはなかった」という自覚こそ、マトリョーシャの生命感情に漲る否定の力がスタヴローギンの心魂を烈しく刺し貫いたことを示している。スタヴローギンは続けて書く。ただし、スタヴローギンの背後にはいつも作者のドストエフスキーが屈み込むように立っており、独白する彼をしっかり操作していることを忘れてはならない。

私が耐えがたいのは、ただあの姿だけ、まさにあの敷居、まさにあの瞬間、それ以前でもそれ以降でもない、振りあげられた、私を脅しつけるあの小さなこぶし、あのときの彼女の姿ひとつだけ、あのときの一瞬のみ、あの顎のしゃくりかた。それが、私には耐えられないのだ。

心魂の腐乱したモンスターとして造型されたスタヴローギンに「耐えられない」ものなどあるのだろうか。生命感情の流れが断ち切られたモンスターにとって、他者は現実感の伴わないモノのような存在であり、他者との関係においてまばゆい光の流動とともに立ち上がる感情の働き、つまり共感、信頼、親和、同情、憐憫、憎悪、恐怖、畏怖などは一切潰滅しているのだから、彼に「耐えられる」ものも「耐えられない」ものもないはずだ。ドストエフスキーが作品世界で描いたスタヴローギンの所業のすべてはそれを語っている。ところが、驚くべきことに、モンスターの創造者たるドストエフスキーは、彼を救済されるべき余地のある人間として、ここにマトリョーシャの幻影がもたらす苦悩を与えるのだ。スタヴローギンの造型を台なしにすることにもなりかねないのに、ドストエフスキーは敢えてそうするのである。

スタヴローギンの造型を歪める記述はまだある。マトリョーシャの幻影に脅かされる直前に見るあの《黄金時代》の夢である。この夢は、すでに本論Iで取り上げた。そこでは『未成年』のヴェルシーロフが見た夢の記述を紹介したが、スタヴローギンの夢の記述内容はヴェルシーロフのそれとまったく同じである。目覚めたヴェルシーロフは「私は幸福に充たされていた。私には未知の幸福の感触が痛いまでに私の心にしみとおった」と語る。スタヴローギンもまったく同じように言葉を連ねる、「まだ知ることのなかった幸福の感覚が、私の心を痛いほど刺しつらぬいた」と。ヴェルシーロフという人物については、『未成年』を論じる際に取り上げるが、スタヴローギンと違って彼は帝政ロシア社会が生んだ西欧派の塵埃にまみれた社会的意識の一典型として造型された人物である。彼の内面性は最終的に無力なディレッタンティズムが勝利しており、世界に対して選ぶ武器といえば、冷笑と感傷、そして自惚れである。しかし、だからこそ、西欧派だった彼が《黄金時代》の夢に「幸福の感触」を激しく感じたと回想する記述に少しも不自然さはない。ところが、スタヴローギンが「幸福の感覚（感触）」のなかに一瞬でも身を焦がすのは、ありえない作為的な記述なのである。なぜなら、ドストエフスキーその人が「幸福の感覚」を知覚できない怪物、心魂の廃疾としてスタヴローギンを造型しているからだ。にもかかわらず、作者は彼に「幸福の感覚」の一瞬を授けた。なぜか。それは、聖パウロがそうしたように彼が生涯を費やし、独自の苦悩で染め上げたあのイエス＝キリスト（メシア）のイデーに読者を導くためである。

スタヴローギンに対して文字どおり精神療法士の位置に坐すチーホン僧正は、次のようにスタヴローギンに語る。「たとえ、自分との和解、自分への許しというところにたどりつけないにしても、それでも、あの方は、あなたのその計画、そしてあなたのその大きな苦しみゆえに、あなたをお許しになります……」。そしてある世捨て人の苦行僧のもとへ行って修行をするように勧める。「自分に誓いを立て、あなたが渇望しているものすべて、いや、待望しておられないものでもけっこうです、大きな犠牲をはらって、そのすべてを贖われることです」。スタヴローギンは結局、精神療法士たるチーホン僧正の勧告を無視して最後は自死を選ぶのだが、作者が彼に与えた心魂の廃疾は中空に漂いつづけ、作品世界のなかに亡霊のようにさまよっている。

この亡霊は、『カラマーゾフの兄弟』のイワン・カラマーゾフのなかに姿を変えて入り込み、ドストエフスキー独自の苦悩教の始祖たるイエスの霊的な存在（革命的精神）とそのイデーに触れることになるだろう。

5

次に語るべきは、スタヴローギンと四人の女性たちとのプシュドー・ロマンスである。

四人のなかで、スタヴローギンの呪われた怪物性と直接対面し、失望の果てに袂を分かつのはリザヴェータ・ニコライエヴナ（以下、リーザと略）だ。また、最も女性的といってよい抱擁力で病者たるスタヴローギンの人間性を受け止めて、廃疾の心魂に寄り添うのはダーリヤ（ダーシャ）である。しかし、四人の女性はいずれも十分な造型が与えられないうえに、スタヴローギンとの関係もアリュージョン（間接的な言及、ほのめかし、伝聞、暗示など）の手法でしか叙述されないため、真相は読者には謎のままである。アリュージョンは、ドストエフスキーが初期作品の『分身』から縦横に駆使していた小説技法の一つであり、夢の記述とともに彼が最も多用した重要な表現手段である。

四人のうち、前章でマリヤ・レビャートキナについて語ったので、ここではリーザとダーシャを取り上げよう。四人の女性のなかではリーザの造型が最も確かで、生きいきと活写されている。リーザは地方都市の閉鎖的な社交界のなかで際立った美しさを誇り、情熱的でプライドの高いわがまま娘として読者の前に現れている。語り手＝「私」の記述。「リザヴェータの美しさに関して、いまさら描写するつもりはない。彼女の美しさについては、すでに町じゅうの人々が騒ぎ立てていた」（第一部第三章第七節）。その彼女はスイスで病者たるスタヴローギンと出会い、彼の虜になるのだが、ワルワーラ夫人に付き添って現れた養女のダーシャがスタヴローギンと親しくなると大いにプライドを傷つけられ、喧嘩別れしたことになっている。「あの子とスタヴローギンさんとの間で何かあったに違いありません。原因はわかりませんけど。ねえ、ワルワーラさん、その原因については、お宅のダーリヤさんに聞いていただくのがいちばんかと思いますよ。わたし、思うんですけど、うちのリーザはひどく侮辱されたんです」（第一部第二章第六節）。これは、語り手の「私」が記述するリーザの母親（プラスコーヴィヤ夫人）の言葉だ。ワルワーラ夫人の邸宅に主要人物がほぼ勢揃いした場にダーシャが入ってきたときの様子について、語り手の「私」は次のように記す。「なによりもわたしを驚かせたのは、ダーリヤが部屋に入ってきたそのときからリーザが見せた様子だった。その目には、隠すに隠せないむきだしの憎しみと軽蔑がぎらぎらと輝きだしていた」（第一部第五章第三節）。「私」は、スタヴローギンとリーザとダーシャの三人の間で演じられた三角関係のドラマの真相を知らず、したがって読者も知ることはない。ここではリーザがスイスで喧嘩別れしたスタヴローギンを忘れられず、いまだに執着していることがわかるだけだ。「私」は、その出来事によって引き起こされた激烈な感情が彼女の美しい容姿を歪めていることを記述する。「リザヴェータの美しさに関して、いまさら描写するつもりはない」と記した「私」がその直後に前言を翻し、「今こうして過ぎ去ったことを思い起こすにつけ、彼女が当時わたしにそう思えたほどの美人だったとは言いがたい。ことによると、彼女はまったくの不美人だったかもしれない」と見方を修正する。このあとに具体的な容貌の記述が続く。この記述は「町じゅうの人々が騒ぎ立てていた」美貌と合致しない。「私」のリーザの容姿に対する印象の変化は、スタヴローギンとの謎めいたロマンスの内実を暗示している。「私」の記述はこうだ。「事実、彼女は病んでいた。一瞥しただけで、彼女が病的で、神経症的な不安にたえず苦しめられていることがありありと見てとれた」（第一部第三章第七節）。なぜ、リーザは病的で、神経症的な不安に苦しめられていたのか。スタヴローギンとの関係に亀裂を入れたダーシャへの憎しみ、屈辱、嫉妬。しかし、語り手の「私」はリーザの内面に入り込むことができないので、はっきりしたことはわからないままだ。「私」の叙述に導かれる読者も同様である。わたしたちが霧のかかった迷路からさまよい出て、スタヴローギンとリーザの間で演じられた世界の内実を知るのは、語り手が「私」から作者のドストエフスキーに交替した「スタヴローギンの告白」（「チーホンのもとで」）と第三部第三章「愛の終わり」の叙述においてである。まず第二部第八章のあとに置かれるはずだった「スタヴローギンの告白」の記述によれば、スタヴローギンは既婚者であるにもかかわらず、スイスでリーザと結婚しようとたくらんだ。リーザはもちろん彼が既婚者であることを知らない。彼はリーザに対しては「凄まじい衝動のひとつを伴う情欲の高まりを感じた」と書く。この場合、衝動の核となるのは、重婚という「新しい犯罪に対する誘惑」である。ところが、ワルワーラ夫人とともにスイスにやってきたダーシャに説得されて彼は邪謀を断念する。告白のなかではリーザもダーシャも名指しされていない。ダーシャについては「ほとんど何もかも打ち明けてきた別の女性」と記述されるだけである。

第三部第三章「愛の終わり」では、川向こうで火事が起きた夜、リーザは婚約者（マヴリーキー・ドロズドフ）がいながらスタヴローギンのもとに走り、一夜をともにする。まだ火事が続く明け方、大広間の窓のそばに立つリーザについての語り手＝作者の記述。「顔は疲れきり、なにか気がかりなことがある様子で、ひそめた眉の下からはらんらんと燃える目がのぞいていた」。そこへスタヴローギンが入ってくる。この場面は二人の《最後の別れ》のシーンであり、リーザはこの直後、火事現場に集まった群衆から暴行を受けて命を落とす運命にある。語り手である作者は、それとわかる明示的な記述は避けているが、スタヴローギンがインポテンツ（性的不能）に陥り、リーザとの一夜が不首尾に終わったことを読者に示している。彼の性的不能を指摘したのはウォルインスキーだが、ウォルインスキーの指摘を俟つまでもなく、次のような二人の言葉のやり取りがそれを紛れもなく明らかにしている。


「リーザ、昨日、いったいどういうことがあったんだろう？」

「あったことがあっただけ」

「そんな、ばかな！　なんて残酷な言い方をするんです！」

「残酷だからって、それがなんだというの？　残酷と思いなら、我慢なさってくださいな」

「ぼくに復讐してるんですね、昨日のあの気まぐれの腹いせに……」毒々しく笑うと、彼は呟くように言った。リーザは思わずかっとなった。

「なんて下劣な考えかしら！」

「それじゃ、なぜぼくにプレゼントしたんです……《あれほどの幸せ》を？　ぼくにも知る権利はあるでしょう？」
「いえ、いまさら、権利がどうなんて話は抜きにしましょう。あなたの下品な憶測に愚かさを上塗りするのはやめてくださいな。今日のあなたは、何をやってもだめみたい」
（傍点は引用者）

リーザは、スタヴローギンが性的不能に陥った事態に苛立っているが、そこに照準を定めて罵倒の言葉を撃ち込んでいるわけではない。また、そうした事態に遭遇して打ちのめされたわけでもなかった。逆になりふり構わずに彼と対峙し、最終的には彼を乗り越えようとする意志をもつ女性として立っている。彼女は言う。

じつは、まだスイスにいたときから、ある考えがずっと頭から離れなくて。それはね、あなたの心には、何か怖ろしくて、きたならしくて、血なまぐさい何かが……そのくせ、なんだか、あなたをおそろしく滑稽な姿に見せるものがひそんでいるって考え。もし、ほんとうなら、わたしに打ち明け話をするのは用心なさったほうがいいわ。だってわたし、あなたの話を笑いとばしてしまいますもの。あなたが死ぬまで、わたし、あなたのことを笑いものにしてあげます……あら、また顔を青くなさって。いいえ、嘘よ、笑いませんわ、すぐ帰ります。

リーザの直感は、スタヴローギンの「何か怖ろしくて、きたならしくて、血なまぐさい何か」が性的機能さえも蝕んでしまったことをうすうす嗅ぎつけているのだが、その「何か」を拾い上げるような女性として造型されたわけでもなかった。換言すれば、リーザにはスタヴローギンの悲劇を察知する叡智もそれを受けとめる包容力も授けられてはいない。スタヴローギン本人は、なぜ、自分はこうでしかないのか、自分にも他人にも説明することはできない。もちろん、リーザに対しても。だから、スタヴローギンは絶望して叫ぶほかはない。「ぼくを苦しめてくれ、ぼくを罰してくれ、ぼくに憎しみをぶちまけてくれ」。語り手である作者は、ここでふたたびあの蜘蛛のイメージをリーザの口を介して引用する。

わたしはね、あなたの心やさしい看護婦なんかになるのはごめんなの。今日うまく死ねなかったら、ひょっとしてほんとうに看護婦になるかもしれないけど。でも、そうなったとしても、あなたの付き添いにはなりませんわ。あなたにしたって、そう、毛虫やイモ虫ぐらいの値打ちしかないけれど。わたしね、いつもこんな気がしていたの。あなたはわたしを、どこか、人間ぐらいの背丈のある、巨大で意地の悪い蜘蛛が住んでいる場所に連れていき、そこで二人は死ぬまでその蜘蛛を眺め、びくびくしながら過ごすことになるって。そのうち、わたしたち、お互いの愛情もどこかに消えてしまうの。

すでに述べたように、この作品での《蜘蛛》は人間的な生命感覚の流れが遮断された状態、そのために他者との共生感覚が根こそぎ剥落してしまった実存のメタファーである。もしそれを音楽によって奏でることができるとすれば、おそらくロベルト・シューマンの第二交響曲のアダージョ以上にふさわしい音楽はないだろう。ミシェル・シュネデールはシューマン論でこの楽章について次のように述べている。「アダージョ部分から聞こえてくるのはシューマンの病であり、暗鬱な瞬間であり、彼のメランコリーのバスーンの響きなのだと彼自身語ることになるだろう。このアダージョ部分はもっとも美しい部分であり、主題は弦楽合奏で受け継がれ、それから対位法に則ってオーボエとバスーンでまた演奏される。バッハの『マタイ受難曲』の苦難のアリア《憐れみ給え》の主題が連想される」。このアダージョの音楽はいわば夜なき昼の憂愁に幽閉され、誰とも交信することが叶わない精神病者の痛ましい彷徨のように響く。魂の彷徨は誰にも知られず、彼の呻き声は誰の耳にも届かないため、神経の徒労感はますます亢進し、憂愁は心の内壁を覆い尽くす。スタヴローギンこそ、まさにそうした人間なのだ。そんな人間を憐れむことは、人間業を超えているのではないか。リーザは異性を惹きつけるエロス的な存在だが、所詮はヒステリー症気味の高慢な人間性に凝り固まった女性であり、それを越え出ることはない。そのかぎりで無慈悲で冷酷でもある。あなたの心やさしい看護婦なんかになるのはごめんなの、と宣言した彼女は、最後の一撃を加える。「ダーシャにでも相談なさい。あの子ならきっと、どこにでもあなたの後ろについていきますから」。しかし、いったい誰が心魂の廃疾者に付き添って憐れむことができるだろうか。リーザの一撃は氷のように冷たく無慈悲だ。

リーザに名指しされるダーシャは、他人の手によって救われることもないし、自力で治癒することもできないスタヴローギンの内面の荒廃を包み込むことができる女性として読者の前に立っているようにみえる。「わたしにはわかってるんです。最後の最後にあなたと残るのは、わたしひとりしかいないってことが。だから……その時を待っているんです」「もしあなたのもとに行けなければ、わたしは看護婦になって病人のお世話をするか、でなければ本の行商人になって、福音書を売り歩きます。わたし、そう決心しているんです。わたしはどの人の妻にもなれません」（引用はいずれも第二部第三章第四節)。しかし、ダーシャの形象も不十分なため、彼女の言葉は彼女の実存を剥き出さないままに強い観念臭を放っている。結末部分(第三部第八章)のダーシャ宛て手紙のなかでスタヴローギンは書いている。「ぼくにはあなたが愛おしい、悲しみに沈んでいるとき、あなたのそばにいるだけで心地よかった。ぼくが声に出して自分のことを話せたのは、あなたのそばにいるときだけでした」。確かにダーシャのそばにいるときだけ、スタヴローギンの荒廃した心魂が慰藉される瞬間があったかもしれない。しかし、それは作品世界のどこにも描かれていない。ダーシャの十分とは言い難い造型ゆえに、またスタヴローギンとダーシャとの世界が暗示や間接的な記述によってしか示されていないために、この最後の真情告白が訴える力は非常に弱く、それゆえ読者の心を揺さぶるまでには至らない。

もう一人、スタヴローギンに関係する女性にシャートフの妻、マリヤ・シャートフという女性がいる。彼女に関しても、わたしたちが語るべき材料はそれほどない。マリヤ・シャートフはスタヴローギンの子を産むために突如、作品世界のなかに闖入してくる女性にすぎず、スタヴローギンとの間の出来事は、パリで関係をもったという「あいまいながらも信頼に足る噂」以上の具体的な叙述はない(第一部第四章第四節)。作者は、子どもを産んだ彼女に「ニコライ・スタヴローギンは人でなしよ!」と言わせているが、その役割は、殺される前のシャートフの惨劇を際立たせるためのプロット上の一要素にとどまっている。

註

Ⅵ　モンスターの創造――革命でもなく、反革命でもなく

（1）引用した文章はいわゆる「ドストエフスキー校版」（ドストエフスキーが最初の校正刷に加筆訂正を行った異稿）からのもの。もう一つの異稿（ドストエフスキー夫人のアンナが清書した原稿）では、《悪も善も存在しない》のフレーズのあとに丸カッコつきで《そのことも私には心地よかった》という言葉が挿入されている。亀山郁夫訳『悪霊別巻「スタヴローギンの告白」異稿』（光文社、二〇一二年刊）を参照。

（2）現代の日本人作家でスタヴローギン的なモンスターの造型に最も熱中しているのは、村上春樹である。初期短編の『納屋を焼く』（一九八三年）のアルジェリア帰りの青年から長編『ねじまき鳥クロニクル』（一九九四年）のワタヤノボル（綿谷昇）まで彼は一貫してスタヴローギン的な畸形性との対決を主題としてきた。ちなみに村上は短編集『神の子どもたちはみな踊る』（二〇〇〇年）のエピグラフに本論でも引用した『悪霊』第三部第三章のスタヴローギンとリーザの会話を使っている（ただし、訳文は江川卓訳）。

（3）この武田泰淳の発言は、埴谷雄高、高堂要との座談会「椎名麟三とドストエフスキー」（「埴谷雄高全集」第十四巻所収、講談社、二〇〇〇年刊）にある。武田の発言に対し、埴谷雄高は「スタヴローギンは作りもので実在できないという論議ははじめからある。思想から出てきたのであって、ほかの人物みたいにモデルがないのだね」と答えている。しかし、わたしたちが本論で述べたようにスタヴローギン

は「思想から出てきたもの」でもない。わたしたちがこのあと述べるようにスタヴローギンの怪物性には聖パウロの内面に自分の置かれた状況を重ねたドストエフスキーの苦悩が注入されている。

Ⅶ 「放浪者」マカールのイデーをめぐって

1

ドストエフスキーの長編小説群のなかで『未成年』（一八七五年）という小説ほど霊感と詩情に乏しい作品はない。ウラジーミル・ナボコフは米国の大学で行ったロシア文学講義で『罪と罰』以降の長編小説を取り上げたが、『未成年』は無視した。この作品はアルカージイという二十歳の若者が書く手記の体裁を採っているのだが、「手記」という比較的簡明な叙述形式であるにもかかわらず、小説技法の点でも読者を茫然自失とさせるほどの欠陥を抱えた作品である。この作品の前に書かれた『悪霊』は、二つのプロットが水と油のように分離している致命的な欠陥を抱えているにもかかわらず、異形のモンスターたるスタヴローギンを創造したかぎりで一九世紀最大の問題作となった。作者はそのことによって、おそらくそれと意識せずに世界の只中にあって他者と交わる関係性の病的な水準を確定し、人間の「現存在」形式を攪乱する悲劇的な要素を更新したのである。スタヴローギンは、百年以上を経て一編のフィクションの世界から抜け出し、この現実世界にちりぢりに生息している人間の一人としてわたしたちやわたしたちの大切な人の傍らを黙して通り過ぎる最も身近でありながら最も不気味な隣人となった。ところが、『未成年』という小説がそれと確定し、更新するものはなにもない。アンリ・トロワイヤは、そのドストエフスキー伝のなかで『未成年』の印象を次のように述べている。

これまで使わずにしまっておいたものの断片や、ノートの隅に書きつけていた残り滓をごちゃまぜにして、ロマネスクな盛りつけをした冗漫な、長ったらしい作品になった。落ち着きのない、腰の坐りの悪いこの小説は、十篇もの小説の素材をぶちこんで、それを一篇に編み上げたかのようにみえる。読んでいくにつれ、著者がこれまで未発表の短編、自分の論文の抜粋、未完の随筆、そういったものを入念につなぎ合わせて、組み立てている感がしないでもない。（村上香住子訳）

「冗漫な、長ったらしい作品」というアンリ・トロワイヤの感想はまったく的を射たものである。ところが、作品評価になると、トロワイヤは一転して「それでもなおかつ見事な出来となっている」という判断を下している。しかし、『未成年』ほど支離滅裂で、混沌とした構成をもつ作品はないので、小説技法上の問題に限定したとしても「見事な出来」という彼の評価は首をかしげざるをえない。ラスコーリニコフ、ムイシュキン公爵、スタヴローギン、ドミートリー・カラマーゾフのような、圧倒的な存在感をもち、読者の心を鷲づかみにする人物の造型という点でも『未成年』という作品は、著しく魅力を欠いた作品である。わたしたちは、最後まで読み通すのに苦労したあと、この作品の登場人物たちの名前の多くをすぐに忘れてしまうばかりでなく、そこで起きた出来事についても混乱した印象を抱くばかりである。彼らもまた、固有の欲望、感情、イデーをもつ人間に違いないのだが、どんなに目を凝らしても個性の輪郭はあやふやだ。そのくせ、個々の人間を突き動かす欲動は火の玉のように激烈なので、彼、あるいは彼女がどのような人間なのかを、作品を読んでいない人に説明するとなれば、雲をつかむような徒労感がつきまとう。

山城むつみは、この作品から二一世紀の現在に通じる「現代的な知覚」を摘出した（『ドストエフスキー』二〇一〇年）。山城によれば、『未成年』という作品は逆遠近法的な視点の切り返しによってもたらされる「複数の視野のモザイク」として構成されており、その結果、記述された作品の世界は「立体性と陰翳を喪失し、平面化している」というイメージに蔽われている。ただし、こういう言い方で山城はこの作品の評価を低く見積もっているわけではない。逆である。像としての世界の立体性が浸食されて著しく平板となり、漂白されたように陰翳の乏しい現在的な知覚を『未成年』という作品が先取りしている、と言っているのだ。その点で『未成年』は、山城にとっては一九世紀に完成形をみた近代文学の枠組み（遠近法）を解体した「現代文学」である。だが、山城は作品世界と現在の世界を二重に読み違えている。山城が『未成年』の世界にみた現実（一八七〇年代のロシア社会、山城の言い方では「未成熟の現実」！）は、当人の主張とは違って「我々の現在」に少しも似ていない。現在的な社会は、個々の人間が私的な自由を最大限に行使できる経済的な社会水準を確定し、そこで生きる諸条件を厳しく整序化する一方、政治的国家としては自由の私的な行使が切りひらく可能態をア・プリオリに規制する権力形態をもつ高密度の社会構成体として編成されている。諸個人が手に入れ、行使する私的な自由とは、生産‐労働過程から解放された余暇活動（「遊び」や「癒し」など）や一連の消費行動に局限され、そのかぎりでわたしたちはかつてない自由を謳歌している。そのことに飽きて耐えきれなくなった人間は、個人に科せられた諸条件を自分ひとりの力で破砕するか、その外に出るほかはない。いうまでもなく、このような社会構成体の現在的な水準は一九世紀のロシア社会を生きたドストエフスキーには想像を絶したものだった。山城が『未成年』のなかに感受した「立体性と陰翳を喪失し、平面化している」というイメージは、むしろ「我々の現在」が個々の人間に強いてやまない優勢な世界像なのであって、『未成年』に描かれた作品世界とも一八七〇年代のロシア社会の現実とも無縁のものである。社会的諸力がせめぎ合うこの世界がフラットな社会状況として平準化されているようなイメージを山城も含めて現在のわたしたちが打ち消すこともできずに無意識に受容しているとすれば、社会構成体が目にみえる暴力や剥き出しの強制なしに、個々の人間の「現存在」形式ばかりか、無意識の領域まで包摂する水準まで高度化したからである。繰り返せば、そうした社会はドストエフスキーにとって夢想することさえも困難な別世界だった。山城は「我々の現在」が強いるこの優勢な世界像に沿って作品の印象を紡ぎ出しているにすぎない。しかも「逆遠近法的な切り返し」というありもしないアクロバティックな叙述形式を掘り起こすことによって。しかし、そのような見せ掛けの形式に拘泥すればするほど──山城はロベール・ブレッソンの映画のカットまで持ち出して「逆遠近法的な切り返し」を解説している──『未成年』の作品世界から本質的に身を逸らしているというべきである。実際、山城は「オーブラズを渇き求める人々の苦しみ」を口にしながら、この作品に登場するどんな人物に対しても米粒ほどの関心も共感も示していない。

ドストエフスキーが自分の小説技法の欠点をよくわきまえていたことは、創作ノートなどからもよく知られている。プロットとはほぼ無関係に増殖する小事件やアネクドート（小噺）の数々。プロットの有機的な物語素として組み込まれることもあるが、それと同じくらい謎や暗示にとどまってプロットを攪乱しかねない要素として放置されることも多々ある。もっとひどくなると、小事件やエピソードの乱脈な配置によってプロットは拡散し、そのなかに埋没しかねないのだ。そのようにならないようにドストエフスキーは『未成年』を書き始める際に自戒しているのだが(1)、皮肉なことに最終的に出来あがった小説は、こうした欠点を最大限に増幅させた作品としてわたしたちに提供された。ドストエフスキーの霊的な存在（革命的精神）の転回をたどる本論のモチーフが『未成年』の登場人物のなかから辛うじて救抜できるものがあるとすれば、それはマカール・イワーノヴィチ・ドルゴルーキーという農奴出身の老人ただ一人である（以下、マカール老人と略）。そのマカール老人に注目した日本の評家の一人に中村健之介がいるが、彼は『ドストエフスキー・作家の誕生』（一九七九年）という著作のなかで「私は一種の叡知の体現者と呼びたくなる」と述べている。マカール老人とは実際、どんな「叡知」の体現者だったのか、というのが本論のほとんど唯一の関心事である。

『悪霊』の結末部分で死に瀕したステパン・ヴェルホヴェンスキーの転回を唐突にひねり出したドストエフスキーは、その時点で——というのは、ピョートル・ヴェルホヴェンスキーら非合法の無神論的ラディカリズムを否定した時点といっても同じだが——自分の内面の奥深くに巣食う霊的な存在が野蛮で畸形的な現実社会の底に着床したまま、どこにも突破口を見い出すことができないことを感じていた。亡命先で革命のヴィジョンや戦略を構想したゲルツェンやバクーニンらとは違って、ドストエフスキーの霊的な存在はロシアの内側にとどまって、いわば闇の坑道を突き進むかのような手探りの姿勢を余儀なくされるしかなかった。なぜなら、彼の前に聳え立っているのは、あの《石の壁》であり、ツァーリ専制体制の苛酷な現実であり、その力は依然、絶対的であり、すべてを踏みにじっていたからである。ツァーリの専制権力は、治安を強化する以外に一握りの地主貴族層と膨大な農民層に分断された近代ロシアの社会構成体を防衛する方法をもたなかった。そうした状況でドストエフスキーは《大地》、《民衆》、そして《キリストの救済》のイデーに爪をひっかけて新たな扉をこじ開けようとしていた。そして、その扉のすぐ脇に佇む人間の一人こそ、マカール老人だった。ところが、このマカール老人は、手記の記者たるアルカージイ・マカーロヴィチ・ドルゴルーキー（以下、アルカージイ）の戸籍上の父という以外にほとんど手記のなかの諸事件に介入しない人物でもある。彼は地主貴族のアンドレイ・ペトローヴィチ・ヴェルシーロフ（以下、ヴェルシーロフ）に妻（ソーフィア・アンドレーエヴナ）を譲って（ただし、ソーフィアとの婚姻関係は続いている）、慰謝料を受け取ると、ヴェルシーロフの領地を離れ、寺院建立のための巡礼に旅立った「放浪者」として読者の前にその姿を現している。アルカージイは、ヴェルシーロフとソーフィアとの間に生まれた「私生児」で、手記を書き始めた時点で二十歳になっている。アルカージイは、戸籍上の父について、次のように紹介する（第一部第一章第六節、以下『未成年』からの引用は工藤精一郎訳を使用）。

マカール・イワーノヴィチはロシアのあらゆる隅々から手紙を書いてよこした。どこかの町からよこすこともあり、ときにはかなり長く住みついたどこかの修道院からくることもあった。彼はいわゆる巡礼になったのである。決してものを請うたりしたことはなかったが、そのかわり三年に一度ぐらいは必ずひょっこり訪ねてきて、何日か母のところに滞在した。

そのマカール老人がアルカージイのもとに姿を現して彼やソーフィアやヴェルシーロフと関わり合うのは、手記がようやく第三部に入ってからだ。しかし、病床に臥せるや、彼はあまり時間を置かずに死んでしまう。その前後でアルカージイや彼を取り巻く人々の複雑怪異な出来事には少しも関与しない。にもかかわらず、ドストエフスキーは、マカール老人の個性と精神を読者に語らずにすませることはできなかった。というのは、マカール老人のなかにドストエフスキーは霊的な存在の新たな突破口を見定めようとしたからだ。しかし、他の登場人物と同様、マカール老人の形象は中途半端なものに終わり、わたしたちを激しく牽引するほどの個性とイデーの輝きを放つことはなかった。ドストエフスキーは『未成年』を書き終えたあと、マカール老人のイデーを昇華させてゾシマ長老の造型に全力を尽くすのだが、『カラマーゾフの兄弟』の項で述べるように、彼はそれにも失敗する。ここではマカール老人に焦点を絞り込む前に、アルカージイの手記全体、つまり『未成年』の複雑な叙述構成法が孕む問題を取り上げることにしよう。『未成年』が小説作品である以上、それに触れずにマカール老人を取り上げることもできないからである。

2

ドストエフスキーは、『作家の日記』一八七六年一月号で『未成年』について自ら解説を行っている。

一年半ばかり前、ネクラーソフ氏が『祖国雑誌』のために小説を書けとすすめた時、わたしはよっぽどわたし自身の『父と子』を書こうとしたが、結局、思いとどまった。いい按配にわたしにはまだ準備ができていなかったのだ。で、さしあたりあの『未成年』――わたしの思想の最初の試み――を書くにとどめていた。しかし、あの中の子供はすでに少年期を終わったけれども、まだすっかりできあがってない一人の人間として、臆病なしかも暴慢な態度で、少しでも早く人生における第一歩を踏み出そうと焦慮している。わたしが取って主人公とした人物は、まだ罪を知らぬ霊魂ではあるけれども、恐ろしい堕落の可能性と自分の無価値にして「偶然的な存在」に対する時機尚早な憎悪と多角性によって穢されている。しかも、それは同時にまだ無垢な魂でありながら、すでに自分の思想の中に意識的に悪徳を許容して、心の中でそれを愛育し、まだ羞恥の念は残っていながら、大胆で狂暴な空想の中で、それに見とれるだけの多角性なのである。わたしが取り扱ったのは、かように自分の力と自分の分別と、それからもう一つ、神の御心にまかせて投げ出された人物である。社会が産んだ月足らずの子供である。「偶然」の家族の「偶然」の一員である。（米川正夫訳）

これを読んで『未成年』の主人公の輪郭がみえたと思う読者はたぶん一人もいないに違いない。作者自らが「偶然の家族」の一員たる主人公の個性を確定しようとして輪郭線を何度も殴り描きして、結局、焦点の定まらないものに終始した自作解説といえる。『未成年』は実際、プロットを脱臼させるさまざまな物語素（人物、事件、エピソードなど）を掻き集めてぶち込んだぶん、構成は支離滅裂となり、主人公の個性などというものは跡形もなく散逸してしまった。しかし、わたしたちは我慢して作者の叙述構成につき従っていこう。

この作品は、すでに述べたようにアルカージイの手記という体裁を採っている。記者であり、物語の話者たるアルカージイは、手記の前半部分（第一部第五章）で「自分の理想」を語っている。その理想とは、ロスチャイルドのような大富豪となり、社会から抜け出し、完全な自由の身で誰からも束縛を受けずに孤独になることである。「金――これがどんなくだらない者をも最高の地位にみちびく唯一の道であるということ、ここにわたしの『理想』があるのであり、ここにその力があるのである」。最晩年を除くほとんどの期間、借金を背負って生活が逼迫していたドストエフスキーは、アルカージイに「金の専制的な威力」を語らせている。

わたしに必要なのは、威力によって得られるもの、そして威力がなければ絶対に得られないもの、それだけなのである。それは一人だけのしずかな力の意識である！　これこそが、世界中が得ようと思ってあれほどじたばたしている自由の、もっとも充実した定義なのである！　自由！　わたしはついにこの偉大な言葉を出した……そうだ、一人だけの力の意識——なんと魅力的で、美しいではないか。わたしには力がある。そしてわたしはしずかだ。

アルカージイがここで語っていることは、『白痴』のなかで「金さえ握ったら、ぼくだってとびきり際立った人間になるでしょうよ」と語ったガヴリーラ・アルダリオノヴィチと同じく、本質的には「金の専制的な威力」に眩惑された自己意識である。しかし、金を手にするための錬金術になると、アルカージイはとたんに子供じみた処世術を喋り散らす。「わたしの基本的モットーは、いかなるリスクも冒さないこと、そして第二には、一日にたといわずかでも最低生活費を上回る利益をあげて、一日も貯蓄を中断させることのないようにすることである」。生計費を削ってわずかずつでも貯蓄に励み、それを元手に将来性のある有望な事業を見極めて投資するといった、ありきたりな、したがって基本的にリスクの伴うやり方ではなく、「たえまない忍耐と注意、熟慮と計算」によって日々節約し、貯蓄を増やしていくことこそ、ロスチャイルドへの道なのだ。「わたしは、こうと思えば、一カ月の間、パンと水だけですごすことをやってのけた男なのである」。本人はいたって大まじめだ。少なくとも作者はそのように背後から操作している。中学を卒業して二十歳になった彼はヴェルシーロフの呼びかけに応じる形でモスクワから母や妹がいるペテルブルグにやって来る。しかし、その後、アルカージイが書き進めるのは、おのれの理想実現のための日々の艱難辛苦、幾多の挫折や成功の積み重ねではない。じきにロスチャイルドへの道から逸脱し、近衛中尉のセルゲイ・ソコーリスキー青年公爵から金を借りまくって賭博場や高級レストランに出没する気儘な都市生活者として振る舞う、本人が語るところの「羞恥と汚辱の歴史」なのだ。彼がロスチャイルドを忘れてひたすらのめり込んでいくのは、美貌の元将軍夫人カテリーナ・ニコラーエヴナが法律家のアンドロニコフに送った一通の手紙――「カテリーナの運命を破滅させ、彼女を乞食の境遇に突き落とすかもしれず、そして彼女がヴェルシーロフの手にあるものと考えているその手紙」（第一部第四章第三節）――の入手をめぐって、カテリーナと「わたし」の義姉アンナ・アンドレーエヴナ、実父のヴェルシーロフ、さらには寄宿学校時代の先輩だったラムベルトらごろつき連中を巻き込む欲得ずくのスキャンダラスな事件なのだ。関係者にとって手紙が入手できるかどうかは、カテリーナの実父で富豪の地主貴族、ニコライ・ソコーリスキー老公爵の莫大な遺産相続問題に直結しており、手記に登場する主要人物は「金の専制的な威力」に意識と行動のすべてを呪縛された人々なのである。プロットを組成する物語素のうち、最も重要なのは、ヴェルシーロフの手にあると考えられている謎の手紙が実はアルカージイの上着のポケットに縫い込まれているというトリックまがいの仕掛けである。それが欲得ずくのスキャンダラスな事件を結末まで運ぶのだが、手記の記者たるアルカージイは、記録者の客観的な立場で書き進めるのではなく、それに関わる人々の過去から現在に至る複数のロマンスを絡ませて語るのである。そうせざるをえないのは、話者たるアルカージイ自らが「目の覚めるような」美貌のカテリーナ・ニコラーエヴナにのぼせて――彼は手記の冒頭で二十歳でありながら童貞であることを自ら読者に告白している――愛憎劇に参画する一人となるからである。「俺がこんなにまで落ちたのは、俺が……恋に目が眩んで、ばかになったからだ」（第三部第六章）。

読者は、ロスチャイルドを忘れて「ばかになった」アルカージイの記述に翻弄される。愛憎劇のさまざまなエピソードや小事件は客観的な時間軸に沿って語られずに、過去と現在がぶつ切りに組み合わされて記述されるため、秘密の手紙をめぐって主要人物たちを巻き込む事件を生起させる全体のプロットは、ダッチロールに見舞われたジェット機の航跡のように支離滅裂となる。複数の愛憎劇も主に第三者の伝聞や当事者の回想を中心に記述されるために、読者は焦点のぼけた写真をみるようなもどかしさを感じながら読み進める羽目になる。プロットを脱臼させる複数のロマンス（愛憎劇）とは以下のようなものである。

（a）実父ヴェルシーロフとカテリーナ・ニコラーエヴナとの愛憎半ばする確執。二人のあいだにはカテリーナの継子リーディア・アフマーコワとヴェルシーロフとの恋愛事件が絡んでいる。

（b）カテリーナに恋慕するアルカージイ。内縁の妻ソーフィアを愛しながら、カテリーナへの執着を断ち切れない実父ヴェルシーロフとの潜在的な対立。ただし、三角関係として先鋭化することは回避されている。

（c）セルゲイ・ソコーリスキー青年公爵の乱脈な恋愛事件。リーディア・アフマーコワに子どもを産ませた過去をもつ彼は、アルカージイの実妹リザヴェータを妊娠させる一方、アルカージイの義姉アンナ・アンドレーエヴナに求婚するが、あっさり拒絶される。株券偽造事件に関与した刑事犯として逮捕され、最後は未決監獄で病死する。

主要な登場人物の行動と体験を時間的因果関係に沿って語ることは、物語を経済的に記述するための手法の一つである。その場合、登場人物たちの間で起こる出来事や事件、エピソードなどは物語の展開や転換、そして語りの遅速を決める重要な物語素であるが、それが作品全体のなかで獲得する価値と意味作用は、語り手ないし作者の思想と叙述によって最終的に決定される。『未成年』の場合、ドストエフスキーは、アルカージイ（手記者）に憑依して手記冒頭で「わたしはつとめて一切の余計なもの、特に文学的な潤色を避けて、事件だけを記述しようと思う」と断っている。にもかかわらず、アルカージイの記述は、ドストエフスキーの当初の目論見を裏切ることになった。彼は「カテリーナの運命を破滅させ、彼女を乞食の境遇に突き落とすかもしれない」手紙をめぐるスキャンダラスな事件に向かって直進せず、事件との因果関係がはっきりしないさまざまな物語素（小事件やエピソードなど）を導入するだけでなく、それらに加え、それらとは直接関係のない社会問題や無神論、隣人愛などに関する脈絡のない議論を酔狂者のように際限なく積み重ねていくのである。こうして手記は乱脈なものとなり、プロットはぶつ切りにされる。『未成年』の読者は細心の注意をはらって読んでいかないと、実際、そこで何が起きつつあるのか、あるいは何が起きてしまったのか、わからなくなってしまう。

ここではデルガチョフやワーシンらの青年たちが逮捕される小事件を取り上げよう。この逮捕劇にはセルゲイ・ソコーリスキー公爵の密告が絡んでいるのだが、読者は彼らがどんな嫌疑で逮捕されることになったのか、最後までわからない。エピローグのなかでニコライ・セミョーノヴィチという名をもつ人物（モスクワでアルカージイの親代わりとなっていた人物）が「デルガチョフ一派の思想」という言い方をしているのだが、そもそもデルガチョフたちがどのような政治綱領やイデオロギーをもつグループの一員なのか、手記ではほとんど何も明らかにされていないので、デルガチョフ一派に関するどんな確信形成も読者には起きない。グループのなかの一人、黒い頬ひげを生やした長身の教師

（チホミーロフ）が集会の場で「もしロシアが信じられなくなったら、ロシアを捨てたまえ、そして未来の——未来の未知の人々、種族の別なく、全人類から成る人々のために働くのだ」「人類のために行動せよ、そしてほかのことはなにも考えなくていいのだ」と語るシーンがあるが（第一部第三章第三節）、もちろん、これだけでは彼らがどんな政治的志向をもったグループなのかは不明である。推測することさえ難しいといえる。モチューリスキーや米川正夫によれば、デルガチョフ・グループのモデルとなったのは、『未成年』執筆時に審理中だったドルグーシン事件[2]であるが、その政治的な背景やイデオロギーに関する記述は意図的に省かれている。創作ノートには「理想主義（ドルグーシン）」「コミュニズム、ドルグーシンとその信者」といったメモがあり、なかでもデルガチョフ・グループの一員であるワーシンとアルカージイとのあいだで「革命」論議を行わせる構想[3]があったのだが、これらはすべて陽の目をみることはなかった。したがって、デルガチョフたちと一切交渉をもたず、アルカージイの手記を読んだだけのニコライ・セミョーノヴィチにしてもデルガチョフ一派の思想がわからないという点において読者と似たり寄ったりの立場にあるはずである。ところが、驚くべきことに彼はアルカージイに対して「あなたの『理想』は、一時的にもあれ、疑いもなく、あなたのほど独創的でないデルガチョフ一派の思想から、あなたを守ってくれました」としたり顔で語るのだ。作者のドストエフスキーには主人公のアルカージイにアイロニカルな視線を絡ませる意図などは微塵もない。作者はアルカージイを息子のように愛惜している。したがって、したり顔は作者その人のものである。デルガチョフ一派の思想をアルカージイの理想と対決させる創作ノートの初期構想を捨て、実際、デルガチョフ一派の思想に照明を当てることもしなかったにもかかわらず、ニコライ・セミョーノヴィチに対しては本気でそう語らせているのだ。読者はアルカージイがペテルブルグで生活を始めるやいなや、おのれの理想をかなぐり捨ててしまったのを知っているのだから、ニコライ・セミョーノヴィチにそのように言わせることにはなおさら無理がある。結局、ニコライ・セミョーノヴィチを介して吐き出されたその言葉は、手記の記述内容から遊離した、作者の押しつけがましい、ナンセンスな横槍でしかない。

デルガチョフたちの逮捕劇に絡むセルゲイ・ソコーリスキー青年公爵は、謎だらけの人物である。米川正夫は、『未成年』論のなかで彼を「浮薄で虚栄的な、無主義無節操」の青年貴族とみなしているが、米川正夫が語るほど個性の輪郭がくっきりしているわけではない。セルゲイ公爵が介入する事件やエピソードは、主に第三者の伝聞に基づくアルカージイの記述に限定されているために、読者は最初から彼の行動や体験の内実に迫ることができないようになっている。たとえば、カテリーナの継子であるリーディア・アフマーコワが彼に熱をあげて妊娠し、その事実を知らずに公爵が彼女から逃げ去る束の間の恋愛事件にしても、その伝聞を介してわたしたちが知ることができるものは、ほとんど何もないといってよい。また、アルカージイの妹リザヴェータを孕ませながら、彼女の義姉アンナに結婚を申し込んで拒絶されるエピソードも同様だ。行動を駆動させるセルゲイ公爵の欲望や感情の動きの一切は、アルカージイの記述から取り除かれているので、彼が米川正夫の指摘するような浮薄で無節操な青年なのかどうかも読者には判然としない。

そのセルゲイ公爵が株券偽造グループの犯罪に関与したかどで逮捕され、未決監房で病死する前にアルカージイと対話する場面が設定されている（第三部第四章第三節）。アルカージイの目には青年公爵が偏執狂の病人のようにみえる。「その顔を異様な、だらだらとしまりのない、怪訝そうな薄笑いがゆがめた」。公爵はリザヴェータが自分にとってかけがえのない女性であることを訴えるが、彼が恋敵のワーシンを遠ざける目的で官憲に密告したことをアルカージイに察知されると、椅子にもたれて両手で顔を覆い、廃疾者のように黙り込む。「それは熱病に頭をおかされた、責任感などはみじんもない生ける屍のような人間であった」とアルカージイは記述するのだが、わたしたちが知りたいのは、それこそ「生ける屍のような人間」の内面的な襞に光を当てる言葉なのだ。セルゲイ・ソコーリスキーという青年貴族は、たぶん、スタヴローギンの内面性に最も近似した悲劇的な人間なのだろう。わたしたちはそのように推測するほかはない。ただし、手記者であるアルカージイにはそもそもセルゲイ公爵の悲劇的な個性に拮抗するだけの衝迫力が欠けている。彼は多感でナイーヴな感激屋として右往左往しているだけだ。このため、セルゲイ公爵の悲劇的相貌は、ついに読者の目には隠されたままである。

3

アルカージイの実父、アンドレイ・ペトローヴィチ・ヴェルシーロフは、自由主義的な西欧派の流れを汲む地主貴族の知識人として描かれている。が、彼が主にアルカージイに開陳する思想は、霊的な存在たる革命的精神がツァーリ専制体制の醜悪で畸形的な現実社会の底に牡蠣のようにはりついて、どこにも突破口を見い出すことができずに病的なまでに矛盾を拡大させたドストエフスキーの雑駁できれぎれの考察や思念によって埋め尽くされている。ヴェルシーロフの口からは無差別といってよいほどさまざまなテーマが取り上げられるが、そこで繰り出される彼の饒舌は、自惚れと感傷と冷笑に染められたディレッタントの床屋談義であり、本質的に空疎で無力な批評精神を体現している。彼の饒舌には霊的な存在が転回を強いられる際の不協和な軋みはきれいに取り除かれている。息子から「偉大なる思想はどこにあるのでしょう?」と訊かれて、ヴェルシーロフは次のように答えている（第二部第一章第四節）。

さあな、石をパンに変えること、これが偉大なる思想だよ。（中略）偉大だが、二流どこだな、ただし、一瞬だけはもっとも偉大となる。人間は腹がふくれると、これを思い出さん、どころか、じきにこう言う、『やれ、これで腹がふくれた、さあ何をしようかな?』とな。問題は永久に未解決のまま残るわけだ。

また、隣人愛については、次のように語る。「人々をそのあるがままの姿で愛するということは、できないことだよ。しかし、しなければならないことだよ。だから、自分の気持ちを殺して、鼻をつまみ、目をつぶって（これが特に必要なのだが）人々に善行をしてやることだ」「隣人を愛して、しかも軽蔑しない――これはできないことだよ。わたしに言わせれば、人間というものは隣人を愛するということが生理的にできないように創られているんだよ」。隣人愛の問題にしろ、「地上のパン」問題にしろ、いずれも次作の『カラマーゾフの兄弟』のイワン・カラマーゾフにおいてドストエフスキーの霊的な存在が生死を賭して取り組む思想問題の核心になるが、ドストエフスキーは、若いイワンの魂を真っ二つに引き裂くに至る衝迫をヴェルシーロフに与えずに語らせている。セルゲイ・ソコーリスキー若公爵との対話では、ドストエフスキーはヴェルシーロフに次のように言わせている（第二部第二章第二節）。

偉大な思想――それは多くの場合、ときにはかなり長い間、これという定義を決定できないような感情なのです。わたしが知っているのは、それは常に生きた生活が流れでる泉であったということだけです。生きた生活というのは、つまり知的な生活でも、虚構の生活でもなく、その反対の、退屈でない、陽気な生活のことです。

若公爵が「生きた生活とはなんですか?」と追求すると、彼は「これもよくわからんのですよ、公爵。ただ、それはきっとおそろしく単純なものにちがいないということだけは知っています」と答える。ドストエフスキーがこれほど緊張感を欠いた対話を小説のなかに書きつけたことはかつてなかったし、『作家の日記』を除外すれば、これほど粗雑で荒っぽい手つきでイデーの彫琢をはかったこともない。

ヴェルシーロフが他の作品にみられない独自の肉声を絞り出すのは、ようやく第三部に入ってからである。彼は息子の前でヨーロッパを放浪していた時代を振り返って語る（第三部第七章）。「わしはさまよい歩いた、アルカージイ、さまよい歩いたよ、そして黙してさまよい歩くほかはないと、覚悟を決めたのだ。でもやはりわしは悲しかった。わしはな、アルカージイ、自分の貴族たることを尊重せずにはいられないのだよ」。

一九世紀のロシアの左翼知識人の大半は地主貴族を出自としている。チェルヌイシェフスキーは僧侶階級出身だが、ゲルツェン、オガリョーフ、バクーニン、ラヴロフ、ピーサレフ、トカチョーフ、プレハーノフなどはすべて貴族の出である。当時、国民の大半を占めた農民（ムジーク）には確たる目的もなくヨーロッパをさまよい歩くことを可能とする経済力も法的自由もなかったし、ロシア国内においてさえ、ヨーロッパの先進文化に触れる機会はほとんどなかった。したがって、貴族出身の知識人だけが彼我を隔てる、めまいを覚えるほどの巨大な文化的障壁に頭をぶつけ、内省し、新たな行動へと突き動かす契機を孕むことになった。ヴェルシーロフは、自分のような人間がロシアには千人はいた、と述べる。「まあ、千人はいたろうな、確かに、まあそれ以上はいなかったかもしれんが、しかし、思想を死滅させないためには、それくらいいれば十分じゃないか。われわれは思想の保持者なんだよ、アルカージイ！」。ヴェルシーロフは続けて「最高のロシア思想はあらゆるイデーの融和なんだからね、その当時、世界中の誰がこのような思想を理解しえただろうか」と語り、一八七一年のパリ・コミューン——ドストエフスキーは「テュイルリー宮殿」という言葉で暗示しているが——を取り上げる。

わし一人だけが、放火犯人どものあいだにあって、テュイルリーは——まちがいだと、面とむかって言うことができたのだ。わし一人だけが、保守派の復讐者たちのあいだにあって、テュイルリーは——犯罪ではあるが、やはり論理的に正しいのだ、と言うことができたのだ。それはな、アルカージイ、わし一人だけが、ロシア人として、そのころヨーロッパにあったただ一人のヨーロッパ人だったからだよ。わしは自分のことを言ってるのではない——ロシア思想全体のことを言ってるんだよ。

ヴェルシーロフを『悪霊』のスタヴローギンに重ね合わせる評家は決して少なくない。たとえば、コンスタンチン・モチューリスキーは、ヴェルシーロフを「スタヴローギンの新たな化身」と述べ、「ヴェルシーロフの肖像はスタヴローギンのそれと瓜二つとなった」と語った。また、桶谷秀昭は「ヴェルシーロフは老いたスタヴローギンにほかなるまい」との感想を吐いている。亀山郁夫もヴェルシーロフに「生き延びたスタヴローギンであり、なおかつ人間的な成熟をとげたスタヴローギン」をみて桶谷とほぼ同じ見方を示している（『ドストエフスキー　父殺しの文学』、二〇〇四年）。これらの評家の見方は、いずれも評家各人のスタヴローギン理解に準拠した感想であって、したがってヴェルシーロフという人物に近づくうえではむしろ障害となる。すでに述べたように、スタヴローギンという青年の内面性は、社会的に掣肘を加えられて身動きのとれない生身のドストエフスキー自身の社会病理的な自己像として彫琢されており、『悪霊』という作品世界のなかでは「心魂の廃疾者」として造型されたモンスターであって、ドストエフスキーが創出した他のどんな人物とも異質である。スタヴローギンが誰とも似ていない不世出のモンスターとすれば、ヴェルシーロフは、一九世紀のロシア社会が産出した西欧派のありふれた知識人の一人にすぎない。そのモデルを探すとすれば、ドストエフスキーが一八六二年に初めて国外に出て、ロンドンで会見した亡命者のゲルツェンをおいてほかにいない。もちろん、ヴェルシーロフにナロードニキの教祖の一人となった亡命革命思想家のイデオロギーをみることはできない。ただし、祖国から追放され、そのために出口なきロシア社会の醜怪な現実に足をとられることもなかったゲルツェンの境位を戯画化すると、精神だけは自由を確保した気儘な国内亡命者ともいうべきヴェルシーロフとなるのである。

トロツキーは、「ゲルツェンと西方」という人物論でゲルツェンについて次のように述べたことがある。

彼は何ものにも束縛されていなかった。彼の見解には、言葉と行動の相互作用によって与えられる頑固さがない。彼の上には伝統がのしかかっていない。彼は、思想上の同志や支持者たちが加えてくる強力な統制というものを知らない。彼は「自由」であった。彼は傍観者であった。彼は民主主義の「最頂点」グループのあいだで「対等」な存在であったが、その中では誰も代表しておらず、誰の名においても語らない。彼は「文明世界の一市民」であり、まさにヨーロッパ民主主義の歴史のみを反映していた。(森田成也・志田昇訳)

パリ・コミューンは「まちがいだ」と否定する一方で、「やはり論理的に正しいのだ」と語ることができるのは自分一人だけだ、と豪語するヴェルシーロフは、トロツキーのいう「文明世界の一市民」たる自由な精神を体現している。しかし、この精神は、トロツキーが指摘するように、どの国の社会構成体の内部矛盾にも、また現実的な闘争にも制約されていない。だからこそ、自由なヨーロッパ人というイデーを弄ぶことができる精神であり、それだけがパリ・コミューンに対して両義的な立場を確保するのである。しかし、現実の闘争の当事者がそのような両義的な立場に立つことはありえないし、また現実はそれを許さない。闘争の只中の人間の立場は打ち倒す側に立つのか、命がけで防衛する側に立つかのいずれかである。両義的な立場とは結局、そのいずれにも立たないことを意味する。「ヨーロッパにあった、ただ一人のヨーロッパ人」というヴェルシーロフのイデーは、たんに自由な意識においてのみ、ロシアの知識人として彼が選ばざるをえなかった幻想のイデーである。当時のフランスにもプロイセンにも根づくことはなかったし、ヴェルシーロフの祖国になると絵空事以外のなにものでもなかった。しかし、そのイデーは、圧倒的な彼我の違いを前に茫然自失し、その距離を縮めることに力が萎える思いがした知識人がかき抱く宿命的なイデーでもあった。「ヨーロッパは、ロシアとはまったく同じに、わしらの祖国だった。おお、それ以上だよ」。ヴェルシーロフが「わしらの祖国」から戻ってきた現実のほんとうの祖国は、ツァーリ専制下で息も絶え絶えの醜怪で淀んだ世界だった。その世界でなお「ヨーロッパ人」の自由なイデーを手離さないヴェルシーロフは、そこで何をしようとするのか。彼は語る。「ひとりロシアのみが自分のためにではなく、思想のために生きているのだ」。つまり、彼はそのように思うことによって決して何もすることはない人間である。こうしてロシア社会の陰惨な日常生活に浸かるやいなや、「ヨーロッパ人」ヴェルシーロフは、信仰と懐疑のあいだを往還するドストエフスキーの他の人間たちと足並みを揃えて、「神がなくて人間はどんなふうに生きていくのだろう?」とか、「わたしはどうしてもキリストを避けることができない」とかを呟く無力な知識人を自己のなかに飼い慣らすだけである。つまり、彼はロシア社会のなかにいれば孤立し、無力な存在と化すほかはない意識としてさまよっている。

ところが、そのヴェルシーロフがカテリーナ・ニコラーエヴナへの執着を断ち切れず、すっかり蒼白になって次のように呟くとき、彼は「ヨーロッパ人」の衣をあっさり脱ぎ捨て、「ロシア人」の紛うことなき裸身を曝す。「わたしはあなたの奴隷になります、見るのも聞くのもいやだとおっしゃるなら——即座に消えてなくなります、ただ……ただ誰の妻にもならないでください」(第三部第十章第四節)。彼の哀願は、ファム・ファタルに魂を奪われた男のそれではない。「あなたの奴隷になります」という言葉は、『カラマーゾフの兄弟』のヒロインの一人、しなやかで豊満な肉体美で男どもを悩殺してやまないあのグルーシェンカも口にする言葉だ。『カラマーゾフの兄弟』を取り上げる際にあらためて取り上げる予定だが、「あなたの奴隷になる」という言葉は、ロシア人しか口にすることがない常套句の一種であって、それゆえに極めてロシア的な性情に根ざす真情の吐露なのである。ヴェルシーロフは、ヨーロッパにいるあいだは、意識において幻想的な「ヨーロッパ人」としてさまよう無為の人間だが、貧窮と醜怪さに塗り込まれたロシアの日常生活では、愛する女性を破滅に追い込む可能性のある手紙をめぐって暗躍する知略家の行動人となる。彼を突き動かすのは、愛欲とロシア的な性情であって、それ以外に彼を有意義な行動に駆り立てるものは、おそらく何一つないのだ。彼が愛欲とロシア的な性情を断ち切った「ヨーロッパ人」としていざロシア社会の醜怪な現実にコミットしようとすると、彼が招来するのはその意図に反して最悪といってもよい事態である。それを象徴する出来事が自殺する家庭教師のオーリャのエピソードである。

二十歳前後の娘オーリャとその母が仮住まいしている部屋は、デルガチョフ一派のワーシンが借家人から家具付きの部屋を間借りしている同じ家の一室である。そこでワーシンとアルカージイは、名前も素性もわからない母娘のやりとりを壁越しに盗み聞きする（第一部第八章第二節）。わめきたてる若い女の声、足を踏み鳴らす音、唸り声、絶叫……。そのうちに若い女が部屋を飛び出し、初老の女がその後ろ姿に向かって「オーリャ、オーリャ！」と呻く。何が起きているのか、アルカージイもワーシンもわからない。むろん、読者も同様で、ただならぬ事態が起きていることが察知できるだけだ。出来事の全容を読者が知るのは、オーリャが首吊り自殺して事がすべて終わったあとである。娘に先立たれた母親の打ち明け話をもとにアルカージイが書いた母娘の物語は第一部第九章第五節で明かされる。それによると、事件は次のように展開した。母とその娘のオーリャは亡き夫が商人に貸した四千ルーブル近い金の返済をあてにしてモスクワからペテルブルグに出てきた。二人は商人のもとを訪れるが、うまくあしらわれ、金は取り返せない。そのために彼女たちの生活はいっきょに窮迫する。このままでは無理心中をするしかないような状況に追い詰められたオーリャは衣類を売って作ったなけなしの金をはたいて家庭教師の新聞広告を打つ。その広告をみて母娘が間借りしている部屋を訪れるのは、ドイツ語なまりのロシア語を話す怪しげな婦人である。婦人は家庭教師の口がある場所に来るように言い渡す。ところが、オーリャが訪れた先は売春宿だった。彼女は厚化粧をした女たちに嘲弄された挙句、無理矢理に黒ビールを飲ませられそうになる。彼女は膝をがくがく震わせ、「帰してください」と叫んで泣き出す。そこに例の婦人の罵声が飛ぶ。「とっととお帰り、なにさ、お前みたいなブスはこんな上品な家に住む資格はないんだよ。なにさ、喰うに困って自分で頼みに来たくせに、お前みたいなおかめ面見たくもない!」。売春宿で受けた侮辱がオーリャの精神を打ち砕く一撃となる。そこへ同じ新聞広告をみて母娘を訪れたヴェルシーロフが二人に手を差しのべ、家庭教師の口を探し出すことを申し出るばかりか、当面の生活資金として六十ルーブルを与えて辞去する。オーリャはいったん涙を流してヴェルシーロフの善意の行動を受け容れるが、「あの人(ヴェルシーロフ)はわたしを辱めようとしているんじゃないか」という疑念を抱く。この疑念はすでにその時点で経済的な窮迫に追い詰められ、売春宿での恥辱の出来事に手ひどく痛めつけられたオーリャの精神が病的な連想をたぐり寄せるまでになったことの徴候である。彼女はヴェルシーロフが施した金を叩きつけるために彼の家に乗り込もうとする。そこにワーシンの陽気な義父(ステベリコフ)が現れ、軽口をたたく。「まったくおっしゃるとおりですよ、お嬢さん。ヴェルシーロフってやつは、よく新聞などに書きたてられる将軍連とまったく同類の人間です。彼らは軍服の胸にありったけの勲章を飾って、新聞広告を調べて家庭教師希望の娘たちを片っぱしから訪ねて歩き、お好みの娘を漁るってわけですよ」。男はそう述べたあと、オーリャの手に口づけしようとする。男の軽口と軽薄な所作がオーリャを崖っ淵近くまで追い込む最後の一押しとなる。が、誰もそのことに気づいていない。たぶんオーリャ本人においても。オーリャは男を追い出したあと、ヴェルシーロフの家に乗り込み、金を突き返して戻ってくる。彼女が首吊り自殺するのはその日の深夜である。

それと名指しできるものがあって、この過敏で勝気なオーリャを自死まで追い込んだものがあらかじめ社会が準備した河床のなかに存在しているとすれば、それを何と名指しすればよいのか。食べるものにも事欠く母娘の経済的窮迫か、借りた金を返さずに母娘をあしらうずる賢い商人か、売春宿を斡旋した女衒の中年婦人か、神経を尖らせ、精神の均衡を失い始めたオーリャに最悪のタイミングでヴェルシーロフに関する心象を吹き込んだワーシンの義父か。実をいえば、彼らのほかにもまだ挙げることができる人物がいる。その人物とは手記者のアルカージイその人だ。彼は、ヴェルシーロフに六十ルーブルを突き返しにやってきたオーリャと玄関口で偶然会い、ヴェルシーロフのことを腹立ちまぎれに非難する。「あの男には私生児が無数にいますよ」。アルカージイの怒りは早とちりの誤解に基づいているのだが、その言葉は本人の意図と関わりなく、すでにオーリャの内面に吹き込まれて固着したヴェルシーロフの心象（金を餌にして若い娘を漁るごろつき）を強化するに十分だった。ヴェルシーロフに会った彼女はテーブルの上にルーブル札の束を投げつけ、こう叫ぶ。「あなたはごろつきです、悪党です！　もし仮に立派な意図をもっていたにしても、あたしはあなたの情けは受けません。よしなさい！　一言も許しません！　おお、今こそ、あなたの女たちの前であなたの化けの皮をひんむいてやることができて、あたし、胸がすっとしたわ！　あなたみたいな男は呪い殺されるがいい！」（第一部第九章第一節）。オーリャの狂気の振る舞いは、ヴェルシーロフに大きな衝撃を与えるだけでなく、彼からオーリャの誤解を解く機会さえも奪う。このあと家に戻ったオーリャは母に「お母さん、恥知らずな男に仕返しをしてやりましたわ！」と言い残して首を吊る。ヴェルシーロフの善意の行動、それに対立するかにみえる女衒の因業、さらにヴェルシーロフをめぐって無責任な心象の形成に一役買うステベリコフやアルカージイの勝手気儘な発言はこうして最悪の事態を招来する一点に凝固して、それぞれが実際にオーリャの最悪の選択に加担しているのである。それはこういう意味である。確かにオーリャの自殺に各人の許すべからざる罪科が関与しているというわけではない。しかし、彼らは誰一人として社会が経済的な窮迫とともにあらかじめ用意した河床を切断できないという点でオーリャの選択を駆動させるように振る舞っているのだ。しかも、各人はそのことに少しも気づいていない。ヴェルシーロフなどはオーリャが捨て台詞を吐いてドアから出て行ったあと、「一生に一度いいことをしたのに……」と呟く始末だ。ただし、オーリャもまた同じ河床から離れることがなかったという点で彼らと峻別されるべき存在ではない。彼女もまた河床から離れることもなく、それに沿って一歩を踏み出しただけだ。

しかし、このざらざらして醜怪な河床を切断できる者がどこにいるだろうか。

4

わたしたちはようやくマカール老人について語ることができる場所まで来た。

すでに述べたように、マカール老人は、『未成年』のプロットに必要不可欠な人物というわけではない。また、彼と彼を取り巻く周りの人物たちとの関係が物語素として展開される場合、ほとんど独立した小宇宙を形成しているといってもよいほど全体のプロットから浮き上がって、まるで作品の外で自足しているかのようである。しかし、それにもかかわらず、ドストエフスキーは作品のなかにマカール老人を登場させ、その個性と体験を語らずにはおれなかった。なぜだろう? これもすでに述べたように、マカール老人は、ツァーリ専制体制の苛酷な現実の内側でとぐろを巻いたドストエフスキーの霊的な存在が《大地》、《民衆》、そして《キリストの救済》のイデーに爪をひっかけてこじ開けようとした扉そのものではないが、そのすぐ脇に立つ人物だった。さらにこれもすでに述べたことだが、彼の背後には『カラマーゾフの兄弟』のゾシマ長老が控えていた。とはいえ、マカール老人にわたしたちが接近するのはそれほど容易なことではない。いや、ドストエフスキーの造型した諸人物のなかでも最も近寄り難く、理解することの最も困難な人物かもしれないのである。

アルカージイとマカール老人との出会いは、第三部第一章に描かれている。アルカージイは熱病と幻覚にうなされて何日も寝込んでいたのだが、ようやく室内を歩ける程度の体力を回復し、母親のソーフィアと妹のリザヴェータが使っていた階下の部屋に入ろうとする。しかし、そこには母も妹もいない。その代わりに「髪が真っ白で、ふさふさと銀のように白いあごひげを生やした一人の老人」が母の使っている低い椅子に腰かけている。老人が誰なのか、アルカージイはすぐに察知する。二人は見つめ合う。このあとのアルカージイの記述はこうである。

彼はわたしを見ても、身じろぎもしないで、無言でじっとわたしを見つめた。わたしも同じように彼を見つめていたが、ただその違いは、わたしの目にははかり知れぬ驚きがあったのに、彼の目にはつゆほどの驚きもなかったことである。それどころか、この五秒か十秒の無言の凝視で、わたしをすっかり見抜いてしまったらしく、彼は不意ににこっと笑った、しかも静かに音もなくその笑いがつづいた、もっとも笑いはすぐに消えたが、明るい楽しそうなそのあとが、その顔に、特にその目にのこった。

ドストエフスキーはこの記述のあとに人間の笑いに関する短めの哲理を差し挟む。それに続いて初めて出会って二人が対話するこのシーンは、このうえなく純一無垢の雰囲気に包まれている。部屋の窓は日暮れ前の夕陽に照らされ、部屋全体に静寂が立ちこめている。ところが、二人の対話は、そうした雰囲気に不釣り合いなほどいきなり熱を帯びたものとなるのだ。ドストエフスキーは、マカール老人に次のように語らせる。

知識を広めるがいい、神を信じぬ者や不届きなことを言う輩に出会っても、ちゃんと太刀打ちできるようにな、そしてそんな輩に気ちがいじみた言葉を投げつけられても、まだ若い思想を曇らせられたりしないようにならなきゃいかんよ。

ばかなことだよ、お祈りをしないのは。お祈りはいいものだよ、心がさわやかになる、眠るまえにも、朝起きたときも、夜中にふっと目がさめたときも。これはおまえによく言っておくよ。

今のうちにせいぜいお日さまの光を浴びて、生の喜びを味わいなさい、わしはおまえたちのことを神に祈ってあげるよ、おまえたちの夢の中に来てあげるよ……死後も同じように愛してあげるよ！

　読者は、このあとの記述でマカール老人が重い病いに罹って、死が間近いことを自ら予感していることを知る。それもあって老人の内面の襞に宿る神のイデーが瞬時に熱を帯びたようにも理解できないことはないが、それでも初対面の若者に語る言葉として唐突な印象を免れない。ここはアルカージイが積極的に参入し、かつ無意識のうちに加担している現実の出来事（カテリーナを破滅させるかもしれないスキャンダラスな秘密の手紙の処理をめぐる騒動）と関わりなく、作者の表出意識が突然、奮い立って熱を発している場面なのだ。もちろん、ドストエフスキーが意図的にこの場面を作ったことは間違いない。マカール老人はもしかすると、《大地》と《キリストの救済》のイデーを注入された宗教的な人物の系列に属する人物かもしれないのである。しかし、彼は「大地に口づけしなさい」と言ったソーニャやシャートフ、あるいは「ユロージヴァヤ」（聖なる狂女）として造型されたマリヤ・レビャートキナとも決定的に異なっている。ソーニャやシャートフが現実世界に対して疎遠な関係に立ったことは一度もないが、マカール老人は彼らとは少し違って現実世界に距離を置いている人間なのだ。そんな作者の思想がこの場面を作り上げている。マカール老人にあってソーニャたちが共有していないものを一言でいえば、それは**放浪者のイデー**ということになろう。最初にそれに言及するのは、マカール老人を診察したアレクサンドル・セミョーノヴィチという名の若い医師である（第三部第二章第三節）。

　マカール・イワーノヴィチ、あなたは要するにふさぎの虫にとりつかれているのですよ。望郷といいますか、自由と街道が恋しいのですね。これがあなたの病気なんです。ひとつどころに長く暮らすことを忘れてしまったのですよ。だってあなたは――言うところの巡礼でしょう？　たしかに放浪ということがわが国の民衆のあいだではほとんどいわば熱病みたいなものになっています。この傾向をわたしはしばしば民衆に認めました。わがロシアの民衆は――一般に放浪性があるのですよ。（中略）まあ、そこには宗教的な放浪者、まあ信心家ですね、そういう人もありますが、やはり放浪者に変わりはありません。尊敬すべき、りっぱな意味でですが、やはり放浪者ですよ。

次にマカール老人のイデーについて触れるのは、幻想的な「ヨーロッパ人」（トロツキーのいう「文明世界の一市民」）たるヴェルシーロフである（第三部第三章第二節）。

まったく無学なのに、あの男にこのような知識があろうとはまったく想像もつかないような、意外なことを知っていて、こっちが唖然とさせられる。熱狂的に荒野を礼賛するが、その荒野にも、修道院にも絶対に行こうとしない、というのはあくまでも『放浪者』だからだよ。アレクサンドル・セミョーノヴィチがいみじくも名付けたようにな。（中略）ロジカルなことを言いだすといささかちぐはぐになり、ときどきひどく抽象的になる。発作的に涙っぽくなることがよくあるが、あれは完全に民衆的な感傷性というか、いやそれよりも、わがロシアの民衆がその宗教的感情に広くもちこんでいる、民衆に共通な感動の発作といってよいかもしれん。

レオニード・グロスマンは、マカール老人の形象がロシア的巡礼生活の宗教的伝統に淵源をもつこと、直接的には一八五六年に公刊された修道僧パルフェーニイの聖地巡礼記からドストエフスキーが影響を受けていたことを指摘している。「パルフェーニイの、民衆的知恵と結びついた純朴な詩情と正直さが、少しあとのゾシマ長老同様、マカール老人の個性と説教のスタイルを決定している」。この巡礼記は当時の知識人たちに広く読まれていたらしい。わたしたちがそれを手にして確かめることはできないが、ドストエフスキーは、読者が放浪者のイデーに接近しやすいように掌編小説というべき独立した物語を用意した。その物語は、アルカージイが「マカール老人の性格描写を終える」目的でマカールのいくつもの話から「いちばん記憶に残った話」として記述したもので、マクシム・イワーノヴィチという名の大金持ちの商人の物語である（第三部第三章第四節）。その物語は、プロットが多数の物語素の絡み合いのなかに埋没し、読者を迷路のなかに置き去りにする『未成年』一編のなかに挿入された珠玉の掌編というべきで、読者に強烈な印象を残す。物語の梗概を紹介すれば、次のとおりである。

マクシムは更紗を織る工場の社主で、修道院にも莫大な寄進を行う町の実力者だ。若いころに一度結婚したが、噂では結婚したその年に「嫁さんをいじめ殺してしまった」ことを思い悩んで、それ以来、男やもめを通している。同じ町にはマクシムから借金をしていた若い商人がいた。彼はことごとく仕事に失敗し、結局、死んでしまって、若い未亡人と乳飲み子を含む五人の子供が残される。マクシムは借金の抵当になっていた木造の家屋からその家族を無慈悲にも追い出してまう。家族は雨露をしのぐ小屋の片隅に追いやられる。そのうちにいちばん上の八歳になる男の子を除いて四人の子供はみな死んでしまう。ある日、庭先で走り回って遊んでいた男の子は、階段を踏み外して、ちょうど馬車から下りようとしたマクシムに倒れかかって両手を腹に突っぱねてしまう。マクシムはその程度のことに腹を立て、「どこのガキだ、こいつを笞でぶちのめせ！」とわめいて折檻する。男の子は怯え、泣きわめき、気絶してしまう。その後、男の子は病気になり、母親もその看病で勤め口を辞めなければならいことになる。マクシムはそのことが気にかかって医者をさしむけてやり、少しばかりの見舞金も渡す。子供への折檻に強い負い目を感じたからではない。「ただなんとなくそんな気持ちになった」からだった。キリストの復活祭の日、マクシムは、未亡人の家を訪れ、男の子を引き取って面倒をみたいと申し出る。母親は驚くが、子供の将来をおもってマクシムの申し出を受け入れる。男の子は裕福な生活環境のなかに置かれるが、いっこうにマクシムになつこうとしない。ある日、ゴム毬を取ろうした男の子が誤って高価な陶器のランプを壊してしまう。男の子は無我夢中で家を飛び出し、河岸通りの船着場のところまで来る。そこへある大佐夫人とその娘が通りかかる。娘の小さな籠のなかには一匹のハリネズミが入っている。男の子がハリネズミを見るのは初めてだった。壊したランプのことも忘れて男の子は「これ、なあに？」と訊く。同い年の娘は「ハリネズミなの」と答えて「あたし、芸をおしえようと思うの」と話しかける。「ああ、ぼくもほしいなあ！」と男の子。そこへマクシムの怒鳴り声が聞こえてくる。男の子ははっとして、河っぷちへ駆け出し、小さな両のこぶしを胸に当てて天を仰ぎ、いきなり河へ飛び込む。河の流れは速く、引き上げたときにはすでに死んでいた。男の子の飛び込み自殺が起きてから、マクシムは人間が変わってしまう。修道院の管長が彼のもとに訪ねて来て、問いただす。「おまえはこれまで随分乱暴な言葉を吐いたり、多くの人々を路頭に迷わせたり、堕落させたり、破滅させたりした。あの男の子の幼い妹たちも次々に死んでしまったじゃないか。そんなおまえがどうしてあの男の子だけにそれほど苦しむのか」。マクシムはただ「夢に出てきますので」と答え、そのあとは黙り込んでしまう。そのあと、彼は絵心のある知り合いの教師に壁サイズの巨大な絵画の制作を依頼する。河に飛び込む直前の少年、それに大佐夫人やその娘、小さなハリネズミも含めた周りの人々や河岸の風景を正確に描き込んだ絵である。ただし、注文をつける。両のこぶしを胸に当てて天を仰ぐ男の子の前に天使たちが飛んで来て、男の子を迎えに来るところを描いてくれ、と。教師は了解し、制作に取りかかるが、じきに注文どおりには描けない、と言う。自殺はあらゆる罪のなかで最大の罪だ。そんな罪を犯した少年を天使たちが迎えに来ることはないのだ、と。マクシムはそれでは天使の代わりに明るい一条の光線を男の子に降らせるように頼む。こうして完成した巨大な絵は町中の話題となるが、マクシムは誰にも見せることはなく、書斎のなかに放置する。そして突然、男の子の母親が住む廃屋を訪ねて、わしと結婚して男の子を生んでくれ、と頼みこむ。「もし生まれたら、それはつまりあの子がわたしたち二人を許してくれたということだ」。女性は気が触れているとおもい、いったん彼の求婚を拒むが、亡くなった男の子の魂の安らぎのために新しい寺院を建立するというマクシムの約束に負けて承諾する。二人は結婚し、マクシムは寺院を建てるばかりでなく、病院や養老院も建てる。そして玉のような男の子を授かる。ところが、赤ん坊の洗礼式が行われた日の夜、マクシムは河に飛び込んだ男の子の夢をふたたび見る。同時にその翌日から生まれたばかりの赤ん坊は熱を出し、八日後に死んでしまう。マクシムは赤ん坊が死ぬと、妻に全財産を譲る手続きを行い、巡礼に出たいと話す。「わしは気性の険しい頑固者で、随分人々を苦しめもしたが、しかし、この先、つらい流浪の旅を続けたら、神さまもまんざら酬いを授けてくださらんこともあるまい」。妻も町中の人々も思いとどまらせようとするが、ある日、マクシムは誰にも気づかれずにこっそり町から姿を消してしまう。

長い紹介となったが、以上がマクシム・イワーノヴィチの物語である。

すでに述べたように、マクシムの物語は、『未成年』のプロットから完全に独立している。それはマカール老人がアルカージイに語ったアネクドートの一つにすぎず、作者のドストエフスキーにしてもアルカージイを介して「いやな方はこの物語の部分を飛ばしていただいても結構である」と断っている。もちろん、作者の真意はそれとは違っている。それは方便にすぎず、作者はアルカージイの手記から逸れることを承知のうえで、すべてを投げ出して流浪の生活を選び取るマクシムの物語を読者の前に差し出すのである。

マクシムという男は、物語が始まった時点ですでに度し難いほど粗野で傲慢な人間だ。権勢をふるう町の実力者だが、他人には無慈悲で、残酷な人間だ。そんな男が最後には放浪者のイデーの岸辺に漂着する。

彼を「流浪の旅」へと促したものは、何だったのか？ 読み飛ばさずに最後までこの物語に付き合った読者はたぶん、八歳になる少年との出会いと別れが決定的だったと理解するだろう。確かにそうだが、それだけではこの物語の芯を外してしまう。マクシムのそれまでの生き方を切断するように彼を転回させるのは、たんに少年との出会いと別れではなく、夢のなかに現れる少年であり、マクシムはただ夢に現れた少年に導かれることによってのみ放浪者のイデーに漂着するのだ。ここでは、生者たるマクシムに強く呼びかけるのが生きた少年ではなく、死んだ少年であることが決定的に重要である。それを見落とすと、このアネクドートをアルカージイの手記に強引にねじ込んだ作者の真意を汲み取ることは諦めねばならない。

『白痴』を論じた本論Ⅳで述べたように、子供という存在はドストエフスキーにとって「天国からの光」だった。つまり、どこまでもイノセントな存在であり、清純で無邪気な生命の光源として把握されていた。しかし、一方でこの子供観は、次のような社会認識と不即不離だった。つまり、子供たちを取り囲む社会の成り立ちは、どんなに文明化されようと残酷で、無慈悲で愚かしいものだ、と。だから、子供がこの世界に生き続けて大人にならなければならないとすれば、もしかすると、マクシムと同じように他人に対して残酷で、無慈悲で愚かしい行為を繰り返す存在となるかもしれない。いや、そうなる可能性のほうが高いのだ。なぜというに、残酷で無慈悲で愚かしいこの社会のほかに子供が生きていける場所はどこにもないからだ。しかし、マクシムの物語に登場する少年はそうはならずに、ドストエフスキーが「天国からの光」と呼んだイノセントな存在、永遠に清純で無邪気な生命としてマクシムに働きかける存在となった。なぜか。少年は死ぬことによってこの世界から永遠に離れたからだ。マクシムの夢のなかに立ち現れる少年は、ただ死者たる資格においてのみ、生者たるマクシムに呼びかけ、働きかける力をもつ不滅の霊的な存在となる。こうしてマクシムは死んだ少年の呼びかけに応じるのだ。この残酷で無慈悲な世界で人を傷つけたり、いやな思いをさせずに、またそのことで自分が傷ついたり、罪責感をもたずに生きていける方途があるとすれば、河に飛び込んだ少年のように絶対にこの世界に近寄らず、そこからできるだけ逃げるように離れて生きていくほかはない。世界の特定の場所に定住することは、自分と他人との関係において、いずれにしても残酷で、無慈悲で愚かしい行為をしてしまう可能性を押し広げることである。であれば、特定の場所を定めずに一所不在の放浪者となること以外に途はない。それがイノセンスの回復を保証しないにしても、人を傷つけることがなく、またそのことによって自分が傷つくこともなく、穏やかな気分で温順に生きていくことができる唯一の途である。

これが河に飛び込んだ少年が夢に現れて、マクシム・イワーノヴィチを突き動かし、同時にわたしたちにも開示される放浪者のイデーである。わたしたちはこのイデーをたとえば次のような《旅人》の概念に重ねてみることもできるだろう。

より深く土地に根づいている他の人間にとっては、いや遍歴者にとってすらも、旅人は間断なく逃亡しているかのように見える。実際に旅人は、万人のために、また自分自身のためにも逃走しているのだ。旅人にとっては自分の身の回りのあらゆるものが亡霊的・贋物的になり、自分自身さえもが霊的なもののように思われてくる。旅人は自分の移動にいわば一心不乱であるが、絶対に自分を拘束するような人間的な共同体に同化することはない。

（カール・ケレーニイ「魂の導者・ヘルメース」、種村季弘・藤村芳朗訳）

いまやわたしたちはそれを簡明な綱領として語ることができる。共同体に同化せずに生きよ、そして自分を拘束する「現存在」形式から間断なく逃げよ、と。

ドストエフスキーがアレクサンドル・セミョーノヴィチを介して語ったように、この放浪者のイデーがロシア民衆の熱病のようなものであるのか、あるいはグロスマンが指摘したように「ロシア的巡礼生活の宗教的伝統」に根ざしたものなのか、わたしたちはいずれとも判断を下せない。ドストエフスキーは、ヴェルシーロフがマカール老人の父祖代々から受け継がれる「金襴の飾りがなく、二体の聖者の頭に小さな花冠がのっている」古いイコン（聖像）を譲り受け、「たしか分離派のものだった」と呟いてイコンを眺める場面を作って、マカール老人その人に「分離派」（ラスコーリニキ）信徒の生存感覚のようなものを少しだけ注入した（第三部第十章第二節）。ただし、ヴェルシーロフはイコンをすぐに卓の上に放置するばかりか、このあと、暖炉の角にぶつけて叩き割る。この行為は、マカール老人のなかに注入された「分離派」の生存感覚に対するヴェルシーロフの否定精神を表しているのだが、わたしたちはこの挿話によって象徴的に造型されるヴェルシーロフのヨーロッパ精神の内面よりも放浪者のイデーの岸辺に漂着するマクシム・イワーノヴィチの独立した物語とそれを語るマカール老人のほうをむしろ重く受け止めるのである。というのも作者のドストエフスキーがイコンを叩き割るヴェルシーロフよりも、マカール老人と彼の語るマクシムの物語の表出に熱中しているからにほかならない。ドストエフスキーは作中で「分離派」以上のものを少しも匂わせているわけではないが、流浪の旅に出立するマクシムが体現する放浪者のイデーは、「分離派」の名で括られる旧教派（スタロヴエールイ）のなかでもいわゆる無僧派諸セクトの一つである「逃亡派」（ベグーヌイ）のイデーにわたしたちを誘ってやまない。その逃亡派を創始したエフィーミイについて、中村喜和は『聖なるロシアを求めて』（一九九〇年）という書物のなかで次のように述べている。

　エフィーミイの教義の特徴は政治権力に対する徹底的な不服従と、私有財産と不平等の完全な否定であった。ツァーリとすべての国家制度はアンチキリストのあらわれであるという考え方にもとづいて、エフィーミイは自分に従う信者たちに税金を支払うこと、軍隊にはいることを拒否させたばかりでなく、貨幣を使用したり、旅行用の身分証明書を受け取ったり、人口調査に応じたりすることさえ禁止した。個人が財産を私有することは不平等を生ぜしめるがゆえに、すべての悪の根源と考えられた。（中略）エフィーミイの一派が逃亡派《ベグヌイ》とか遍歴派《ストランニキ》とか呼ばれるようになったのは、先に述べた教義から容易に推察されるように、彼らがアンチキリストの支配する社会とすべて関係を断ち、「キリストのために」放浪することを唯一の正しい生き方としたからである。そうなると、荒野や森にのがれるほかはなかった。

無僧派旧教徒にとって、ロシア正教会とそれを国教と定めるツァーリは「アンチキリスト」にほかならなかった。ロシア帝政社会は「アンチキリスト」が支配する社会だったのだ。そのなかでも逃亡派はその権力関係の網の目から徹底的に逃れ出ることをめざした最も先鋭な反国家的なセクトだった。ドストエフスキーは一度、逃亡派を『罪と罰』のなかで登場させたことがある。ペンキ職人のミコールカだ。彼は、ラスコーリニコフに代わって金貸し老婆殺害を自供する。もちろん、その供述は嘘である。ドストエフスキーは、ミコールカという人物をめぐってポルフィーリー予審判事に次のように語らせていた（『罪と罰』第六部第二章）。「やつが分離派《ラスコーリニキ》の出だってこと？　いや、分離派なんてもんじゃなく、異端派ですよ。やつの一族には逃亡派が何人かいて、やつもつい最近まで、とある村の長老のもとでまる二年、教えを受けていたらしいんです。この話は、ミコールカと、やつと同郷のザライスクから来た連中に聞きましてね。とにかく呆れましたよ！　ただもう隠遁することばかり考えていたんですって！」[4]。ドストエフスキーは、このように『罪と罰』のなかでは逃亡派の反国家的なイデーと実践について一切触れることがなかった。秘密警察（皇帝直属官房第三課）の監視下にあった作家がそれについて触れれば、掲載誌の発禁処分を含む一時的な執筆禁止措置ないし監視体制の強化を招く可能性があったからである。『未成年』でも事情は基本的に変わっていない。このため、逃亡派のあからさまな反国家イデオロギーを脱色したうえで、マカール老人と彼が語るマクシムの物語のイデーを造型することになった。そこにいれば残酷で、無慈悲で愚かしい行為をしてしまう現実世界を逃れて放浪＝流浪のイデーの岸辺に漂着したマクシムという男の物語を。

この放浪者のイデーこそ、ロシア社会の河床に牡蠣のようにはりついたドストエフスキーの霊的な存在（革命的精神）がまさぐったイデーの一つだった。それは、同時にドストエフスキーが「金箔つきの放浪者たち」と罵倒した地主貴族出の自由主義者たちの対極に立つイデーでもある。最晩年のドストエフスキーは、プーシキン記念講演をめぐるグラドーフスキーとの論戦で、地主貴族が農民の苛酷な労働から不労所得を得て外国をさまよい、自由主義者の「公民的悲愁」をふんだんに撒き散らしながら自国民たる農民を嫌悪した地主連中の放浪性に嘲笑と罵声を浴びせた。彼は『エヴゲーニイ・オネーギン』（一八三二年）のヒロイン（タチヤーナ）が「民衆的叡智」を体現した女性であり、それを認識できずに、ただ彼女の傍らを通り過ぎてしまった主人公（オネーギン）に放浪者型地主の典型をみた（『作家の日記』一八八〇年）。

マクシム・イワーノヴィチの物語からキリスト教的な救済のモチーフを削ぎ落とせば、わたしたちは、全財産を妻に譲って巡礼の旅に出るマクシムという男にそれまでの生存様式から逃れ去る放浪＝流浪の強烈な、やみ難い渇望をみることができる。ミシェル・フーコーは、コレージュ・ド・フランスで行った講義の一つで一九世紀と二〇世紀の政治亡命の違いを取り上げ、前者に「社会主義の大いなる伝播役の一つ」を、後者に「反国家主義、ないし国家嫌悪と呼びうるものの重要な伝播役」をみていた（一九七八／七九年度講義『生政治の誕生』、慎改康之訳）。だが、マクシム・イワーノヴィチと彼について語ったマカール老人は一九世紀の例外的な先駆者として、より正確にいえば、国内亡命者として反国家のイデーを実践したのだ。それは、社会をよりよきものへと変えていこうとする欲求ではなく、主に**定住という形態をとる社会的なあり方から離脱し、他者と自分との此岸的な関係とその力**

の圏外に超出しようとする脱社会的な欲求である。この放浪欲求の禍々しい力を育むのは、彼がそこに鎖でつながれている共同体であり、それと不可分な生存様式である。それゆえに彼はそこから離れて生きる権利をもつ。だが、この権利は強制や隷属の社会的諸力によって日々打ち消されるような苦境とともにある。実際、わたしたちが社会共同体から完全に離れて、その外に飛び出すことは極めて困難である。であれば、つねに共同体とそれと不可分な生存様式から距離をとること、言い換えるなら、家庭を営まないこと、長く定住しないこと、定住せずに各地を放浪することが次に採るべき一歩となるだろう。定住の生存様式は、社会的諸関係に基づく他者との不和や対立、抗争を抑制し、解消する方向に向けて、さまざまな共同的な観念形態（宗教、法、国家）や管理・防衛のための制度・機構を生み出してきたが、放浪＝流浪の生存様態は、こうした他者との不和や対立、抗争からただちに逃げ去る生き方と同義である。そこに組み込まれ、束縛されている経済的社会構成の連鎖から、命令と服従の歯車ががっちりかみ合った権力関係から限定抜きに逃れ出ること。どんな共同観念や制度、機構からもすり抜けていく可能性を自ら切り拓くこと。わたしたちは、そこから定住の生存様式に対してノンと宣言する否定性のイデーと実践を手に入れることができるかもしれない。

『人類史のなかの定住革命』の著者である西田正規は、生態人類学の立場から定住と放浪（遊動）の生存様式の違いについて、次のように語っている。

遊動生活とは、ゴミ、排泄物、不和、不安、不快、欠乏、病、寄生虫、退屈など悪しきものの一切から逃れ去り、それらの蓄積を防ぐ生活のシステムである。移動する生活は、運搬能力以上の物を持つことが許されない。わずかな基本的な道具の他は、住居も家具も、さまざまな道具も、移動の時に捨てられ、いわゆる富の蓄積とは無縁である。（中略）一方、定住生活とは、これら一切を自らの世界に抱える生活システムである。この生活を維持するには、ゴミ捨て場を定め、便所を作るなどして環境汚染を防止しなければならない。不和や葛藤、不安の蓄積を防ぎ、すみやかに解消するために社会規範や権威が要求され、あるいは不安や災いの原因を超自然的世界に投影し、それをコントロールし、納得するための儀式や呪術が用意される。離合集散するルーズであった社会は、地縁的な境界で区切られ、死体との共存は、死者の世界と生きている人間世界の空間的、観念的分割によって了解される。世界はさまざまに分割され、それがまた社会的緊張関係のより大きな単位となる。

放浪（遊動）の人類の生存様式は、「定住革命」によってほぼ破壊されることになるが、それでも西田は「定住社会の間隙を縫ってすり抜けるノマド（遊動民）たちは、その後も絶えたことはなく、また、定住社会における不満の蓄積は、しばしばノマドへの羨望となって噴出する」と述べている。率直にいえば、わたしたちはノマドの開示する地平のさらに先まで行ってみたいとおもうのだが、その際、ノマドはあくまでも個人の生き方、定住社会から離脱する単独的な生存様式に関わるものとして構想されるだろう。(5)

ドストエフスキーは、放浪者のイデーに爪をひっかけただけでマカール老人を早々と退場させてしまった。死ぬ間際の老人がアルカージイに「なにかよいことをしようと思ったら、神のためにすることだ、人によく見られようと思ってはいけない」（第三部第四章第二節）と諭すとき、作者たるドストエフスキーは自らそれと知らずに放浪者の流浪のイデーから逸れて、ゾシマ長老の大地主義の扉を開こうとするのである。

こうしてマカール老人のイデーは、最後の長編作品『カラマーゾフの兄弟』で掘り下げられることもなく、彼の死とともにわたしたちの前からその姿を消したといってよい。

註

Ⅶ 「放浪者」マカールのイデーをめぐって

（1）一八七四年十月十四日付の創作ノートには「『白痴』や『悪霊』でおかしたような誤りを避けること」とメモして次のように書かれている。「つまり、真実を直截に説明せず、かわりに、（たくさんの）二次的な事件を、最後まできちんと言い切らずにほのめかすいかにも小説じみた形で描写し、出来事やさまざまの場面のなかで、長大なスペースをとって延々と引きのばし、そのくせ説明は少しもせず、推測やほのめかしで示した、そういう誤りを避けること。それらは二次的なエピソードなのだから、読者のそんなに大きな注目には値しなかったのだ。そうしてそういうやり方をしたために、読者は脇道へとそらされてしまい、大道を見失い、注意力がこんがらがってしまった。まさにそのために、中心的な目的は、かえって解明されず、ぼやけてしまったほどだ。こうしたことを避け、二次的なことに割り当てる場所はもっとわずかなものにし、すっかり短くし、出来事を主人公の周辺だけにまとめること」。

（2）モチューリスキーは、『評伝ドストエフスキー』のなかでドルグーシン・グループをナロードニキの一派として紹介している。「ドルグーシンのグループは理想主義者で、『同胞愛の宗教』を創ろうとし、自分たちのコミュニズムを、福音書を根拠にしようとしていた。『ロシア国民へ』というドルグーシンの宣伝文には、福音書の題辞が添えられていた。この新しい世代は、宗教的精神につつまれ、『人民のなかにはいって行った』のだった」（松下裕・松下恭子訳）。また、『地下ロシア』（一八八二年）の著者であるクラフチーンスキイは同書のなかでパリ・コミューンが起こってまもなく、すなわち一八七一年の末にモスクワにドルグーシンたちの秘密結社が結成されたこと、労働者、農民の間に社会革命のプロパガンダを広く行うことが組織の目的だった、として紹介している。ちなみに『地下ロシア』はレーニン＝ボリシェヴィキが党員向けの教材として使ったことでも知られる。

（3）この「革命」論争は一八七四年八月十二日付の創作ノートのなかにある。ワーシンは「革命はいまのところわが国ではなんの役にも立たないけれど、それでもほかになにもすることがないのだから、革命をやらなければなりません」と言い、これに対し、未成年（アルカージイ）は「わたしは、ただ市民として善を願って生きる、それでいいと思います。たとえば、教師になるとか、衛生隊の活動を援助するとか、学者になるとか――すべて世の中のためになります」と答える。

（4）ここに引用したポルフィーリーの言葉は亀山郁夫訳。「逃亡派」（ベグーヌイ）は、亀山以外の訳者たちによってすべて「ベグーン派」ないし「ベグーン教徒」と訳出されており、訳注として「無学派」（中村白葉）、「最も原始的な民間の一宗派」（米川正夫）、「正教非改革派の一つ、原則として僧侶の存在を認めない」（小沼文彦）、「分離派の最も低級な一派」（池田健太郎）、「無僧宗派」（工藤精一郎）などと説明されている。こうした不十分な注釈では、「逃亡派」が分離派無僧派諸セクトのなかでもどんな特徴をもつセクトであったのかを知ることは不可能である。当然、その先鋭な反国家イデオロギーに接近することをも困難にしている。江川卓だけは巻末の訳注でベグーン教徒＝「逃亡派」について、以下のようにより詳しく説明している。「現世はすでにアンチクリストの支配下にあり、その頭目はピョートル大帝であると教え、兵役や法律を認めようとしなかった。とくに裁判や審理のさいには、虚偽を申し立てて、無実の罪を自分にひきかぶることが魂の救いになると信じていたらしく、実際にそのような例も数多くあったらしい」（岩波文庫『罪と罰』下巻訳注）。

（5）ドゥルーズ＝ガタリは、共同性の次元にノマドを送り返して《逃走線》という誰のものでもない、いわば匿名の集団的運動＝創造の跛行線として描出した（『千のプラトー』一九八〇年）。いわく「逃走線は、あくまでも個人の問題で、各個人がそれぞれに逃走し、「責任」を、世間を逃れ、砂漠や芸術に逃避することだと考えられているようだ。勘違いもはなはだしい。（中略）逃走線は決して世間を逃れることではない。むしろ水道管を破裂させるようにして、世間に逃走を強いるところにこそ、逃走線の本領があるのだ。たとえ社会の切片が硬化し続け、逃走線による亀裂をふさごうとしても、あらゆる社会体制が末端のいたるところで逃走の水漏れを起こしている」（宇野邦一ほか訳）。ドゥルーズ＝ガタリの《逃走線》は、ロシア・マルクス主義（レーニン主義ともスターリン主義といっても同じことだが）がほぼ自壊した状況下、新たな社会革命のイメージの更新をめざした概念とみなせる。だが、共同意志として実践可能な行為を確定するものがないという点で限りなく詩的であり、かつ夢想的である。

Ⅷ

未完の革命家アリョーシャ

1

遺作となった『カラマーゾフの兄弟』には、「わたしの主人公、アレクセイ・カラマーゾフの伝記を書き始めるにあたって……」という書き出しで始まる序文がついている。そこで作者のドストエフスキーは次のように述べている（なお、『カラマーゾフの兄弟』からの引用は断りのない限り亀山郁夫訳を使用）。

ここでひとつ厄介なのは、伝記は一つなのに小説が二つあるという点である。おまけに、肝心なのは二つ目のほうときている。第二の小説で描かれるのは、現に今、わたしたちの時代に生きている主人公の行動である。しかるに第一の小説は、すでに十三年も前に起こった出来事であり、これはもう小説というより、主人公の青春の一コマを描いたものにすぎない。しかし、わたしからすると、この第一の小説ぬきですますわけにはどうしてもいかない。そんなことをすれば、第二の小説の大半がわからなくなってしまうからだ。

ドストエフスキーはこの序文で「わたしの主人公」と呼んだアレクセイ・カラマーゾフ（以下、アリョーシャ）の伝記を構想している。それによれば、アリョーシャの伝記は「今から十三年も前に起こった出来事」が描かれた「第一の小説」と、「今、わたしたちの時代に生きている主人公の行動」

を描いた「第二の小説」の二部構成によって完結することが構想されている。わたしたちは、作者によるアリョーシャの伝記構想をそのとおりに受けとめよう。というのは、実際、「第一の小説」は、作者の述べるように「第二の小説」を起動させるためのプレヒストリーとして読めるからだ。ところが、アリョーシャの伝記は、作者の突然の死によって中断した。つまり、「第二の小説」は書かれることなく、「第一の小説」だけが遺されたのである。それが現在、わたしたちが手にすることができる『カラマーゾフの兄弟』という作品だ。

作者が「第一の小説」と呼んだこの作品も、前々作の『悪霊』と同様に二つのプロットに基づく物語によって構成されている。

一つは、父フョードル・カラマーゾフ殺害の犯人としてシベリア流刑を宣告される長男ドミートリー・カラマーゾフの悲劇で、これは同時に真犯人スメルジャコフを教唆した次男イワン・カラマーゾフの精神錯乱へと至る出来事と複合している。第二のそれは、修道院の見習い僧である三男アリョーシャがゾシマ長老の教えに従って俗界に出て、「**生涯を通じて変らない不屈の闘士**(1)」として覚醒する物語である。アリョーシャの伝記にもかかわらず、「第一の小説」の世界を主導しているのは、第一のプロットに基づく物語、すなわち、ドミートリーの悲劇であり、同時にそれはイワンの精神錯乱劇とぴったり重なっている。ドミートリーの悲劇は「第一の小説」において完結している。それに比べ、アリョーシャが「不屈の闘士」に成長する第二の物語は、第一のプロットが作品全体の流れを力強く統率しているためにあたかも熟していない果実を手にしたような印象を読者にもたらすことになった。「第一の小説」に盛られたアリョーシャの物語は、押し出しの強いドミートリーの破天荒の物語の激しい流れに併呑されがちだ。さらに「第二の小説」が書き継がれなかったために、アリョーシャの思想と行動は永遠に宙吊りにされる状態に置かれることになってしまった。

エドワード・ハレット・カーは、「第一の小説」でドミートリーの救済の物語が完了し、続編たる「第二の小説」が書かれなかったことに「われわれとしては別に心残りはない」と語った。この感想は奇怪で、耳障りでさえある。カーの立場は、作者の構想に反して『カラマーゾフの兄弟』をもっぱらドミートリーの悲劇の物語として読み通す立場といってよい。つまり、作者のモチーフの中心を占めていたアリョーシャの伝記には端から無関心を装う読者のそれである。小林秀雄もまた、カーの感想に倣うかのように「今日、僕等が読む事が出来る『カラマアゾフの兄弟』が、凡そ続編という様なものが全く考えられぬ程完璧な作と見えるのは確かと思われる」と述べ、「完全な形式が続編を拒絶している」などといつもながら的外れのおつにすました断定を下している（『カラマアゾフの兄弟』一九四一〜四二年、未完）。さらに、長瀬隆に至っては『ドストエフスキーとは何か』（二〇〇八年）という著作で、アリョーシャは「主人公たりえない人物なのであって、当然のことながら、第二部の構想などは最初からまったく無かったのである」と断定し、序文の説明をドストエフスキーの韜晦とみなしている。この見方は誤読ですらなく、たんにノンシャランで不徹底な読みの結果にすぎない。

『カラマーゾフの兄弟』には「第二の小説」の構想を踏まえた表現が注意深く細心の配慮で埋め込まれている。たとえば、第三部第七篇「アリョーシャ」のなかでゾシマ長老の亡骸からすぐに腐臭が発したことにアリョーシャが激しく動揺する場面で、作者がコメンテーターよろしく乗り出し、次のように注釈する。

……彼のすべての動揺は、彼の信仰がきわめて篤かったからこそ生じたのだ――。だが、そうはいってもやはり動揺はあったし、動揺が生じたことは確かで、おまけにそれがあまりに苦しいものであったため、**長い年月を経たあとも、アリョーシャはこの悲しい一日を、自分の人生のもっとも重苦しい運命的な日のひとつとみなしたほどだった。**

この注釈は、実現されなかったとはいえ、明らかに「第二の小説」の構想を射程に入れたものであり、「第二の小説」で展開される「不屈の闘士」の物語へ、読者を強く誘うために置かれた言葉なのである。そもそも「第二の小説」の構想を閑却する読み手の感想は、「第一の小説」が読者に与える圧倒的な未完結感と合致しない。また、アリョーシャの伝記を書くために二つの小説を構想し、「第二の小説」を準備するために作者が「第一の小説」に組み入れた二つのプロットのうちの一方を無視している。わたしたちが手にする『カラマーゾフの兄弟』は、エピローグを含む全四部十二編の長大な構成をもつ作品だが、主人公アリョーシャの伝記とみなせば、**「第二の小説」のために用意された長い前奏曲ないし序幕**のようにしか読めないのである。ロシア正教の立場から叙事詩「大審問官」の思想を批評したワシーリー・ローザノフが「現存する長編の一部分はアリョーシャがその大事業を遂行する準備期間にすぎない。この意味で『カラマーゾフの兄弟』は事実まだ長編小説でないばかりか、そこでは幕さえ上がっていない」と述べているのは、誇張があるとはいえ、至当である。

2

作者がアリョーシャに対して「不屈の闘士」という表現を与えるのは、ゾシマ長老の死後、星夜の僧院の庭に出たアリョーシャが大地に倒れ込み、むせび泣きながら口づけをして「大地を愛する、永遠に愛する」と誓うあの有名なシーンのなかである（第三部第七篇第四章）。

この場面を用意するために、作者は先に触れたように長老の亡骸を納めた棺からすぐに腐臭が漂いだしたことに烈しく動揺するアリョーシャを描いている（第七編第一・二章）。アリョーシャが動揺したのは、死臭が彼の奇蹟信仰を直撃し、失望と不信のなかに突き落としたからだ。そこには福音書の奇蹟物語に対するドストエフスキーの長年の懐疑がとぐろを巻いている。グルーシェンカの家から戻ってきたアリョーシャは、長老の庵室に戻り、跪いて祈り始めるが、まもなく疲れてまどろむうちにある幻覚に襲われる。作者は、入眠時幻覚のなかに死んだはずのゾシマ長老を登場させ、アリョーシャの内面に「何かが燃え、何かがふいに痛いほど心を満たし、喜びの涙が魂からほとばしった」という表現を与えている。これは、その直後にアリョーシャが大地から立ち上がったときに「不屈の闘士」となっていた回心の出来事、言い換えれば、不意打ちのめくるめくイデーの転換に無理なく連結させるためにどうしても必要な表現上の手続きだった。

入眠状態のアリョーシャが見る幻覚の世界は極めて技巧的に書かれている。アリョーシャの耳には同じ庵室でパイーシー神父が読み上げるヨハネ福音書の章句が聞こえている。パイーシー神父が朗読しているのは、「カナでの婚礼」でイエスが水がめに入った水をブドウ酒に変える最初の奇蹟を扱った章句（「ヨハネによる福音書」第二章第一〜十一節）である。そのきれぎれの断片がアリョーシャを最初の奇蹟が行われた至福の場に運び、自分もカナの婚礼の場に同席している映像を立ち上がらせる。その場には死んだゾシマ長老の姿も参加している。ゾシマは「新しいワインを飲もう、新しい、大いなる喜びの酒だ」と声をかける。幻覚のなかでアリョーシャはなぜかしら怯えているのだが、ゾシマはアリョーシャに「怖がってはいけない」と諭して次のように語る。

私たちに比べ、あの方は確かにあまりに偉大すぎて恐ろしいし、あまりに気高すぎて恐ろしい。でも、限りなく慈愛に溢れたお方なんだ、愛するゆえに私たちと同じ姿をとられたのだし、私たちと楽しんでおられるのだし、水をワインに変えてくださった、お客さんたちの喜びを絶やさないようにとね。そして、新しい客を待っておられる、新しい客を絶えず呼び招いておられるんだ、それがもう永遠に続くんだよ。

「カナでの婚礼」を創作したヨハネ福音書の記者に特別な意図があったとすれば、それはイエスが最初の奇蹟を行った場所として「婚礼の場」を選択した点に表れている。奇蹟は結婚を祝福するためのものであり、婚礼に参加したすべての者たちを喜ばすためのものだ。水をブドウ酒に変えるイエスの行為自体にはどんな意味も付与できないにもかかわらず、ヨハネ福音書の記者はそこに過剰な力の源泉を見ているのだ。しかも婚礼という祝福の場を設定することで、奇蹟信仰の磁場にまったく独自の新しいイメージを付加できるはずだと信じられている。福音書の数多くの奇蹟物語からヨハネ福音書の記者だけが創作した奇蹟物語を選んで、この場面にそれを導入したドストエフスキーの意図もまた明白である。彼はアリョーシャのぐらついた奇蹟信仰を再建し、どうあっても失望に代わって希望を、不信に代わって信仰を回復させたかったのだ。わたしたちは、こうした奇蹟信仰をめぐって懐疑の往還運動を取り上げ、それを物語として綿密に再構築しようとするドストエフスキーの執念に一種の「業の深さ」を感得せざるをえない。実際、ドストエフスキーは業の深い人間だったというべきだろう。しかし、この懐疑は、結局のところ、それほど突き詰められずに、奇蹟信仰の磁場に陽炎のように揺れ動くのである。

奇蹟信仰が再建されるこの場面に続いて、いよいよ「不屈の闘士」として立ち上がる場面が用意される。この場面全体は**ドストエフスキーの霊的な存在が差し出すイデーが最後の転回を遂げることの暗喩となっており、同時に「第二の小説」の扉を開くためのライトモチーフ（主導動機）**となっている。

ここでは江川卓訳を引用しよう。

……建物のまわりの花壇の豪奢な秋の花々は朝まで眠りについていた。地の静けさが天上の静けさと溶け合い、地の神秘が星の神秘とふれ合っているように思われた。……アリョーシャはしばらく佇んでこの光景に見入っていたが、やがて足を払われたようにがばと大地に身を投げた。なんのために大地を抱擁したのか、彼は知らなかった。どうして残る隈もないまで大地を接吻したい抑えようもない欲求にかられたのか、はっきりと理解していなかった。しかし彼は泣きながら、声をあげて泣きながら、おのれの涙で大地をうるおしながら、大地を接吻した。そして、狂ったように誓うのだった。大地を愛する、永遠に愛しつづけると。『おまえの喜びの涙で大地をうるおし、そのおまえの涙を愛するがよい……』この言葉が彼の胸にひびいた。何を彼は泣いたのだろう？おお、彼はおのれの歓喜に酔うあまり、底知れぬ天空から彼に光を投げかけるこれらの星のことさえ泣いたのだった。そして、《この狂乱を恥じることをしなかった》。あたかも数かぎりもないこれらの神の世界から伸びる糸が、一時に彼の魂に集中したかのように、彼の魂は、《他界との接触を感じて》おののき震えるのだった。彼は一切のことについてすべての人を赦し、さらに赦しを乞いたい気持ちにかられた。おお、それは自分への赦しではなく、万人のため、万物のため、一切のための赦しであった。『私のためには、他の人たちが赦しを乞うてくれるだろう』ふたたび声が胸にひびいた。けれどその間にも彼はあの蒼穹のように揺らぐことのない確固たる何ものかが、彼の魂に入り込もうとするのを、刻一刻はっきりと、手で触れられるほどにまざまざと感じていた。なにかしら一つの理念のようなものが、彼の理性にしっかりと根づき、もはや生涯、いや永遠に離れることはないようであった。彼が大地に身を投げたときは、まだ弱々しい少年にしかすぎなかったが、ふたたび立ち上がったとき、彼はすでに**生涯を通じて変らぬ不屈の闘士**となっていた。そしてこのことをまったく唐突に、自身のあの歓喜の瞬間に自覚し、感得したのである。アリョーシャはその後の生涯を通じて、この瞬間をけっして、けっして忘れることができなかった。『あのとき、だれかがぼくの魂を訪れたのだ』――彼は後になって、この自分の言葉に固い信念を抱きながら、よくこう言ったものである。（傍線引用者）

しかしながら、繰り返し強調すれば、わたしたちは「不屈の闘士」として覚醒したアリョーシャの行動を「第一の小説」で知ることはない。そもそも「不屈の闘士」とはどんな闘士なのか？　生存競争の厳しい現実の世界に参入し、そこで何事かをなすために活動を始め、さまざまな矛盾や葛藤のなかに投げ出される人間は、誰でも闘士、あるいは戦士と呼ばれる資格がある。しかし、アリョーシャは並みの戦士とは違って「不屈の闘士」なのである。不屈であればあるほど、彼の抱く不安や緊張、そして息づかいは大きくなるだろう。が、この場面を読んだ後の読者はそれをほとんど知ることがない。物語が始まって間もない第一篇第五章に「もしも不死や神がないと信じたのであれば、この青年はやはりすぐに無神論者や社会主義者たちの群れに加わっただろう」という語り手である「わたし」(この「わたし」は作中の一人物ではなく、作者その人である)の注釈が置かれているが、それに従えば、この「不屈の闘士」は「無神論者」でも「社会主義者」でもない。そのあとにも作者はアリョーシャが心のなかで夢見た世界について「……いつかは誰もが聖者となり、人々はたがいに愛しあい、富める者も貧しき者も、地位の高い者も虐げられる者もなくなり、みんなが神の子となる、まことのキリストの王国」と語っている。後述するように、これは、**ゾシマ長老のイデーを継承する表現**となっているのだが、しかし、「第一の小説」の世界では、「まことのキリストの王国」のイデーがどのような闘士を育んだのかはわからないままだ。「第二の小説」が書かれなかった時点で、ただその精神の核を形成するもの、白煙とともに火山口から噴き上がる白熱のイデーがさらに高みをめざして燃え盛り、近代ロシア社会の矛盾も宿痾も一挙に呑み込んでしまうような表現が与えられただけである。そこにドストエフスキーを生涯悩ました問題の最終解決があるとかんがえる評家も少なくないが、わたしたちはたぶんそうした見解とは違った地平に立つことになるだろう。

アリョーシャが「不屈の闘士」として立ち上がったシーンを描いたこの第三部第七篇第四章の前には、イワンがアリョーシャに語る有名な叙事詩「大審問官」(第二部第五篇)とアリョーシャが編纂したゾシマ長老の伝記・談話・説教(第二部第六篇)が置かれている。これは構成上一対をなしており、当然、そのように読まれるべきである。ドストエフスキーは、第二部第五篇が「極端な瀆神論と破壊思想の胚子を描写したもの」であり、同第六篇はそれに対する「反撃」だと語っている。(2) 彼はゾシマ長老に独自のイデーを注入し、その造型と形象に全力を注いだ。(3) ところが、両篇を続けて読むと、読者の多くは、どんな反駁も許さないような論理を駆使して人間社会とその歴史への透徹した認識と苛烈なイデーを展開している「大審問官」のほうに圧倒される思いがするのである。このため、内外の評家も「大審問官」だけを取り出して論じる傾向があった。D・H・ロレンスなどはその代表的な読み手の一人だった。大審問官への「反撃」として企図された第六篇を書き終わったあと、ドストエフスキーは「思ったことを十分の一も表現することができなかった」と告白しているが、[4]いずれにせよ、大審問官の叙事詩を読み込むとすれば、アリョーシャが編纂したとされる第六篇のゾシマ長老の資料（伝記・談話・説教）についても、――たとえ作者の述懐そのままに十分な表現を獲得していないとしても――同時に取り上げる必要がある。その作業を行わずに「不屈の闘士」として立ち上がるアリョーシャの姿をとらえるのは難しいからだ。

3

「大審問官」の叙事詩とゾシマ長老の伝記・談話・説教を一対のものとして見るとき、わたしたちは、霊的な存在が差し出すイデーが有神論、反神論、無神論の三つの巨大な恒星に分裂し、それぞれに牽引されながら大きく転回を遂げたことを知る。もちろん、ドストエフスキーはその世界制覇に希望を託し、唯一絶対の主人公たる「不屈の闘士」として覚醒したアリョーシャを創造した。その創造過程で作者が不可欠とみなし、最も力を込めて書いたのが第二部第五篇・第六篇だった。

第五篇「プロとコントラ」は全七章構成だが、「大審問官」は第五章にある。次兄イワンが料理屋で三男アリョーシャに話して聞かせるのだが、その前に兄弟は神をめぐって議論する（第三章、第四章）。これは「大審問官」に踏み込む前に、叙事詩の作者たるイワンが反神論のイデオローグとしてアリョーシャと対座していることが読者に知れる場面である。イワンは言う。

> 俺は神を受け容れるのさ。たんに好きこのんでというんじゃない。いや、それ以上に俺たちが皆目わからない神の叡智や神の目的まで受け容れようっていうんだ。（中略）ところが、いいか、驚くな、最終的な結論としては、この俺は神の世界というのを受け容れないことになるんだ。むろん、それが存在していることは知っているが、でも、絶対にそれを認めない。俺が受け容れないのは神じゃない。いいか、ここのところをまちがうな。（傍点は引用者）

イワンは、神への反逆を弟に宣言している。そして、このあと、反逆は正しいと主張する。なぜ、反逆するのか。神の創出した世界とそこで起こる人間の悲惨と不幸が受け容れられないからだ。なぜ、反逆は正しいのか。イワンがその根拠として挙げるのが「虐待される子供たちの涙」である。彼は幼児虐待の事例をいくつも列挙する。母親のお腹のなかから短剣で胎児を抉り出す。母親の目の前で赤ん坊を空に放り上げて銃剣で受け止めてみせる。赤ん坊をなつかせておいて、赤ん坊が笑い出したその刹那、その顔を銃弾でぶち抜く。これらはトルコ人の残虐非道の事例だ。ロシアでは、うんちを漏らしたということだけで五歳の女の子の顔にうんちを塗りつけ、一晩中、寒い便所に閉じ込めて折檻する母親が語られる。女の子は何もわからず、ただ「神ちゃま」にお祈りしている。最後の事例は、ロシアの農奴制時代の八歳の男の子だ。農奴二千人を抱える地主の下男の息子が石投げ遊びで地主の可愛がっていた猟犬の足を傷つけてしまう。それだけのことで男の子は素っ裸にされ、凶暴な猟犬に追い立てられ、嚙み殺されるのだ。なぜ、罪や汚れのない子供がこのような残忍で非道な虐待を受けねばならないか。神を受け容れていると語ったイワンはそれがわからない。彼は弟に聞く。「さあ、どうだ、この地主をどうすればいい？　銃殺にすべきか？　道義心を満足させるために銃殺にすべきか？」。この問いにアリョーシャはあとですぐに撤回するが、「銃殺にすべきです！」と低い声で呟く。イワンは弟の返事に有頂天になって「やったぜ！」と叫ぶ。

人はみな、永遠の調和を苦しみで贖うために苦しまなければならないとしたら、子供はそれにどう関係する、どうだ、ひとつ答えてくれ。なぜ子供たちは苦しまなくちゃならなかったのか、何のために子供たちが苦しみ、調和を贖う必要などあるのか、まるきりわからんじゃないか。いったい何のために子供たちは、誰かの未来の調和のための人柱となり、自分をその肥やしにしてきたのか？

これはイワンの良心が叫ばせた言葉だ。神の存在ばかりでなく、全能者たる神の支配を希求する有神論がもし子供たちへの虐待行為を「永遠の調和を贖う」ために許容するのだとすれば、神への反逆の意志を固めるのは、たぶんイワン一人に限らない。イワンは宣言する。「俺は神を受け容れないわけじゃない、俺はたんにその入場券をもう心から謹んで神にお返しするだけなんだ」。

有神論と無神論との間には越えられない深淵があるわけではない。「神はありや、なしや」という問いを実践的に解決するための材料が何もないという理由で、問いそのものが一つの深淵なのである。だから、有神論が無神論と争って勝利することはないし、その逆もまたありえない。キリスト教に対するドストエフスキーの態度は、ともに相手を打ち負かすことがない有神論と無神論のあいだを揺れ動いたが、イワンはどちらの立場にも属さない人物として造型された(5)。ただし、大審問官を創作した人物として造型されているイワンの背後にはドストエフスキーの懐疑が威嚇するように銃口を構えていることを忘れてはならない。つまり、イワンは「神はあり」（肯定）と決断するものの、その決断のもとに生きる人間が敢えて神の存在に反逆する立場の宣揚なのだ。したがって、イワンは無神論に足場を固めてアリョーシャと対座しているわけではない。彼を反神論のイデオローグと規定したばかりだが、より正確にいえば、ジョルジュ・バタイユがニーチェに対して述べた「無神学主義」の立場に立つイデオローグに近い。なぜならば、イワンにとっては「否定を介して神の問題を抹殺すること」が重要なのではなく、反対に否定を介して神の問題の根底に到達すること」（バタイユ「ニーチェとイエス」一九四九年、山本功訳）が重要だからである。別言すれば、イワンは倫理的である。無神学主義の立場から発する彼の言葉は、ロシア的な汚泥が積み重なった深い沼地に身を浸しながら、そこから自力で這い上がろうとする孤立無援の闘争宣言のように響く。それは、次の叙事詩「大審問官」のなかでは一種の歴史理論として壮大な展開をみるだろう。大審問官の告発に仮託されたイワンの反逆は殺気立っており、言葉を紡ぐ論理はいささか混乱気味だが、声の抑揚は極度に切迫感を帯びたものとなる。イワンの心はすでに引き裂かれているのだ。アリョーシャがときたま投げかける疑問や感想に答える際にイワンが必ず笑いで反応するのは、引き裂かれた自分をあざ笑う明断な意識のせいである。

大審問官の告発は、福音書のなかで描かれている悪魔の「三つの誘惑」をめぐって行われている。『マタイによる福音書』には次のように書かれている（第4章第1～11節）。

さて、イエスは悪魔から誘惑を受けるため、〝霊〟に導かれて荒れ野に行かれた。そして四十日間、昼も夜も断食した後、空腹を覚えられた。すると、誘惑する者が来て、イエスに言った。「神の子なら、これらの石がパンになるように命じたらどうだ」。イエスはお答えになった。「『**人はパンだけで生きるものではない**。神の口から出る一つ一つの言葉で生きる』と書いてある」。次に、悪魔はイエスを聖なる都に連れて行き、神殿の屋根の端に立たせて、言った。「神の子なら、飛び降りたらどうだ。『神があなたのために天使たちに命じると、あなたの足が石に打ち当ることのないように、天使たちは手であなたを支える』と書いてある」。イエスは「『あなたの神である主を試してはならない』とも書いてある」。さらに、悪魔はイエスを非常に高い山に連れて行き、世のすべての国々とその繁栄ぶりを見せて、「もし、ひれ伏してわたしを拝むなら、これをみんな与えよう」と言った。すると、イエスは言われた。「退け、サタン。『あなたの神である主を拝み、ただ主に仕えよ』と書いてある」。そこで、悪魔は離れ去った。すると、天使たちが来てイエスに仕えた。(新共同訳)

この三つの誘惑とそれに対するイエスの答えに、大審問官は「人類のその後の歴史がすべて一つの全体にまとめられ、預言されているし、また地球全体におよぶ人間の本質の、解決しがたい歴史的な矛盾すべてを集約する、三つの姿が現れている」と語る。しかし、最も重要なのは、いうまでもなく第一の誘惑に対するイエスの言葉である。「人はパンだけで生きるものではない」。もちろん、このイエスの言葉は真理命題ではない。したがって、それが正しいかどうか、人は判断を下せない。真理命題でないとすれば、それはただ個人の意志によって選び取られる一、種、の、賭けのようなものだ。イエスはこの言表によって地上のパンを拒否したのではなく、自分には天上のパンを選択する自由な意志があることを示しただけである。ここで見落としてならないのは、自由な意志による決断が各人に委ねられていることであって、決して権威や奇蹟を介してではないということだ。

ところで、ここで語られる「天上のパン」とはなにか。それは第一に地上のパンのように形あるものとは違って《目に見えないもの》である。つまり、イエスは《目に見えないもの》を敢えて選択し、それに自分を賭けた人間なのだ。選択するイエスの自由な意志は目が眩むほど強靭で、背筋が凍るほど孤独だ。作者がゾシマ長老に「私たちに比べ、あの方は確かにあまりに偉大すぎて恐ろしいし、あまりに気高すぎて恐ろしい」と言わせたのもイエスに強靭で孤独な自由意志の体現者を見ているからだ。そこで大審問官が自問する。《目に見えないもの》を選択し、それに賭けるほど人間ははたして強い生き物なのか？　彼が用意している答えはこうである。人間は意気地なしで弱く、卑小で愚かな存在として造られており、したがって目に見えるものにしか信頼を置かず、《目に見えないもの》に賭けることによって引き起こされる世界からの孤立に怯えておののく存在である、と。このような本性をもつ人間に向かってイエスのように自由な意志を顕揚するのは間違っている。これが大審問官の最も言いたかったことだ。これに対し、イエスは、大審問官が固執する「人間の本性」とは違った別の「人間の本性」を対置するのではない。たんに大審問官がそれと見ている「人間の本性」を越えよ、と言っているのだ。[6]　大審問官のような現世的なイデオローグではなく、《目に見えないもの》を志向し、現世にはないものを世界にもたらそうとするという点で、イエスはすでに霊的な存在であり、革命的精神の実践者にほかならない。

ロシア正教の奇蹟信仰に依拠し、そこからドストエフスキーの宗教的偉業の内実に迫ったドミトリー・メレシコフスキーは、『トルストイとドストエフスキー』（一九〇二年）という大著のなかで、大審問官の理解するイエスが西方カトリック教会や東方ロシア正教会が教義の中心に置いたイエス・キリストの幻像とはまったく相容れないものであると述べている。

大審問官が理解している意味での「キリストの自由」、すなわち、外面的に強制された教会のあらゆる掟や教義及び伝説とは全く正反対のものとしての「キリストの自由」――そのような「自由」は、西方教会においても東方教会においても、法皇のローマにおいてもビザンチンにおいても、コンスタンチノーポリに始まりモスクワに至る歴史上の正教の全般にわたっても、一度として受け入れられたことがないのみならず、全く理解されたことさえなかった。（植野修司訳）

メレシコフスキーによれば、「人はパンだけで生きるものではない」というイエスの言葉は、両教会では「人間は天上のパンによってのみ生きるものである」という教義に変換されてしまった。そうだとすれば、東西両教会はたんに勝手にしろとばかりに「地上のパン」問題を放擲したに等しい。これに対し、イエスは「地上のパン」問題を放り出して「天上のパン」を求めよ、と述べたわけでは少しもない。「地上のパン」を手にできなければ、人はすべて餓死するほかはないから、人は生まれてから死ぬまで「地上のパン」問題と格闘しなければならない。有史以来そうであり、これからもずっとそうである。イエスはこうした「地上のパン」の自明性に立ちながら、なおかつ「天上のパン」という《目に見えないもの》を志向し、選択する自由がこのわたしにはあるのだ、と宣言するのである。しかし、メレシコフスキーにしてもこの自由の原理を打ち出すイエスの霊的な存在（革命的精神）を真っ芯で打ち返しているわけではない。「地上のパンにしろ、天上のパンにしろ、その一方のパンだけで人間は生きられるものではない。両方のパンを一緒にしてのみ、人間は生きられるのである」。メレシコフスキーがそのように語るとき、二つのパンの問題は、結局、彼においてはあのお馴染みの《肉体と精神の相克》の暗喩となり、その後、この相克は《精神的肉体》というメレシコフスキー独自の宗教的な概念のなかに昇華されるのである。ついでにいえば、この《精神的肉体》というメレシコフスキーの概念こそ、イエス・キリストの復活せる身体をイメージしたものにほかならない。さらにメレシコフスキーは、彼からみればドストエフスキーの理解する正教は「奇蹟信仰なき正教」であって、それは「歴史的でもなく民衆的でもないドストエフスキーの個人的で特殊な正教」だったと指摘している。ドストエフスキー本人がロシア正教についてどのような言い方をしているにせよ、メレシコフスキーもまた、ドストエフスキーの霊的な存在が差し出すイデーをあまりにも宗教的に純化されたイデーに焼き直して論じている。

4

イエスの自由の意志は、自由な愛でもある。イエスは最も重要な掟の一つとして「汝の隣人を自分のように愛しなさい」と語る（マタイ福音書第22章第39節、ルカ福音書第10章第25〜28節）。大審問官は隣人愛の問題を取り上げていないが、大審問官の作者として造型されているイワンは叙事詩を語り出す直前、アリョーシャに次のように語っていた。

どうすれば、身近な人間を好きになれるのか、俺は一度だって理解できたためしがないのさ。俺に言わせると、身近な人間なんて到底好きになれない、好きになれるのは遠くにいる人間だってことになる

イワンはさらに聖人イヨアンの話を取り上げて、悪臭を放っている病人を抱きしめてその口に息を吐きかけた聖人の行為を「一時の嘘の錯乱」とみなす。「人間を好きになるには、相手に姿を消してもらわなくちゃならない。そこでちょっとでも顔を出したら、その途端、愛なんて雲散霧消しちまうのさ」。大審問官もおそらく隣人愛を掟として説くイエスに反論するだろう。自分と家族だけが大事で、そのためにあくせく生きている人間に隣人（他人）を愛することなどできる相談ではない。隣人愛を求めるのは、現世の人間にさらに負担をかけて苦しめることになるだけだ、と。

イワンの感性的な否定、そして彼が創作した大審問官の予想される反論を斥けるのは難しい。なぜなら、わたしたちは他人の滑稽で哀れな姿におのれを重ねることはできたとしても、自分を愛するのと同じように隣人（他人）を愛することができない存在だからだ。隣人愛は不可能な愛である。にもかかわらず、イエスの言葉がわたしたちを揺り動かしてやまないのは、それがどんなに難しく、ほとんど不可能な愛のようにおもわれても、行為として隣人愛を実践せよ、と命じているからだ。その際、問題となるのは、「隣人」という言葉である。古代ユダヤ教において、それは「同朋」を意味した。しかし、イエスが「隣人」と話すとき、それは「同朋」ではない。また、隣家の住人や職場の仲間や昔なじみの友人でもない。隣人とは誰のことか、と問う律法学者の問いに答えて、イエスは有名な「善いサマリア人の譬え」を語った（ルカ福音書第10章30〜36節）。

ある人がエルサレムからエリコへ下って行く途中、追いはぎに襲われた。追いはぎはその人の服をはぎ取り、殴りつけ、半殺しにしたまま、立ち去った。ある祭司がたまたまその道を下って来たが、その人を見ると、道の向こう側を通って行った。同じように、レビ人もその場所にやって来たが、その人を見ると、道の向こう側を通って行った。ところが、旅をしていたあるサマリア人は、そばに来ると、その人を見て憐れに思い、近寄って傷に油とぶどう酒を注ぎ、包帯をして、自分のろばに乗せ、宿屋に連れて行って介抱した。そして翌日になると、デナリオン銀貨二枚を取り出し、宿屋の主人に渡して言った、「この人を介抱してください。費用がもっとかかったら、帰りがけに払います」。さて、あなたはこの三人の中で、だれが追いはぎに襲われた人の隣人になったと思うか。

(新共同訳)

このように「隣人」とは、わたしたちが名前さえ知らない他人である。不幸にも半殺しの日に遭い、裸で血を流して路上に倒れている見知らぬ他人である。つまり、他人は「このわたし」という言表で示される自我の同一性として見出せる《他者性》のことではなく、「このわたし」の本質にも実存にもまったく関わりをもたないところの、まったき「赤の他人」、フッサールが『デカルト的省察』のなかで語ったような《超越的他人》としての他人のことである。路上で血を流して倒れている赤の他人に遭遇した場合、あなたやわたしは遅疑逡巡なくすぐに駆け寄って助け起こすだろう。あるいは、不測の事態に動転してその場からあたふた逃げ去るかもしれない。しかし、イエスは、サマリア人のように見知らぬ他人を憐れんで介抱し、物心両面にわたってその人の助けになるようにしなさい、とわたしたちに命じるのである。つまり、隣人への施しは見返りを一切期待しない贈与なのだ。しかも、ここで枢要なのは、イエスが「追いはぎに襲われた人の隣人になったのは誰か」という問いを立てることによって「隣人」という概念に潜む主客関係を転倒したことである。つまり、「わたし」という主体が「隣人」を決めるのではなく、血を流して路上に倒れている見知らぬ人がこの「わたし」がその人の「隣人」となれるかどうかを決定するのだ。見知らぬ人がこの「わたし」を「隣人」とみなしてくれるかどうかは、「わたし」にとってはこれも一種の賭けであるに違いない。したがって、この掟の言葉にも《目に見えないもの》が賭けられている。現世的なイデオローグである大審問官が苛立つのは、まさにその《目に見えないもの》に賭けるイエスの自由な意志なのだ。人間は「選択の自由という恐ろしい重荷」に耐えられるものではないという大審問官の人間学にイエスは叛旗を翻すからだ。そればかりではない。イエスの自由な意志は、大審問官からすれば反人間的でもある。確かに「天上のパンのためにお前（イエス）のあとからついて行った人間ども」もいる。しかし、そんな連中よりも「天上のパンのために地上のパンをないがしろにできない何百万、何千万というほかの人間たち」は、いったい、どうなるのか。これら大勢の弱者（大審問官の言い方では「羊の群れ」）のほうがこの地上世界では大事なのではないか。大審問官の人間認識は現世から離れることがなく、徹底的に現世に寄り添った地上的なリアリズムに貫かれている。イエスに対する告発も、したがって人間の歴史に対する冷徹な認識に裏づけられている。イエスを「人類の歴史の全体」からみれば、**自由な意志は選択するという個人の原理に立つイエスは「狂気の人」にすぎない。**大審問官は告白する。

わたしはふとわれに返り、お前の狂気に仕えるのがいやになった。そこでわたしは引き返し、お前の偉業を修正した人々の群れに加わったのだ。

大審問官は、こう言ってイエスが「羊たちの群れをばらばらにし、誰も知らない道に解き放った」にすぎないと糾弾する一方、彼は勝ち誇ったようにおのれの使命を顕揚する。

彼らに静かな、つつましい幸せを分け与えてやるのだ。それこそ、かよわい生きものとして造られた彼らにふさわしい幸せなのだ。

われわれは彼らを働かせはするが、労働から解き放たれた自由な時間には、彼らの生活を、子供らしい歌や合唱や、無邪気な踊りにあふれる子供の遊びのようなものに仕立ててやるのだ。

大審問官は、かくして自由意志の価値を切り下げることによって「羊の群れ」に寄り添い、「静かな、つつましい幸せ」「無邪気な踊りにあふれる子供の遊びのようなもの」を分け与える。これらはすべて《神の前での魂の平等》の言い換えなのだが、大審問官は「羊の群れ」(弱者)のために本分を尽くすと主張するかぎりで彼らを支配する民衆統治学を語っている。

ウィリアム・フォークナーは、『寓話』(一九五四年)という長編小説のなかで一人の牧師にイエスと原始キリスト教団について語らせている(『寓話』第八章)。牧師によれば、イエスは、人間の自由意志に主権を授けた「不屈の夢想家」である。しかし、現世の人間とは違ってどこまでも夢想家だったゆえにイエスは人間の自由意志を宣揚したことの真の意味を知らず、それを知ろうともしなかったと批判する。そのことを理解した唯一の人物は、牧師によれば、聖パウロである。彼は人間が自由意志とその決断に対する権利と義務を行使できるためには、「教会」という施設（共同体）がなければならないとかんがえた。その点でイエスをイエスたらしめた「不屈の夢想家」はパウロのなかで三分の一しか占めておらず、三分の二は人間、そのまた半分はローマ帝国の市民（ローマ人）だったと語る。人間は「不屈の夢想家」であるイエスには従うことはできないが、パウロならば彼に従うことができる。なぜというにパウロは「奇蹟を必要とせず、殉教を要求していない」からである。

フォークナーが牧師の口を借りて展開した原始キリスト教観は的を外しているわけではない。が、大審問官の叙事詩を創作したドストエフスキー、さらに『反キリスト者』（一八九五年）を著したニーチェと比べるとき、拍子抜けするほど論理の息苦しいまでの強度を欠いている。実際、パウロを開祖とするキリスト教団の二千年に及ぶ歴史は、『寓話』の牧師の言葉に反して無数の殉教者を生み、異教徒との無際限の流血と虐殺を繰り返してきた。『寓話』のなかの牧師の言葉は、このキリスト教団の震撼すべき歴史を受けとめるにはあまりにもスタティックで不徹底な印象を与えるのである。

ニーチェは『反キリスト者』のなかで次のように書いた。

すでに「キリスト教」という言葉が一つの誤解である。根本においてはただ一人のキリスト者がいただけであって、その人は十字架で死んだのである。「福音」は十字架で死んだのである。この瞬間以来、「福音」と呼ばれているものは、すでにその人が生きぬいたものとは反対のものであった、すなわち、「悪しき福音」、禍音であった。「信仰」のうちに、たとえばキリストによる救済の信仰のうちに、キリスト者のしるしを見てとるとすれば、それは馬鹿げきった誤りである。たんにキリ

スト教的実践のみが、十字架で死んだその人が生きぬいたと同じ生のみが、キリスト教なのである。(原佑訳、傍点はニーチェ)

フォークナーがイエスと聖パウロを区別したように、ニーチェもここで「一人のキリスト者」と開祖パウロならびに彼が組織した原始キリスト教団を区別している。ただし、両者の弁別の論理は、次元を異にしている。フォークナーはパウロのなかに「三分の一」のイエスを識別する。しかし、ニーチェの目にはパウロはキリスト者たるイエスとは似ても似つかない「おそるべき詐欺師」としか映らなかった。つまり、「キリストによる救済の信仰のうちに、キリスト者のしるしを見てとる」詐欺師。パウロは肉(自然的生)を誹謗し、高貴な人間性を軽蔑するだけでは足りず、教団(教会)専制のために《罪》という概念を捏造し、それによって人間の価値低下(言い換えれば、内面的な困窮状態)を創造した。パウロが用いたのは、イエスの贖罪死とその復活、そして「最後の審判」というイデーである。それらは「大衆を圧制し、畜群を形成するのに必要な概念と教義」にほかならないとニーチェはかんがえた。

このようなパウロ批判の視点は、大審問官の叙事詩のなかに先取りされている。つまり、わたしたちは、イエスと大審問官との対決を描いたイワンのなかに、ということは叙事詩を創作したドストエフスキーのなかにすでにニーチェのキリスト教批判を見出すことができる。大審問官は、ニーチェの言葉を使えば「十字架で死んだその人が生きぬいたと同じ生」を拒否した人物である。なぜ、拒否したのか? ドストエフスキーは、大審問官に「わたしはふとわれに返り、お前の狂気に仕えるのがいやになった」と言わせた。大審問官はこうしてニーチェが糾弾する「すべて弱いもの、低劣なもの、出来そこないのものの味方となってきた」キリスト教団の僧侶と瓜二つの相貌を曝している。ただし、この大審問官とニーチェが唾棄するキリスト教団の僧侶の間にも違いがある。僧侶が「地上のパン」問題を取り扱わずに、ただ「天上のパン」のみに生きよ、と教えるのに対し、大審問官は、その言い草が反吐をもよおすほど傲岸であるとしても、地上の苛酷な条件を知りぬいているリアリストゆえに「地上のパン」を優先させるのである。ここにニーチェのキリスト教批判をはみ出す大審問官の独自の相貌がある。敢えていえば、それこそドストエフスキーが敵視したあの神抜きの革命論者（「無神論者、故郷喪失者、ニヒリスト」）の相貌だった。

「地上のパン」を確保することは、人間の自然的本性が民族、宗教、習俗、伝統などの違いを越えてすべての人間に課した不変の業務であり、人は生きていくかぎり死ぬまでそれから解放されることはない。しかし、皆がそれほど労苦を伴わずに容易にかつ平等にパンを食することができるようになれば、そしてその不変の業務がますます容易になればなるほど、それは労働を介して欲望を充足するという人間の生存様式の革新につながり、人間の自然領域での社会的解放を意味する。大審問官はこの自然的本性に基づく生活体系の経済学と社会理論の正しさを頑固なまでに信じている。彼がかかずらうことを嫌がっているのは、あの霊的な存在が宿る人間の自由意志、情熱、夢、一言でいえば人間の「幻想領域」である。人は自分の影をもち、それを自分から切り離せないように、その人固有の幻想領域をもち、それを切り離すことができない。その人が生まれ育った土地や習俗、両親や兄弟、友人や恋人などといった誰とも取り替えができない関係性が彼固有の幻想領域を起動させ、確定することをやめないからである。わたしたちは、この幻想領域を切り離したうえで大審問官のように人間の自然領域だけを取り扱えば、自然本性の水準に全身を横たえる動物と人間を区別する標識を失うだろう。なぜなら、そこには諸個人の由来も歴史もないからである。ドストエフスキーからみると、それこそ神抜きの革命家たちがめざす「水晶宮」や「蟻塚」の世界の実相である。

本論V（「障害としてのイデオロギー批判」）のなかで触れたようにマルクスは「地上のパン」を優先せざるをえない人間の世界を《必然性の国》（das Reich der Notwendigkeit）と呼び、《必然の国》を終わらせて《自由の国》（das Reich der Freiheit）の扉を開くための歴史理論を打ち立てることができると信じていた。ただし、大審問官の半身はマルクスと同じだといってよい。つまり、「地上のパン」を優先させる点で。大審問官の政治学は、《必然の国》を終わらせて《自由の国》を切り拓く現実的な諸条件を《必然の国》自らが産出するというマルクスが編み出した歴史理論と一線を画している。マルクスの考えに同調するには大審問官はあまりにも《必然の国》の苛酷さに怯え、「地上のパン」の制約性に囚われすぎている人間なのだ。

第一の誘惑に続く第二、第三の悪魔の誘惑は、個人の自由な意志を尊重するイエスに揺さぶりをかけ、その意志を頓挫させようとする試みである。大審問官とイエスとの違いは、そうした試みを通じて極限まで拡大され、絶対化される。イエスは自由な意志に基づいて「天上のパン」というイデーに賭けて実践する一個の人間である。それに対し、大審問官は地上のパンを優先するがゆえに教会権力を介して《必然の国》に君臨する民衆統治学を信奉する。

彼らは臆病になり、われわれを見て、まるで親鳥に寄り添うひな鳥のように、われわれにぴたりと体を寄せるだろう。彼らはわれわれに驚きの目をみはり、われわれを怖れ、われわれがこれほど凶暴な何十億という羊の群れを鎮めることができるほど強力で賢いことを誇りに思うだろう。

大審問官は、結局のところ、イエスの教えの実践に依拠することなく人間を救済する原理を差し出している。ドストエフスキーは、大審問官の傲岸不遜な主張のなかにローマ・カトリック教会の本質を見ており、それこそイエスからの逸脱ゆえに烈しく糾弾せざるを得ない。と同時に、彼が理解する「社会主義」のイデオロギーもそこに重ねて、「社会主義」に対する抜き難い不信を表明した。無神論に立つ社会主義は、神抜きの人間救済（または人間解放）をめざすがゆえに、ドストエフスキーには絶対に受け容れ難いものだった。「現代イデオロギー」批判の核心ともいうべきその考えは、すでに『白痴』のムイシュキン公爵がエパンチン家の別荘で催された夜会の場で激昂して語った言説のなかに直截に表現されている（『白痴』第四篇第七章）。ローマ・カトリック教会に対する批判は、そこでは次のようなものだった。

ローマ・カトリックは全世界的な国家的権力がなければ、この地上に教会を確立することはできないとして、Non possumus!（我らなす能わず！）と叫んでいるではありませんか。私の考えでは、ローマ・カトリックは信仰ですらなくて、まさに西ローマ帝国の継続にすぎません。そこでは信仰をはじめすべてのものが、この思想に支配されているのです。法王はこの地上を、この地上の玉座を掌握して、剣を取ったのです。それ以来、あらゆるものが同じ歩調を続けていますが、ただその剣に虚偽と陰謀と、欺瞞と狂信と、迷信と悪業とが付け加えられただけなのですよ。そして最も神聖で、真実で、素朴で、炎のような民衆の感情をもてあそび、何から何までいっさいのものが、金と卑しい地上の権力に代えられてしまったのです。**これでも反キリストの教義とは言えないので**

しょうか！ こんなもののなかから、どうして無神論が生まれずにいられましょう？ **無神論は何よりもまずこのなかから、ローマ・カトリックのなかから生まれたのです、**彼らはどうして自分自身を信じることができましょう？ 無神論は彼らの自己嫌悪の情によってその基礎が固められたのです。それは彼らの虚偽と精神的無力との産物なのですよ、無神論というものは！（木村浩訳）

続いてムイシュキンは、無神論がそうであるように社会主義もまたローマ・カトリック教会の産物であることを早口で弁じたてる。

あの社会主義にしても、やはりカトリックと、カトリックの本質の産物なんですからね！ これはその兄弟分である無神論と同様、絶望から生まれたものです。それはみずから失われた宗教の道徳的権力に代わって、渇に悩む人類の精神的飢渇を癒やし、**キリストによってではなく、暴力によって人命を救おうとするために、道徳的な意味においてカトリックに反対して生まれたものなのですから！** これもやはり暴力による自由ですね、これもやはり剣と血による統一ですね！《神を信ずるな、財産を持つな、個性を持つな、fraternite ou la mort.（団結か死か）二百万の民衆よ！》というわけです。（同）

このイデオロギー批判は、あくまでもムイシュキン公爵の口から機関銃のように放たれたものとして記述されているが、それによって剥き出しにされる鋭利な牙は、あの《幼児性》のイデーを授けられた青年のものというよりは、作者その人のものである。「ローマ・カトリック」と「社会主義」に対するドストエフスキーの批判は『白痴』執筆時から少しも変わっていない。さらに『悪霊』のなかで作者がシガリョーフに言わせた言葉を思い出そう。社会主義とは社会的蟻塚をめざすイデオロギーである。それは、精神の自由に絶対的な主権を授けるイエスとは絶対に相容れない。自由な意志は選択するという個人の原理に立つからこそ、イエスは偉大なのであり、ドストエフスキーによれば、人間解放を志向するすべてのイデーは、イエスの側に立つ運動でなければ、個人の自由な意志を圧殺する専制主義を招来するだけである。

結局のところ、ドストエフスキーが大審問官の叙事詩に盛り込んだのは、正典福音書の作者たちが創造したイエス讃歌にほかならない。彼は誤解が生じないようにわざわざアリョーシャに「兄さんのその物語詩は、イエス賛美ですよ、兄さんが願っているような非難なんかじゃない」と言わせている。ところが、大審問官こそドストエフスキーが声援を送る人物その人であり、アンチ・キリスト論の展開こそがドストエフスキーの眼目だったと勘違いした読者もいる。たとえば、D・H・ロレンスがそうした読者の一人である。ロレンスは、驚くべきことに叙事詩の最後に置かれたあのイエス像、無言のまま大審問官に接吻して去っていくイエスに「大審問官の告発に感謝するイエス」を読み込んだ。すでに述べたように大審問官に象徴される神抜きの社会的蟻塚の理論(「社会主義」)、あるいは民衆支配の統治学(「ローマ・カトリック」)こそ、ドストエフスキーが全精魂をこめて撃破しようとした年来の仇敵だった。ところが、ロレンスはイエスに仕えることに嫌気がさした大審問官の主張に「決定的で論駁しえないキリスト批判の声」を聴き取ったうえで、「大審問官がイエスに対するドストエフスキー自身の最終的な意見を述べていることは疑いない」と断じた。確かにロレンスがみなしたように大審問官こそアンチ・キリスト者だ。しかし、奇妙なことに、ロレンスは、作者のドストエフスキーが赤裸々にそうしているにもかかわらず、ローマ・カトリック教会の歴史的な文脈にこの「アンチ・キリスト」性を置くことを頑なに拒否している。ロレンスは、自己呵責の禁欲主義を強いる抑圧的な宗教の始祖としてイエスを眺めるドクサに囚われたまま、大審問官を読んでいるのだ。そうでなければ、ロレンスの読解は笑止の沙汰というべきで、たぶん逆立ちしながら二日酔いの頭で読んだのだろう。そもそも「地上のパン」を優先する大審問官のリアリズムを論駁することは、イエスであれ、誰であれ、不可能である。また、論駁したところで大した意義はない。なぜなら、あらゆる人間は生きていくためには食物、住居、衣類などが必要であり、その必要を充たすために個々の人間は社会的協業を介して労働し、生産し、交換しなければならないからだ。この一連の活動は、生命体としての人間に課せられた必然性であって、その活動に終わりはないという点で永遠の苦役であるとともに、快・不快の絶えざる感情が起伏する無限の過程である。ずっと遠い未来において――たとえば、生産労働のほとんどが人工知能（ＡＩ）をもつロボットに代替される遠い未来社会――自然的領域の幅が縮まり、そのぶん人間の労苦がわずかでも軽減されることがあるとしても、マルクスが述べた《必然の国》が終わりをみることはない。したがって、《必然の国》に立脚する大審問官のリアリズムをお払い箱にすることは誰にとってもできない相談である。《必然の国》に終止符が打たれ、《自由の国》が扉を開くというマルクス的な発想それ自体は、ユダヤ＝キリスト教の終末論の書き換えにすぎず、大審問官が立脚する《必然の国》に終わりがない以上、たとえ誰かが大審問官を論駁したところで、論駁者がそこで手にするものはせいぜい「餓死する自由」でしかないだろう。

それでは、一言も発せずに大審問官に接吻するイエス像は、ロレンスの読みとはまったく違ったものを――たとえば、大審問官のリアリズムに拮抗するまったく別の生の準則、あるいは「現存在」形式の刷新のようなものを暗示しているとみなすべきだろうか？　答えは然りであり、否である。いや、大審問官の叙事詩にとどまるかぎり、むしろ否というべきだろう。というのは、黙って大審問官に接吻するイエス像は、ほとんど何も語り尽くしていないからである。

正典福音書の作者たちの記述に従えば、イエスは、十二人の使徒たちの前にわずかに五つのパンと二匹の魚しかなかった食べ物を五千人以上の群衆に供した。イエスが行ったことは、飢えた人々の苦しみを取り除くことであって、それ以上でもそれ以下でもない。しかし、人々は自分の腹が満たされただけでイエスを「預言者」、あるいは「王」とみなす（「ヨハネ福音書」第6章第14〜15節）。人々はいつも飢えていたのだから、パンを食し、腹を満たした人々のこのような態度決定は決して咎められるべきものではない。たぶん明日になればそれとはまた違った態度をとるに違いないからだ。しかし、そうしたあり方こそ、イエスが個人として密かに乗り越えようとした「現存在」形式の支配的な様態なのだ。ただし、イエスはそのことを明らかにして人々を啓蒙する方向へ踏み出すタイプの人間ではない。彼が行ったのは、そういった人々から逃げるようにして山に隠れることでしかなかった。イエスという男が身をもって示したのは、一言でいえば、個人と社会との弁証法である。人間がどのような生き方を選択し、どんな態度決定を行うかは、純粋に当人の自由に属しているようにみえる。好むと好まざるとにかかわらず、《必然の国》たる共同社会で生きていこうとすれば、「自由な意志は選択する」という思想を繰り込んで生きていくほかに術はないからだ。そうでなければ、人は自分をプログラミングされたロボットのように感ずるだろう。だからその思想がたとえ社会の掟に背馳することになったとしても、個人はやはり彼の自由な選択に賭けるだろう。しかし、その彼の自由の選択とみえたものは、純粋に自分の意志からではなく、ある特殊な社会構造、ある時代の制約多き生存条件、あるイデオロギーの支配的な様式のもとで――一言でいえば、絶対的な状況のなかで選び取られたものであれば、自由な意志とはあらかじめ枠のはめられた《主観性》と同義である。わたしたちはそうした主観性としてあらかじめ社会が用意した選択肢を前に決断する存在にすぎない。また、そうする以外には共同社会では生きていくことができない存在でもある。イエスはこのような人間の「現存在」形式にある種のもの悲しさを感じ、わずかでもいいからそれを変えようとした。そしてイエスは次のように簡潔に語っただけである。**隣人を自分のように愛しなさい**。これこそ、できるかどうかはともかく、人間の「現存在」形式を改変するための最初にして最大の一歩である。この教えを実践すれば、社会構造もその社会によって枠のはめられた主観性も必ず手痛い一撃を受け、やがて瓦解することだろう。福音書の記者たちに従って、ここまでイエス像を拡張すれば、大審問官とイエスの違いははっきりする。大審問官のリアリズムが決して視野に収めることができないのは、こうした個人と社会との弁証法であり、「人はパンだけで生きるものではない」という言明に込められたイエスの孤独な意志である。

5

叙事詩「大審問官」の作者であるイワン・カラマーゾフその人は、イエスと大審問官の二つの極に引き裂かれた青年として造型されている。この青年は、大審問官の社会理論や民衆統治学にも加担しないし、イエスの弁証法にも加担しない。いや、正確にいえば、いずれも選択できない不能者としての痼疾を抱えている。イワンの分裂と不能は作者が経験し、しかもイワンを造型するその時点でも決して清算することができなかったものだが、イワンの魂は、大審問官の創作者たるかぎりにおいてはいつも引き裂かれており、そして分裂は無力を生むがゆえに、イワンその人は現実世界に積極的に働きかける力を奪われた精神として形象化されるほかはなかった。そのかぎりで彼は倫理的である。しかし、後述するように作品世界の行動人であるイワンは、決して《引き裂かれた魂》として振る舞っているわけではない。大審問官の作者という役柄を投げ捨てたところのイワンは、この世知辛い世の中を泳ぐ行動人であり、色も欲もあるごくありふれた青年の一人なのだ。作者によって大審問官の創作者に仕立て上げられたこの青年の孕む二重性については、次のⅨ章で詳しく取り上げよう。ここでは、第五篇と対になった第六篇へ進む。

ゾシマ長老の伝記・談話・説教で構成される第二部第六篇は、「大審問官」と同様にプロット的にはドミートリーの悲劇から完全に独立している。すでに述べたように、この篇は大審問官の告発に対するアンチ・テーゼとして位置づけられている。そして同時に「第二の小説」でアリョーシャが「不屈の闘士」として行動する世界の原理を照らし出し、その世界に尽きせぬ力を漲らせるための予備的な考察を含んでいる。

ゾシマ長老の伝記・談話・説教は、本来、弁証法的な叙述構造をもたなければならないものだが、表現されたものを追っていくかぎり、ゾシマ長老の思想を押し広げる論理は極めて平板で、さまざまな宗教的なイデーをごちゃまぜにして大皿に盛ったような印象がある。作者は、大審問官の物語をイワンに語らせたように、ここでも作中人物であるアリョーシャの手記に従ってゾシマ長老の思想を全面展開するのだが、読者を遠い世界に誘うほどの強烈で神秘的な表現形式を与えることはできなかった。本来、ゾシマ長老と大審問官の対決を肯定と否定、調和と破壊、光と闇、自由と隷属、決断と躊躊といった二項対立を介した血みどろの決戦とみるならば、ゾシマ長老の闘いぶりは夢見る少年のように非力である。とても相手を地面に叩きのめすほどの力はない。作者たるドストエフスキーが「思ったことを十分の一も表現することができなかった」と語ったのは、正しかったのである。とはいえ、わたしたちは与えられた材料で作者がゾシマ長老に託した思想を解き明かさなければならない。

第六篇「ロシアの僧正」が描き出そうとしたのは、一言でいえば、**神のなかにあること（つまり、信仰）の歓喜、そして人間の唯一の救済原理と考えられている宗教的なイデーの絶対性**である。ゾシマ長老の「伝記的資料」と題された手記では、若きゾシマが回心し、信仰と宗教的なイデーを獲得するための機縁となった三人の人物、すなわち、八歳年上で十七歳の若さで死んだ兄マルケル、将校時代の従卒のアファナーシー、そして地主の未亡人を殺して良心に苛まれている中年紳士の三つのエピソードが取り上げられている。ゾシマの回心が価値として差し出すイデーに触れるために、わたしたちは各人物に接近しなければならない。

兄のマルケルは「どんな神さまだってあるものか」と毒づく不信心の少年だったが、急性の結核にかかって余命いくばくもなくなると、突然、回心して母に「ぼくらはみんな、すべての人に対してすべての点で罪があるんだよ、ぼくはそのなかでもいちばん罪が重い」と語り始める。「すべてに対して、ぼくは罪があるけど、でもそのかわり、ぼくのことはみんなが許してくれている。これが天国っていうものなのさ」。マルケルを診察した医師は精神錯乱に陥ったと判断する。マルケルはそれから数週間後に死ぬのだが、当時、九歳だったゾシマ長老は回想する。「わたしはまだほんとうに幼い子供だったが、何もかもがわたしの心に拭いがたく刻まれ、胸の奥にひとつの密かな思いが宿ることになった」。兄マルケルの造型は唖然とさせられるほど不十分で、死期が迫った十七歳の少年になぜ回心（思考転

換）が訪れるのか、読者はほとんど了解できない。(7)
それに比べ、従卒アファナーシーとのエピソードは、信仰の機縁となった挿話として十分に具体的であり、説得力がある。ペテルブルグの陸軍士官学校を卒業し、将校となったゾシマは、自分のフィアンセと心に決めていた娘が金持ちの地主と結婚していたことに腹を立て、彼女の夫を侮辱し、決闘を承諾させる状況を作り出す。実際に決闘の日取りも決まるが、その前日、夜会から戻るなり、腹いせに従卒のアファナーシーの顔を殴りつけ、血だらけにしてしまう。ゾシマ長老は、「わたしはそのときのことを思い出すたびに、恥ずかしさと苦しみを禁じ得ない」と四十年前の出来事を振り返る。アファナーシーを殴ったゾシマ将校は数時間ほど眠るが、起き上がると部屋の窓を開け放す。朝日が昇り、小鳥たちがさえずり始める。若きゾシマは心の底に「なにかしら恥ずかしい、下劣なもの」を探り当てたような気がする。

人間が人間を殴る！　なんという罪だろうか！　わたしは、鋭く尖った針で魂を刺し貫かれたかのようだった。わたしは呆然としてその場に立ち尽くした。太陽は輝き、木の葉はうれしげにきらめき、鳥たちは神を讃えていた……わたしは両手で顔をおおい、ベッドに体を投げ出すと、声をあげて泣き出した。

念のためにいえば、この記述は、先に引用したあの第三部第七篇第四章で大地に倒れて声をあげて泣き出すアリョーシャの魂の覚醒の祖型にあたっている。ゾシマは同時に兄マルケルの放ったあの言葉、「人間は誰でもすべての人に対して罪がある」という言葉を思い出す。若きゾシマが退役願いを提出し、修道僧として生きることを決断するのはそのときである。
第三のエピソードに登場するのは、若い妻と三人の幼い子供をもつ中年紳士である。彼は現在の妻と結婚する十四年前、ある地主の未亡人にプロポーズした。しかし、プロポーズされた女性はすでに別の軍人に心を許していたので、彼のプロポーズを断り、もう二度と家には来ないでほしいという。嫉妬と復讐心にとらわれた彼は、深夜、彼女の家に忍び込み、寝ている彼女に短剣を突き刺して殺してしまう。しかし、嫌疑は彼ではなく、農奴の下男にかけられる。彼は犯人として捕縛されることもなく、そのまま社会人として活動し、平穏な結婚生活を送る。しかし、子供が生まれると、彼の良心が疼く。「どうしてこの俺に子供たちを愛したり、しつけたり、教育することができるだろう。どうやって子供たちに善行について話せるだろう。そもそも自分が他人の血を流しているというのに」。この中年紳士は、十四年間も心の内奥に隠していた秘密を修道僧になることを決断したゾシマにすべて打ち明ける。「十四年間、わたしは地獄にいました。わたしは苦しみたい。苦しみを引き受け、人生をやり直したい」。彼は十四年前の犯行を詳細に記した報告書と証拠品を提出し、刑罰を受けようとするが、証拠不十分と裁定されて無罪放免になる。そして病に倒れる。余命いくばくもない彼は、最後の別れの挨拶をするために若きゾシマを病室に招く。

神さまがわたしを憐れんで、おそばに呼んでくださっている。もうすぐ死ぬことがわかっているが、ほんとうにもう何年も経験できなかった喜びと安らぎを感じているんだ。やるべきことをやり終えたら、わたしはもういっぺんに心のなかに天国を感じたんだ。いまでは心おきなく子供たちを愛し、キスすることができるよ。

彼は自分の犯行をゾシマに告白したあと、さらにゾシマその人に対して殺意の炎を燃やしていたことを打ち明ける。「君が生きていて、なにもかも知っている、そしてわたしを裁いているという考えがどうしても我慢できなかったんだ。君がすべての原因で、すべてに責任があるみたいにわたしは君を憎んでいた」。しかし、彼が第二の殺人に踏み出さなかったのは、「わたしの神がわたしの心のなかの悪魔を打ち負かしてくれた」からである。

これら三つのエピソードで構成される伝記的資料が語るゾシマ長老のイデーは、結局のところ、「人間は誰でもすべての人に対して罪がある」という兄マルケルの言葉に集中的に表現されている。作者は少なくともそのようにかんがえたし、実際、その考えに沿って書いたのである。その言葉は伝記的資料に続くゾシマ長老の法話と説教のすべてを貫くテーゼとなっている。

救いはただ一つ、世の人のすべての罪の責任を自分から引き受けることである。友よ、ほんとうにそうあるべきなのだ。なぜなら、すべての罪、すべての人々に対し、本気で責任をとったときに、事実はすべてそのとおり、すべての人、すべてのものに対して、自分にこそ罪があることに気づかされるからだ。だが、自分の怠惰や自分の無力を他人に転嫁するなら、結局のところ、人は悪魔的な傲慢さと手を結び、神に不平をこぼすことになる。

ゾシマ長老のイデーは、直接的には十字架上で死んだイエスの死を「贖罪死」として受けとめた原始キリスト教団の思想に発している。イエスは世の人のすべての罪の赦し（救済）のために十字架刑に架けられたのだという教団の途方もなく奇想天外な発想は、イエス死後の復活神話と結びついて「イエス・キリスト」信仰の根幹を形づくった。このイエス像は、あくまでもイエスを「キリスト」（メシア＝救世主）とみなし、イエスの実存からは独立したキリスト教神話を創作した正典福音書の記者たちによって作られたものだ。それは、自由な意志の原理に立つあのイエスの原像とは一切関わりのない神話的表象である。(8) ところが、ゾシマの思想はそうしたキリスト教の教義にも収まらないイデーへと飛び立つのだ。「**すべての人、すべてのものに対して、自分にこそ罪がある**」。この無際限に自虐的なゾシマの教えは、罪の赦し（救済）のための全権能を手に入れたその後のキリスト教団の教義さえも超出しているようにおもえる。ゾシマが「すべての罪、すべての人々に対し、本気で責任をとったとき」と語るまさにそのとき、彼は実際にどのような実践的行為に及んだのだろうか。そのような言葉は、畢竟、あの《目に見えないもの》を志向している人間特有の言表行為であって、「神とともにあること」（信仰）の別様の表現のようにおもえる。この《目に見えないもの》との接触、身体的な感覚について、ゾシマ長老は、次のように語っている。

この地上では、多くのものがわたしたちの目から隠されているが、そのかわりに異界との、天上の至高の世界との生きたつながりという、神秘的で密やかな感覚を授かっているのだ。それに、わたしたちの思考と感情の根はここではなく、異界にあるのだ。

おそらく「神とともにあること」（信仰）を決然と受け容れたゾシマの立場に立って初めて「世の人のすべての罪の責任を自分から引き受けること」が表象可能な実践的行為となるだろう。しかし、この信仰の現実態とは要するに修道僧として修道院のなかで生きることにほかならない。宗教的実践は、世の中に出て悪戦苦闘することではなくて、つまるところ、ツァーリ専制の国家機構の一つとして機能するロシア正教の内側で神に感謝を捧げることである。ゾシマ長老はそのかぎりでイワンが創作した大審問官の対極に立っている。「神を信じない実践家は、どんなに誠実な心をもち、どんなに天才的な知性をもっていようと、わたしたちのロシアでは何事もなしえない。このことをよく覚えておきなさい。民衆は無神論者と出会い、彼らを打ち負かし、唯一の正教ロシアとなるのである」。もちろん、「神を信じない実践家」とは大審問官を指しており、同時に作者が目の敵にしたあの「無神論者、故郷喪失者、ニヒリスト」たち、「社会主義」のイデオローグたち、『悪霊』でいえばシガリョフやピョートル・ヴェルホヴェンスキーを指している。ゾシマの信仰がロシアの民衆の現実と対決し、それを包摂しようとするとき、それは『罪と罰』のソーニャ、『悪霊』のシャートフやマリヤ・レビャートキナなどの諸人物に体現された、あのお馴染みの大地信仰が繰り返されることになる。

みながお前を見捨て、むりやり追い払うようなときは、一人その場にとどまり、大地にひれ伏して口づけし、お前の涙で濡らすがいい。お前の涙から大地は実りをもたらしてくれるだろう。最後まで信じることだ。

これはゾシマ長老がアリョーシャに語った説教の一つだが、それは同時に「第二の小説」の世界で「不屈の闘士」として活動するアリョーシャの生き難さを暗示する言葉でもある。ところで、ここでいわれている「実り」とは何を指すのだろうか。それはゾシマの「救済」のイメージと重ね合わせられている。

わたしは私たちの未来を夢み、すでにそれをはっきりと目にしているような気がする。なぜなら、いずれはわが国のもっとも堕落した金持ちも、貧しい人々の前で自分の富を恥じ、貧しい人々は彼らの謙虚さをみて理解し、喜んで譲歩し、その立派な恥じらいに愛情をもって応えることになる。最後はそうなると信じるがいい。

ここでゾシマは次のように語っているのと同じだ。**階級社会の敵対的関係は人々の信仰と謙虚さによって乗り越えられる。敵対関係にある金持ちと貧しき人々との間では「素朴で偉大な人間的一体化」が可能なのだ**、と。これがゾシマ長老のイデーの核心であり、大審問官との決戦の場に持ち込む最終兵器である。少なくとも作者はそのようにかんがえたからこそ、大審問官のあとにこれを書きとめたと理解するほかはない。しかし、この最終兵器はほんとうに力をもった最大最強の武器といえるのだろうか。それはひょっとすると、ルービーズ製のライトセーバーほどの威力も備えておらず、したがって階級社会の矛盾を掃き清める力の一億分の一にもなりえないのではないか。このような疑問は抑え難い。そして疑問はとことん突き詰められるべきだ。ゾシマの思想も宗教的実践も現実的にはまったく非力であって、現実社会の秩序を是認し、忍従の姿勢を導く言説との違いはどこにあるのか、と。

ペレヴェルゼフは、一九一二年に出版したドストエフスキー論で次のように語っている。

相互愛と博愛の感情に、富者と貧者の合一を求めようという、このたわ言のうちに、私たちはムイシュキン公爵の夢想のより明確な定式化をみる。ゾシマにとって、社会秩序は不可侵なものであり、批判と抗議の対象にしてはならぬのであり、世界秩序もまた然りである。全生活は英明な神意が司るものであり、社会関係もまたそれによって制定されたものだからだ。（中略）苦難と貧窮のうちに忍従と信仰が形成され、そのなかに未来の全的調和と幸福の保証が宿るのである。社会関係に対する憤激はよりよいものを導かないのみならず、反対に、調和のたんなる新たな破壊、それからの離反、神に対する冒瀆であり、その当然の結果はまたもや苦難なのだ。（長瀬隆訳）

ペレヴェルゼフは、ゾシマ長老の思想が最終的に呼びかけるものは苦行と祈禱、その背後にあるのは「艶のない蠟のような顔、輝かない眼差しである」と述べて徹底的にこきおろした。わたしたちもまた、ペレヴェルゼフとは少し違った言い方で、たとえばヘーゲル法哲学を批判した若きマルクスの言葉に倣って、ただし、もう少し簡潔に言ってみたい気がする。すなわち、ゾシマ長老の思想は、悲惨と矛盾に満ちた世界の精神主義的な承認、慰めと感激による正当化、その荘厳な補完物である、というように。(9) いずれにしても、ゾシマ長老は、ドストエフスキーの内側に張り付いた**霊的な存在がロシア固有の障害に激突して転回を遂げた大地主義のイデーを体現**している。ただし、これを最後の転回だったとみなすことはできない。なぜなら、ゾシマ長老に注入された大地主義への跪拝は、ドストエフスキーが大審問官のなかに屹立させたイエスの実存、その自由な精神の原理に対する頌歌とも両立しないからだ。ニコライ・ベルジャーエフは、「ドストエフスキーはそのキリスト教的自由の解釈において、歴史的ロシア正教の限界を踏み越えているかに見える。（中略）保守的なロシア正教といえども、ドストエフスキーの精神的革命性、その量り知れない精神の自由には肝を冷やさざるを得ない」と述べている（『ドストエフスキーの世界観』、宮崎信彦訳）。が、より厳密にいえば、こうである。ドストエフスキーは、福音書のなかに原始キリスト教団やその後の宗派が「キリスト教」として普遍化した教義体系に決して溶解することのない、あるいはそれ以前の、ただ「自由な意志は選択する」という命題に集約されるようなイエスの原理を抉り出し、イエスに対する畏怖とともにその自由な精神を顕揚したそのかぎりで、キリスト教団の宗派イデオロギーを超え出てしまった。ただし、それは既存のキリスト教会を揚棄するような普遍的な場所でなされたわけではなかった。ドストエフスキーが立っているのは、あくまでロシアの歴史的な枠組みに規定され、かつそれに制約された場所である。わたしたちは本論の最後にそれを取り上げることになるだろう。

繰り返せば、劇詩「大審問官」に定着されたイエスの実存とゾシマ長老のイデーは同一ではない。作者のドストエフスキーは二つを峻別している。それを別様にいうなら、ゾシマ長老は「制度のなかの人」であり、イエスは「制度の外」に立つ人である。語り手である作者は、ロシアの修道院の長老制度が現れたのは、「ここ百年以内のごく最近のことにすぎない」と前置きしたうえで、次のように長老についての注釈を行っている（第一部第一篇第五章）。

長老とはいったい何なのか？　それは人の魂と意志をとらえ、自分の魂と意志に取り込んでしまう者のことである。人はいったん長老を選んだなら、自分の意志を断ち、それを長老にささげ、その教えに絶対的に従い、私心をいっさい捨て去らなくてはならない。この道を行くと心に決めた者は、長い試練をとおして自分に打ち克ち、自分を律しようとして、この試練、この恐ろしい人生の修練を自ら進んで受け入れる。生涯にわたる服従をとおして、最終的には完全な自由、すなわち自分自身からの自由を獲得し、ほんとうの自分を見いださずに全人生を終える人々と同じ運命に陥るのを避けることができる。（中略）ここに認められるのは、長老に従う人々の永遠の懺悔であり、命令するものと従う者を結ぶ絆は、決して断ち切ることができないのである。

長老に帰依する者は、個人の意志を断って絶対服従しなければならない。長老制度とはその試練を経なければ、「完全な自由」、「自分自身からの自由」を獲得することはできないと帰依者を脅迫して「永遠の懺悔」を強制し、拘束する制度である。しかし、そもそも「完全な自由」とは何なのか。正典福音書の記者たちはそんなことには少しも言及しなかった。ドストエフスキーは、長老制度に批判的なフェラポント神父を登場させることによってゾシマ長老の制度性を相対化している。

6

ゾシマ長老と大審問官の間の論戦は、現存する「第一の小説」である『カラマーゾフの兄弟』のなかに異物のように混入されている。ドミートリーの悲劇の物語を淀みなく語るという観点からすれば、それは明らかに小説のエコノミーに逆行する作用を及ぼしているといって差し支えない。しかも両者の戦いは決着がつかず、「第二の小説」に持ち越されてしまった。しかし、論戦はおそらく無際限に続くであろう。埴谷雄高はこの無際限さを《多元的な出発点ばかり並んでゆきつくところのない弁証法》と名付けて、「彼自身には非常に明確に把握されているテーゼとアンチ・テーゼが引離しがたく深く嚙み合ったまま、言ってみれば、蛇が自身の尾を嚙んだような殆んど無限の格闘を彼のなかでつづけている」と語っている（「ドストエフスキイの二元性」一九五六年）。至言だが、なぜ無限の格闘が死ぬまで続いたのかは不問に付されている。大審問官とゾシマ長老の闘いが「ゆきつくところのない弁証法」となるのは、**ゾシマが「神のなかにあること」の歓喜に拠って闘っている**からである。ゾシマの霊的な存在にとって、神の《神性》とみなされているものは、反神論や無神論以前にア・プリオリに力を内包していることを認めなければならない。ゾシマの前で《神性》を否定しても一切無駄なのだ。だが、十三年後のアリョーシャが「不屈の闘士」として闘う立場はたぶんそれとは幾分違ったものとなるだろう。無際限の論戦の果てに、あるいは際限のない二項対立を乗り越えて、ドストエフスキーは「第二の小説」のなかに新しい人間（不屈の闘士たるアリョーシャ）を啓示することができると信じ、それこそがおのれの最後の仕事になるとかんがえていた。そして、いうまでもなく、わたしたちはそこに霊的な存在の最後の転回を見定めるのである。

しかし、何度も繰り返すことになるが、「不屈の闘士」として立ち上がったアリョーシャの伝記の後半部分（「第二の小説」）は、一行も書かれずに終わった。「第二の小説」については、これまで複数のアイデアが伝えられているが、いずれも作者の関知するところではない。創作ノートにも続編の構想はその断片さえ記述されていないのだから、「第二の小説」について語ることができる材料は乏しい。とはいえ、完成した「第一の小説」では、十三年後のアリョーシャを取り巻く人間たちが胚子のごとく編み込まれたことを確認することができる。すなわち、リザヴェータ（リーザ）、コーリャ・クラソートキン、スムーロフ、カルタショフといった少年少女たちである。

ドストエフスキーは一八七八年四月、『カラマーゾフの兄弟』の執筆を開始する直前、モスクワ大学の学生たちに宛てた有名な手紙のなかで、「青年層の大多数は真摯の気に充ち、純なる心をいだき、真理と真実を渇望し、真理のためには、真理の一言のためにはいっさいのもの、生命すら犠牲にする覚悟を固めている」（米川正夫訳、傍点は引用者）と述べている。彼はそういう青年たちの時代はかつて例がなく、ロシアにとって「大きな希望」であるとみなした。それゆえに、わたしたちには次のように想像する自由が与えられている。『カラマーゾフの兄弟』の続編となる第二の小説では、アリョーシャのもとに集まった少年たちに作者の「大きな希望」が託され、おそらく「生命すら犠牲にする」活動へ参入する世界が切り拓かれることになったに違いない、と。

実際、子供たちとの交流は、「不屈の闘士」たるアリョーシャの行動を介して霊的な存在（革命的精神）とそのイデーの命運を描く「第二の小説」を発動させる装置の一つである。その限りでいえば、子供たちはみな、ムイシュキン公爵に対してそうだったように、アリョーシャに生命の充実と歓喜をもたらすとともに、アリョーシャをのっぴきならない苦境に追い詰めていく存在となるだろう。作者はそのために「第一の小説」のなかにさまざまな伏線を張りめぐらせた。ここではリーザとコーリャの二人を取り上げるが、この少年少女が十三年後のアリョーシャ——彼はそのとき、十字架上で死んだイエスと同じ年齢になっている[10]——にとって、その魂を引き裂くほどの窮地に追いやる主要な人物となるだろうことは容易に想像できる。

リーザという少女もコーリャという少年もアドレッセンス固有の、あのまだ何事も始まらず、さざ波のような不安と予感だけに満たされている世界にあって奔放な夢想と期待に突き上げられている子供たちだ。十四歳のリーザは感受性が強く、鋭い観察力をもっているが、両脚が麻痺して車椅子生活を送っていることが気まぐれな空想の飛翔力を育み、それに応じて感情の振幅の激しさに自ら翻弄されている女の子である。突然、笑い出すかと思えば、次の瞬間には泣きくずれるのだ。アドレッセンスを通過することは、誰にとっても綱渡りのように危なっかしい行程なのだとすれば、わたしたちもどこかで一度はリーザのような少女に出会っている。第二篇第四章のなかに母親のホフラコーワ夫人がゾシマ長老を相手に来世のことや隣人愛の問題について話し合っている間、娘のリーザがアリョーシャをからかい続ける場面がある。アリョーシャは、リーザが幼かったころから彼女をあやして遊んだり、読み書きを教えてきた「お兄さん」のような存在だった。彼女からみれば、アリョーシャは不安を覚えることなく身を任せられる最も身近な異性なのだ。彼女は小間使いを使ってアリョーシャにラブレターを送る。「大好きなアリョーシャ、あなたを愛しています。小さいときからずっと好きでした。わたし、あなたを心の友って決めたんです。あなたと一緒になって、年を取って、一生をともに終えると。年齢のことをいうと、わたしたち、法律で許されるときまで待ちましょう」。しかし、翌日になると、彼女は手紙に書いた真情告白を「馬鹿な悪ふざけ」と言って手紙を返すよう求める。ところが、アリョーシャの返事は彼女の予想を越えたものだった。「法律で決められている年齢が来たら、ぼくたち結婚するんですよ。ぼくはあなたをずっと愛します。あなた以上にすばらしい奥さんは見つかるはずがないって思っていました」。アリョーシャの言葉に冗談半分のおどけた気分は微塵もない。アリョーシャはどこまでも真率な人間なのだ。リーザは母親に言う。「この人、結婚したいんですって、ママ。この人にお嫁さんがいるなんて、想像しただけで笑っちゃうでしょう？　ぞっとしない？」。彼女が酷薄になるのは、直接的にはアリョーシャが彼女の求愛に応えて結婚の意志を示したことに動転したからだが、この瞬間、彼女において酷薄さが勝利するのは、ラブレターを出した自分自身に対する了解が欠損しているからだ。言い換えれば、少女のアドレッセンスはすでに歯車が狂い始めている。このあと、リーザの気持ちは再び反転し、「ラブレターは冗談じゃなく、本気で書いたの」と告白し、結婚の約束まで行う（第五篇第一章）。「アリョーシャ、わたしたち、幸せになりましょうね！　いいわね」。掌を返すようなリーザの帰順と離反の急激な交替は、アドレッセンスの一触即発の危機を示しているが、作者はそれ以上の陰影をリーザに与えている。実際、作者の記述を追ってみると、彼女の内面性は、自己了解の欠損に起因した自閉症状を示していることがわかる。第十一篇第三章に登場するリーザはすでに支離滅裂な発言を繰り出す精神病者の相貌が与えられている。誰かにいじめてもらいたいこと、自分の住む家に火をつけたいこと、悪魔がうじゃうじゃ出る夢の話や四歳のユダヤ人の子供の磔の話などが脈絡もなくリーザの口から飛び出す。「彼女の青く黄ばんだ顔がふっと歪んで、目がらんらんと輝きだした」という語り手（作者）の記述。このあと、リーザがイワン宛てのラブレターを出している事実が明らかにされる。作者はどうしてリーザの形象をそこまで彫り込む必要があったのだろうか。多くの読者は面喰うだろう。病者としての形象は、おそらく十三年後の「第二の小説」の世界――そこではアリョーシャとリーザはおそらく夫婦となっている――を揺さぶる動因の一つとして不可欠なものと作者にはかんがえられていた。そうでなければ、リーザの狂気への傾斜はあまりにも激烈で剣呑だ。

一方、コーリャ・クラソートキンという十三歳の少年は、鉄道レール事件などのエピソードを通じて、作者によって豪胆な実行力と芯の強い一途な気性をもつ男の子として描かれている。遊び仲間のリーダーであるとともに、父親の書棚にあったゲルツェンの『コロコル（鐘）』一冊しか読んでいないにもかかわらず、自称「社会主義者」の生半可な知識でアリョーシャと対等に張り合う一方、自分のことは棚に上げて遊び仲間の連中を「子供たち」と見下し、「ぼくは自分のために遊んだんじゃない、子供たちのために遊んでやったんです。なにしろ、ぼくがいないと何ひとつ考え出せないですから」とうそぶく子供だ。こんな利口ぶったこましゃくれも光と闇が織りなすアドッレセンスの産物である。なぜなら、わたしたちもかつて学童期にコーリャのような早熟な畸形性の少年少女に出会ったことがあるからだ（彼らはその後、どんな大人となったのだろう？）。コーリャの畸形性は、「ガチョウ首切り事件」のエピソードで作者が容赦なく暴いているが、その一方で自己の親和的な対象に入ってくるものには深い愛情と感化力を発揮する少年でもある。彼の美質は、肺結核にかかって命を落とす年下のイリューシャとの交流に歓喜の瞬間をもたらしている。ここでは詳述しないが、それは『カラマーゾフの兄弟』のなかで最も胸を打つ美しいエピソードである。しかし、ここで敢えて注目したいのは、十三年後の世界を扱った「第二の小説」でコーリャが主要人物になることが予感されるアリョーシャとの対話だ。コーリャの発言を拾ってみよう（いずれも第四部第十篇第六章）。

神なんてたんなる仮説にすぎませんがね……ただ……神が必要であることは認めます、秩序のためです……世界の秩序やその他もろもろのためですよ……それにもし神がいなかったら、神を考え出さなくちゃいけないでしょうし。

キリストはほんとうにヒューマンな人ですし、ぼくらの時代に生きていたら、すぐにも革命家たちの仲間に入って、きっと目覚ましい役割を果たしていたでしょうね……これはもう、絶対といっていいくらいのことなんです。

カラマーゾフさん、ぼくはほんとうに不幸なんです。ときどき、みんながぼくを笑いものにしている、全世界から笑われているなんて、突拍子もない想像に耽るんです。で、そこで、ぼくはもうそれなら、この世のすべての秩序をぶち壊してやれっていう気持ちになるんです。

これらの章句を読んでいると、作者の無意識は、コーリャという少年にイワン・カラマーゾフの学童期を想像的に反復させているのではないかとさえおもえてくる。イワンと決定的に異なるのは、コーリャには「この世のすべての秩序をぶち壊してやれっていう気持ち」を実践的に解放する豪胆な行動力が備わっている点だ。

註

Ⅷ　未完の革命家アリョーシャ

（1）「生涯を通じて変らぬ不屈の闘士」は江川卓訳による。その他の訳では「生涯ゆらぐことのない、堅固な力を持った一個の戦士」（米川正夫訳）、「一生変わらぬ堅固な闘士」（原卓也訳）、「生涯ゆらぐことのない、しっかりした、力を持った一個の戦士」（中山省三郎訳）、「一生涯びくともすることのない戦士」（小沼文彦訳）、「生涯変わらない、確固とした戦士」（亀山郁夫訳）。ドイツ語訳では《das ganze Leben gefestigter Kämpfer》である（Projekt Gutenberg-DE の“Die Brüder Karamasow”による）。これらの訳語のうち、江川訳とドイツ語訳がアリョーシャの覚醒（新生）の本質を開示する簡潔にして必要十分な表現とはいえないだろうか。

（2）一八七九年五月十日付N・A・リュビーモフ宛て手紙のなかでドストエフスキーは次のように自己解説している。「この第五編は小生の見るところによれば、長編の頂点なので、とくべつ細心に仕上げられなければなりません。そこに盛られた思想は、既にお送りした原稿でもおわかりになりますように、現代のロシアで、現実から脱離した青年の間における極端な瀆神論と、破壊思想の胚子を描写したものです。しかし、瀆神論と無政府主義と並んで、その反撃があるのですが、それは長編中の一人物であるゾシマ長老の臨終の言葉として、いま準備中なのです」。

（3）同じくN・A・リュビーモフ宛てで一八七九年八月十九日付手紙のなかに次のような言葉がある。「小生はあの人物像（ゾシマ長老のこと）を古代のロシアの僧侶や聖者の中から取って来たのです。深い謙抑と同時に未来のロシアについて限りなきナイーヴな希望を抱き、その道徳的のみならず、政治的使命をも固く信じているのです」。

（4）注3と同じリュビーモフ宛ての手紙に次のようにある。「この第六編は『ロシアの僧侶』と題しました。これは大胆な、挑戦的な題名です。（中略）ただし、成功したかどうか、わかりません。自分としては、思ったことを十分の一も表現することができなかった、と考えています。とはいうものの、小生はこの第六編を長編の一頂点と見なしているのです」。

（5）ジャック・デリダはそのレヴィナス論（「暴力と形而上学」）で有神論（信仰）と無神論はともに「神性の空間」（ハイデガー）を繰り込まずに、逆にそれを前提にしていると指摘している。ここでいう《神性》とは存在の思考（ハイデガー）が開示するところの「聖なること」を本質とする概念である。端的にいえば、それは経験としての「神々しさ」であって、キリスト教神学が縷々説くところの神の《一者性》ではない。つまり、ハイデガーの《神性》は神の神性ではない。その立場に立てば、イワンの反神論もハイデガーが語るところの「神々しさ」の光の外に立つ思考法とみなすことができるだろう。

（6）「大審問官」を論じる内外の評家のうち、イエスに宿った霊的な存在に直接言及したのは、米国のエドワード・ワシオレクである。ワシオレクは「キリストは人々にその本性を超越するように、そして彼の像に合わせて本性を作り直すように要求する。ところが、彼らがその要求に応えることができるのは、ひとえにキリストが成し遂げた状況、つまり孤独と恐怖と不安のうちにであろう」と述べている。

（7）病床のマルケルの言葉に注目した哲学者にエマニュエル・レヴィナスがいる。レヴィナスは「私が実際に犯したしかじかの罪状のゆえに、あるいは、私が犯すかもしれない罪過のゆえに、というわけではありません。そうではなく、私には、あらゆる他者を、他者におけるすべてを、さらには他者の責任をも引き受ける全面的な責任に対する責任があるからです」（『倫理と無限』、西山雄二訳）というようにマルケルの言葉をそのまま受け入れる。ここで指摘しておきたいのは、《他人に対して全面的に責任を負う人間》とは、レヴィナス自身が語るように一種の霊感がもたらすイデーであり、実際、死の淵に立つ少年の心に突然襲ってくる啓示にほかならないということである。そして、この啓示は「他人の顔」から《汝、殺すなかれ》という倫理的な命令を引き出す哲学者にも必当然的に経験されているのである。

（8）バートン・L・マックは『キリスト教という神話』で次のように述べている。「初期キリスト運動の時代に遡るかなりの数の文書資料が集成されている。例えば、Qやトマスの福音書、前‐マルコの一連の奇跡物語、前‐マルコの様々な宣言物語、そして、あまり明確ではない断片的証言などである。これらの資料に関して注目すべきことは、既に見てきたように、イエスを救世主《メシア》、すなわちキリストとする記載や、第二神殿時代のユダヤ教に対する批判、十字架刑への言及は見られず、復活を暗示するものもない、ということである。このことは、初期イエス運動の時代の証言を、他の新約の文書がイエス・キリストの死、すなわち、十字架に架けられたキリストとしてのイエスについて語っている事柄と結びつけることを、非常に困難なものにしている」（松田直成訳）。マックは、初期イエスの諸派に伝わる伝承と「イエス・キリスト」神話（贖罪としての十字架刑、復活など）を融合する道を切り開いたのは、最初の福音書を書いたマルコだったと述べている。これに対し、田川建三や高尾利数は、イエスの言行として伝承されていたものを切り捨てて、「イエス・キリスト」神話を創作し、それによって原始キリスト教信仰の礎を作った人物がパウロであること、マルコはそうしたパウロ的なキリスト教に対する批判として彼の福音書を書いたと主張している。いずれの見解をとるにせよ、贖罪死としての十字架上の死と復活は、イエスの実存とは一切関わりのない宗教的思考の産物である。

(9)マルクスは『ヘーゲル法哲学批判序説』（一八四三年）のなかで次のように宗教批判を行っている。「人間とはすなわち人間の世界であり、国家であり、社会的結合である。この国家、この社会的結合が倒錯した世界であるがゆえに、倒錯した世界意識である宗教を生み出すのである。宗教は、この世界の一般的理論であり、それの百科全書的要綱であり、それの通俗的なかたちをとった論理学であり、それの唯心論的な、体面にかかわる問題であり、それの熱狂であり、それの道徳的承認であり、それの儀式ばった補完であり、それの慰めと正当化との一般的根拠である。宗教は、人間的本質が真の現実性を持たないがために、人間的本質を空想的に実現したものである。それゆえ、宗教に対する闘争は、間接的には、宗教という精神的芳香をただよわせているこの世界に対する闘争なのである」「宗教の批判は、人間が人間にとって最高の存在であるという教えでもって終わる。したがって、人間が貶められ、隷属させられ、見捨てられ、蔑視された存在となっているような一切の諸関係をくつがえせという無条件的命令をもって終わるのである」（城塚登訳）。どんな教義を戴く宗教であれ、そのイデオロギー機能を無化する論点としてわたしたちはこれ以上何も付け加えるものはない。

（10）「第一の小説」でのアリョーシャは二十歳だから、十三年後には三十三歳となっている。これに関連して江川卓は『謎とき『カラマーゾフの兄弟』』で次のように述べている。「この三十三歳という年齢が、ドストエフスキーの理解していたキリストの没年とぴたり一致するというのは、よもや偶然ではあるまい。十三年という神話的な時間をドストエフスキーが必要とした最大の理由は、おそらくこのあたりにあったのだろう」。

Ⅸ　人間よ、祈りのなかで溶けてしまえ！

1

遺作『カラマーゾフの兄弟』から不屈の闘士として覚醒するアリョーシャの物語とプロットを抜き取ると、残るのは、父殺しの罪をきせられてシベリアに流刑されるドミートリー・カラマーゾフの悲劇だけだ。すでに述べたように、この悲劇は実行犯スメルジャコフを教唆したイワン・カラマーゾフが精神錯乱へと至る物語と複合している。アリョーシャを主人公とみるわたしたちの立場からいえば、『カラマーゾフの兄弟』は続編（ドストエフスキーが構想した「第二の小説」）のための長大なプレリュードにすぎないが、アリョーシャに代わってドミートリーを主人公とみなすと、『カラマーゾフの兄弟』という小説は、一九世紀の世界文学が創出した人間のなかでも空前にして絶後の人間像を確立した作品かもしれなかった。たとえば、『カラマーゾフの兄弟』を「罪と苦悩を通じてのドミートリーの救済の物語」として読んだエドワード・ハレット・カーは、ドミートリーを「文学における偉大な悲劇的人物の一人」とみなした。しかし、ドミートリーは悲劇的人物の一人ではあっても偉大な人間とはなりえなかった。後述するように、ドストエフスキーは、彼を最終的に——苦し紛れに、といったほうが適切なのだが——ゾシマ長老と同じ地平に立たせ、そうすることによって大地信仰を源泉とするロシア的な多血質の魂に染め上げてしまったからである。

ドミートリーの悲劇を発酵させる酵母は二つある。一つは『白痴』と同じ二組の三角関係であり、もう一つは父フョードル・カラマーゾフ殺害に関するイワンとスメルジャコフの黙契である。まず、後者の父親殺しから取り上げよう。

フョードル殺害の実行犯はスメルジャコフだが、イワンもスメルジャコフの意志を打ち砕かなかった点で同罪である。イワンの内面を切り裂いたイエスと大審問官の両極分解は、「もし神がいなければ、すべての行為は許される」というテーゼに圧縮されるが、もちろん、これは真理命題ではない。この定立は仮定法を含んでいるから、容易にアンチテーゼ（反定立）に転化する可能性がある。しかし、スメルジャコフにイワンを悩ませる両極分解があるわけではないから、彼には反定立を促す機縁、そして力能とも無縁な存在である。スメルジャコフはイワンに言う。「これはあなたが本気で教えてくださったことです。なぜって、あなたはあの頃、いろんなことをお話しくださいましたから。無限の神がなければ、どんな善行もありえないし、そうなったら、善行なんてまったく必要なくなるとね。これはあなたが本気で教えてくださったことですよ」（第十一篇第八章）。スメルジャコフの精神とは、「主人」に額ずく「下僕」の精神である。下僕の精神であるがゆえに、彼はイワン本人にも不透明な欲望の深淵をのぞき見ることができるようにおもっている。なお、『カラマーゾフの兄弟』からの引用は引き続き亀山郁夫訳を使用する。

あなたはとても賢いお方ですから。お金が大好きでいらっしゃる。それは存じております。名誉も愛しておられる。なにしろ、非常にプライドの高いお方ですから。女性の美しさとなったら、もう大好きを越えておられる。でも、何といっても、安らかな満ち足りた生活がしたい、誰にも頭を下げたくない、――何といっても、それがあなたの本音でございます。法廷であんな恥をひっかぶり、自分の人生を死ぬまで台なしにする気になんて、なれるはずがありませんとも。結局、あなたは、お子さまのうちで一番フョードルさまに似てらっしゃるんです。あの方と、魂まで瓜二つでございます。

このように主人のイワンを分析できたとしても「下僕」たるスメルジャコフに彼と対決する力はないから、主人が見放せば、すぐに迷路に迷い込んで衰弱してしまう精神でもある。イワンへの絶対的な拝跪ゆえに、スメルジャコフはイワンの潜在的な欲望を先取りし、忠実な下男そのままに主人に代わって彼の欲望を代行し、それを実践する。主人の側も「下僕」の欲望代行を是認したのだから、当然、フョードル・カラマーゾフ殺しの実行者が誰であるかはわかっているはずだ。スメルジャコフはそのように了解していた。だが、モスクワから帰って来た主人（イワン）は殺害の実行者を知らないように装って（実際、イワンは確信できない状態にあるのだが）、フョードル殺しの責任をすべて忠実な下男である自分になすりつけようとしているのではないかと疑う。この疑いは、イワンが実際に何も知らなかったことがわかって氷解するが、これは同時にスメルジャコフの殺人行為に対する主人の側からの事後的な否認＝追放を意味する。主人に追放された「下僕」に残された道は一つしかない。一方、イワンもスメルジャコフを介しておのれの欲望の深淵を初めて覗き込んで愕然とする。スメルジャコフに「（フョードルと）魂まで瓜二つ」と指摘されたイワンが父親のフョードルを虫唾が走るほど嫌悪していたのは、そこに自分の醜悪な姿をみるからだ。「親父の死を望まない人間なんてどこにいるもんですか」。これは法廷の証言台に立ったときの彼の発言だが、端的にその言葉は自分が弱い心の持ち主であることを告白しているのに等しい。イワンは嫌悪感から父に死んでほしいという願望を抱きながら、それを打ち砕いて自己を刷新できないばかりか、それを実現するべく一歩を踏み出すこともできない弱い人間なのだ。弱い心だからこそ、魂はイエスと大審問官に引き裂かれ、現実世界に働きかけていく根源的な力を奪われている。

叙事詩「大審問官」の作者たる資格を授けられたイワンについて、これまで多くの評家がさまざまな切り口で多くのことを語ってきた。しかし、そのほとんどは、大審問官の思想をイワンに重ねて語ってきたにすぎない。わたしたちがすでに述べたように、そうした見方は叙事詩のなかに「沈黙のイエス」を聳立させたイワンの意図（それは同時に作者の意図でもある）を棄却するばかりか、大審問官の論理とイデオロギーに熱中するあまり、下手人スメルジャコフを介して父親殺しを果たすイワンの欲望についてもあまり注意を払うことがなかった。

イエスと大審問官に引き裂かれたイワンの自己分裂をアンチノミー（二律背反）の観点から語ったのは、ゴロソフケルの『ドストエフスキーとカント』（一九六三年）である。ゴロソフケルは『カラマーゾフの兄弟』の舞台をカント的なアンチノミーの主戦場と見立てて、イワンがアンチノミーの天秤棒の上でよろめいている姿を描き出した。イワンは第四のアンチノミー、すなわち有神論（テーゼ）と無神論（アンチテーゼ）の双方に強く牽引されながら、いずれか一つを選び取ることができずに右往左往して苦しむ分裂者である。「絶対論者であるイワンはアンチノミーの絶対的、理論的な解決を見出せず、その実践道徳上の解決を思弁的世界にではなく、感覚的な世界、生活に、具体的なものに求めたのであった」（木下豊房訳）。しかし、この言葉はイワンよりもむしろ大審問官伝説を創作した真の作者たるドストエフスキーにこそふさわしい。イワンばかりでなく、ゾシマ長老やアリョーシャ、そしてドミートリーという主要人物の造型に駆り立ててやまなかったのは、「アンチノミーの絶対的、理論的な解決」を見出せなかったドストエフスキーその人の懐疑である。

イワンという青年は、叙事詩「大審問官」の作者たるかぎりにおいてどこまでも魂の引き裂かれた青年だった。ところが、叙事詩の作者という限定を取っ払うと（別の言い方をすれば、第五篇第三・四・五章を削除すると）、イワンは『カラマーゾフの兄弟』の世界では、終始一貫、極めてナイーブな一面を併せ持った、利己的で女好きの強欲な青年なのだ。父フョードルと兄ドミートリーの二人の欲望の対象となったグルーシェンカの眼差しにアリョーシャが「子供のように人の心をうきうきさせる何か」を発見するのに対し、「あの女、ケダモノだよ」と木で鼻を括ったような言動（それ自体、的外れなのだが）が干物のように潤いのないイワンの感受性を象徴している。そんな人物に作者のドストエフスキーが「大審問官」の叙事詩を語らせたことが『カラマーゾフの兄弟』の物語とプロットを見通しの悪い、ぎくしゃくとしたものに歪めてしまった。どのように読もうと、父親をなきものにしたいというイワンの欲望の主体をイエスと大審問官の対決を語る彼の反神論に連結することには無理がある。父親殺しの欲望に「神への反逆は正しい」と宣言する無神学主義が紛れ込むことはありえないからだ。欲望の主体はいつもおのれの実現しか関心を払わない。作者のドストエフスキーもそのことがわかっていたのではないだろうか。だからこそ、わざわざスメルジャコフの口を介して利己的で強欲なイワンの正体をことさら強調する必要に迫られたのではないだろうか。こうしてイワン・カラマーゾフは天界と下界の双方の力場とその潜勢力によっても引き裂かれた、文字どおりの二重人となる。イエスと大審問官の対決を語るイワンは、形而下的な欲望をもたない反神論者として二人の「世界史的」個人の真ん中にわが身を宙吊りさせているのに対し、欲望の虜になっている下界のイワンは、神への反逆など鼻先であしらう一見冷徹な無神論者として振る舞うのだ。ただし、その下界での彼はどこにでもいる色と欲にまみれた、しかも行動人としては臆病でナイーブな一面をもつ青年の一人にほかならない。虐殺された子供たちの苦しみが「未来の調和」（神の支配）で贖えるはずはないのだと絶叫した、あの反神論者の胸を抉る抗議の言葉は、下界においては跡形もなく散失している。

この乖離は、『カラマーゾフの兄弟』の諸人物のなかでイワンが造型上の欠陥を最も露わにした人物であることを示している。それに影響を受けて、イワンに対する評家の見方も焦点の定まらないものになるのも当然といわなければならない。たとえば、ウォルインスキーはその『カラマーゾフの兄弟』の研究書（一九〇九年）のなかで「イワンの論議をわれわれが分析するとき、目の前に立つのは、何かロシア人とかロシア的な姿といったものではない」「イワンはわれわれにはロシア人のようには見えない。というのも、彼が手で風を摑むように、魂の流れと輝きと啓示を論理で押し止めようとするからだ」と語りながら、「イワンは特異な精神傾向をもつ、個性的なロシアの青年である」（川崎浹訳）と支離滅裂な見解を披瀝せざるをえなかった。ドストエフスキー嫌いのウラジーミル・ナボコフになると、たんに「半狂人」と一蹴した。ロシア人にとってさえ、イワンという青年は喉に引っかかって飲み下せない異物のような不可解な人物なのだ。その不可解さは、ひとえに作者の人物造型上の欠陥に起因しており、直接的にはイワンを「大審問官」の作者に抜擢したことに原因がある。カラマーゾフ家の三兄弟のうち、父フョードルを受け継いで最も利己的で女好きで強欲な青年に反神論の引き裂かれた魂ほど不適合なものはない。この乖離を埋めるために作者が用意したのがイワンの夢のなかに現れる「一人の見知らぬ紳士」（悪魔）との対話（第四部第九章）なのだが、そこで展開される議論は冗漫の極みといってよく、これほど緊張と精彩を欠いた対話をドストエフスキーの作品に見つけることは難しいほどである。作者が実現したのは、スメルジャコフの殺人行為を知っておののくイワンの精神が「俺がもっている下劣な部分、いやらしい部分、軽蔑すべき部分」たる紳士（悪魔）と対決し、悪魔のはぐらかしと誑惑によって精神錯乱に追い込まれていくプロセスにすぎなかった。悪魔がイエスと大審問官に引き裂かれた魂に乗じて大審問官の論理を持ち出して掻き回すと、イワンは両手で耳を塞ぎ、全身を震わせる。しかし、どのようにしたところでフョードル的な欲望と反神論の引き裂かれた魂を接合させることはできないので、「紳士」（悪魔）との対話はどこまでも冗漫で、いたずらに読者を混乱させるだけである。

2

ドミートリーの悲劇を発酵させるもう一つの酵母となった二組の三角関係は、イワンとスメルジャコフとの黙契以上に重要なプロットを組成している。それを読者の前にわかりやすく説明しているのは、自分の立身出世のことしか頭にない神学生のラキーチンである。彼は俗悪で皮相な観察眼でアリョーシャの前にカラマーゾフ親子の問題（二組の三角関係）を暴き立てている（第一部第二篇第七章）。

きみのイワン兄さんは、ドミートリー兄さんのフィアンセを横取りしようとしているけれど、その目的だってきっと果たすだろうさ。そのやり口ときたらどうだい。ドミートリー本人の了解まで得ているんだぜ。なぜって、ドミートリーさんはフィアンセと縁切りして、すぐにでもグルーシェンカのもとに走り出したい一心で、自分からフィアンセをイワンさんに譲る気だからさ。すべて、彼らしい気高い無欲な人柄にもかかわらず、だ。ここが肝心。そうそう、ああいうやけに因果な連中って、いるんだよね！　こうなったらもう、誰にもわかんないんだろうな。だって、自分で卑劣さを自覚しながら、その卑劣さに自分からのめりこんでいくんだもの！　で、まだあるんだ。ところが、ドミートリー兄さんの行く手に老いぼれ親父がたちはだかった。なにしろ、その親父が急にグルーシェンカに狂っちまって、彼女を見ているだけでよだれが出てくる始末だ。（中略）で、グルーシェンカは今のところ、適当に答えをはぐらかし、二人をからかいながらどっちが得か見定めているんだ。

女性（グルーシェンカ）をめぐって父フョードル・カラマーゾフと長男ドミートリーの恥も外聞もない醜悪な争奪劇として進行する第一の三角関係は、擬制的なものだ。グルーシェンカという女性は元婚約者で自分を裏切ったポーランド人（元将校）への恋慕を断ち切れずに、いまもそれに突き動かされている女性であり、父子のつば競り合いはグルーシェンカの本心に気づかない男どもの空騒ぎにすぎない。もう一つの三角関係は、三千ルーブルの金銭トラブルを解消できないドミートリーと婚約者のカテリーナの間にイワンが割り込むことによって成立しているようにみえるが、これもドミートリーの狂熱がいまやグルーシェンカ一人を対象としているために擬制的な三角関係でしかない。二つの三角関係はお互いに折れ重なるようにもつれあっているが、それを促しているのは主要人物の複雑な感情や心理というより、「三千ルーブル」という金であって、それは作品世界の隅々にフェティシュな力を及ぼしている。

実際、三千ルーブルの金は、二組の三角関係の内側でそれぞれ無際限の力をふるってドミートリーとその周辺の人々の行動を支配している。

第一の三角関係（ドミートリー／グルーシェンカ／フョードル）では、父フョードルが三千ルーブル

（三十枚の百ルーブル札を大きな封筒に包んで封印し、その上から赤い紐が十字形にかけられている）でグルーシェンカの歓心を買おうとしている。ただし、グルーシェンカという女性は少しも金に執着していない。彼女の心を占有しているのはポーランド人の元婚約者ムシャロヴィチだから、金目当てでフョードルの妾になる気は微塵もない。その意味でこの三千ルーブルはフョードルの淫蕩が夢見る想像上の交換価値しかもっていないのだ。グルーシェンカがムシャロヴィチへの恋慕に囚われていることを知らないという点では、ドミートリーもフョードルと同じだが、彼はフィアンセのカテリーナから預かった三千ルーブルを使い込み、その債務返済のための資金として父親のフョードルから三千ルーブルを引き出そうと考えている。彼はすでに一切の権利放棄と引き換えに父親から六千ルーブルを受け取っているのだが、もっと貰う権利があると自分本位の判断に囚われている。「やつは道義的におれに借りがある。やつはおふくろの二万八千ルーブルを元手に十万ルーブルの金を作ったんだから」。つまり、三千ルーブルは本来、母親から譲り受けるべき遺産だというわけである。第二の三角関係（ドミートリー／カテリーナ／イワン）では、ドミートリーとカテリーナを結びつけるものは、もはや債権者と債務者の関係でしかないから、債務解消を果たせば二人を結びつけるものは何もない。少なくともドミートリーはそのように思っている。一方、カテリーナは彼女の父親を窮地から救ってくれた恩義に縛られてドミートリーとの結婚を決めたが、実際はイワンに強く惹かれており、すでにイワンとは男女の関係を結んでいる。(1) イワンがカテリーナと結婚すれば持参金の六万ルーブルが転がり込んでくるが、だからといって彼はドミートリーとカテリーナの腐れ縁を断ち、彼女と一緒になるべく積極的な行動に出るわけでもない。ここでも三角関係は成立しておらず、擬制的である。

小賢しい観察者であるラキーチンにも気づいていないことがある。グルーシェンカの本心だ。もちろん、アリョーシャも知るところではない。二人が真実を知るのは、ようやく第七篇第三章においてである。さらに二組の擬制的な三角関係が折り重なる中心点を占めているドミートリーがそれを知るのは、物語が最初の頂点を築く第三部第八篇においてである。

この第八篇でドミートリーは三千ルーブルを工面するためにそれこそ粉骨砕身する。彼は、カテリーナに三千ルーブルを返せなければ、「俺はスリで卑怯者ということになる。(グルーシェンカとの)新生活を卑怯者のまま始める気にはなれない」とかんがえている。もし三千ルーブルが手に入らなければ、自殺するしかないことも心に決めている。最初に老獪な商人サムソーノフを訪れるが、空振りに終わる。次にサムソーノフにたぶらかされてチェルマシニャーの森林を買いたがっているゴルストキン(リャガーヴィ)のところに駆けつけるが、リャガーヴィは酔いつぶれており、これも無駄骨に終わる。最後にホフラコーワ夫人からの借金をあてにするが、金鉱採掘をめぐる夫人の浮世離れしたプランを聞かされるばかりで埒が明かない。金策に奔走するドミートリーの一連の直情的な行動を描いた第八篇の前半部分は汚辱と汗と涙と哄笑に溢れ返っており、ドストエフスキーの天才的な筆致が冴えわたったシークェンスだ。これに匹敵するのはたぶん、『罪と罰』におけるカテリーナ・イヴァーノヴナのあの《狂乱の場》ぐらいだ。最後の望みを絶たれたドミートリーは、子供のように泣き崩れる。この後、ドミートリーはグルーシェンカの居所を突き止めるために父フョードルの家に向かう。彼は、秘密の合図となるノックに誘われて窓辺に駆け寄ってきた父を見てグルーシェンカの不在を確認するが、その瞬間、同時に父への抑え難い嫌悪と憎悪がこみ上げてきて銅の杵を取り出し、父を殺そうとする。しかし、偶然がドミートリーの父親殺しを阻止する。下男のグリゴーリーに見つけられたドミートリーは、彼を杵で殴りつけ、両手を血だらけにしたまま無我夢中でその場を離れる。グルーシェンカが元婚約者の待つモークロエ村へ馬車で向かったことを小間使いのフェーニャから知るのは、その直後である。ドミートリーは「死人のように」青ざめるが、一瞬でグルーシェンカの真実を理解する。彼もモークロエに馬車を走らせる。グルーシェンカを奪い返すためではない。彼は「神よ」と祈って呟く。「これからあそこに駆けつけて、あの人の前にひれ伏し、こう言うつもりです。ぼくを避け、そばを通り過ぎたあなたは正しかった、と……あなたの生贄をどうか許してほしい、忘れてほしい、これっきり不安を抱かないでいい、と」。彼はグルーシェンカの最後の姿を瞼に焼きつけてピストル自殺を図ることを心に決めている。

ここに描かれたドミートリーの、自らを駆り立ててやまない狂熱的でめくるめく行動こそ、あの大審問官の思想やゾシマの大地主義のイデーとは一線を画した「現存在」形式であり、この世界で自分が何者であるかを一切顧慮せずに、触れれば火傷するほどの生命力に突き上げられて汚辱に塗れた剥き出しの実存である。『カラマーゾフの兄弟』の作者が他に比肩することのない表現を達成したとすれば、それは大審問官でもゾシマ長老でもなく、また、イワンでもアリョーシャでさえもなく、ひとえにドミートリーという人間の創造にかかっている。

予審から公判を経てドミートリーの有罪が確定する。陪審員長の有罪宣告が法廷内に響きわたると、ドミートリーは泣きながら叫ぶ。「神と、おそろしい最後の審判にかけて誓います、父の血にかんして、ぼくは無罪です」。もちろん、読者のわたしたちはドミートリーが父親殺しの実行犯でないことを知っている。それればかりか、カテリーナとのあの「宿命的な一日」の出来事を通じて、ドミートリーがどんな人間であるかを知っている。彼は路地裏を這いずる虫けらのように下劣で卑小な好色に溺れる人間だと自認し、嵐のような情欲（「いや、嵐以上だ！」と彼はアリョーシャに叫んでいる）に振り回されるカラマーゾフ的な宿命を意識しているが、同時に理性が判断する以前に、即座に我欲を突き破って他者に対して自由で寛容な態度へと突入する、生まれながらの高潔な魂をもった人間である。この「虫けら」の忌まわしい汚辱に塗れた実存と他者に対して自由で寛容な魂との接合が『カラマーゾフの兄弟』のなかでは、ただドミートリー一人において表現されている以上、作者はアリョーシャをさしおいて「ドミートリー万歳」と叫ぶほかはない。

であれば、わたしたちは、ドミートリー・カラマーゾフという人間、この長編小説の価値を決定している当のものを見極める必要がある。そのためにはわたしたちはあらためて創造の現場に立ち会わなくてはならない。

3

最初に取り上げるのは、すでに触れたカテリーナとのあの「宿命的な一日」である。

カテリーナは、公金横領の容疑で窮地に立たされた父親（ドミートリーの上司である中佐）を救うためにドミートリーの部屋を訪れる。彼女は、姉のアガーフィヤからドミートリーが軍に返還すべき公金（四千五百ルーブル相当）を立て替えてもよいという話を聞いて、自分の人生と運命を賭ける覚悟でドミートリーのアパートに一人でやって来たのだ。ドミートリーは、そのときの彼の内面に吹き荒れた嵐以上の「嵐」をアリョーシャに告白する（第三篇第四章）。

お前、彼女に会ったことがあるだろう？　美人だよな。でも、彼女のあのときのきれいさってのは、今とは違っていた。彼女の気高さにひきかえ、おれはもう卑怯者だ。彼女は持ち前の義侠心を発揮し、父親の犠牲になろうとしている。なのに、俺ときたらまるで南京虫みたいなものなんだ。ところが、その南京虫で卑怯者の俺のさじ加減ひとつで、彼女のすべてがだよ、そう、何もかも、心も体も、どうにでもできるんだ。体の線がくっきり見えた。お前には隠さずにいおう。この浅ましい考え、ムカデの考えにさ、心臓をむんずとつかまれ、俺はもうあまりの悩ましさに、それこそどろどろに溶けてしまいそうだった。内心の葛藤などあったもんじゃないという気がした。そりゃもう、同情なんてすべてかなぐり捨て、それこそ南京虫か毒蜘蛛らしく振る舞いたかった……もう息が止まりそうだった。

このとき、ドミートリーの耳元に囁きかける声、「豚か商人みたいに、なにかとてつもなく卑劣なまね」を囁きかける声がある。《四千五百ルーブルを立て替えてもよいと言ったのはたんなる冗談ですよ。そんな大金を気まぐれにぽんと出せるなんて、そんなこと、できるはずもないじゃないですか》。声はほんの数秒、ドミートリーの内部に反響したにすぎない。彼が現実にしたことは、その声を敢然と打ち消す行為である。

俺はあのとき三秒から五秒ぐらい、恐ろしい憎しみを感じながら相手をにらんでいた。そう、恋なんだ、気が狂うほど激しい恋と、紙一重の憎しみを感じながらだ！　俺は窓のほうに寄っていき、凍ったガラスに額を押し当てた。今でも覚えている。額がまるで火で焼かれるような感じだった。長く引き止めることはしなかった。心配するな。俺は振り返ってテーブルに寄り、引き出しを開けて、無記名の債券を取り出した。額面五千ルーブル、五分利付きさ。それから何も言わずに彼女にそれを見せ、二つに折って手渡し、自分から玄関のドアを開けてやった。そして一歩後ろに下がってから、これ以上ないというぐらいうやうやしく、思いのかぎりをこめてお辞儀したんだ、ほんとうに！

もう一つ、別の創造の現場に立ち止まろう。それは、グルーシェンカが元婚約者のポーランド人の待つモークロエに行ってしまった事実を小間使いのフェーニャから聞かされたあとのドミートリーの内面の働きである。ドミートリーが真実を知った瞬間を語り手（作者）は次のように描写している。

ドミートリーは、フェーニャの咽喉もとにかけていた両手を離した。彼はまるで死人のように青ざめ、声もなく彼女の前に立っていたが、その目から、彼が何もかもひと呑みで理解したのがわかった。きれぎれの話から、ドミートリーはすべてを、最後の一点に至るまで理解し、すべてを推察したのだ。

ドミートリーは酒宴用のシャンパンや食品を大量に買い込み、馭者を雇ってモークロエへ馬車を走らせる。いったい、何のためか。すでに馬車を走らせる前にドミートリーは彼特有の言い方で若い役人のペルホーチンに説明していた（第八篇第五章）。

愛するペルホーチン君、君には身を引くってことができますか？　道を譲ることですよ。愛している人と憎んでいる人に道を譲ることです。それに憎んでいる人が愛する人になるためです。……それが道を譲るってことです！　そして、二人に言ってやるんです。どうぞ、お行きなさい、そばをお通りなさい、ぼくは……。

他者に対してあの自由で寛容な精神、生まれながらの高貴な魂は、全速力で疾駆する馬車のなかで、すでにピストル自殺を決意しているドミートリーの祈りの呟きとなってわたしたちのもとに届けられる（第八篇第六章）。

神よ、どうか、好き放題なこのぼくの裏切りを受け入れてください。そして、裁かないでくださ い。裁きにかけず、お見逃しください……裁かないでください。なぜって、ぼくは自分で自分を裁いたからです。裁かないでください。なぜって、神よ、ぼくはあなたを愛しているからです！　ぼくは確かに卑劣な男ですが、あなたを愛しているのです。たとえ地獄に送られても、地獄からあなたを愛します。地獄からぼくは叫びます。永遠にあなたを愛していますと……でも、どうかこの愛を成就させてください……いま、ここでは、愛し切らせてください。あなたの燃えるような朝の光が訪れるまでの、せいぜい五時間……なぜなら、あの、ぼくの心の女王を愛しているからです。ぼくのことはもう、何もかもお見通しのはずです。これからあそこに駆けつけていって、あの人の前にひれ伏し、こう言うつもりです。ぼくを避け、そばを通りすぎたあなたは正しかった、と……あなたの生贄を、どうか許してほしい、忘れてほしい、これっきり不安を抱かないでいい、と。

ドミートリーがわたしたちの前に登場したとき、彼は、路地裏を這いずる虫けらの内部には美をめぐって悪魔（ソドムの理想）と神（マドンナの理想）が戦っているとアリョーシャに告白していた（第三篇第三章）。「ソドムの理想をもった男が、心のなかじゃマドンナの理想を否定もせず、むしろ心はまるでうぶなガキの時代みたいに、マドンナの理想に燃えているってことなんだ」。しかし、いまや、ドミートリーの内部の戦場ではそうではない。「ソドムの理想をもった男」は完全に打ち負かされているのだ。なぜなら、ドミートリーはたったいま、「わたしにお構いなく、どうぞ、お行きなさい。このわたしのそばを通りすぎなさい」と語ったからである。嫉妬に狂ってグルーシェンカとその恋人を呪い殺すわけではなく、彼らが通り抜けられるように道を譲るのだ。ドミートリーの高潔な魂は、自分が何者なのかという一切の顧慮や反省なしに、**瞬時に我執から自由となって、他者に対して寛容の態度へ突進する無条件の行動**に現れている。この寛容の態度は、我執からの自由を獲得した精神だから、イエスが命じた隣人愛（「汝の隣人を自分のように愛しなさい」）と同じものである。しかし、作者のドストエフスキーは、ドミートリーの魂をそこに立ち止まらせたりせず、もっと先まで突き進ませる。

フョードル・カラマーゾフ殺害の容疑でモークロエに駈け込んできた予審判事や検事補らによるドミートリーや関係者への尋問が終わったあと、ドミートリーは束の間の眠りに落ち、奇妙な夢を見る（第九篇第八章）。夢のなかの彼は、みぞれ混じりの雨が降る十一月のある日、二頭立ての馬車に乗っている。馬車は火事が起きた村を通りすぎる。百姓の小屋の半分は焼け落ち、黒焦げになった丸太が突き出ている。その村の入り口には痩せこけ、やつれはてた大勢の女たちが整列している。その端には年齢も定かでない頬のこけた背の高い女性が乳飲み子を抱いている。その乳飲み子はしきりに泣き叫んでいる。ドミートリーは馭者に「どうして泣いているんだ?」としつこく訊ねる。馭者は答える。「餓鬼は凍えきっちまったんでさ。貧乏でさ、焼け出されちまって、パンの一切れもありゃしませんで」。ドミートリーは全然合点がいかない。そして次のようにいくつもの問いを重ねる。

教えてくれ、どうしてああやって、焼け出された母親たちが立っているのか、どうしてみんな貧しいのか、どうして餓鬼はあわれなのか、どうして草原は空っぽなのか、どうして女たちは抱き合って口づけしないのか、どうして喜びの歌を歌わないのか、どうしてああして、黒い不幸で、ああも黒くなっちまったのか、どうして餓鬼に乳を飲ませてやれないのか?

夢のなかで矢継ぎ早に問いかけるドミートリーの心に「自分でもいまだかつて経験したことのない感動」がわき上がってくる。これに続く記述は次のようなものだ。

これ以上、子供が泣いたりすることがないように、いまこの瞬間から、誰一人涙を流すことがないように、たとえ何があろうと、一刻の猶予もなく、カラマーゾフ式の無鉄砲さにまかせて、いますぐ、いますぐ、それができるように、全力で何かをしてあげたいと思っている。

夢のなかのドミートリーを激しく突き動かしている衝動は、ゾシマ長老のあの「神のなかにあること」の歓喜、金持ちと貧しき人々の間で可能とされる「素朴で偉大な人間的一体化」、慰めと感激に充ちた現実世界の追認、要するにあの「大地主義」のイデーとは一切無縁である。これは、むしろ「社会関係に対する憤激」（ペレヴェルゼフ）そのものであって、焼け出された母親たちの一人が乳児に乳さえ飲ませられないほど貧しく、痩せ細っている苛酷な現実が目の前にあるとすれば、現実をすぐさま改変し、「誰一人涙を流すことがない」世界にしなければならないというイデーを招来しているのだ。これこそ、たとえばエックハルトの説教にあるような「すべての被造的理性のあり方を超え出て、天使も到達することのできないほどのはるか高み」（田島照久編訳）へとドミートリーをいっきに引き上げる偉大なイデーでなければ、何だろうか？　ドミートリーを造型した作者は、近代ロシア社会の矛盾と障害にぶち当たって「大地主義」のイデオロギーへと傾斜する一方、「大地主義」とは一切関わりなく、「一刻の猶予もなく、カラマーゾフ式の無鉄砲さにまかせて、全力で何かをしてあげたい」というドミートリーの衝動を全面的に讃えて、頌歌を贈っているのである。また、「全力で何かをしてあげたい」という衝動は、父フョードルが死ぬまで知ることがなかった力でもある。フョードルはロシア社会の泥濘と悲惨、その歴史的な否定面を一身に背負った人物として造型されている。その意味で夢のなかのドミートリーは父親を殺さずに内面的にそれを乗り越えている。もしゾシマ長老の大地主義を継承したアリョーシャが「不屈の闘士」として活動する十三年後の「第二の小説」が書かれていれば、ドミートリーの衝動とイデーが大地主義の神意を切り裂き、その結果、アリョーシャも大地主義を越えた地平へ押し出されていただろう。

ところが、そんな読者の予感は木っ端微塵に砕け散る。

驚くべきことに、ドミートリーは彼が逮捕されて二カ月後には、現実の社会関係に憤激し、「誰一人涙を流すことがない」世界のために立ち上がろうとしたあの衝動をすべて捨て去り、「大地主義」の本流に全身を投ずるのである。なんたることだろうか。いったい、その二カ月間に何が起きたというのか。公判前日、監獄の面会室でアリョーシャと対面したドミートリーは、有罪が確定し、シベリアの鉱山で二十年間、つるはしを振るう徒刑生活を送ることになったとしても「そんなことは屁でもない」とうそぶく。そして、彼が二カ月前にモークロエで見た「餓鬼の夢」に触れて「どうして俺はあのとき、あの瞬間、『餓鬼』の夢なんて見たんだろうな?」と呟く（第十一篇第四章）。

「どうしてああも、餓鬼はみじめなんだ?」あれが、あの瞬間、この俺の予感になったんだ。「餓鬼」のために、俺は行くのさ。だって、誰もが誰に対しても罪があるんだから。すべての「餓鬼」に対してな。だって、小さな子供もいれば大きな子供もいるからな。みんなみんな、「餓鬼」なのさ。みんなのかわりに、俺は行くんだ。だって、誰かがみんなに代わって、行かなくちゃならんからだ。

ドミートリーは、社会関係に対する憤激をきれいさっぱり掃き清め、誰一人涙を流さずにすむ世界への衝動をきれいさっぱり振るい落として「誰もが誰に対しても罪がある」と説教するゾシマ長老のイデーに、あのキリスト教の教義の核心ともいうべき《罪とその贖い》に自分を投げ出している。さらにこのあとのドミートリーの言葉を聞こう。

そう、そうなんだ、俺たちは鎖につながれているんだ。自由もない。でも、そのときだ、俺たちがこの大きな悲しみのなかで、またふたたび甦り、喜びを手にするのは、な。人間はその喜びなしじゃ生きていけないし、神さまも存在できない。なぜって、喜びを与えるのは神さまだし、それが神さまの特権だろ、大きなね……ああ、人間よ、祈りのなかで溶けてしまえ！　地底で、神様なしで、俺はどうやって生きていける？　もしも地上から神さまが追っ払われたら、俺たちは地底でその神様に出会うのさ！　流刑囚に神様なしで生きろといったって、できない相談さ、流刑囚じゃない人間以上に、不可能なんだ！　そのとき、俺たち地底の人間はな、大地の底から歌いだすのさ、神様を称える悲劇的な賛歌だ、喜びの源である神様を称えるんだ！　神と神の喜び、万歳！　俺は神様を愛している！

「ああ、人間よ、祈りのなかで溶けてしまえ！」。これがドミートリーに託して『カラマーゾフの兄弟』の続篇を書かずに死んだドストエフスキーの、霊的な存在が差し出すイデーの、わたしたちが確認することができる最後の転回の際に口から絞り出される叫びだった。ドストエフスキーは、「餓鬼」の夢に顕現した霊的な存在（革命的精神）の炸裂に怖れおののいて、ゾシマ長老の大地主義への帰順と跪拝にほかならない地平にドミートリーを呼び戻した。さらに、この大地主義は、かつて『悪霊』のなかで大地主義者として読者の前に現れるシャートフ――彼は「大地にキスしてください、涙で濡らしてください、許しを乞うんです！」とスタヴローギンの肩をつかんで叫んでいた（第二部第一章第七節）――の偏狭なロシア主義に通底している。イワンやカテリーナ、アリョーシャの協力でドミートリーの脱走計画が企図されているエピローグでは、いったんアメリカに逃げたとしても「死ぬのはロシアの大地だ、これが俺の計画さ、これは絶対に変らない」とドミートリーはアリョーシャに答えている。なぜなら、「グルーシェンカは、母なるロシアの大地が恋しくなるに決まっている」からだし、「俺にしたって（アメリカの）百姓どもにはたして耐えられるか？　たとえあの連中が一人残らず俺より立派だとしたって、俺は今からアメリカを憎んでいる」からだし、「俺はロシアを愛しているんだ、俺自身はたとえ卑怯者でも、ロシアの神を愛している」からである。

わたしたちはドミートリーの言い草に唖然とせざるをえない。また、ドミートリーに「今からアメリカを憎んでいる」と語らせた作者には荒唐無稽な論理が侵入している。作者は、結局のところ、紆余曲折を経て、ロシアの民族こそ「神を体現する唯一の民族だ」と語っていたシャートフにドミートリーを重ねてしまうのだ。

霊的な存在とそのイデーを「大地主義」へ転回させたのは、近代ロシア社会の現実であり、その内部矛盾であり、障害として聳立する巨大な歴史的堆積物だった。それらを一つの画像に絞り込むとすれば、それはほかでもなく、ドミートリーが夢見た、火事に見舞われた村の入り口に立つあの大勢の女たちと泣き叫ぶ乳飲み子の暗澹たる画像である。したがって、わたしたちが最後に向かうのは、これまで「大地主義」と呼んできた宗教的なイデーとその源泉である。

註

Ⅸ　人間よ、祈りのなかで溶けてしまえ！

（1）もちろん、イワンとカテリーナとの肉体交渉は、直接的表現として明示されていない。ドミートリーの公判が始まる前の第十一篇第五章でカテリーナがアリョーシャに「わたし、スメルジャコフのところに行ってきましたの」と告げたあと、イワンに「あんたよね、あんたでしょう、父殺しの犯人はあの男だってわたしに言い聞かせたのは。わたし、あんたの言うことだけ信じていたのよ」と話した瞬間、「あんた」という呼び方にアリョーシャはぎくりとする。読者も二人の男女の真実を知るのはその叙述を通じてである。

X　霊的な存在、その最後の転回

1

個人の信仰の源泉、あるいは宗教的と呼ぶしかないイデーをめぐる固執の仕方に言葉の理路だけで迫っていくのは、あらゆる観念形態の解析のなかでも最も困難な作業である。なぜなら、それは、当人にもうまく説明できない一種の啓示や回心、あるいは言葉だけで十分に汲みとることのできない深奥の内密な感情を介して生まれたものだから。たとえば、聖パウロの回心（思考転換）がそのようなものにおもわれる。パウロの個人性、特殊で個別的な実存（生きざま）の闇を探っても探り当てられないものとしての絶対的な思考転換。それはあたかも個人の実存的な意識が途切れた天空のはるか高みで起きた爆発のように感じられる。『イエスという経験』（二〇〇三年）の大貫隆はそれに「神が起こしてくれた出来事」という優れた言葉を与えている。また、パウロの回心と並んで神との直接的な触れ合い（恩寵）を語り始めるシモーヌ・ヴェイユの経験もそのようなものとみなすほかはないものだ。ギュスターヴ・ティボンに預けたヴェイユのノートからいくつかの言葉を拾い出してみる。

人は、どんな執着の対象にも綱で縛りつけられている。そして、綱というものは、いつも切れるかもしれないものである。人はまた、想像上の神に綱で縛りつけられている。そういう神への愛もまた、執着なのである。だが、実在する神には繋がれていない。したがって、切れるかもしれない綱もない。神は、わたしたちの中へ入ってくることができる。神だけがわたしたちの中へ入ってくることができる。ほかのものはすべて、外側にとどまっている。

わたしたちは、越えていかねばならない——もちろん、最初は神がわたしたちのところへ来るためにそうしたのである。なんといっても神が最初にこちらへ来るのである——時間と空間の果てしない厚みを。神は、わたしたちのところへ来ようとして世界の厚みを越えてくる。

神は、自分のほうに向けられたまなざしに応えて、すなわち、個人が個人であることをやめる程度に正確に応じて、純粋に霊的な恩寵をおくり、ただそれを通じて個人としてのあるがままの人間と交わりに入る。何事が起ころうと、それは神の恵みではない。ただ恩寵だけがそうである。

（以上は田辺保訳）

ヴェイユはこのように「わたしたちの中へ入ってくる」神の恩寵に固執した。同じことだが、さらに「天からたえず降りそそぐ光」や「天のかなた、あの世にあるような言葉」についても語った。これらの言葉が彼女の精神と肉体、そして感情を激しく捕縛したある特別な経験——人々がふつうに《神秘体験》と呼んでいるもの——に裏打ちされているのは、ほとんど疑えないところだ。しかし、それらの言葉を価値として汲みあげるには言葉の理路をたどるだけでは不十分だとわたしたちが感じているのも確かなのだ。いや、不十分というよりも事態はもっと絶望的というべきだろう。彼女は同じノートのなかでイワン・カラマーゾフが弟のアリョーシャに語ったあの「最終的に人々を幸せにし、ついには平和と平安を与える」人類の壮大ですばらしい建物の是非に固執している。その建物の礎は、

「まだほんのちっぽけな子供の無償の涙と血のうえに」築かれる。これが建築家に課せられた条件である。おまえはそのことに同意するか？　イワンにそう問われたアリョーシャは、わたしたちがすでに知るように同意しないと答える。そしてヴェイユもまた絶対に容認できないと語る。ところが、彼女はそうした条件が「神の御心であったならば、子供の涙はおろか、悪にすぎないような世界を受け入れるだろう」と書き記すのだ。「イワン・カラマーゾフにならって言うこと。ただひとりの子供のただ一滴の涙をも償うに足るものは何一つない、と。それにもかかわらず、あらゆる涙を、そして涙よりもはるかにまさった無数のおそろしい事柄を受け入れること。これらの事柄には、なにかしら償いになるものが含まれているからというので受け入れるのでなく、その事柄自体を受け入れること」。しかし、神の御心を感じ、それを理解するのは、いったい誰なのか。ヴェイユの考えに即していえば、それは「シモーヌ・ヴェイユ」という個人名をもつ一女性ではない。それは、わたしたちのなかに入ってくる神、世界の厚みを越えて彼女の内側にもやってくる神の恩寵（超自然的な愛）と交わる人間である。神の恩寵のなかでヴェイユという固有名は跡形もなく消えてしまうのだ。

わたしたちはこれまでドストエフスキーの作品を取り上げてきたから、そうした事例を彼の作品から示してみたい。たとえば、『罪と罰』でソーニャがラスコーリニコフに対して全身を震わせて放ったあの言葉がそれである（第五部第四章）。

何をするって！　お立ちなさい！　**いますぐ、すぐに行って、十字路に立つんです。お辞儀をして、まずあなたが汚した大地に接吻なさい。**それから四方を向いて、全世界にお辞儀をしなさい。そしてみなに聞こえるように、『私は人を殺しました！』と言うんです。そうしたら神さまがあなたにまた生命を授けてくださる。行くわね？　行くわね？

「神さまがあなたにまた生命を授けてくださる」というソーニャの揺るぎない信念はどこからやってきたのか。この場面は、そんな問いがソーニャの内面に生ずることは絶対にありえないものとして作者に作られている。ラスコーリニコフは他人の生命を奪う行為によって大地を汚した。しかし、大地に額ずいて接吻し、人々の前で人殺しを告白すれば、彼はもう一度生き直すことができる。そのことはソーニャには火を見るよりも明らかなので、疑いを差し挟むわずかの余地もない。この場面では、彼女の存在のエッセンスともいうべきもの、大地と「神さま」に対する彼女のある種の強靭な固執のあり方が老婆殺しを正当化するラスコーリニコフの疲弊にとどめの一撃を加えているのだ。作者のドストエフスキーにしてもソーニャの勝利を信じて彼女にこのように語らせたのだとみなすべきである。しかし、それにもかかわらず、わたしたちはソーニャの言葉のなかにまるで未知の遠い星から発信された信号を傍受したような不思議な感慨に囚われる。そして、ソーニャが決して受理せず、問答無用に振り切るだろう問いの前に立たされて呆然とするのだ。『悪霊』のマリヤ・レビャートキナを取り上げた際、「そうさ、聖母さまっていうのは大いなる母だし、この潤った大地なのさ」と語る老婆の「大地＝聖母」信仰は、マリヤ・レビャートキナばかりでなく、ソーニャにも生きていると述べたが、たとえこの「大地＝聖母」信仰のなかにソーニャの言葉を溶解させてもあの不可思議な感覚、遠い星からの信号を受け取ったような感じがなくなるわけではない。

この奇妙な感覚は、音楽作品を聴いているときにもしばしば体験することがある。たとえばアントン・ブルックナー。ベートーヴェンの音楽にはヘーゲルの弁証法が息づいているが、ブルックナーの音楽には情熱と汗に溢れた弁証法はない。彼は一億光年離れた星雲から届いた内密な、この世ならぬものの複雑精妙な音形を地上世界の音楽言語に転写して飽くことがなかった作曲家ではなかったか。たとえば、第六交響曲の「極めておごそかな（Sehr feierlich）」と指定されたアダージョ。あるいは第八交響曲の長大なフィナーレ。そこには気の遠くなるような距離をはるばる旅して初めて耳にすることができたと感じられるような、言語に絶する神秘的で神々しい音形が埋め込まれている。

『罪と罰』以外にも同じように遠い世界から傍受した信号のような言葉がある。『カラマーゾフの兄弟』のグルーシェンカがポーランド人の元恋人にモークロエで五年ぶりに再会したものの、彼に幻滅を感じてドミートリーの存在のかけがえのなさに気づいたときに放つ言葉がそれである。

キスして、もっとつよく、そう、そんなふうに。愛するといったらどこまでも愛するの！　**いまからあんたの奴隷になるわ、一生、あんたの奴隷になる！　奴隷になるのがうれしいの！**　わたしはもうあんたの恋人になんかならない、あんたの忠実な女になるの、あんたの奴隷になるの、あんたのために働くの。（第八篇第八章）

このとき、グルーシェンカに「あんたの奴隷になる！　奴隷になるのがうれしいの！」と言わせているものは、いったい、何だろう？　もしかすると、多くの読者はここにロシア人女性の特質を探り当てるかもしれない。あるいは、「ロシア的魂」なるものを。(1)　実際、ドストエフスキーは『未成年』ではヴェルシーロフに次のように語らせていたはずだ。

ロシアの女性は愛したとなると、なにもかもいちどきに与えてしまう——瞬間も、運命も、現在も、未来も。出し惜しみということを知らないし、貯えるということを考えない、そして美しさがたちまちのうちに愛する者のなかへ流れ去ってしまうのだ。

（『未成年』第三部第七章第一節）

いや、それよりもずっと前にドストエフスキーはある人々の傾向について『虐げられた人々』の話者たる青年作家に語らせていた。「ひとたび誰かを愛すると（時には愛する理由さえ分からずに）自分の全身全霊をその相手に捧げ、滑稽なまでに愛着の心を押しひろげていく」というように（『虐げられた人々』第一部第三章）。ロシアの女性に対するドストエフスキーの特別な観念は生涯変わらなかった。最晩年のプーシキン論のなかでドストエフスキーはこう語った。「ロシアの女性は大胆である。ロシアの女性は、いったん自分の信じた人の後には、敢然と従って行くものである」。

一見すると、グルーシェンカの言葉とソーニャの言葉の間には大きな懸隔があるようにおもえる。ソーニャは「大地」や「神さま」の言葉を口にして、それに対する絶対的な帰依、ないしは帰順に自己の生命感情の尽きせぬ源泉を見出している。これに対し、グルーシェンカはドミートリーという一人の生身の男性に自分のすべてを捧げるのだと狂熱的な愛をぶちまける。しかし、グルーシェンカが「恋人」としてではなく、「あんたの奴隷」としてドミートリーに尽くしたいと叫ぶとき、自己のすべてを捧げ、ある絶対的なものに帰順することが彼女の生命感情を激しく突き動かしているのもまた確かなのだ。そのかぎりでグルーシェンカもソーニャも同じ地平に立つ女性であり、わたしたちは彼女たちから同じ未知の信号——ここでは、絶対的なものへの帰順——を受け取ったような気がするのだ。それが未知であるというのは、「絶対的なもの」がソーニャやシャートフやゾシマやアリョーシャが涙を流しながら接吻するあの「大地」であっても、あるいは同じソーニャがラスコーリニコフに命を捧げてくださると語った「神さま」であっても、いずれにしてもそれがどこからやってくるのか、よくはわからないからだ。「神さま」に関していえば、ドストエフスキー自らがイワンの叙事詩「大審問官」のなかに定着させたイエスの実存にそれを重ねてみることもできない。わたしたちにとってイエスは神ではなく、また神の子でもなく、たんに自由な意志に賭ける人間である。ソーニャやグルーシェンカは、明らかにイエスとは異なるある絶対的なものへの帰順に身を震わせている。

ソーニャやグルーシェンカは、同じく絶対的なものに帰順して身を震わせている女性、たとえばアンドレ・ジイドが『狭き門』のなかに描いたヒロイン（アリサ・ビュコラン）とも違っている。「主よ、わたくしは主に向かって声をかぎりに呼びたてまつる。わたくしは闇のなかにあり、黎明を待っております。わたくしは死ぬまであなたさまにお呼びかけ申しております。どうかわたくしの心の渇きを癒やしてくださいますよう」（山内義雄訳）。このように呼びかけるアリサは、恋人（ジェローム）との結婚生活を選ばず、「神さまの愛」に命を捧げることによって心の渇きを癒やそうとする。しかし、彼女の言葉は、ソーニャやグルーシェンカの激した言葉とは本質的に別様のものだ。アリサの内面性は、個人的な宗教心によって塗りつぶされていて、いわば夢みるように自足しており、彼女の思い詰めた神への信仰は、彼女一人の身の上に「光り輝く平安」が降りてくるために捧げられている。これに対し、ソーニャやグルーシェンカは同じくある絶対的なものへの帰順に身を震わせているとはいえ、個人の内面性という枠組みを突き破って、あるいはそのことを知らずに彼女たちは言葉を発するのである。

ウォルインスキーは、その『カラマーゾフの兄弟』研究（一九〇九年）のなかでロシアの神について次のように語っていた。

ロシアの神を理解するためには、自分の個人的心理学から抜け出て、その沸き立つ性状にもかかわらず決して柔和を失わぬところの、また感動的な接吻によって『世界の究極原因』に接しているところの、ロシア人気質の柔和な心理学に入って行くことがどうしても必要である。(川崎浹訳)

ここでいわれている「ロシア人気質の柔和な心理学」をたんにロシア人の柔和な心性と解すれば、「絶対的なもの」(ウォルインスキーの文脈では「ロシアの神」)とは、彼らの心性が独自に招来するものであり、また、ロシアという国(大地)を離れれば、すぐに霧散したり、変質したりする何かだということになる。わたしたちは、したがってドストエフスキーがそこで生活していたロシアにもう一度立ち返らなければならない。

2

最晩年のドストエフスキーが『作家の日記』(一八八〇年八月)のなかで語ったあの「できるだけ誤りのない、万人を満足させられるような、社会組織の公式」は、ツァーリ(専制君主)とロシア民衆との堅牢無比な関係のうえに築かれるべきものとしてかんがえられていた。もちろん、彼は自分の主張が正しいものと信じて少しも疑うことがなかった。一八八一年一月の『作家の日記』では、「わが国に樹立される完全な公民的自由」は次のように論じられている。

民衆にとって、皇帝は彼ら自身、彼らの全理念、彼らの希望、彼らの信仰の具象である。（中略）というのは、農奴解放以来、皇帝はたんに理念や希望のうえばかりでなく、事実においても、彼らの慈父となったからである。実に、父に対するような、この皇帝に対する民衆の関係こそ、わが国においてあらゆる改革を成就させる、堅牢無比の礎石なのである。あえていうが、わがロシアには、**皇帝と民衆との有機的な生ける連繋**をほかにしては、われらを守り導く建設的な力は何もなく、これがわが国において一切の源泉となっているのである。（米川正夫訳、次も同じ）

わが国に完全な、公民的自由が樹立される。それはヨーロッパや北アメリカ、その他、世界のいかなる国よりも完全な自由で、要するに、この堅牢無比な基礎の上に、国是がおかれるのである。たんなる文書によって確証されるのではなく、**慈父としての皇帝に対する民衆の、赤子のごとき愛情のうえにのみ打ち立てられる**のである。なぜなら、契約でかたまった他国民にとっては、夢にも考えられないような多くのことが、子供にはゆるされるからである。子供は、今までどこにも見られなかったような多くのものを信任し、かつ解決することができる。なぜなら、子供は自分の父親に叛きなどせず、子供らしく自分の誤りや迷いの矯正を、喜んで父親から受けるからである。

ロシアのツァーリ（皇帝）は慈父であり、ロシアの民衆は皇帝の赤子である。わたしたちは、このような神聖家族共同体の論理を、近代日本の政治権力が公認「国体」イデオロギーを強化する一環として展開したことを知っている。太平洋戦争の時代に文部省が編纂・発行した教科書には、日本国民はすべて「大君の赤子」あるいは「大君のおほみたから（大御宝）」と書かれていた。大君（天皇）と赤子（国民）との関係性は、ここでは第三権力としての国家が介在しないかのような直接的な結合性（共同態）としてイメージされており、その点にかぎっていえば、親和的な親子関係に基づく国家なき共同体（コミューン）を表象している。ところが、それと同時に、赤子たる国民に「大君にひたすら仕えまつる公民」という強権に基づく政治的な枠がはめられるとき、この幻想的なコミューンの世界は、第三権力が突如介入し、天皇制ファシズムの絶対主義国家に再編されるのだ。ドストエフスキーの神聖家族共同体の場合はどうか？　彼が主張する「慈父」（ツァーリ）と「赤子」（民衆）との関係にも第三権力としての国家が介入する余地はない。それはあくまでも国家を排除したコミューン（共同体）として志向されており、したがって、政治的な専制体制としてのツァーリズムと区別しなければならない。しかし、ここでその違いを指摘しても大した意味はない。重要なのは、なぜ国家なきコミューンに「慈父」たるツァーリの存在が欠かせないものとして構想されなければならないのかという問いである。

　再度引用しよう。「実に、父に対するような、この皇帝に対する民衆の関係こそ、わが国においてあらゆる改革を成就させる、堅牢無比の礎石なのである」。もちろん、ドストエフスキーは、自分の知見や信念、洞察などに基づいてそのようにかんがえるに至ったのだ、と信じて疑っていない。だが、彼の時代にかぎらず、いつの時代でも信念や知見を越えて個人の思考の枠を決定しているもの、個人の思考と論理にそれこそ堅牢無比というべき社会的な規制力を及ぼすものがあることをわたしたちは認めないわけにはいかない。「慈父」たるツァーリを導くのは、ロシア社会の基底に流れる時代制約的な無意識であって、ドストエフスキーの個人的な洞察ではない。実際、ドストエフスキー以外にもツァーリを慈父として崇めた人々は大勢いたのである。

作家が当時、手にしていた現状認識は、こうだった。ロシア社会はヨーロッパの先進文化に頭だけ突っ込んで、神抜きの社会主義や無政府主義のイデーに感染し、高熱を発して顔面を紅潮させながらうんうんと唸り声をあげる一方、頭以外の胴体はアジアの後進性の泥沼にどっぷり浸かって、半ば自足しているかのようにまどろんでいる。頭部分は、ドストエフスキーが蛇蝎のごとく嫌った「西欧派」、そしてそれを源流とする無神論的ラディカリズムであり、頭を除く胴体部分はロシアの民衆である。西欧派は、ロシアの大地に蒙昧な大衆を見出すばかりで、公民的組織も自由な意志の主体たる個人もいまだ雪深き大地のなかに埋没しているとかんがえ、彼ら大衆に学ぶべきものは何もないとみなして見限った。ドストエフスキーも西欧派の現状認識の一部を共有しており、実際、「わが民衆は、今までもそうであったように、現在でも乞食のごとく赤貧で、悪臭紛々とし、個性も思想も持つことができない」とみなしていた。しかし、彼が西欧派と袂を分かつのは、民衆のなかには「魂の寄りかかる強固な揺るぎなきなにものか」があるという信念だった。ドストエフスキーが一八八〇年六月に講演したプーシキン論は、この「強固な揺るぎなきなにものか」をプーシキンその人がロシア民衆のなかに発見したという評価に尽きている。それは何か。**謙虚と同胞愛**である。ドストエフスキーは、ロシア民衆のなかにそれを発見し、その「美しき肯定面」と融合した最初で最後の作家がプーシキンだったと語った。そのような評価を下すとき、ドストエフスキーは、プーシキンの発見を継承し、その「美しき肯定面」と融合する現代の作家こそわたしなのだ、と宣言したのも同じだった。ただし、その宣言にはドストエフスキーを特徴づける特異な思考があった。それは、ロシア民衆のなかにある「美しき肯定面」、すなわち、謙虚と同胞愛をロシア民衆に育ませたものがキリスト教（ロシア正教）だったという考えである。プーシキン講演後のグラドーフスキーとの論争のなかで彼は次のように書いている（一八八〇年八月『作家の日記』第三章）。

民衆が卒業したキリスト教の主要なる学校は、彼らが自分の歴史を通じて忍んできた無数、無限の苦痛の幾世紀かである。その間、彼らはすべてのものに見棄てられ、すべてのものに踏みにじられ、すべての人のために労苦しながら、**唯一の慰藉者であるキリスト**とともに暮らしてきたのだ。そのとき、彼らは永久にキリストをおのが魂のなかに受け入れ、キリストはまたそのために、彼らの魂を絶望から救ったのである！（米川正夫訳）

これら一八八〇～八一年の最晩年に書かれた『作家の日記』を読むとき、わたしたちが出会っているのは、偉大な作家が呻き声をもらしながら最後につかんだ明察である。だが、この偉大な明察は、同時に無際限に饒舌な現状容認の論理も紡ぎ出している。ドストエフスキーの主張は次のようなものだ。

ロシアの公民的自由は、「慈父」たるツァーリとその「赤子」である民衆との有機的な、堅牢無比な、生ける連繋のうえに樹立されなければならない。しかし、その民衆は過去においても現在においても乞食のごとく赤貧で、悪臭紛々とし、個性も思想ももつことができない状況にある。だからといって、民衆は「慈父」たるツァーリに叛旗を翻すこともせず、ただ子供のように自分の誤りや迷いの矯正を、喜んでツァーリから受ける。そればかりか、唯一の慰藉者たるキリストを受け入れて、労苦と苦痛の幾世紀を生き延び、ついに謙虚さと同胞愛という「魂の寄りかかる強固な揺るぎなきもの」を手にすることが可能となったのだ、と。ドストエフスキーは、かかるロシア民衆の同胞愛が「いつの時代にか、わが苦しみ多き世界に実現」して「すべての人間が同胞となる」世界の到来を待ち望む。しかし、ここで彼が使っている「慈父」、「民衆」、「唯一の慰藉者」といった概念は、結局のところ、ツァーリ専制体制とその支配下にあって体制護持のイデオロギーとして機能しているロシア正教を受容するうえで不可欠な操作概念として機能していることも確かなのだ。そもそもロシアの民衆――その多くは文字を知らない農村の貧しい耕作民である――が苛酷な生活環境のもとで生きざるをえなかったのは、ツァーリを絶対君主とする支配共同体（専制主義国家）が彼らを収奪し、抑圧してきたからだ。ドストエフスキーはこの圧倒的に酷薄な現実世界を宿命のように受け容れ、慈悲深き収奪者たるツァーリと長い間、貧困に打ちひしがれて、忍従と謙虚を身にまとうしかなかった民衆との関係を侵犯不可能な神聖家族のように祭壇に祭り上げて拝跪する一方、慈父たるツァーリの力の及ばない民衆の魂の救済については、救世主たるイエス・キリストに跪くのである。このような八方塞がりの状況で、彼はひたすらロシア民衆の同胞愛が「わが苦しみ多き世界」を制覇した世界を待ち望むのだ。

しかしながら、何をどうやれば、同胞愛の世界制覇は陽の目を見るのだろう?

もちろん、ドストエフスキー本人に答える術はなかった。新しい社会に向けて、現在を活気づける現実的な手段や方法をもたない人間にとって可能なのは、ただ涙のにじんだ諦め、そして不安を押し隠した祈りだけである。しかし、重要なのは、そのことを指摘することではない。ドストエフスキーが駆使する概念と論理が当時の近代ロシア社会のなかに確固とした尽きせぬ源泉をもっていたという現実のほうが重要なのだ。ドストエフスキーが繰り出す謙虚や同胞愛というイデーの、ロシア社会が内奥に深く抱えていた源泉こそ、デスポット（専制君主）を奉戴する「アジア的共同体」の強固な遺制だった。

一九世紀のロシア社会は、経済社会構成からみれば、資本主義的産業構成の未熟な段階にとどまっていた。主要な産業は農業であり、それを支える個々の農村と農民はアジア的な共同体の構造を強固に保存した世界に属していた。また、政治的国家としてみれば、ツァーリとそれに随伴し、政治権力を掌握していた官僚、軍人、地主貴族などが数のうえでは圧倒的多数だった農民大衆を収奪する専制国家だった。ゲルツェンは、帝政ロシアの本質を「かくも多くの犠牲を要求し、自分の子供たちに対して――すべての人間的なものを拒む環境のなかで精神的に亡びてしまうか、あるいは生活のはじめにおいて死ぬか、の悲しい選択を迫るところの、ロシアと名付けられるこの怪物」と呼んだ（『ロシアにおける革命精神の発達について』、金子幸彦訳）。ツァーリを頂点とする支配層は、一般大衆がそのままでいることを是認する以外に現状の社会をよりよいものに改造しようという意欲もヴィジョンも持てなかった。クリミア戦争の敗北を受けて断行した一八六一年の農奴解放にしても少しも人間的な解放につながる改革ではなかった。フリードリヒ・エンゲルスは「亡命者文献5・ロシアの社会状態」（一八七五年）という論文で次のように書いている。

農民――その大多数――は、償却によってひどく悲惨な、まったく長持ちできない状態に陥った。農民からその土地の最大・最良の部分が取り上げられたため、帝国のすべての肥沃な地方で、農民の土地が――ロシアの農耕事情からみて――それで暮らしがたてられないほど小さくなっているばかりではない。この土地が法外な値段で彼らに売られ、国家が彼らにその代金を前貸しし、いまや彼らは国家に利息をつけたうえでその代金のなしくずし償還をしなければならないばかりではない。

地租の負担がほとんど全部彼らにかぶせられているのに、貴族はほとんどそれを免れており、――その結果、地租だけで農民の土地の地代価値全額を超えるものを呑みこんでおり、しかも、すぐ次に述べるような、農民がしなければならないその他一切の支払いは、彼の収入のうちの労賃をあらわす部分からの直接の控除となっているばかりではない。地租のほかに、国家の前貸金の利息と償還賦払金のほかに、地方行政が新たに敷かれて以後、県税と郡税がさらに加わっている。(土屋保男訳)

農奴は確かに土地を分与されて解放された。しかし、土地分与は有償だった。農奴一人当たりの分与地の規模は、黒土帯・非黒土帯・ステップの各地帯・地区ごとにおける最高と最低の基準が設定され、分与は地主に都合のよい形で行われたにすぎない。また、分与地に対する支払いは、エンゲルスが指摘するように政府が国立銀行債権と証書の形で立て替えて地主に支払い、そうすることによって農民は法外な債務を抱えることになっただけである。つまり、一言でいえば、アレクサンドル二世の農奴解放は、地主私領地の農奴や帝国領地の農奴を自由な身分へと解放するどころか、逆にそれまで彼らを縛りつけていた法的隷属から経済的隷属へと置き直し、農民層の分解を強めただけだった。彼らは解放以前よりも苛酷な窮乏化の生存条件をツァーリから与えられたにすぎない。

しかし、そのような苛酷な経済的再編のなかに組み込まれてもロシアの農民はツァーリへの反抗心や憎悪を知らず、そうした感情とは絶対的に無縁な存在でありえたのである。なぜならば、ドストエフスキーにいわせれば、ツァーリこそ「彼ら自身、彼らの全理念、彼らの希望、彼らの信仰の具象」だったからである。しかし、ドストエフスキーが続けて「農奴解放以来、皇帝はたんに理念や希望のうえばかりでなく、事実においても、彼らの慈父となった」と主張するとき、彼は必ずしもたんに政治的国家の本質を見落とす頑迷固陋なイデオローグの一人だったわけではない。彼はそれと知らずに一九世紀のロシア社会が強固に残存させているアジア的共同体の遺構に触れて、そこで育まれた農民大衆のあの偉大な感性——謙虚さと同胞愛——に圧倒されていたのである。それこそ、彼に宿った霊的な存在が最後の転回を遂げようとしたときにぶち当たって、それと意識せずに抱え込んだ最大の障害といってよかった。この障害は、ドストエフスキーばかりか、彼が蛇蝎のごとく嫌ったあの「無神論者、故郷喪失者、ニヒリスト」たち——ツァーリの専制体制を打倒し、社会主義的な方向へ経済社会構成を転換させようとした当時の革命勢力——の前に押し出されていたものとまったく同じものだった。

ドストエフスキーは生前の雑記帳のなかに次のような言葉を書き残している。

共同体が廃止されたら——秩序の最後の結び付きが断ち切られることになる。たとえ上層社会で秩序が断ち切られても、また新しいものがそのまま与えられなかったとしても、しかし、少なくとも民衆は秩序のうちにあるという慰めがあった。たとえどんなものであっても、ともかくも秩序によって守られていた。なぜならば、共同体による土地所有という——この上なく強固な結び付きが残されていたからだ。だが、この結び付きまでが断ち切られたとしたら、——そのときはいったい、どうなることだろう？(2)(小沼文彦訳)

共同体による土地所有の伝統こそ、ロシア民衆の「魂の寄りかかる強固な揺るぎなきもの」だった。

それこそが何百年にもわたって彼らの謙虚さと同胞愛を醸成してきたものである。もし、土地の共同体所有が破壊され、民衆と土地との紐帯が断ち切られることになれば、彼らはその揺るぎなきものを失ってしまうことになる。ドストエフスキーもまたそのようにかんがえていた知識人の一人だった。したがって、それを破壊せずに保存しなければならない。しかし、いったい、どうやって？　そのための現実的な方策はどうあるべきなのか？　ドストエフスキーはその問いの前に立つと、茫然自失するしかなかった。

3

マルクスは、周知のように土地所有形態とそれに基づく生産様式の変化に基づいて原始的社会から古代的社会に移行する前段階として「前古代的（アルカイック）な社会構成体」を世界史的な発展段階の一つとして想定した。

先史時代の最初の人間の主たる生存様式は、実り豊かな大地で動植物の採取や狩猟で飢えを満たし、それらの資料が枯渇すると、他の大地に向けて移動・遊牧を繰り返すだけのものだった。そのかぎりで大地は太古の時代から生活資料ばかりでなく、労働手段や生産資材なども無尽蔵に提供してきたがゆえに、あらゆる生命活動の豊穣な源泉でありつづけた。世界中の「地母神」信仰はそこに起源をもっている。人間は、やがて移動・遊牧を繰り返す段階から抜け出ると、特定の土地に定住するようになり、牧人や農耕者、狩猟者として活動する生存様式へと駒を進めた。定住した人間集団の原初の形態は、「自然的な血縁関係に基づく種族共同社会（Stammgemeinschaft）」（マルクス『資本主義的生産に先行する諸形態』）である。その共同社会では、土地は誰のものでもなく、共同所有されていた。農業生産が行われる以前では、家屋も共同所有物だった。土地の耕作による生活資料の生産は共同で行われ、その生産物は全成員に平等に分配される。共同体に属する成員たるかぎりにおいて、個々の人間に経済社会的差別はなく、平等だった（いわゆる原始共産制）。その段階から私的所有に基づく古代社会（古代ギリシャ・ローマ時代）に至るあいだは、土地の共同所有が徐々に解体する過渡期、マルクスがいうところの「前古代的（アルカイック）な」段階である。過渡期としての前古代的な段階は、私的所有の拡大が原始共産制に基づく経済社会的平等を徐々に浸食し、共同体内部の利害対立、富める者とそうでない者との分裂を促す過程だった。その最後の仕上げで土地は最終的には私有財産へと転化する。しかし、私有制が支配的な原理としてそこまで突き進まず、したがって共同体の解体がそこまで徹底的に進行せずに、言い換えれば、経済的社会構成をそこまで変形させずに土地共有制に基づく前古代的な社会構成が長期にわたって存続する世界史的段階が存在した。

歴史は、共同所有（たとえば、インド人、スラヴ人、古代ケルト人などにおける）を本源的な形態として示しているのであって、この形態は、共同体所有という姿でなお長い間、重要な役割を演じているのである。（マルクス『経済学批判序説』、岡崎次郎訳）

その形態は気候や風土、地勢などの自然的諸条件などによってさまざまな変形を受けるが、ロシアの農村共同体（オプシチナ）の場合、土地（耕作地）は依然として共同体所有でありながら、成員間での定期的な土地の割替えと自分にあてがわれた耕地での成果を個人的に占有できる土地の分割用益も行われていた。[3] ロシアのオプシチナに関するマルクスの分析は、とりわけヴェラ・イヴァーノヴナ・ザスーリチ[4]の手紙に晩年の彼が回答するために準備した草稿（執筆時期は一八八一年二月ごろ、つまり、ドストエフスキーが死んだ直後に書かれている）のなかで行われた。マルクスはそこで次のように述べている。

社会の前古代的構成体は、前進的な諸時期を印するさまざまな形の一系列をわれわれに示している。ロシアの農村共同体は、この連鎖の最も新しい型に属している。その耕作者は、彼が住んでいる家屋とその付属物をなしている菜園との私有権をすでに有している。これこそ、より古い型には見られない前古代的形態の根源的な解体要素である。また他の方面からいえば、このより古い型はいずれも共同体の構成員の間の自然的血縁関係のうえにたてられているのであるが、ロシアの共同体が所属している型は、この狭隘な紐帯から解放されている。このことからいっても、ロシアの共同体は、より広範な発達を遂げることができる。農村共同体の孤立、ある農村共同体の生活と他の農村共同体の生活との間の連絡の欠如、このような局地化された小宇宙性は、原始的な型に内在する性格として、いたるところに見られるものではないが、それの存在するところではどこでも共同体のうえに中央集権的専制政治を出現させるものである。（平田清明訳）

前古代的な社会の共同体とその成員は、共同体所有の「前古代的な」形態とその自給自足的な小宇宙の局地性ゆえに、デスポット（専制君主）を頂点とする専制権力の支配を呼び込み、その専制権力との関係では、共同体とその成員は総体的な奴隷制（der allgemeinen Sklaverei）のもとに置かれている。

この性格こそ、奴隷制が敷かれた古代的な社会構成体（古代ギリシャ・ローマ社会）と区別される前古代的な社会構成体の「アジア的」段階の特質だった。ドストエフスキーが生きていた一九世紀のロシア社会は、この前古代的な社会構成のアジア的遺構を強く保存した社会とみなすことができる。

ここで注意しなければならないのは、「アジア的」という概念があくまでも前古代的な社会構成体としてのアジア的段階を指していることだ。したがって世界史の段階でアジア的社会構成が普遍的に存在したことを意味する。それは『作家の日記』のなかでドストエフスキーが使っているような地理的＝空間的な概念としてのアジアではないし、それゆえにアジア地域に固有の個別歴史的な概念でもない。それが気候や風土、地勢などに左右されるだろうことはたぶん確かであったとしても、どの地域のどの国家がどの程度の速度でアジア的段階を通過することができるかは、誰にもわからなかった事柄に属する。が、少なくともロシアやインド、そして中国、朝鮮、日本などの東アジアなどでは、アジア的共同体の遺構を長く保存した社会が続いてきたのである。あのソーニャが、あのシャートフが、あのマリヤ・レビャートキナが、そしてゾシマ長老が誰に強制されるまでもなく全身を投げ出して涙を流すあの大地こそ、「アジア的共同体」の目に見える実在であり、たんにロシアの勤労民が根づく物質的な生活空間にとどまることなく、そこに属する共同体の人々の内面性を律し、可能なかぎり他の人間と争わずに共存していくための生活上の準則、一種の掟や道徳、究極的には善悪の判断の拠り所となる幻想的な観念体系の尽きせぬ源泉となったのだ。ロシアでは、そうしたアジア的段階の遺構を内包する村落共同体（オプシチナ）が徹底的に潰滅されずに長期にわたって保存されてきた。オプシチナが土地の共同所有・共同耕作という前古代的社会のアジア的遺制を残してきたがゆえに、大地をあらゆる生命活動の源として強く実感し、受け入れ、それに絶対的に帰順する宗教的な心性、ある意味では偉大な共同感性がロシアの民衆のなかに育まれてきたのだ。

わたしたちは、ここに至って「十字路に行って、そこにひざまずき、あなたが汚した大地にキスするのよ」とラスコーリニコフに訴えるソーニャや「大地を接吻しなさい、涙で潤しなさい、許しを乞いなさい」とスタヴローギンに命じるシャートフなどに対して、それほど距離を置くことなく接近することができるようになる。ただし、それだけではまだ十分ではない。

オプシチナには、土地の共同体所有という独自のアジア的遺制のほかに、その内側で独自の共同体制度・組織（ミール）を育んできたことは広く知られている。『新版ロシアを知る事典』（平凡社）によれば、ミールは、村長（スタロスク）と家長からなる村会（スホード）、長老会、慣習法からなる農民の自然発生的な自治組織で、原始的な行政権と司法権をもっていた。しかし、こうした伝統的なミール共同体がツァーリ専制国家からまったく干渉を受けずに独立自全を保っていたというわけではない。ツァーリとその官僚機構はミール共同体を支配の道具として利用するために（とりわけ税金と賦役を課すために）、行政監理を次第に強めていく。それはいうまでもなく、オプシチナの平安を掻き乱し、ミールの伝統によって育まれてきた農民の生存様式を浸食していく過程を意味した。この過程で自らの意志で共同体から離れていく農民、そして共同体から追放されて大地や森をさまよい歩く人間も大勢いたのである。ピョートル一世の改革以降、ツァーリズムがミール共同体に対して行った抑圧と監理強化の結果、ロシアの農民がどんな状況に追い込まれていったかについて、ゲルツェンは『ロシアにおける革命思想の発達について』（一八五三年）のなかで次のように述べている。

ロシアの民衆は政治的な動きからはつねに遠ざかっていた。彼らは国民の他の層のなかに行われていた活動に参加するための基礎をもっていない。長い苦悩が独特の自尊心をうえつけていた。ロシアの民衆は、おのれの状態のわずかな改善に心を動かされる権利をもつには、あまりに多くの苦しみを経験してきた。彼らは、つぎはぎをした服で身を装うよりは、むしろぼろをまとった乞食のままにとどまっている方がよいと考えていた。しかし、民衆が他の諸階級の思想的な運動にまったく参加しなかったとしても、そのことは民衆の心のなかになんの動きも起きなかったということを意味するものではない。ロシアの民衆はまえよりもさらに息苦しさをおぼえるようになり、その眼差しはさらに悲しげになった。（金子幸彦訳）

ゲルツェンは、ロシアの民衆にとって、おのれの苦しみの唯一のはけ口は歌だった、と述べている。彼は同じ著作のなかで「ロシアの農民はたえず歌をうたっていた」と記している。

ロシアの農民はその民謡のなかにおのれの苦しみの唯一のはけ口を見いだしてきた。彼はたえずうたっている、働いているときにも、馬をひいてゆくときにも、自分の家の戸口で休んでいるときにも。（中略）それらのことばは、農民の悲しみと同じように果てしのない平原のなかに、くらい針葉樹の林のなかに、切れ目もなくつづく荒野の彼方に、どんな同情の反響にも出会うことなく消えてゆく、たえまなき愁訴の声である。この悲しみは、なにかの理想を求めて突き進む熱情のほとばしりではない。そこには少しもロマンティクなものはないし、ドイツ民謡におけるような病的な、僧侶的な幻想もない。これは運命によっておしひしがれた個性の嘆きである。（同）

ムソルグルスキーやチャイコフスキーのオペラ、管弦楽曲には、そうした農民の嘆きの歌がゲルツェンの述べる果てしのない平原や林のなか、荒野の彼方へ消えていく寂寥の景色が刻印されている。少し耳をすませるだけで、わずか二小節にすぎないフルートやオーボエの哀切ではかない音符の連なりに「たえまなき愁訴の声」や「おしひしがれた個性の嘆き」を聴き取ることができる。もし現実がそのようなものでしかないとすれば、ドストエフスキーがそうしたようにたぶん神に魂の救済を恃むしかないだろう。しかし、「ヨーロッパの自由人」たるゲルツェンは土地共有制度を残し、ツァーリの専制権力によっても潰滅を免れたミール共同体にロシア社会の未来の可能性をみていた。『過去と思索』という著作のなかで彼は次のように語っていた。

西ヨーロッパの力強い思想は、その長い歴史の到達点である。この思想のみがスラヴ人の家父長制的生活様式の中にまどろんでいる胚芽を実らせることができる。アルテリと農村共同体、利益の配分と耕地の分配、村落の集まりと自治体としての郷（ヴォーロスチ）への村の統合――すべてこれはわれわれの未来の、自由な共同体的生活様式の建物を作る際の礎石である。（金子幸彦・長縄光男訳）

このようにかんがえたのは、ゲルツェン一人ではなかった。彼が没してほぼ十年後、マルクスもまた、ロシアの農村共同体に「ロシア社会を再生させる要素」を見出している。マルクスは、ザスーリチの手紙への回答（第三草稿）で次のように語っていた。

ヨーロッパでただ一つ、ロシアの共同体はいまなお、広大な帝国の農村生活の支配的な形態である。土地の共同所有がそれに集団的領有の自然的基盤を提供しており、また、それの歴史的環境、すなわち、それが資本主義的生産と同時的に存在しているという事情が大規模に組織された協同労働の物質的諸条件をすっかりできあがった形でそれに提供している。（平田清明訳）

マルクスにあっては、「集団的領有」は土地の共同体所有のより高次な形態を意味していたから、共同体所有の形態を破壊するのではなく、逆にそれを発展させることによって、また同時に資本主義制の諸成果を取り入れることによって、「集団的領有」に基づく協同労働（言い換えれば、原始共産制の現代的再生！）が可能になるとかんがえられていた。(5)

このようにゲルツェンもマルクスもアジア的遺構たるロシアの農村共同体にロシア再生の物質的条件を見出していたのである。これに対し、ドストエフスキーは、彼らと違って「アジア的遺構」という歴史認識をもつことはなかった。しかし、その代わりにそこで生活してきたロシア民衆の心性（宗教心）と資質をほかの誰よりも偉大なものとして感じて、これを顕揚した。そして、偉大な心性をもつ民衆のなかに「ロシア社会を再生させる要素」をみていたのである。わたしたちはここでふたたびゾシマ長老のイデーに立ち返るべきだろう。

4

第二部第六篇「ロシアの修道僧」に収められたゾシマ長老の談話と説教は、アリョーシャが生前のゾシマの談話のなかから取捨選択して書きとめた原稿を作者が利用して記述したことになっている（本論Ⅷ参照）。作者は次のような注釈を加えて、そのことを強調した。もちろん、強調すべき理由があったのである。

ここでひとつ断っておくが、長老の人生最後の日に訪れた客たちとの談話は、記録としてその一部が保存されている。それは長老の死後しばらくして、アレクセイ・カラマーゾフが記念に書きとめたものである。もっともこれがそのときの談話そのままなのか、それともアレクセイが、自分が記録した談話に自分の師とのかつての談話の記録を書き加えたものか、そのあたりの事情は決めかねる。（中略）いまは、この談話のこまかい中身にいちいち立ち入らず、アレクセイ・カラマーゾフの原稿にしたがい、長老の話だけに限るということをあらかじめお断りしておきたい。

ゾシマの談話は、形式的にいえば、作者たるドストエフスキーが自ら造型した登場人物の一人であるゾシマに寄り添って剥き出しに語らせた言葉ではない。それは、もう一人の登場人物であるアリョーシャの主体的な意識を介して選択され、記録された文書のなかにあって、語り手の作者がそれに基づいて記述した言葉として読者の前に差し出されている。作者はそのように二重化された言表行為の水準を敢えて設定することによって、逆に剝き出しのイデオロギーを吐き散らしたのだとわたしたちは言いたい気もしないではない。ただし、実際の創作過程では、それとは逆の過程をたどったと推測するほうが自然だ。すなわち、作者は、ゾシマ長老の言葉におのれの霊的な存在とそれが差し出す最後のイデーを託そうと企図した。しかし、書いているうちに主要な概念を操作する論理はすぐに破綻し、短絡と飛躍に満ちてイデーの惑乱と呼ぶほかにないような、ごった煮の思想表現に終わってしまった。第六篇を書き終えた作者が「思ったことを十分の一も表現することができなかった」と告白していたことを思い起こそう。何が惑乱に導くのか、どんな概念をどのように操作すれば論理は破綻せずにすむのか、ドストエフスキーには手に余る仕事だった。しかし、ゾシマ長老の死後――具体的には第六篇に続く第七篇において――ゾシマのイデーを継承するアリョーシャが「不屈の闘士」として覚醒するにはそれで十分ではないか？　作家はそのように考えて自分を慰めたかもしれない。とはいっても、誰が読んでも思想表現の形式と論理は破れかぶれだから、アリョーシャが随意に書きとめた記録文書を作者が利用したというプロットを案出するほかはなかった。もちろん、これは遡及的推論にすぎないが、ここで創作過程の真実を糺す必要もないとおもえる。結局、表現されたものがすべてであって、ゾシマのイデーの惑乱がそのまま作者たるドストエフスキーの最後の転回を特徴づけるものだったことに変わりはない。

さきに紹介した『作家の日記』のイデオロギーを発動させる諸概念から「皇帝」を取り除いて濾過すると、それはそのままゾシマ長老のイデーとなる。いくつか引用しよう。

神を信じない者は、神の僕である民衆を信じない。逆に、神の僕である民衆を信じた者は、以前はまったく信じられなかったはずの、民衆が聖なるものとみなすものをしっかり目にすることができる。民衆とそこにやがて培われる精神力こそが、ひとえに、生みの大地から切り離されたわが国の無神論者たちを改宗させられるのだ。それに、実例をともなわないキリストの言葉などどれほどのものか？　**神の言葉をもたない民衆は滅び去るしかない。**なぜなら、民衆の魂は言葉を求め、ありとあらゆるすばらしいものを理解することに飢えているのだから。

ロシアは、すでに何度もそうであったように神が救う。**救済は民衆によってもたらされる。彼らの信仰と謙虚さによって。**神父さま、先生方、民衆の信仰を大事にしてください。これは夢ではない、わたしはこれまで、わたしたちの偉大な民衆のうちにひそむ真に卓越した資質に賛嘆の念を覚えてきた。この目で見たのだから証言もできるが、それを見るたびに悪臭に満ちた罪の数々や、ロシアの民衆の乞食のように貧しい外見にもかかわらず、賛嘆の思いを禁じえないできた。

わたしたちロシアの人間は、貧しくなればなるほど、身分が低くなればなるほど、彼らのなかでますます立派な真理が明らかになるのだ。なぜなら、金持ちの富農や搾取者たちというのは、その大半がすでに堕落しているからである。しかし、それもわたしたちが熱心さを欠いたり、怠慢だったりしたことで生じているのだから！　だが、神は自分の僕である人間を救うだろう。なぜなら、**ロシアはその謙虚さゆえに偉大だからだ。**

ゾシマが信仰する「神」は、キリスト教（正教）の「救世主」概念に包括されずにロシアの民衆がそこに倒れ込んで涙を流すあの大地、「アジア的なるもの」の遺構を強く残し、それが歴史的に累層化されたロシアの大地と等価である。もしゾシマの神をロシア正教の文脈だけで読めば、アジア的な大地はたちまち蒸発し、目には見えにくいものとなる。だから、ここでいったん「アジア的なるもの」を捨象してゾシマの言葉を追いかければ、多くの読者が困惑とともに受け取るのは、イデーの熱狂的な惑乱でしかないだろう。それは、つまるところ、『作家の日記』でツァーリと民衆との関係を神聖家族のようにみなしてツァーリ専制体制を受け入れ、社会的な解放ではなく、貧苦に喘ぐ民衆の魂の救済をキリスト教（正教）への信仰に委ねるドストエフスキーの熱狂であり、惑乱である。それは、同時にドストエフスキーの霊的な存在がロシア固有の障害に激突して転回を遂げる際の最後の光芒であり、一閃だった。ゾシマが貧苦に耐えているロシアの民衆のなかに探り当てた「謙虚さ」は、民衆各人がそれぞれ自由な個人として獲得した人間的な特性ではない。それは農村共同体の生存様式に結びついた共同的な規制力というべきものであり、もし、そこに偉大な面があるとするなら、土地の共同体所有を基礎とした、共同耕作と相互扶助の社会的関係によって育まれる人間的特性の偉大さというべきものだ。

アリョーシャは最初、ゾシマの愛弟子としてこのロシアの大地が育んだ偉大な感性を継承した人間として造型されていた。ゾシマが亡くなり、その遺骸から腐臭が発することにアリョーシャが動揺し、混乱を来したときでさえ、語り手である作者は次のように語っていた（第三部第七篇第一章）。

> もろもろの点で、なにはさておき、第一に彼の念頭にあったのはひとつの顔、ひとつの顔だけであった。心から愛してやまない長老の顔、崇拝と呼べるほどに自分が敬ってきた、心義しい人の顔であった。まさしくここが要だった。つまり若く純真な心に秘められた「生きとし生けるもの」に対する愛のすべては、当時、いや、それに先立つ一年をとおして、時として全面的に、ことによると過剰ともいえるほどただひとりの人物に集中されていた。少なくともその心がもっとも激しい衝動に駆られるのは、いま、静かに眠る最愛の長老に対するものだったように思える。

しかし、アリョーシャがそのままゾシマのアジア的な大地に踏みとどまるのであれば、彼は祈りと精進を説くゾシマ長老の言説をなぞる存在として生を全うするほかはなかっただろう。絶え間のない祈りも徹底した精進も信仰が促す積極的な行為というべきなのだが、結局のところ、それは苛酷な階級社会である現世の秩序のもとで選び取られる行為である。アリョーシャも祈りと精進を選ぶならば、ゾシマの大地に踏み入ってこの現世の秩序への是認に導かれる宗教家として生きるほかはないだろう。したがって、作者の構想する「第二の小説」でアリョーシャを「不屈の闘士」として立ち上げるためには、ゾシマの大地から少し浮き上がらせるか、あるいはその外へと踏み外させる必要があった。この叙述のあと、語り手たる作者は次のように述べて、いささか操作的ともいえる注釈を挿入している。

「わたしはこの際、アリョーシャにとってこの運命的な、混乱した瞬間に、たとえ束の間とはいえ、その脳裏にわき起こったある奇妙な現象についても、ひとこと言わずにすませるわけにはいかない。彼の脳裏にかすめた新しい何かとは、昨日、イワンとの会話で受けた、ある重苦しい印象のことである。それがいまになって、しきりと思い出されるのだった」。この注釈のなかで作者が「ある重苦しい印象」と述べているものこそ、イワンの叙事詩「大審問官」のなかに作者が定着させたあの自由な意志の選択に賭けるイエスの実存がアリョーシャにもたらしたものにほかならない。作者は続けてこの「重苦しい印象」がアリョーシャの魂のなかで「今また不意にうごめきだし、それがますます力を帯びて、魂の表面へ浮かび出ようとするのだった」と書いている。イワンが叙事詩を語り終えるやいなや、イエスの実存は蜃気楼のように消えてしまったように思われがちだが、作者のドストエフスキーはここで再びイエスの実存を召喚し、アリョーシャを「不屈の闘士」として立ち上げるために、もっと直截にいえば、ロシア社会と全面対決する革命家として立ち上げるために、唐突にそれを彼に授けるのである。アリョーシャはこうして『罪と罰』のエピローグのあの悪夢の最後に記述された**「大地を一新して浄化する使命を帯びた、数人の清い、選ばれた人たち」**に連なる人間に重ねられるのだ。アリョーシャが覚醒するのは、この叙述のあとである。

ゾシマが死んでアリョーシャが「不屈の闘士」として覚醒する第七篇の叙述は、作品全体のなかでも作者の作為が目立ち、それゆえぎくしゃくした印象をもたらしているが、しかし、それは「第二の小説」を射程に入れた作者の構想力がゾシマ長老に象徴される大地の思想に重心をかけながら、同時にロシア革命の不可避な道筋にアリョーシャを投げ入れるためには不可欠な操作だったというべきである。ドストエフスキーの霊的な存在は、あの「無神論者、故郷喪失者、ニヒリスト」たちの神抜きの人間救済（革命）を否定し、あくまでもイエスの側に立つ革命、ゾシマ的なロシアが育んだ偉大な心性——謙虚と同胞愛——を少しも損なうことなく、それが社会の隅々まで行き渡って人間の本性となる社会革命に拘泥していたからである。

5

個々の人間が多数集って社会構成体を形成し、そのなかでしか生存の条件を選べないのであれば、人間はどこまでも社会的な存在であり、またそうでしかありえない存在である。一言でいえば、人間は社会的諸関係から外れて生きることはできない。そういう制約を免れない人間であってみれば、誰にとってもそれが人間的な解放を意味するような生存の条件を容易に手に入れることができる社会がおそらく最も望ましい社会、期待の地平を確保した社会なのである。マルクスであれば「各人の自由な発展が万人の自由な発展の条件となるような社会」と述べるだろう。しかし、むろん、それは完全な社会などではない。そもそも「完全な社会」という概念は、あの「完全に美しい人間」という概念と同じく、所詮、表象不可能な概念である。レヴィ＝ストロースは『悲しき南回帰線』という著作のなかで「いかなる社会も完全なものではない」と語った。未開の社会であれ、先進的な文明社会であれ、その内部には不合理や残忍さを抱えたさまざまな社会構成体の不完全な水準が確定されるほかはないのである。しかし、そのレヴィ＝ストロースが続けて「どの社会も徹底してよいものではないことがわかる。しかし、また徹底して悪い社会もない」（室淳介訳）と述べるとき、彼はどんな社会構成体にも帰属せず、かつ拘束もされていない意識としてそれを観察できると確信する超越的な視点に立っているのだ。ドストエフスキーをはじめとする一九世紀のロシアの知識人たちは、たぶん声を荒げてレヴィ＝ストロースに反駁するだろう。四十一歳のドストエフスキーが当時の資本主義の金融センターであったロンドンや第二帝政下のパリを訪れたことは最初の章で触れた。彼は「リベルテ、エガリテ、フラテルニテ」のイデーを宣揚した近代社会の最先端の都市の現実態に驚愕し、まだ若くて荒々しかった勃興期の資本主義が産出しつつある社会的な不正と貧困、不平等と残忍さに反資本主義的なパトスを迸らせた。自由、平等、友愛のイデーを謳い上げながら、どうして社会はそれに背馳し、一切の希望から放逐されたような不純な構成物として自らを吐き出すのか？　ドストエフスキーに宿る霊的な存在（革命的精神）はそう問うた。そこから迸り出た言葉は、わたしたちを心底啞然とさせるものだった。ドストエフスキーは主張する。近代社会が宣揚するイデーのもとに人々が集って生きる社会から貧困や不正が一掃され、残忍さに代わってお互いが同胞として愛し合わなければならない。

そのためには人間の本性が幾世紀の歳月をかけても「同胞愛、共同体、調和という方向へ本能的に心を引かれること」が絶対に必要なのだ、と。これが絶対に譲ることのできないドストエフスキーの信念だった。このような霊的な存在に憑りつかれた人間が「徹底して悪い社会もないのだ」と語って、距離を置いた分析的な態度をとることはありえない。

ドストエフスキーが生きたロシア社会は、相互承認の手続きを欠いた苛酷な階級社会だった。誰もがツァーリズムの桎梏と暗愚に徹底的に打ちのめされた状況から専制主義を打倒するイデオロギーの岸辺に漂着したにもかかわらず、未来社会を準備する社会的諸条件は未熟なままだった。当時、地主貴族に代わるブルジョアジーの社会基盤はまだ脆弱で、したがって資本の本源的蓄積も不十分だった。国民の大半を占めていた農民層は近代的なブルジョア社会（市民社会）以前の、あの「局地化された小宇宙性」（マルクス）と呼ばれた農村共同体のなかでまどろんでいた。ところが、ドストエフスキーの苛烈で熱しやすい霊的な存在は、実際は光明の一筋さえみえない社会の現状を一気に突き抜け、ツァーリ専制主義を打倒したあとのブルジョア民主社会の建設やマルクスが構想した「集団的領有」に基づく社会構成体の可能性をも突き抜け、**「同胞愛」が人々の本能と化した人類社会のヴィジョン**へ自らをいっきょに飛び立たせた。それは「最後の審判」のあとに訪れるあの正統的なキリスト教団が伝統的に流布してきた「神の国」のイメージとは違って、人々がもはや争わず、憎み合わず、個々の人間がお互いに助け合って生きる新しい生存様式、彼が《黄金時代》と呼んだあのクロード・ロランの『アキスとガラティア』に実現された楽園のヴィジョンにそのまま重ねられている。自分の背丈と同じ高さしか地表から離れられない不自由で制約多き霊的な存在の目には、それは現実離れした空想の楽土、見果てぬ夢想、不可能性のヴィジョンに映るだろう。ところが、ドストエフスキーはそうではなかった。現実が苛酷であればあるほど、このヴィジョンはありとあらゆる想像力を沸き立たせ、霊的な存在をさらに奮い立たせたのである。それは、否定性の塊となってどんな超越にもおのれを投じずに、その都度救済の希望を断たれて無慙な敗北感に屈しがちな現実べったりの生存感覚を蹴散らし、いついかなる時も不可能なものに開かれた存在として、不可能なもののほんのわずかな可能性に賭け、それに絶対的に加担しようとしたのである。そのかぎりで彼はいつまでも若い作家としてわたしたちの前に立っているのだ。

ドストエフスキーの読者もそれゆえ若い人間たる資格を求められている。若い人間であるかぎり、わたしたち読者の一人ひとりは他者に対して憐憫や愛情ばかりか、反感や憎悪や殺意の焔を燃やして右往左往するさまざまな登場人物たちの行動に衝撃を受けるのである。どの人物のなかにもある精神の形態が張り付いており、どの人物のなかにも個別的に課せられた制約と条件に踏みとどまりながら、ほとんど無自覚に「よりよき未来」「よりよい社会」を招来するための個々の無際限の闘いに身を投じている。ラスコーリニコフ、ムイシュキン、スタヴローギン、ヴェルシーロフ、カラマーゾフ三兄弟といった主人公格ばかりでなく、彼らと交流し、触れ合い、あるいはすれ違うさまざまな他の人物にしても全員がそうなのである。たとえば、『罪と罰』のカテリーナ・イヴァーノヴナやルージンを思い出そう。泣きわめきながら往来へ駆け出し、フライパンを叩いて幼い子供たちをひっぱたいて躍らせるカテリーナの狂乱の姿は、現実的に無力なものの絶頂であり、吐血して死の床についた彼女が「わたしに罪なんてない」と真正な認識に達し、その一方で、たとえ神さまが彼女を許してくれなくとも「それはそれでいいのだ」としゃがれ声で最後に絞り出す彼女の存在は、制約と厄災に満ちた人間の生存条件の限界内でそれから遠く隔たった彼岸的なものをわたしたちに垣間見させることにおいて、圧倒的な光彩を放っている。彼女もまた霊的な存在に促されている存在なのだ。また、百ルーブル紙幣紛失を偽装し、ソーニャに濡れ衣を着せて自分に都合のよい状況の到来を目論む七等文官の卑劣なルージンにしても、その下劣な品性と陋劣で唾棄すべき行動において、それとは真っ向から対立する人間精神の高貴な輝きをわたしたち読者のもとに授けるのである。

肺病のために命数の限られた『白痴』の十八歳の若者、イポリートにしてもそうだ。一匹の蠅すら参画している生命の宴からはじき出されている、というあの余計者の自己意識において、イポリートは誰もがやがては一人で死ななければならない人間の宿命と強く手を取り合っている。なぜなら、彼もまた、他の人間と取り替えられない唯一の、自分に与えられた一度かぎりの限定的な生存の与件と特別な資質、性格に寄り添って一度きりの人生に懸命に抗い、闘っていることに疑いを差し挟むことはできないからだ。自らの鉤鼻が自慢だった女たらしのフョードル・カラマーゾフにしても神から最も遠ざけられた人間の卑賤な条件に縛られているがゆえにわたしたちと手を取り合っている。この老いた好色家はロシア社会の泥濘にどっぷり浸りながらそれでも次のように語るのだ。「おれを地獄へ連れて行かないなんて、とんでもない話じゃないか、だとしたら、いったいどこに真理がある?」。高慢で淫らな性情が勝っている彼もまた密かに精神の否定作用に突き動かされた存在なのだ。

これら諸人物を包摂するドストエフスキーの表現世界には確かにバフチンが取り出してみせたカーニバル的な世界感覚が息づいている。そこでは人々はあけすけにそれぞれの生を裏返して交歓し、高貴と下賤、あの失われた聖性(幼児性)と常軌を逸した残忍性や卑俗さとの間にあった無限の距離を瞬時にとりはらって、涙と哄笑を投げ合っている。だが、本来、カーニバル的なものの諸形式に本源的な活力を授けているものが何かといえば、人々が例外なくそこに投げ込まれている階級社会そのものであり、ある階級社会の時代制約的な諸条件がカーニバルのさまざまなバリエーションを産出するのだ。ドストエフスキーに即していえば、そのカーニバル的な世界感覚は、作家が帝政ロシアの苛酷な条件に無感覚であることができず、それを乗り越えるべく血みどろの闘いを挑みつづけたために異様にエキセントリックでちぐはぐな様相を帯びることになったのである。

現在のわたしたちは、その世界から遠く隔たった場所に立っている。涙と哄笑のなかで禍々しく沸騰するカーニバル的な世界感覚はすでに腐食してしまった。それに代わって、個々の人間は、それぞれが自分のことに専心し、互いに触発することなく自分とは異なった存在を排斥するような個別的なあり方をした一点でますます自らの自由を日々行使している。確かにその点で瞠目すべき自由な社会にわたしたちは生きている。しかし、自らを否定的なものとして差し出し、霊的な存在に向けて無数の光を放射し、これまで「現存在」形式と呼んできた既定のあり方を不断に更新していく力をわたしたちは知らずして失ってしまった。ドストエフスキーの小説作品が気づかせるのはそのことである。どんな作品であれ、彼はいまある世界だけがありうる唯一の世界ではないのだ、と主張している。

実際、ドストエフスキーが描いた人間は、いずれも災禍や愚行、犯罪などに身を投じておぞましい闇夜をさまよっている。彼らは思わず目をそむけたくなるほど下劣でもあり、心やさしい一面をもちながらも子猫ほどの忍耐力にも欠けているため、肥大した我欲に翻弄されている。他者を欺いたり、これ見よがしに傷口を開いて傲慢な自意識を誇示したり、最後の自由を行使するかのように自らを引き裂く。他力門の言葉に言い直せば、彼らはわたしたちと等しく「無宿善の機」であり、「罪悪深重、煩悩熾盛の衆生」なのだ。しかし、だからこそ、そうした振る舞いを通じて、人間の実存の限界にわたしたちを連れ戻し、現に定められた生存の制約を越え出るように、と力強く呼びかけている。その意味でドストエフスキーの作品に登場するすべての人物が不可能なものに賭ける個別的なメシア（救世主）としての刻印を宿しており、それゆえにどんなに卑俗で下劣な感情に突き動かされているようにみえても崇高な感情を読者に引き起こさないではおかないのである。真理と正義を手にしていると過信している人々も、不正と悪意に全身を投げ出している人々も、みな等しくこの世界に異議を申し立てる言葉なき告発者であり、よりよき世界を希求する非力で臆病なメシアでもあるのだ。もちろん、ドストエフスキーが創り出した数々の人間の実存なしでも、そして彼らを一顧だにしなくともわたしたちは支障なく日常的な不断の生を送っていけると述べる権利がある。しかし、その権利を行使する人間は、ある日から若い人間であることをやめてしまっていて、おそらくそのことに気づきもしないまま、すでに取り返しがつかないほど老いてしまった人間なのである。

註

X　霊的な存在、その最後の転回

（1）「ロシア的魂」について、たとえば作家のミラン・クンデラは『不滅』（一九九〇年）という小説のなかで次のようなアネクドート（小噺）を紹介している。「私がまだプラハで暮らしていたころ、ロシア的魂についてこういう笑い話が語られていた。唖然とするような早さで、あるチェコの男があるロシアの女を誘惑する。性交を済ませると、彼女は無限の軽蔑をこめて彼に言う。《あたしの身体は、あなたのものになったわね。あたしの魂は、決してあなたのものにはならないわよ！》」（菅野昭正訳）。このロシア女性が言ったこと、つまり、身体は別にして彼女が経験した激情の嵐をあやまたずに知らなければ、彼女の魂は決して男のものにはならないという言明は、明らかにグルーシェンカの宣言と同質である。つまり、ロシア的魂は個々の身体にくるまれているわけではないという点で。

（2）引用文は、『ドストエフスキー未公刊ノート』（小沼文彦訳）という邦題をもつ本のなかにある（筑摩書房、一九九七年刊）。同書によると、原書は一九七一年、モスクワで発行された。引用文は一八七六－七七年の雑記帳（メモ・ノート）に記載されている。

（3）ロシアの農村共同体（オプシチナ、あるいはミール）は、『新版ロシアを知る事典』（平凡社、二〇〇四年刊）では次のように説明されている。「ミールの土地のうち、屋敷地は個々の農民・共同体員の私的所有に近く、耕地や牧場、森林は共同体的所有であり、また、耕地は個別的に利用され、定期的に割替えの対象になっていたのに対して、牧場と森林は共同で利用されていた。農奴解放以降の資本主義の急速な発展のなかで、ミールはロシアの西部では解体し始めていたが、中央部では完全に機能し、東部では萌芽状態にあった」。

（4）ドストエフスキーとザスーリチとの間には直接的な交流はなかったが、ザスーリチが一八七八年一月にペテルブルグ市長を狙撃し、重傷を負わせたテロ事件の政治裁判にドストエフスキーは極めて強い関心を示し、実際に裁判を傍聴している。「人間に対して手を振り上げることはつらいことです。でも私はそうしなければならなかったのです」という女性革命家の言葉はドストエフスキーに強烈な印象を与えた。ザスーリチの事件ならびに裁判については、グロスマンの『ドストエフスキイ』などが詳述している。

（5）マルクスが語った「集団的領有」、言い換えれば私有制の廃止に基づく生産手段の社会的所有は、旧ソ連体制下ではたんに「国家所有」形態へと即自的に矮小化された。そのようになったのは、エンゲルスが『反デューリング論』（一八七八年）に書いた次のような言説がレーニンと彼を領袖とするボルシェヴィキの社会構想を大きく規制したからだ。「プロレタリアートは国家権力を掌握し、生産手段をまずはじめには国家的所有に移す。（中略）国家がほんとうに全社会の代表者として登場する場合の最初の行為——社会の名において生産手段を掌握すること——は、同時に国家が国家としておこなう最後の自主的な行為である。社会関係への国家権力の干渉は、一つの領域から他の領域へと次々に余計なものになり、やがてひとりでに眠りこんでしまう。人に対する支配に代わって物の管理と生産過程の指揮とが現れる。国家は『廃止』されるのではなく、それは徐々に死んでゆくのである」（『反デューリング論』第三篇第二章、粟田賢三訳）。この形態で破壊されたのは、協同労働に基づく個々人の発意と意欲、個々人のあいだの合意であり、それに代わって絶大な力を得たのは党・官僚でしかなかった。つまり、「誰からも統制されず、自分の身のほどを忘れている官僚制」（トロツキー）の肥大化。トロツキーはスターリンに追放されたあと、ソビエト体制を次のように批判した。「官僚層はますます乱暴に、どのようなものであれ、彼らの批判、抗議、要求を窒息させた。結局、彼らが労働者に対して残しておいた唯一の権利は指示された生産任務を超過達成する権利である。経済上の指導方針に下部から抵抗する一切の試みは、必ず右翼的、あるいは左翼的偏向として、すなわち実践的には公共の正義への犯罪として分類された。官僚制の頂上部は、とどのつまりは社会主義的計画化の領域においては不可謬であると自ら宣言した」（「第二次5カ年計画の開始に際して危機に陥ったソビエト経済」一九三二年、桑原洋訳）。当然のことながらソ連国内にとどまって『収容所群島』を書いたソルジェニーツィンは、このトロツキーの優れたソビエト体制批判の文章を読むことができなかった。マルクスは確かに「共同所有（集団的領有）」の主題を再活性化させたが、市場がもたらす競争のダイナミズムを封印し、私的所有に根づく個々人の活力ある活動を眠り込ませるものであれば、エンゲルス的国家所有に基づく社会的再編が最良の理想社会に近づく一歩であると結論づけることはできない。この問題は本書の主題から大きく逸れてしまうので、わたしたちはこれ以上深入りしないでおく。

書誌一覧

（ここには本文ならびに注のなかで引用ないし言及した文献に限って列挙した。したがって、筆者が参照した文献のすべてを網羅したものではない）

（a）ドストエフスキーの著作

ドストエフスキーの著作からの引用は、以下の翻訳を利用した。ただし、引用文には表記や句読点の一部を改めているものがある。『罪と罰』は江川卓訳（岩波文庫）、『白痴』は木村浩訳（新潮文庫）、『悪霊』と『カラマーゾフの兄弟』は亀山郁夫訳（光文社古典新訳文庫）、『未成年』ならびに『死の家の記録』は工藤精一郎訳（新潮文庫）をそれぞれ用いた。また、『虐げられた人々』は小笠原豊樹訳（同）、『地下室の手記』は安岡治子訳（光文社古典新訳文庫）、『冬に記す夏の印象』は小泉猛訳（新潮社「決定版ドストエフスキー全集」第六巻）をそれぞれ用いた。『作家の日記』ならびに書簡、論文・記録などは主に米川正夫訳（河出書房新社版「ドストエフスキー全集」第十四～二十巻）に拠った。ただし、『未成年』創作ノートは新潮社版全集第二十七巻（工藤精一郎・安藤厚訳、一九八〇年刊）を利用した。なお、最終章で使用したドストエフスキーの文章は、『ドストエフスキー未公刊ノート』（小沼文彦訳、筑摩書房、一九九七年刊）からのものである。

（b）ドストエフスキー関連の伝記・作家論・作品論について

日本語に翻訳された旧ソ連時代の研究書で外すことができないのは、ヴィクトル・シクロフスキー、レオニード・グロスマン、そしてミハイル・バフチンの各著作である。ロシア人以外のものでは、エドワード・ハレット・カーとジョン・ミドルトン・マリの著作がその作品読解を含めてヨーロッパ人特有のバイアスがかかったドストエフスキー論の古典的著作として外すわけにはいかないだろう。一方、日本人の手で書かれたドストエフスキー関連文献は大学紀要論文も含めると膨大な点数にのぼるはずだが、筆者はおそらくその百分の一も目を通していないに違いない。ここに掲げたのは、本論ならびに注釈で言及・引用した文献に限られている。その多くは労を厭わなければ公共図書館などで比較的容易に手にすることができるのではないかとおもう。筆者がそれ以外に目を通した文献も少なくないが、総じて本書の問題意識と嚙み合わないばかりか、作品読解のレベルでもほとんど問題とするに足らなかった。

なお、伝記と事実関係に関しては、アンナ・ドストエフスカヤをはじめとする以下の著作を参照した

アンナ・ドストエフスカヤ『回想のドストエフスキー（上・下）』（松下裕訳、筑摩叢書、一九七三年刊）
レオニード・グロスマン「ドストエフスキー年譜（伝記、日付と資料）」（松浦健三訳編、新潮社「決定版ドストエフスキー全集」別巻、一九八〇年刊）
コンスタンチン・モチューリスキー『評伝ドストエフスキー』（松下裕・松下恭子訳、筑摩書房、二〇〇〇年刊）
アンリ・トロワイヤ『ドストエフスキー伝』（村上香住子訳、中央公論社、一九八二年刊）

（c）本論で引用ないし言及した著作（ドストエフスキーの作品は除く。なお、二度以上にわたって引用ないし言及した著作も重複をおそれずに章別リストに掲げた）

【Ⅰ】「転向作家」の革命的精神、あるいは霊的な存在

コンスタンチン・モチューリスキー『評伝ドストエフスキー』（松下裕・松下恭子訳、筑摩書房、二〇〇〇年刊）
ヴィクトル・シクロフスキー『ドストエフスキー論　肯定と否定』（水野忠夫訳、勁草書房、一九六六年刊）
レフ・シェストフ『悲劇の哲学　ドストイェフスキーとニーチェ』（近田友一訳、現代思潮社、一九六八年刊）
漆原隆子『ドストエフスキー　長篇作家としての方法と様式』（思潮社、一九七二年刊）
ヘーゲル『精神現象学』（長谷川宏訳、作品社、一九九八年刊）
ヘーゲル『キリスト教の精神とその運命』（木村毅訳、現代思潮社、一九六九年刊）
「ヨハネによる福音書」（文春新書『新共同訳　新約聖書Ⅰ』、文藝春秋社、二〇一〇年刊）
レオニード・グロスマン『ドストエフスキイ』（北垣信行訳、筑摩書房、一九六六年刊）
ジャック・デリダ「ソ連のモスクワから帰る」（土田知則訳、夏目書房『ジャック・デリダのモスクワ』所収、一九九六年刊）
マルクス『フランスにおける内乱』（村田陽一訳、大月書店・国民文庫、一九七〇年）
滝村隆一『唯物史観と国家理論』（三一書房、一九八〇年刊）

ニコライ・ベルジャーエフ「ドストエフスキーの世界観」（宮崎信彦訳、筑摩書房「ドストエフスキー全集」別巻所収、一九六九年刊）
アンドレ・ジイド「ヴィユー・コロンビエ座に於ける講演」（寺田透訳、筑摩書房「ドストエフスキー全集」別巻所収、一九六九年刊）
森有正「『罪と罰』について」（筑摩叢書82『ドストエフスキー覚書』所収、筑摩書房、一九六七年刊）
ルネ・ジラール『ドストエフスキー　二重性から単一性へ』（鈴木晶訳、法政大学出版局、一九八三年刊）
埴谷雄高「存在と非在とのっぺらぼう」（「埴谷雄高作品集4」、河出書房新社、一九七一年刊）
シュテファン・ツヴァイク「ドストエフスキー」（柴田翔訳、みすず書房版ツヴァイク全集8『三人の巨匠』所収、一九七四年刊）
ミハイル・バフチン『ドストエフスキー論　創作方法の諸問題』（新谷敬三郎訳、冬樹社、一九七四年刊）
ユーリー・クドリャフツェフ『革命か神か―ドストエフスキーの世界観―』（佐藤清郎訳、新潮社、一九七一年刊）
ソルジェニーツィン『収容所群島』（木村浩訳、新潮文庫、一九七五〜七八年刊）

【Ⅱ】『罪と罰』エピローグの問題

小林秀雄「『罪と罰』についてⅡ」（『ドストエフスキイ全論考』所収、講談社、一九八一年刊）
ヴィクトル・シクロフスキー『ドストエフスキー論　肯定と否定』（水野忠夫訳、勁草書房、一九六六年刊）
エンゲルス「原始キリスト教史によせて」（川口浩訳、大月書店「マルクス＝エンゲルス全集」第二十二

巻所収）
ジョン・スチュアート・ミル『自由論』（塩尻公明・木村健康訳、岩波文庫、一九七一年刊）
モーリス・メルロ＝ポンティ『ヒューマニズムとテロル』（森本和夫訳、現代思潮社、一九六五年刊）
ソルジェニーツィン『収容所群島』（木村浩訳、新潮文庫、一九七五〜七八年刊）
ゴーゴリ『死せる魂』（東海晃久訳、河出書房新社、二〇一六年刊）
ヘーゲル『精神現象学』（長谷川宏訳、作品社、一九九八年刊）
「ヨハネの黙示録」（文春新書『新共同訳　新約聖書Ⅱ』、文藝春秋社、二〇一〇年刊）
アンドレ・ジイド「ヴィユー・コロンビエ座に於ける講演」（寺田透訳、筑摩書房「ドストエフスキー全集」別巻所収、一九六九年刊）
エドワード・ハレット・カー『ドストエフスキー』（松村達雄訳、筑摩書房、一九六八年刊）
ゼンタ・マウリーナ『ドストエフスキー』（岡元藤則訳、紀伊國屋書店、一九六四年刊）
江川卓『謎とき『罪と罰』』（新潮社、一九八六年刊）
寺田透『ドストエフスキーを読む』（筑摩書房、一九七八年刊）
小川国夫『イエスの風景』（講談社、一九八二年）

【Ⅲ】ラスコーリニコフ、あるいは挫折したイデオローグ

清水孝純『道化の風景　ドストエフスキーを読む』（九州大学出版会、一九九四年刊）
清水正『ドストエフスキー『罪と罰』の世界』（創林社、一九八六年刊）
レオニード・グロスマン『ドストエフスキイ』（北垣信行訳、筑摩書房、一九六六年刊）

ニーチェ『善悪の彼岸』（木場深定訳、岩波文庫、一九七〇年刊）
ヘーゲル『キリスト教の精神とその運命』（木村毅訳、現代思潮社、一九六九年刊）
親鸞『歎異抄』（講談社学術文庫、二〇〇〇年刊）
吉本隆明『最後の親鸞』（ちくま学芸文庫、二〇〇二年刊）
桶谷秀昭「親鸞とドストエフスキイ」（平凡社ライブラリー『親鸞　不知火よりのことづて』所収、一九九五年刊）
内村剛介『ドストエフスキー』（講談社「人類の知的遺産」第五十一巻、一九七八年刊）
ヘーゲル『歴史哲学講義』（長谷川宏訳、岩波文庫、一九九四年刊）
カール・レーヴィット『ヘーゲルからニーチェへ』（柴田治三郎訳、岩波現代叢書、一九五二年刊）
ポール・リクール『時間と物語Ⅲ』（久米博訳、新曜社、一九九〇年刊）
ジャック・デリダ「限定経済学から一般経済学へ」（三好郁朗訳、『エクリチュールと差異・下』、法政大学出版局、一九八三年刊）
ハイデガー『ニーチェ』（細谷貞雄監訳、平凡社ライブラリー、一九九七年刊）
ニコライ・ヴァレンティノフ『知られざるレーニン』（門倉正美訳、風媒社、一九七二年刊）
ソルジェニーツィン『収容所群島』（木村浩訳、新潮文庫、一九七五～七八年刊）
アーサー・ケストラー『真昼の暗黒』（中島賢二訳、岩波文庫、二〇〇九年刊）
エレーヌ・ペイゲルス『禁じられた福音書　ナグ・ハマディ文書の解明』（松田和也訳、青土社、二〇〇五年刊）
江川卓『謎とき『罪と罰』』（新潮社、一九八六年刊）

レフ・シェストフ『悲劇の哲学　ドストイェフスキーとニーチェ』（近田友一訳、現代思潮社、一九六八年刊）
加藤典洋『戦後的思考』（講談社、一九九九年刊）
チェルヌイシェフスキー『何をなすべきか』（金子幸彦訳、岩波文庫、一九七八年刊）
後藤明生『壁の中』（中央公論社、一九八六年刊）
ジョン・ミドルトン・マリ『ドストエフスキー　批判的研究』（山室静訳、泰流社、一九七七年刊）
ヴィクトル・シクロフスキー『ドストエフスキー論　肯定と否定』（水野忠夫訳、勁草書房、一九六六年刊）
アナトリー・ルナチャルスキー「芸術家および思想家としてのドストエフスキー」（小沼文彦訳、筑摩世界文学大系38『ドストエフスキーI』所収、一九七一年刊）

【Ⅳ】幼児性、その勝利と敗北

原久一郎「『貧しき人々』訳者あとがき」（岩波文庫、一九六〇年刊）
アリストテレス「詩学」（藤沢令夫訳、中央公論社『世界の名著8』、一九七二年刊）
ウィリアム・フォークナー『アブサロム、アブサロム！』（藤平育子訳、岩波文庫、二〇一二年刊）
ジェイムズ・ジョイス『ユリシーズ　1〜12』（柳瀬尚紀訳、河出書房新社、二〇一六年刊）
カール・G・ユング「ユリシーズ—一つの独白—」（江野専次郎訳、日本教文社『ユング著作集3』所収、二〇一五年刊）
ヴィクトル・シクロフスキー『ドストエフスキー論　肯定と否定』（水野忠夫訳、勁草書房、一九六六

年刊）
トーマス・マン『ヴェニスに死す』（実吉捷郎訳、岩波文庫、一九八〇年刊）
ルカーチ・ジェルジュ『トーマス・マン論』（片岡啓治訳、現代思潮社、一九六三年刊）
ヘルマン・ヘッセ「ドストエフスキーの『白痴』随想」（新潮社版「ヘッセ全集」第六巻所収、高橋健二訳、一九八二年刊）
「ヨハネによる福音書」（文春新書『新共同訳　新約聖書I』、文藝春秋社、二〇一〇年刊）
田川建三『イエスという男』（三一書房、一九八〇年刊）
コンスタンチン・モチューリスキー『評伝ドストエフスキー』（松下裕・松下恭子訳、筑摩書房、二〇〇〇年刊）
ヴァルター・ベンヤミン「ドストエフスキーの『白痴』」（ちくま学芸文庫『ベンヤミン・コレクション2』所収、浅井健二郎編訳、一九九六年刊）
ヴァルター・ベンヤミン「一方通行路」（ちくま学芸文庫『ベンヤミン・コレクション3』所収、浅井健二郎編訳、一九九七年刊）
「マタイによる福音書」（文春新書『新共同訳　新約聖書I』、文藝春秋社、二〇一〇年刊）
桶谷秀昭『ドストエフスキイ』（河出書房新社、一九七八年刊）
エドワード・ハレット・カー『ドストエフスキー』（松村達雄訳、筑摩書房、一九六八年刊）
ウォルインスキー『美の悲劇―ドストエフスキイ『白痴』研究―』（大島かおり訳、みすず書房、一九七四年刊）
ペレヴェルゼフ『ドストエフスキーの創造』（長瀬隆訳、みすず書房、一九八九年刊）

ジョン・ミドルトン・マリ『ドストエフスキー　批判的研究』（山室静訳、泰流社、一九七七年刊）
小林秀雄「『白痴』についてⅠ」（『ドストエフスキイ全論考』所収、講談社、一九八一年刊）
秋山駿『内部の人間』（晶文社、一九七二年刊）
アンナ・ドストエフスカヤ『回想のドストエフスキー（上・下）』（松下裕訳、筑摩叢書、一九七三年刊）
アンリ・トロワイヤ『ドストエフスキー伝』（村上香住子訳、中央公論社、一九八二年刊）

【Ⅴ】障害としてのイデオロギー批判

アンドレ・ジイド「ヴィユー・コロンビエ座に於ける講演」（寺田透訳、筑摩書房「ドストエフスキー全集」別巻所収、一九六九年刊）
横光利一「悪霊について」（「定本横光利一全集」第十三巻、河出書房新社、一九八二年刊）
エドワード・ハレット・カー『ドストエフスキー』（松村達雄訳、筑摩書房、一九六八年刊）
小林秀雄「『悪霊』について」（『ドストエフスキイ全論考』所収、講談社、一九八一年刊）
大江健三郎・埴谷雄高対談「革命と死と文学」（「埴谷雄高全集」第十四巻所収、講談社、二〇〇〇年刊）
横尾和博『村上春樹とドストエーフスキイ』（近代文藝社、一九九一年刊）
三上治『１９７０年代論』（批評社、二〇〇四年刊）
三上治「生死を超えるという幻覚の果てに」（『宗教を読む』所収、情況出版、二〇〇〇年刊）
シェイクスピア『マクベス』（福田恆存訳、新潮文庫、一九六九年刊）
小阪修平『思想としての全共闘世代』（ちくま新書、二〇〇六年刊）
大江健三郎『燃えあがる緑の木』（新潮社、一九九三～九五年刊）

ルネ・カナック『ネチャーエフ』（佐々木孝次訳、現代思潮社、一九六四年刊）
シェイクスピア『オセロー』（福田恆存訳、新潮文庫、一九七三年刊）
清水正『『悪霊』の謎　ドストエフスキー文学の深層』（鳥影社、一九九三年刊）
H・カレール＝ダンコース『蘇るニコライ二世　中断されたロシア近代化への道』（谷口侑訳、藤原書店、二〇〇一年刊）
ゲルツェン『過去と思索1・2』（金子幸彦・長縄光男訳、筑摩書房、一九九八・九九年刊）
ピョートル・クロポトキン『ロシア文学の理想と現実』下巻（高杉一郎訳、岩波文庫、一九八五年刊）
ゲルツェン『ロシヤにおける革命思想の発達について』（金子幸彦訳、岩波文庫、一九五〇年刊）
中村健之介『ドストエフスキーと女性たち』（講談社、一九八四年刊）
井桁貞義『ドストエフスキイ　言葉の生命』（群像社、二〇〇三年刊）
マルクス「資本論」第三巻（鈴木鴻一郎訳、中央公論社世界の名著44、一九八〇年刊）

【Ⅵ】モンスターの創造――革命でもなく、反革命でもなく

ヘーゲル『精神現象学』（長谷川宏訳、作品社、一九九八年刊）
プラトン『国家』（藤沢令夫訳、岩波文庫、一九七九年刊）
ヘーゲル『キリスト教の精神とその運命』（木村毅訳、現代思潮社、一九六九年刊）
ウォルインスキー「偉大なる憤怒の書―ドストエフスキイ『悪霊』研究―」（『埴谷雄高全集』第二巻所収、講談社、一九九八年刊）
ウラジーミル・ナボコフ『ロシア文学講義』（小笠原豊樹訳、TBSブリタニカ、一九八二年刊）

亀山郁夫『ドストエフスキー　謎とちから』（文春新書、二〇〇七年刊）
エリク・H・エリクソン『幼児期と社会Ⅰ』（仁科弥生訳、みすず書房、一九七七年刊）
吉本隆明『母型論』（学習研究社、一九九五年刊）
武田泰淳・埴谷雄高・高堂要座談会「椎名麟三とドストエフスキー」（『埴谷雄高全集』第十四巻所収、講談社、二〇〇〇年刊）
「ローマの信徒への手紙」（文春新書『新共同訳　新約聖書Ⅱ』、文藝春秋社、二〇一〇年刊）
カール・バルト『ローマ書講釈（上）』（小川圭治・岩波哲男訳、平凡社ライブラリー、二〇〇一年刊）
ニーチェ「反キリスト者」（原佑訳、ちくま学芸文庫「ニーチェ全集」第十四巻所収、一九九四年刊）
ミシェル・シュネデール『シューマン　黄昏のアリア』（千葉文夫訳、筑摩書房、一九九三年刊）

【Ⅶ】「放浪者」マカールのイデーをめぐって

アンリ・トロワイヤ『ドストエフスキー伝』（村上香住子訳、中央公論社、一九八二年刊）
山城むつみ『ドストエフスキー』（講談社、二〇一〇年刊）
中村健之介『ドストエフスキー・作家の誕生』（みすず書房、一九七九年刊）
コンスタンチン・モチューリスキー『評伝ドストエフスキー』（松下裕・松下恭子訳、筑摩書房、二〇〇〇年刊）
米川正夫「ドストエーフスキイ研究」（河出書房新社版「ドストエーフスキイ全集」別巻、一九七一年刊）
クラフチーンスキイ『地下ロシア』（佐野努訳、三一書房、一九七〇年刊）
桶谷秀昭『ドストエフスキイ』（河出書房新社、一九七八年刊）

亀山郁夫『ドストエフスキー　父殺しの文学（上・下）』（日本放送出版協会、二〇〇四年刊）
トロツキー「ゲルツェンと西方」（森田成也・志田昇訳、トロッキー人物論集『ニーチェからスターリンへ』所収、光文社古典新訳文庫、二〇一〇年刊）
レオニード・グロスマン『ドストエフスキイ』（北垣信行訳、筑摩書房、一九六六年刊）
カール・ケレーニイ「魂の導者ヘルメース」（種村季弘・藤村芳朗訳、『迷宮と神話』所収、弘文堂、一九七三年刊）
中村喜和『聖なるロシアを求めて　旧教徒のユートピア伝説』（平凡社、一九九〇年刊）
プーシキン『エヴゲーニイ・オネーギン』（池田健太郎訳、岩波文庫、一九六二年刊）
ミシェル・フーコー『生政治の誕生』（慎改康之訳、筑摩書房「ミシェル・フーコー講義集成」第八巻、二〇〇八年刊）
西田正規『人類史のなかの定住革命』（講談社学術文庫、二〇〇七年刊）
ドゥルーズ＝ガタリ『千のプラトー』（宇野邦一ほか訳、河出書房新社、一九九四年刊）

【Ⅷ】未完の革命家アリョーシャ

エドワード・ハレット・カー『ドストエフスキー』（松村達雄訳、筑摩書房、一九六八年刊）
小林秀雄「カラマアゾフの兄弟」（『ドストエフスキイ全論考』所収、講談社、一九八一年刊）
長瀬隆『ドストエフスキーとは何か』（成文社、二〇〇八年刊）
ワシーリー・ローザノフ『ドストエフスキイ研究―大審問官の伝説について―』（神崎昇訳、彌生書房、一九六二年刊）

「ヨハネによる福音書」（文春新書『新共同訳　新約聖書Ｉ』、文藝春秋社、二〇一〇年刊）
ジャック・デリダ「暴力と形而上学」（川久保輝興訳、『エクリチュールと差異・上』所収、法政大学出版局、一九七七年刊）
ジョルジュ・バタイユ「ニーチェとイエス」（山本功訳、二見書房『ジョルジュ・バタイユ著作集』作家論１《言葉とエロス》所収、一九七一年刊）
「マタイによる福音書」（文春新書『新共同訳　新約聖書Ｉ』、文藝春秋社、二〇一〇年刊）
エドワード・ワシオレク「『大審問官』と批評家」（小沼文彦・冷牟田幸子訳、Ｊ・Ｓ・ワッサーマン編『ドストエフスキーの「大審問官」』所収、ヨルダン社、一九八一年刊）
ドミトリー・メレシコフスキー『トルストイとドストエフスキーＶ』（植野修司訳、雄渾社、一九七〇年刊）
「ルカによる福音書」（文春新書『新共同訳　新約聖書Ｉ』、文藝春秋社、二〇一〇年刊）
エトムント・フッサール『デカルト的省察』（浜渦辰二訳、岩波文庫、二〇〇一年刊）
ウィリアム・フォークナー『寓話』（阿部知二訳、岩波文庫、一九七四年刊）
ニーチェ「反キリスト者」（原佑訳、ちくま学芸文庫「ニーチェ全集」第十四巻所収、一九九四年刊）
Ｄ・Ｈ・ロレンス「『大審問官』序文」（小沼文彦・冷牟田幸子訳、Ｊ・Ｓ・ワッサーマン編『ドストエフスキーの「大審問官」』所収、ヨルダン社、一九八一年刊所収）
エマニュエル・レヴィナス『倫理と無限』（西山雄二、ちくま学芸文庫、二〇一〇年刊）
バートン・Ｌ・マック『キリスト教という神話　起源・論理・遺産』（松田直成訳、青土社、二〇〇三年刊）

ペレヴェルゼフ『ドストエフスキーの創造』（長瀬隆訳、みすず書房、一九八九年刊）
ニコライ・ベルジャーエフ「ドストエフスキーの世界観」（宮崎信彦訳、筑摩書房「ドストエフスキー全集」別巻所収、一九六九年刊）
埴谷雄高「ドストエフスキイの二元性」（「埴谷雄高作品集5」、河出書房新社、一九七二年刊）
田川建三『イエスという男』（三一書房、一九八〇年刊）
高尾利数「イエスとは誰か」（NHKブックス、一九九六年刊）
マルクス「ヘーゲル法哲学批判序説」（城塚登訳、岩波文庫、一九七四年刊）
江川卓『謎とき『カラマーゾフの兄弟』』（新潮社、一九九一年刊）

【Ⅸ】人間よ、祈りのなかで溶けてしまえ！

エドワード・ハレット・カー『ドストエフスキー』（松村達雄訳、筑摩書房、一九六八年刊）
ゴロソフケル『ドストエフスキーとカント』（木下豊房訳、みすず書房、一九八八年刊）
ウォルインスキー『カラマーゾフの王国』（川崎浹訳、みすず書房、一九七四年刊）
ウラジーミル・ナボコフ『ロシア文学講義』（小笠原豊樹訳、TBSブリタニカ、一九八二年刊）
ペレヴェルゼフ『ドストエフスキーの創造』（長瀬隆訳、みすず書房、一九八九年刊）
エックハルト『エックハルト説教集』（田島照久編訳、岩波文庫、一九九〇年刊）

【Ⅹ】霊的な存在、その最後の転回

大貫隆『イエスという経験』（岩波書店、二〇〇三年刊）

シモーヌ・ヴェイユ『重力と恩寵』(田辺保訳、講談社文庫、一九七四年刊)
ミラン・クンデラ『不滅』(菅野昭正訳、集英社、一九九二年刊)
アンドレ・ジッド『狭き門』(山内義雄訳、新潮文庫、一九八七年刊)
ウォルインスキー『カラマーゾフの王国』(川崎浹訳、みすず書房、一九七四年刊)
ゲルツェン『ロシヤにおける革命思想の発達について』(金子幸彦訳、岩波文庫、一九五〇年刊)
エンゲルス「亡命者文献5・ロシアの社会状態」(土屋保男訳、大月書店「マルクス＝エンゲルス全集」第十八巻所収、一九六七年刊)
マルクス『資本主義的生産に先行する諸形態』(手島正毅訳、大月書店、一九六三年刊)
マルクス「経済学批判序説」(岡崎次郎訳、大月書店「マルクス＝エンゲルス全集」全集第十三巻所収、一九六四年刊)
マルクス「ヴェ・イ・ザスーリチへの手紙(第一～第三草稿)」(平田清明訳、大月書店「マルクス＝エンゲルス全集」第十九巻所収、一九六八年刊)
『新版　ロシアを知る事典』(平凡社、二〇〇四年刊)
ゲルツェン『過去と思索1・2』(金子幸彦・長縄光男訳、筑摩書房、一九九八・九九年刊)
エンゲルス『反デューリング論』(粟田賢三訳、岩波文庫、一九六六年刊)
トロツキー「第二次5カ年計画の開始に際して危機に陥ったソビエト経済」(トロツキー選集補巻3「ソビエト経済の諸問題」所収、桑原洋訳、現代思潮社、一九六八年刊)
レヴィ＝ストロース『悲しき南回帰線』(室淳介訳、講談社文庫、一九七一年刊)
ミハイル・バフチン『ドストエフスキー論　創作方法の諸問題』(新谷敬三郎訳、冬樹社、一九七四年刊)

あとがきに代えて

1

人がひとを傷つけたり、あやめたりする行為は後を絶たない。

日本国内の殺人認知件数は、二〇一三年から一七年の五年間では年平均約九五〇件、検挙人員は同約八九五人にのぼっている。また、児童虐待は二〇一四年以来、検挙件数ベースで漸増傾向にあり、二〇一七年は約一一〇〇件を数えた（データは警察庁・犯罪統計資料による）。一方、自らの命を絶つ自殺は一九九八年から二〇一一年まで十四年連続で三万人を超える異様な状況が続いたが、二〇一六年以降は二万一千人前後で推移している。このうち、小中高生の自殺者は年間三百人前後を数えている。病気や老衰弱に起因する死以外の反自然死がかくも多い状況は、この国がある意味で無底の「内戦」状況に置かれているとかんがえるべきではないか。

近年の犯罪事件でわたしが最も衝撃をおぼえたのは、二〇一六年七月、神奈川県相模原市の知的障害者福祉施設に侵入し、入所者十九人を刺殺した元施設職員の犯罪だった。この元施設職員の思想と行動が明らかにされるのは今後の公判に俟つほかはないが、新聞や雑誌、書籍等によれば、彼は「障害者というより、意思の疎通をとれない方々は安楽死させるべきだと思います。意思の疎通がとれない方々はさまざまな不幸の源になっているからです」と語ったと伝えられている（たとえば、二〇一九年刊行の片岡健『平成監獄面会記』・笠倉出版社参照）。ほんとうにこの言葉が生身の人間から吐かれたのだとすれば、これほどわたしたちを震撼せしめる言葉はない。わたしの生活圏にも脳病で意思疎通が困難になった身内がいる。そうした障害者が不幸の源になっている、と主張するこの元施設職員の声には身震いするほど邪悪な響きがある。また、彼は知的障害者の人たちを「意思の疎通をとれない方々」と呼んでいるが、この言い回しにもおそろしいほどデモーニッシュな響きがある。わたしたちはふだんあいさつを交わすようにいつも自然体の意思疎通がうまくできている存在ではない。逆にそれがいかに難しいわざであるかを日々体験し、意思疎通の難しさを痛感している。たとえ頻繁に顔を合わせるような身内や知人との関係であっても。「意思の疎通をとれない」あり方というのは、特殊偏在的な態様ではなく、程度の差はあれ、どんな人間にとっても蜘蛛の糸に捕縛されてもがく虫のようにありふれた日常的なあり方なのだ。したがって、「意思の疎通をとれない」人間に「安楽死」の鉄槌をくだすこの元施設職員は、その論理を少し拡張すれば、わたし自身を含め、身内や知人を含めて他人との意思疎通に不全感を飲みこんでいるすべての人間を標的とするかもしれない。

連合赤軍のリンチ殺人事件やオウム真理教の地下鉄サリン事件が閉じられた組織（共同性）に巣食った共同的な理念の錯誤であったとすれば、この事件は個人のハートと頭に宿った理念の錯誤である。多くの人はそれを「理念」と呼ぶことに異和感をもつかもしれないが、行動を立ち上げるという意味では理念の一つである。この元施設職員を人間性の特殊な歪みや素因的な性格異常性として取り扱う技術的－病理学な見解が今後、数多く現われるだろうが、しかし、そうした見解が出そろってもこの事件に向き合ったことには少しもならない。この元施設職員がわたしたちとともに所属を強いられている社会共同体の一員として存在していること、そして彼以外にそのかんがえに共鳴する他人がいるのだとすれば――実際、日本社会はそうした排外的な思想を産み落とす構造をますます強めている——わたしたちは、そうした人間と暴力抜きに、ということは言葉の力だけに頼って真っ向から対決していかなければならないのである。

2

ドストエフスキー論のあとがきに代えてのっけからこうした話題に踏み込んでしまったのは、もしドストエフスキー本人がこの二一世紀の現代社会にいれば、この種の犯罪事件や子供への虐待事件の新聞報道に目を凝らして読んだに違いないとおもうからである。そして、その暗い頭蓋の内側では、次のような疑念が渦巻いたはずである。他人をあやめるために生まれてくる人間は一人もいない。また、児童を虐待するために大人へと成長する人間もいない。もちろん、いつの日か自ら命を絶つためにそれまでは生き続けようと意志する人間もいない。しかし、他人をあやめ、児童を虐待し、自ら命を絶つ人間はこの現実世界にはこんなにも多いのだ。どうして人間はそんな生き方を選んでしまわなければならないのか、と。

ドストエフスキーは、現実世界の理不尽で無慚な状況に心底驚愕し、そうした存在からすべての人間が抜け出る途を死ぬまで追い求めた作家だった。ある座談会の発言だったと記憶しているが、トルストイ論を著した批評家の本多秋五が文学作品の価値に関連させて二つの価値作用について語ったことがある。一つは「人生に資する文学」の価値作用であり、もう一つは「人生を痛感させる文学」の価値作用である。二つの価値作用は、いずれにしても人間がこの世界で生きていくのに役立つものとしてかんがえられている。フィクション、とりわけ小説作品とは、その何かを物語の形式で表現しようとする試みといってよい。しかし、実のところ、人生に資するものや人生を痛感させるものが何なのかは、誰にとっても生きてみないとわからない。そのうえである作品を読んでみて人生に資するものを発見できるのか、人生を痛感させるものを触知できるのかは、各人の自由な読解に委ねられている。ドストエフスキーの作品も例外ではなく、そうした経験のカテゴリーに属している。

したがって、「真のドストエフスキー」というようなものはたぶん存在しない。ドストエフスキーその人が絶えず不安と懐疑を抱え、いつも不安定に揺れ動きながら無限に向かって走り続けた作家であり、わたしたちもそれぞれの生存の場で走り続けているのだから、「真のドストエフスキー」という発想は、もはや動きを停止した定点からドストエフスキーその人を無理やりに立ち止らせる思考法なのである。つまり、それは走り続けることを止めてしまった人間固有の観点なのだ。それでなくともドストエフスキーの作品は、それぞれ個別的な人生を独自に歩んでいる各人がそれを手にするたびに新たな「真のドストエフスキー」を生むとともに、絶えずそれを更新するように励ましてくれるものなのだ。だから、彼の作品は深い森の奥にあって、しかし誰もが容易に立ち入ることができる泉のようなものとしてである。勇気を奮い起こして森の奥に入った人間は、いつも永遠に差異を産出しつづける泉の水面に自分を映して、ふたたび自分を生き直していく稀有な経験を授けられる。

最後にこの論考で多用した「わたしたち」という主体について一言説明しておきたい。

ドストエフスキーの諸作品を読むのは単数の「わたし」ではなく、なぜ複数の「わたしたち」なのか？　確かに「わたし」は自由意志からドストエフスキーの作品を手にした読者の一人にすぎない。その「わたし」は時代や生活環境を自由に選んで生きてきた個人ではなく、たまたま「日本」という国に生まれ、しかもある特定の時代環境や固有な生活圏のなかに偶然投げ出された人間として生きてきた。そして他の人たちもそうした生存の様態を免れない点で同様である。したがって、この「わたし」という意識は単独的でありながら、つねに多数的かつ異他的な広がりをもっている。この論考の言葉を書きつけているとき、わたしはまるで十代の若い人間のように精気に満ちた活動的な気分を膨らませながら、同時に無辺の砂漠を当てもなくさまよっているようなよるべなき気分にも浸されていた。が、決して孤独はなかった。「わたし」という特別なあり方において、「わたしたち」は存在すると信じられたからである。だから、ドストエフスキーの作品を一度でも手にしたことのあるすべての人たち、そしてこれから読もうと意欲しているすべての人たちにこの書物を捧げたい。ここに書かれていることに対して、「わたしたち」の誰かが「いや、違う。ドストエフスキーはそんな作家ではない」と反論してくることを切に願いながら。

3

この本のもとになった文章は、二〇一五年から二〇一六年までのほぼ二年間に書いたノートがもとになっている。とりあえず完成稿として決着をつけたのは、二〇一七年暮れだった。はなから本にする企図はなかったが、ノートをとる「わたし」の精神は、毎日若返るような気分を味わっていた。ヘーゲルがどこかで述べていたように、精神は自らの課題を解決することによってのみ、新たな課題を自らに得る。だが、その精神が時代の精神を凌駕するような奇蹟は起こらないことも思い知らされることになった。この時代の大きな壁を越え出ることはできないにしてもわたしは小さな坑を穿ちたいとおもっていた。

この書物が世の中に出る機会をつくってくださったのは、論創社社長の森下紀夫氏である。森下氏に深く感謝する。また、出版に至る過程では同社編集部の林威一郎氏に大変お世話になった。林氏、そして校正者の方々にも感謝の言葉を捧げたい。学生だったころ、わたしは、論創社から出ていた『国家論研究』の熱心な読者の一人だった。いまはない早稲田通りにあった古書店「文献堂」で幾冊かのバックナンバーをまとめて購入したことはいまもよく覚えている。その論創社から出版されることは、わたしにとっては一つの僥倖、また不思議なめぐりあわせでもある。

（二〇一九年四月）

福田 勝美（ふくだ・まさよし）
1956年、福岡県生まれ。早稲田大学政経学部卒。

ドストエフスキー　転回と障害

2019年7月10日　初版第1刷印刷
2019年7月20日　初版第1刷発行

著　者　福田勝美
発行者　森下紀夫
発行所　論 創 社
東京都千代田区神田神保町2-23　北井ビル（〒101-0051）
tel. 03（3264）5254　fax. 03（3264）5232　web. http://www.ronso.co.jp/
振替口座　00160-1-155266
装幀／奥定泰之
印刷・製本／中央精版印刷　組版／フレックスアート
ISBN978-4-8460-1855-9